JÖRG KOHN

1799

DIE SCHATTEN *VON* OLDENBURG

Das Geheimnis der Franzosenmorde Im Juni 1799 wird das Zweimast-Handelsschiff »Friederike« des Oldenburger Kaufmanns Carl Ludwig Freiherr von Marburg von der französischen Marine aufgebracht und in Le Havre interniert. Er selbst kann mithilfe einer Unbekannten heim nach Oldenburg fliehen. Doch wenig später sind er, seine Frau und drei Hausangestellte tot. Nur von der Reisebekanntschaft fehlt jede Spur. Johannes Friedrich von Marburg, Sohn des ermordeten Kaufmanns und erfolgreicher Absolvent der Akademie der Handelswissenschaften, beschließt, auf eigene Faust nach dem Mörder zu suchen. Hilfe findet er bei dem weltgewandten Doktoranden Sartorius. Eine lebensgefährliche Odyssee durch den Norden Deutschlands beginnt, die zum Gold der Comtesse du Barry und in die Fänge des französischen Geheimdienstes führt. Am Vorabend der sogenannten »Franzosentied«, der französischen Besatzung Oldenburgs, beginnen die Ideale der Revolution auch das Umfeld Johannes von Marburgs zu polarisieren. Die Ereignisse eines Krieges, der Europa völlig verändern wird, werfen ihre Schatten voraus …

Jörg Kohn, geboren 1962 in Oldenburg, ist Diplom-Kaufmann und arbeitet als kaufmännischer Leiter. Nach dem Studium der Wirtschaftswissenschaft war er für verschiedene Industrie- und Handelsunternehmen tätig. Außerdem widmete er sich der realistischen Malerei. Einer Ausstellung mit eigenen Gemälden in Acryl im Jahr 2016 folgte die Veröffentlichung zweier Bücher, bevor er mit »1799 – Schatten über Oldenburg« eine Art historisches Roadmovie, einen Kriminalroman aus der Oldenburger »Franzosenzeit«, schrieb. Kohn ist verheiratet und lebt in der Nähe Oldenburgs.

Jörg Kohn

1799

Die Schatten von Oldenburg

Historischer Roman

GMEINER

Im Ehnried 5, 88605 Meßkirch
Telefon 07575/2095-0
info@gmeiner-verlag.de

1. Auflage 2022

Lektorat: Susanne Tachlinski
Herstellung: Mirjam Hecht
Umschlaggestaltung: U.O.R.G. Lutz Eberle, Stuttgart
unter Verwendung eines Bildes von: © https://commons.wikimedia.org/wiki/File:Belveze-Foulon_Ingres_1805.jpg und https://commons.wikimedia.org/wiki/File:David_Aussicht_am_Stau_in_Oldenburg.jpg
Druck: CPI books GmbH, Leck
Printed in Germany
ISBN 978-3-8392-0224-1

Der Mensch beurteilt die Dinge lange nicht so sehr nach dem, was sie wirklich sind, als nach der Art, wie er sie sich denkt und sie in seinen Ideengang einpasst.

Friedrich Wilhelm Heinrich
Alexander von Humboldt
(1769–1859)

O über mich Narren, der ich wähnete die Welt durch Greuel zu verschönern, und die Gesetze durch Gesetzlosigkeit aufrecht zu halten. Ich nannte es Rache und Recht – Ich maßte mich an, o Vorsicht, die Scharten deines Schwerts auszuwetzen und deine Parteilichkeiten gutzumachen – aber – O eitle Kinderei – da steh ich am Rand eines entsetzlichen Lebens, und erfahre nun mit Zähnklappern und Heulen, dass zwei Menschen wie ich den ganzen Bau der sittlichen Welt zugrund richten würden. Gnade – Gnade dem Knaben, der Dir vorgreifen wollte – Dein eigen allein ist die Rache. Du bedarfst nicht des Menschen Hand. Freilich stehts nun in meiner Macht nicht mehr, die Vergangenheit einzuholen.

Friedrich Schiller, Die Räuber,
5. Akt, 2. Szene, 4. Aufzug, 1. Szene, 1781

Prolog

Donnerstag, 30. Mai 1799, Le Havre

Die Strasse vor der »Auberge Du Pont De Normandie« lag noch im tiefsten Schwarz der Nacht. *Und das*, dachte Carl Ludwig Freiherr von Marburg, *ist auch gut so*. Tief hängende Wolken drängten von See her über die Stadt und brachten feinen Nieselregen herüber, der sich auf die Kutsche und das Gepäck legte. Von Marburg ließ seinen Blick noch einmal durch das kleine, schwach beleuchtete Zimmer gleiten, das er in den letzten drei Wochen mit seiner Frau Henriette bewohnt hatte. Er griff nach den beiden Steinschlosspistolen, ließ sie in die Taschen seines dunkelblauen Rocks gleiten und warf einen Blick aus dem Fenster hinunter auf die Straße, wo die zweispännige Berline, von zwei Laternen am Kutschbock beleuchtet, wartete. Zusammen mit dem Kutscher und einem Knecht hatten sie das Gepäck auf dem Dach der Kutsche und jedem sonst verfügbaren Platz verstaut, mehrere Koffer, Hutschachteln, eine Truhe und das Nötigste an Kleidern, das sie hatten mitnehmen können. Selbst die Seekisten mit Büchern, Karten und den wenigen wertvollen nautischen Bestecken und Gerätschaften, die von Marburg von Bord der »Friederike« hatte retten können, standen fest verzurrt auf der Gepäckablage hinter dem Fond der Kutsche.

»Herr von Marburg«, sagte eine tiefe Stimme hinter ihm. »Wir wären dann so weit. Wenn es Euch beliebt, können wir aufbrechen.«

Der Freiherr wandte sich um und nickte. »Ist gut, Herr

Hansen, ist gut. Ich komme.« Trotz seines gefassten Äußeren konnte er die Verbitterung, die sich in den vergangenen drei Wochen immer tiefer in ihn hineingegraben hatte, nicht verbergen. Hansen war der Kapitän der »Friederike«, deren Eigner von Marburg war und die hier in Le Havre im »Avant Port« festgemacht und interniert lag, aufgebracht von der französischen Fregatte »La Renommée« auf der Höhe von Brest. Es war ein Akt der Willkür und der Piraterie, wie er immer wieder betonte, schließlich war die »Friederike« ein deutscher Handelssegler unter Oldenburger Flagge, ein neutrales Schiff also, und die Querelen, die England, Spanien oder Österreich mit den Franzosen austrugen, gingen ihn nichts an.

Zumindest hatte er das geglaubt.

Von Marburg rückte seinen Dreispitz zurecht und folgte dem Kapitän die Stiege hinunter zur Straße, warf dem Pferdeknecht eine kleine Münze zu und gab dem Kutscher das Handzeichen zum Aufbruch. Zusammen mit dem Kapitän bestieg er die Kutsche, in der bereits seine Frau und eine »Reisebekanntschaft mit bewegter Vergangenheit« saßen. Die Achsen und der Fond der Berline knarrten, dann warf der Kutscher den Schlag zu, und kurz darauf setzte sich das Gefährt mit einem Ruck in Bewegung. Von Marburg sah prüfend hinaus in den diesigen Nachthimmel. Es würde noch eine knappe Stunde dunkel bleiben. Doch bis Sonnenaufgang hatten sie Le Havre und das jakobinisch revolutionäre Pack, das sich »Volksvertreter« nannte, gewiss lange hinter sich gelassen. Für den Augenblick machten ihn jedoch das Rumpeln der Räder und das Schlagen der Hufe auf dem nassen Kopfsteinpflaster mehr als nervös. In den verwaisten Straßen schien alles zehnmal so laut, und die Stadtwachen, hieß es, patrouillierten auch nachts.

Fürs Erste aber blieben sie unbehelligt und erreichten die weniger dicht bebauten Ausläufer der Hafenstadt, das Kopfsteinpflaster wechselte zu grobem Schotter, der unter den Rädern knirschte, jedoch weit weniger Lärm machte, und als sie endlich auf die Straße nach Saint-Martin-du-Manoir abbogen, ließen sie die patrouillierenden Garden, ihre Nervosität und sogar Wolken und Niesel zurück. Stattdessen färbte sich der Himmel vor ihnen um die aufgehende Sonne violett-rot.

»Kaum Wind«, stellte Kapitän Hansen fest, der neben Carl Ludwig von Marburg saß, das Fenster seines Schlags geöffnet hatte und hinaussah. »Wird ein heißer Tag werden.«

Seemannsgeschwätz, dachte von Marburg und nickte nur. Ihm war nicht nach Konversation zumute. Er saß mit geradem Rücken auf den abgewetzten Sitzpolstern der Kutsche, die Hände auf seinen Gehstock gelegt, und sah ebenfalls aus dem Fenster auf die vorbeiziehende Landschaft. Seine stattliche Erscheinung hatte in den letzten drei Wochen zusehends gelitten. Sein Backenbart war um Nuancen grauer geworden, die Augen tief liegend und die Wangen eingefallen. Er, der für seine fünfundfünfzig Jahre noch beinahe jugendlich ausgesehen hatte, ertappte sich seit Tagen immer öfter dabei, zusammengesunken und deprimiert auf einem der Stühle ihres Zimmers zu sitzen und aus dem Fenster zu starren. Nicht, weil ihn die Angst vor einem Umsturz plagte, wie ihn Frankreich seit einigen Jahren erlebte – mit schlimmen Konsequenzen gleichwohl für Adelige wie ihn –, sondern weil ihm klar geworden war, dass er sein Lebenswerk würde zurücklassen müssen, um sich und seine Frau Henriette in Sicherheit zu bringen. Und was Henriette erst allmählich bewusst wurde, das hatte sich für ihn schon seit ihrer Ankunft in Le Havre abgezeichnet: Ohne die »Friederike« und ihre Ladung war er insolvent. Seine Versicherung würde das verlorene Schiff nicht ersetzen, und wenn es ganz schlimm kam, war er auf Almosen und Protektion seines Bruders angewiesen. Ein gefundenes Fressen für den älteren der beiden Brüder. Er würde mit Häme und Vorwürfen nicht sparen, beruhte doch die ursprüngliche Abfindung, die es ihm vor knapp zwanzig Jahren ermöglicht hatte, nach Oldenburg zu übersiedeln und die »Friederike« zu erstehen, ohnehin nur auf familiärer Großzügigkeit.

Von Marburg versuchte, den Gedanken zu verdrängen und stattdessen die Chancen zu berechnen, unbehelligt durch Frankreich zu gelangen. Wenn die Behörden ihre Flucht bemerkten, würden sie ihnen Reiter nachschicken, Dragoner vermutlich, die sie zurückbringen würden, damit in einem ordentlichen Gerichtsverfahren festgestellt werden konnte, ob sie der Begünstigung des Feindes, proroyalistischer Umtriebe oder gar konterrevolutionärer Machenschaften schuldig waren. Bei seinem derzeitigen Glück würde am Ende sogar alles zusammen in der Anklage stehen. Von Marburg verzog missmutig den Mund. Konnte man ein solches Verfahren überhaupt »ordentlich« nennen? Es würde ein politisches Tribunal werden, nichts anderes. Bestenfalls unter dem Vorsitz irgendeines Commissaires des revolutionären Nationalkonvents.

Mit einem lauten »Brrr« brachte der Kutscher die Pferde zum Stehen. Hansen und von Marburg sahen sich fragend an, dann steckten sie den Kopf durch das Fenster, ein jeder auf seiner Seite. »Was zum Teufel«, begann von Marburg – dann verstummte er. Eine Rotte Dragoner versperrte die Straße. Weit früher, als er befürchtet hatte.

Einer der Reiter lenkte sein Pferd neben die Kutsche, beugte sich herab und sah in den Fond, wobei er lässig grüßte. »Wohin soll es denn gehen?«, fragte er, richtete sich auf und betrachtete das Gepäck auf dem Dach. »In die Sommerfrische?«

Von Marburg warf einen kurzen Blick auf die Uniform. Ob gut oder schlecht – es handelte sich um keinen Gemeinen, sondern einen Secondelieutenant der neuen Gendarmerie impériale, und er hoffte, dass die Reiter nicht aus Le Havre kamen. Von Marburg beschloss, es mit der Wahrheit zu versuchen, zumindest mit einem Teil davon: »Wir kommen aus Rouen«, log er in seinem besten Französisch. »Wir waren zu Besuch bei Freunden und sind nun auf dem Rückweg nach Oldenburg.«

»Oldenburg?« Der Secondelieutenant lächelte unangenehm freundlich. »Nie gehört. Wo ist das?«

»Wir sind Deutsche«, erwiderte von Marburg etwas konsterniert. Nach kurzem Überlegen erklärte er: »Das Herzogtum grenzt an das Kurfürstentum Hannover.«

»Hannover?«, fuhr ihn der Offizier an. »Dann seid Ihr mit den Engländern im Bunde!«

»Gott bewahre!«, entfuhr es von Marburg. Eine Reaktion, die so unvermittelt und entsetzt war, dass sie den Secondelieutenant belustigt auflachen ließ, aber letzten Endes von ihrer Wahrhaftigkeit überzeugte.

»Nun gut«, grinste er. »Ich will Euch glauben. Dann sagt mir, wer sind denn Eure Freunde in Rouen?«

Mit dieser Frage hatte von Marburg gerechnet, eine Antwort hatte er dennoch nicht darauf. Natürlich hatten sie keine Freunde in Rouen, aber zu sagen, dass sein aufgebrachtes Schiff in Le Havre festgehalten wurde und sie auf der Flucht vor den dortigen Behörden waren, verbat sich aus naheliegenden Gründen. Die Gendarmerie hätte sie sofort an den Vertreter des revolutionären Nationalkonvents überstellt.

»Monsieur et Madame Dubois«, sagte ihre Reisebekanntschaft. »In der Rue Saint-Sever.« Sie hatte die Augen nur zu einem Schlitz geöffnet und lehnte noch immer wie schlafend in ihrer Ecke des Sitzes. Der Secondelieutenant konnte sie vom Sattel aus nicht erkennen. Er beugte sich erneut ein wenig herab. Für einen Moment trafen sich ihre Blicke, und sofort ging der Dragoner die Liste der im Département gesuchten Personen durch. Er wusste, dass auch Frauen unter ihnen waren, Adlige oder Verräterinnen des Ancien Régime, Mätressen oder Bedienstete. Dann beugte sich Henriette von Marburg vor, die sich angesichts der zunehmenden Hitze des Tages mit ihrem Fächer Kühlung verschaffte. Der Secondelieutenant wischte den Gedanken an die Gesuchten beiseite und nickte zerstreut. »Soso, die Dubois'«, sagte er schließlich. Dann aber schien er es dabei belassen zu wollen und winkte sie weiter. »Seid auf der Hut, Monsieur«, sagte er zu von Marburg gewandt. »Hinter Abbeville treiben sich Briganten herum. Wenn dies Eure Route ist, so dürfte sie gefährlich werden.« Damit grüßte er und lenkte sein Pferd von der Kutsche weg.

Von Marburg atmete erleichtert aus. *Das hätte schlimmer kommen können*, dachte er, als ihre Equipage sich wieder in Bewegung setzte. Zumindest schien der Wirt sie nicht verraten zu haben. Und für den Hinweis auf die Briganten war er ebenfalls dankbar. Wenn er die Karte recht in Erinnerung hatte, so lag Abbeville tatsächlich auf ihrem Weg. Er wechselte einen Blick mit dem Kapitän, dessen Französisch jedoch so schlecht war, dass er kaum etwas von der Unterhaltung verstanden hatte. Als die Reiter fort waren, klopfte von Marburg mit seinem Gehstock gegen die Wand zum Kutschbock, ließ den Kutscher anhalten und besprach mit ihm, ob eine Routenänderung angezeigt wäre. Sie entschieden sich für einen kleinen Umweg.

Wenig später fuhr die kleine Gruppe weiter, die Anspannung löste sich ein wenig, und mit der Wärme des Tages, der Monotonie der Fahrt, dem Ruckeln und den Geräuschen der großen Räder legte sich Müdigkeit auf die Insassen der Kutsche. Kapitän Hansens Kopf fiel zur Seite, und leises Schnarchen ertönte aus seiner Ecke. Von Marburg verfiel wieder in die tristen Gedanken an ihre Zukunft und verfluchte sich und den Kapitän, dass sie nicht die weitere und stürmischere Route um die Orkney Inseln genommen hatten. Aber gut, sagte er sich schließlich, es war auch nicht vorhersehbar gewesen, dass die französische Fregatte ihre Neutralität missachten würde.

Natürlich lag England im Krieg mit Frankreich, seit Jahren schon. Nicht nur England, auch Österreich, Preußen, Russland und die italienischen Staaten fochten gegen die Franzosen. Koalitionen hatten sich gebildet nach der Revolution und der Ermordung König Ludwigs, Koalitionen zur Verteidigung der Monarchie.

Der Krieg hatte mit Erfolgen der Alliierten begonnen, und von Marburg, Monarchist durch und durch, war zufrieden gewesen. Es hatte den Anschein gehabt, dass die gottgewollte Ständeordnung wiederhergestellt und der chaotischen Herrschaft des gemeinen Volkes ein Ende gemacht werden würde. Dann aber war die Revolutionsarmee zur Gegenoffensive übergegangen, hatte die Niederlande, die Schweiz, die norditalienischen Staaten besetzt, sie hatte unter der Führung eines gewissen General Bonaparte die Österreicher weit zurückgedrängt und war sogar in Ägypten einmarschiert. Letzteres zum großen Verdruss der Briten. Wieder hatten die Zeitungsblätter von Erfolgen berichtet, und wieder war der Name Bonaparte gefallen. *Politik*, hatte Marburg gedacht. Das ging ihn nichts an, noch dazu so weit von allen deutschen Landen entfernt. Und doch hatte er plötzlich am eigenen Leibe die Macht der französischen Revolution zu spüren bekommen.

Die »Friederike« war nach Le Havre verbracht worden, wo sie unter Aufsicht mehrerer französischer Fregatten und sogar eines Linienschiffes am Binnenkai festmachen musste. Zunächst hatten der Hafenkapitän und ein ebenso schmieriger wie arroganter Vertreter des neuen Nationalkonvents den von Marburgs freigestellt, das Land zu verlassen, freilich ohne ihr Schiff. Von Marburg hatte sich geweigert und alles versucht, den Irrtum, wie er es diplomatisch nannte, aufzuklären. Ohne jeden Erfolg. Als die Situation an Bord unerträglich und kaum noch finanzierbar wurde, war von Marburg erneut zum Bürgermeister gegangen. Er wollte sein Schiff auslösen, was freilich nur mit einem Wechsel zu bewerkstelligen war. Der Bürgermeister verwies ihn auf den Commissaire des Nationalkonvents, und dieser lehnte von Marburgs Ansinnen rundheraus ab. Als er eine schriftliche Begründung forderte und damit drohte, sich in Paris beim Nationalkonvent persönlich zu beschweren, hatte der Commissaire ihm mit einer Anklage wegen Kollaboration mit dem Feind gedroht und ihn aufgefordert, den Gasthof nicht mehr zu verlassen.

Als der Freiherr eine offizielle Anklageschrift und eine Zwangsenteignungsurkunde forderte, ahnte er bereits, dass derlei Urkunden nicht im Sine des Commissaires waren. Er wurde von zwei Soldaten mit rot-weiß-blauer Kokarde am Tschako vor die Tür gesetzt. Der Vertreter des Pariser Nationalkonvents hatte ihn mit süffisantem Grinsen darauf hingewiesen, dass er sich schon sehr bald vor einem Revolutionstribunal zu verantworten haben würde und sich bis dahin zur Verfügung halten solle. Das war nicht viel weniger als eine Verhaftung, die aber zweifellos auch nicht mehr lange auf sich warten lassen würde.

Wenig später in der Achterkajüte der »Friederike« hatte von Marburg die Situation mit seiner Frau und dem Kapitän, der als einziges Besatzungsmitglied an Bord geblieben war, besprochen. Dass die »Friederike« unter Missachtung des geltenden Prisenrechts und außerhalb der Küstengewässer aufgebracht worden war, dass sie unter neutraler Flagge fuhr und die Frachtpapiere als Zielhafen eindeutig Emden auswiesen – zumindest die Papiere, die er vorgezeigt hatte, denn ein Großteil war tatsächlich für E. W. Miller in Southampton bestimmt –, all das zähle in der gegenwärtigen Lage nicht, konstatierte der

Kapitän. Im Gegenteil schien es nicht unmöglich, dass als Folge der Anklage die Guillotine auf Eigner und Kapitän warteten. »Die Guillotine?«, rief von Marburg aus, der seine Bestürzung kaum mehr verbergen konnte. »Diese gottlosen Barbaren!« Kopfschüttelnd trat er hinüber an das Kajütenfenster und sah hinaus. Noch immer lagen drei Fregatten und ein größeres Linienschiff mit mehr als sechzig Kanonen im Vorhafen vor Anker. Selbst wenn seine Mannschaft nicht in alle Winde zerstreut oder an Bord der französischen Kriegsschiffe dort drüben gepresst worden wäre, hätten sie keine Chance gehabt, mit dem Schiff hier herauszukommen …

Unter diesem Eindruck dauerte es nicht lange, bis von Marburg den Entschluss fasste, noch in derselben Nacht die »Friederike« und Le Havre zu verlassen. Auch wenn dies bedeutete, das Schiff und die Ladung zurückzulassen. Dass jede Art von Urkunde oder Quittung seitens der Franzosen ohnehin nichts wert wäre, machte ihm sein Kapitän noch am selben Abend klar. Er verglich dieses Papier mit den von der Revolutionsregierung herausgegebenen Assignaten, eine Art Papiergeld, das kaum einen Tag seinen Wert behielt, da es nicht eingelöst wurde.

Sie machten einen Bogen um Abbeville und die dort vermuteten Briganten, Gesetzlose, die eigentlich hier im Norden nur selten vorkamen. Es war warm geworden. Die Sonne brannte schon den ganzen Tag, hatte den Fond der Kutsche in einen Backofen und die Straße in eine Staubpiste verwandelt. Staub, der sich im Verlauf ihrer Reise auf alles und jeden legte, von den viel zu warmen Chemisenkleidern Henriette von Marburgs und ihrer Reisegefährtin Besitz ergriff, sich gierig auf den Musselin legte, auf das rosa Brustband oder die floralen Stickereien, auf die sie so stolz gewesen war, und sogar auf ihre Kapotte mit der modisch hohen Krempe und Schleife. Beide Schläge der Mietkutsche, die sie für einen horrenden Preis von Le Havre nach Oldenburg bringen sollte, besaßen Fenster zum

Öffnen, ein Hauch von Luxus, ohne den es in der kleinen Fahrgastkabine nicht auszuhalten gewesen wäre. Auch so war es heiß und stickig, und der Wunsch nach dem bisschen Fahrtwind, der hereinkam, verbot es, die Fenster zu schließen, doch wann immer ihnen ein Gespann oder ein Reiter entgegenkam, fuhren sie durch den aufgewirbelten Dreck der Straße.

Carl Ludwig Freiherr von Marburg saß neben seiner Frau, die Hände auf den Gehstock gestützt, der Oberkörper bewegte sich ein wenig im schaukelnden Takt der Kutsche. Er machte sich Vorwürfe, seine Frau in diese Lage gebracht zu haben. Freilich, sie hatte darauf bestanden, ihn zu begleiten, der üblichen Einsamkeit während seiner Geschäftsreisen überdrüssig. Und er hatte ihre Nähe genossen. Aber jetzt? Von Marburg tupfte sich von Zeit zu Zeit mit dem Taschentuch die Stirn, und immer wieder trat ihm der Schweiß unter der sorgfältig gepuderten Perücke hervor. Auch das gerüschte Halstuch und die helle Weste wiesen bald deutliche Spuren der langen Fahrt auf, und doch gestattete er es sich nicht, den Dreispitz oder seinen braunen Gehrock abzulegen.

Für einen Moment ruhte sein Blick nachdenklich auf ihrer Reisebekanntschaft, die gnädig den Schlaf gefunden hatte. Sie würden die Frau weiterhin beherbergen müssen. Das gebot seine Ehre, denn ihr Hab und Gut hatte sie in der französischen Hafenstadt zurücklassen müssen. Ein sonderbarer Umstand, der sie zu Schicksalsgefährten machte. Von Marburg vermutete, dass ihre Begleitung eine Königstreue war, vielleicht sogar adelig. Doch sie war verschlossen, und weder er noch seine Frau Henriette hatten insistiert.

In Gedanken war er ohnehin immer wieder bei seiner »Friederike«; eine stattliche Brigg, ein rahgetakelter Zweimaster, ein Frachtsegler, der nahezu Marburgs gesamtes Kapital verschlungen hatte und seine Lebensgrundlage war. Diese Grundlage hatten ihm nun die Franzosen genommen, und ob eine Versicherung ihm den Schaden unter diesen Umständen ersetzen würde, stand in den Sternen. Oder in den Büchern seines Kontorgehilfen Anton Dählheim.

Für einen Augenblick gingen seine Gedanken zurück zum Tag der Schiffstaufe. »Friederike« hatte er das Schiff genannt, »Friederike«, nach der viel zu früh verstorbenen Gattin des Oldenburger Regenten. Unwillkürlich beugte er sich vor und ergriff mit einem Lächeln die Hand seiner Frau. *Sie* hatten sich immerhin noch. Auch Henriette lächelte ihren Mann an. Sie war ein pragmatischer Mensch, sonst hätte sie den Schritt in das kaufmännische Bürgerleben mit ihm nicht gewagt. Doch sie ahnte, dass einschneidende Veränderungen in ihrem Leben anstanden.

Nach zwei Tagen erreichten sie das Fürstbistum Münster. Als sie die Ems überquert hatten und die Kutsche langsam von der Fähre rumpelte, da murmelte selbst Hansen, der seit Jahren keinen Gottesdienst auf dem Schiff abgehalten hatte, ein Dankesgebet. Auch von Marburg bekreuzigte sich. Ob sie den Franzosen entkommen waren oder ob der Commissaire es darauf angelegt hatte, dass sie flohen, konnte er nicht sagen. So ganz ohne Weiteres würde von Marburg die Jakobiner aber nicht davonkommen lassen. Denn sobald sie Oldenburg erreicht hatten, würde er um Intervention des Regenten ersuchen. Und ja, er versprach sich durchaus etwas davon. Peter Friedrich Ludwig, der Regierungsadministrator des Herzogtums, mochte sich aus familiären Gründen weigern, den Titel eines Herzogs anzunehmen. Doch er war eng verwandt mit der russischen Zarenfamilie, und das, so glaubte von Marburg, musste doch auch bei den Franzosen Gewicht haben.

Nach vier Tagen enervierender Fahrt in der Kutsche bei hochsommerlichen Temperaturen schien es den Reisenden, als würden sie allesamt einen langsamen und qualvollen Tod sterben. Die kleine Gesellschaft hatte den Oldenburger Zollposten bereits vor Stunden passiert, und Hitze, Trockenheit und Staub zehrten allzu stark an ihren Kräften. Seit einigen Stunden sprach niemand mehr ein Wort, ein jeder hing seinen Gedanken nach, ließ sich von Kutsche und Chaussee durchrütteln und erhoffte nur noch die baldige Ankunft.

Erst als gegen Abend die vagen Umrisse der Stadt Oldenburg in der Ferne Kontur annahmen, kehrten ihre Lebensgeister langsam zurück. Die versinkende Sonne überzog die Stadtwälle mit rötlichem Schein, ließ Dächer und Türme leuchten und nahm, als sie endlich durch das südliche Dammtor fuhren, auch die Hitze des Tages mit sich.

Sie hatten es geschafft, doch allzu große Erleichterung mochte sich bei von Marburg noch nicht einstellen. Wenn es ihm nicht gelang – ob mit oder ohne Protektion des Regenten –, die »Friederike« zurückzuerlangen, dann war er ruiniert.

In des Morgens stiller Frühe,
wenn aus Äther leicht gebildet
holde Träume uns umflattern,
sah ich einen schönen Engel
aus der Morgenröte langsam
sich zur Erde nieder senken,
ein Gewächs des Paradieses
in den Rosenarmen tragend,
um es in den Schoß der Erde
zu verpflanzen. Und der Engel,
auf das Kind des Paradieses
liebevolle Blicke heftend (...)

Christoph Martin Wieland:
An Prinzessin Caroline von Sachsen-Weimar;
Werke. Band 4, München 1964 ff., S. 68–69.

1. Kapitel

Sonntag, 16. Juni 1799, Hamburg

Es drängten sich so viele Studiosi im Gasthaus »Zum Hanseaten«, dass selbst der zur Großen Alster gelegene Biergarten keinen freien Sitzplatz mehr bot. Im Gegenteil, obwohl Kellner und Dienstboten alles an Stühlen hinausschleppten, was das Haus aufbieten konnte, waren viele der langen Biertische nicht nur umringt von sitzenden, sondern vor allem stehenden, palavernden und singenden Kandidaten und Absolventen, dazu junge Damen und reifere Herren, Letztere, um sich eingedenk ihrer eigenen Hochschulzeit unters Jungvolk zu mischen. Immer wieder erklangen Studentenlieder, »Im Schwarzen Walfisch zu Askalon« oder »Krambambuli«, meistens jedoch das »Gaudeamus igitur«, als wäre es das letzte Lied ihrer Jugend. Und vielleicht war es das auch, denn auf viele von ihnen wartete bereits jener Ernst des Lebens, für den sie jahrelang gelernt hatten.

Lasst, weil wir jung noch sind,
uns des Lebens freuen!
Denn wir kommen doch geschwind,
wie ein Pfeil durch Luft und Wind,
zu der Todten Reihen …
Gaudeamus igitur iuvenes dum sumus …[*]

Die Sonne brannte vom strahlend blauen Himmel, vom Hafen wehte eine leichte Brise herüber und ließ die zahllosen kleinen

* »Gaudeamus igitur« von Christian Wilhelm Kindleben (verfasst 1781)

Wimpel über dem Biergarten – alle in den Hamburger Farben Rot und Weiß gehalten – in der Nachmittagswärme tanzen. Durch die Stadttore kamen zahllose Sommerfrischler heraus in die Vororte, die sogenannte Landlust, ein Verhalten, wie es neuerdings unter den Wohlhabenderen der Städter geläufig war. Im »Hanseaten« brummte das Geschäft. Selbst das Küchenpersonal, und dazu zählte Mariëtta Drost, musste an diesem Nachmittag der Maturitätsfeiern die jungen, übermütigen und ausgelassenen Herren mit Bier, Rundstücken und Knackwürsten versorgen. Die nicht so zahlreichen Damen wählten Tee und Rosinenbrot. Für all das war der »Hanseat« zu Recht berühmt. Freilich in diesem Durcheinander nur gegen Barzahlung. Bei Jette, so wurde Mariëtta im Allgemeinen genannt, hatte nur einer Kredit, und das war der frischgebackene Absolvent der »Handelswissenschaften sowie der Volks- und Weltwirtschaft« Johannes Friedrich von Marburg.

Bei ihrer ersten Begegnung, vor etwa zwei Jahren, an einem Wintermorgen auf dem Markt in Hamburg St. Georg, hatte von Marburg Jette noch für einen Knaben gehalten, einen jungen Mann, dem er in einem Anflug von Ehrgefühl hatte beistehen wollen – ein ungleicher Kampf, angesichts der zahlenmäßig überlegenen Gegenseite, und von Marburg verlor ihn mit einem blauen Auge und einer aufgeschlagenen Lippe. Wenige Wochen nachdem er seine Ausbildung an der Büsch-Akademie, einer Privatschule zur Ausbildung des kaufmännischen Nachwuchses, angetreten hatte, war dieser Zwischenfall kaum dazu angetan, seine geringe Meinung von Hamburg zu revidieren.

Jette war in einen dicken Mantel gehüllt gewesen, sie hatte Hosen getragen, die Haare hochgesteckt und ihr hübsches, aber schmutziges Gesicht war unter einem unförmigen Filzhut verborgen gewesen. Eine Aufmachung, in der sie offensichtlich nicht nur den jungen Studiosus täuschen konnte, sondern auch ihresgleichen. Auf dem Markt jedenfalls ging sie für ihren Bruder durch, der gewöhnlich Tuch und Stockfisch feilbot, eine Kombination, die nicht so recht florieren wollte. Der Ring, den sie an diesem Morgen aus der Auslage eines großen Marktbeschickers hatte nehmen wollen, war ihr sogleich wieder aus der Hand gerissen worden. Jemand von ihrem Aussehen, so hatte sie der Händler angefahren, würde sich ein derartiges Schmuckstück ganz gewiss nicht leisten können. Der kleine Ring war nicht von allerhöchstem Wert gewesen, ebenso wie der Charakter des Händlers übrigens, doch eines stimmte: Jette hätte ihn sich keinesfalls leisten können. Auf eine derart überhebliche Weise aber hatte sie sich auch nicht abwimmeln lassen wollen, schließlich hatte sie ihren Stolz. Dem folgenden Handgemenge – und vermutlich auch dem herbeieilenden Marktbüttel – war sie allerdings nur aufgrund von Marburgs beherztem Eingreifen entkommen. Den Händler hatte sie fortan gemieden. Nicht nur aus Angst, er könne sie trotz ihres Aufzugs erkennen. Nein, das Ringlein hatte es ihr angetan, und sie wollte nicht in Versuchung kommen. Dass es zwei Jahre dauern würde, bis jemand für sie den kleinen Silberring erstände, ahnte sie zu dieser Zeit nicht. Zumal sie nicht das geringste Interesse hatte, sich mit jungen Kerls einzulassen, schon gar nicht mit einem der jungen Herren, die Semester um Semester den »Hanseaten« bevölkerten. Die Jungen hatten nur das eine im Sinn und waren nach ein paar Monaten wieder verschwunden. Wie dieses *Eine* so genau vor sich ging, konnte sie nicht einmal sagen, doch sie wusste, dass man dabei eine Schwangerschaft riskierte, so, wie es ihre Vorgängerin getan hatte, und die war dafür mit dem Verlust ihrer Stellung im »Hanseaten« bestraft worden.

Auch von Marburg hatte nicht im Entferntesten gedacht, dass einmal eine Schank- oder Küchenmagd seine Aufmerksamkeit erregen könnte. Eine Woche nach ihrer ersten Begegnung hatte er Jette im »Hanseaten« wiedergesehen, einer der Büsch-Akademie am nächsten gelegenen Gastwirtschaft. Hatte er sie beim ersten Mal noch ein wenig ungläubig angesehen, so bestand auf den zweiten Blick doch kein Zweifel mehr: Ja, sie war jener Junge, für den er sich auf St. Georg Hiebe eingefangen hatte und der ebenso undankbar wie spurlos verschwunden gewesen war. Dieselbe Nase, dieselben Augen, dieselben hohen Wangenknochen, diesmal jedoch sauber, und das blonde Haar zu einem Zopf geflochten. Sie hatte in der Küchentür gestanden, im schlichten Kleid einer Schankmagd samt Schürze und Haube.

Auch sie hatte ihn längst erkannt und ein wenig erschrocken, ein wenig schüchtern, vor allem aber neugierig beobachtet. Als sich ihre Blicke kurz darauf trafen, war sie hastig zurückgewichen und zurückgekehrt zu den Töpfen, Krügen und Bechern des »Hanseaten«, die sie zu spülen hatte.

Von Marburg fühlte sich vom einen auf den anderen Augenblick besser, wesentlich besser. Sich auf ein Handgemenge unter Gassenjungen und Marktburschen einzulassen, war eine Sache. Eine dumme obendrein, wenn man unterlag. Aber sich ein blaues Auge für die Ehrenrettung einer jungen Frau einzuhandeln, das war am Ende sogar hochachtbar. Dass es nur eine Küchenmagd war, konnte man ja verschweigen …

Nach ein paar Tagen wurde ihm klar, dass er sich Jettes hübsches Gesicht nicht wie gewollt aus dem Kopf schlagen konnte, Küchenmagd hin oder her. Natürlich wollte er lernen, nur deshalb war er hier. Er hatte die »Friederike« vor Augen und das Handelskontor seines Vaters, und er wollte so schnell wie möglich seinen Abschluss erhalten, um zu beidem zurückzukehren. Denn bestand nicht der Sinn des Lebens – *seines* Lebens – darin, auf dem Achterdeck eines eigenen Handelsschiffes zu stehen und zu wissen, dass die Waren im Frachtraum *sein Eigen* waren – und auf dem heimatlichen

Markt ansehnlichen Profit abwerfen würden? Hamburg mit seinen großstädtischen Verlockungen war ihm gleichgültig, und Tändeleien hatte er nicht im Sinn. Nicht hier, nicht jetzt.

So weit die hehre Absicht. Tatsächlich kam er nicht umhin, immer wieder an die Sommersprossen auf den kecken Wangen und die hellblau leuchtenden Augen des Mädchens aus dem »Hanseaten« zu denken.

»Ich muss sie wiedersehen«, stellte von Marburg nach wenigen Tagen konsterniert fest und fügte unter dem Lachen seiner vier engsten Freunde hinzu: »Aber ich kann ja kaum in die Küche gehen und ihr dort meine Aufwartung machen, oder?«

»Das wäre in der Tat Eurem Stande kaum angemessen, mein lieber Freiherr«, erwiderte Grigoleit, einer der Besonneneren der kleinen Gruppe, in gespielter Würde, nur um sachlich und mit schmalem Grinsen hinzuzufügen: »Aber was schert es dich, was das Gesinde von dir denkt?«

Nun, ganz so freimütig war Marburg dann doch nicht. Im Gegenteil, wieder und wieder fragte er sich, ob der Unterschied des Standes und der Bildung nicht doch ein ernst zu nehmender Grund sei, jeglichen romantischen Gedanken an die Küchenmagd zu verdrängen. Er war schließlich der Erbe eines bedeutenden Oldenburger Kaufmanns!

Dann aber sagte er sich, dass sein Vater weit fort war. Und den »Hanseaten« zu meiden, das kam auf keinen Fall infrage, wie er sich bei seinem nächsten Besuch und mit einem flüchtigen Blick hinüber zum Schanktresen eingestehen musste.

Er wandte sich wieder dem Blatt zu, das vor ihm auf dem Tisch lag. »Am 1. Februar 1797 kapitulierte die Brückenschanze von Hüningen«, stand darin. Wo war Hüningen? »Damit stehen nach dem Fall von Kehl vor drei Wochen keine französischen Truppen mehr auf dem rechten Rheinufer.« Die »Wöchentlichen Gemeinnützigen Nachrichten von und für Hamburg« sahen darin einen Grund zum Feiern. Marburg fluchte insgeheim über den Krieg. Auch er wollte selbstverständlich keine Franzosen in deutschen Landen sehen, aber diese Streitigkeiten waren Gift und Gefahr für jegliche kaufmännischen Aktivitäten, von denen auch seines Vaters Wohlstand abhing. Er seufzte und schlug die Zeitung wieder zu. Ihm stand nicht der Sinn nach Politik. Zwei Wochen waren vergangen, seit er die junge Magd in der Tür zur Küche gesehen hatte. Zwei Wochen harter schulischer Arbeit, die es ihm leicht gemacht hatte, an wenig anderes denn die Ökonomie zu denken. Verzweifelten Widerstand leistete immer nur sein Unterbewusstsein, dem es vielleicht geschuldet war, dass von Marburg in der »Hoffmannschen Verlagsbuchhandlung«, ganz in der Nähe der »Bleichen«, am Vortag ein Buch erstanden hatte, das bei ihm zu Hause für einen kleinen Skandal gesorgt hätte. Zumindest wenn sein Vater es in die Hände bekommen hätte. Das Büchlein war ein wenig älter als von Marburg selbst, hatte aber von seinem anrüchigen Renommee in den letzten fünfundzwanzig Jahren nichts verloren. Der Goethe hatte es geschrieben, und Marburg war bereits nach wenigen Seiten klar geworden, dass die »Leiden des jungen Werther« ihm aus der Seele sprachen und gegen alle Konventionen aufbrachten, die ihn versuchen ließen, die hübsche Küchenmagd zu vergessen.

»Es ist das Gefühl, das ins Zentrum der literarischen Aussage rückt«, hatte der Verkäufer in der Verlagsbuchhandlung das Buch gepriesen. Oder vielleicht war es auch Hoffmann selber gewesen, der vor ihm gestanden hatte. »Und damit ist die Stimme des Herzens ausschlaggebend für jegliche vernünftige Entscheidung.« Hoffmann, wenn er es denn war, hatte von Marburg das Buch in eine Zeitungsseite eingeschlagen und über den Verkaufstisch geschoben. »Nun ja«, gab er zu. »Es war der große Gottfried Herder, der das gesagt hat.

Ob man nun jede herrschende Moralvorstellung infrage stellen muss, vermag ich nicht zu sagen, junger Herr. Aber das Buch ist ein ganz hervorragendes.«

Marburg musste dem Buchhändler recht geben. Er hatte es innerhalb von zwei Tagen durchgelesen und konstatiert, dass er zumindest nicht wie Werther enden wollte, der sich um Mitternacht vor Heiligabend erschossen hatte, weil er seine Lotte nicht bekommen konnte. »Die Leiden des jungen Werther«, das wusste von Marburg, war die Bibel der »Sturm und Drang«-Bewegung, die das Handeln des Protagonisten als Aufruf zum Protest gegen gesellschaftliche Normen sah und gegen die Unterdrückung des Individuums rebellierte. Jugend war so, dachte er. Der Buchhändler hatte das schließlich indirekt bestätigt. Und sie war stets unterdrückt und in ihrer Entfaltung eingeschränkt. Einschränken lassen aber würde er sich nicht. Nicht mehr. Nur, war die junge Magd überhaupt noch hier in Diensten? Er hatte sie so lange nicht mehr gesehen …

Mit einem Seufzer schlug Marburg das Buch zu. Er war allein, saß in der Nähe des großen Kamins, in dem ein kleines Feuer für die notwendigste Wärme sorgte, und starrte vor sich hin. Der Becher mit verdünntem Wein stand noch immer unberührt vor ihm auf dem Tisch, ebenso wie eine kalte, lange Lesepfeife. Über die Lektüre des Büchleins hatte er schließlich um sich herum kaum noch etwas wahrgenommen, und so fuhr er ein wenig zusammen, als vor ihm plötzlich eine Mädchenstimme erklang, ein wenig schüchtern, ein wenig vorwitzig. »Was lest Ihr da, werter Herr?«

Aus seinen selbstmitleidigen Gedanken gerissen, sah er verärgert auf; doch in der nächsten Sekunde machte sein Herz einen Sprung. Es war die junge Küchendeern, wie man hier wohl sagte, die, zwei Krüge und ein Tuch in den Händen, mit dem Ellenbogen auf sein Büchlein zeigte. »Es muss außerordentlich herzbewegend sein, wenn Ihr alles um Euch herum vergesst.«

»Ja«, gab von Marburg ein wenig überrumpelt zu, »ja, allerdings, das ist es auch.«

»So sehr, dass Ihr Euren Wein darüber schal werden lasst?«, lachte sie, wenn auch ein wenig befangen.

Von Marburg war eigentlich nicht auf den Mund gefallen, jetzt aber fand er keine Antwort. Er lachte nur mit, ohne allerdings die Augen von dem Mädchen nehmen zu können.

»Um was ...«, begann sie und fürchtete doch im selben Augenblick, ihre Frage nach dem Inhalt des Büchleins könne ungebührlich oder neugierig sein. Eigentlich war es ihr als Küchenmagd nicht gestattet, mehr als notwendig mit Gästen zu reden. Sie deutete einen Knicks an und wandte sich mit einem leisen »Verzeiht« ab.

»Nein!« Marburg stand eilig auf und hätte dabei fast seinen Stuhl umgestoßen. »Nein, wartet ...«

Nach einem fragenden Blick in Richtung Küche wandte sich Jette wieder zu ihm um.

»Es ist der ›Werther‹«, sagte er eilig. »Habt Ihr von ihm gehört? Goethe hat ihn verfasst.« Kaum jemand hatte noch nicht von den »Leiden des jungen Werther« gehört.

Jette nickte. Gehört hatte sie wohl von der traurigen Liebesgeschichte zwischen Werther und Lotte. Gelesen hatte sie sie freilich nicht. »Ich besitze keine Bücher«, erklärte sie mit schwachem Lächeln.

»Wenn Ihr wollt, leihe ich es Euch, Fräulein ...«, begann Marburg und fragte sich unvermittelt, wie sie denn wohl gerufen wurde. Jette lachte auf, ein fröhliches Lachen, das seinen Fauxpas vergessen ließ und Marburg dennoch verunsicherte. »Was ...?«

»Jette«, nannte sie ihren Namen. »Aber niemand nennt mich hier Fräulein. Und jeder sagt Du zu mir.«

Natürlich, sie gehörte ja zum Küchenpersonal. Sie und ihresgleichen waren ziemlich weit unten in der Hierarchie, er selbst ziemlich weit oben. Eines Tages zumindest, und solange er zahlte. Mit dem Geld seines Vaters. Ein Grinsen huschte über sein Gesicht. »Darf ich Ihnen das Buch überlassen?«, wechselte er automatisch in die modernere, an der Akademie gebräuchliche Anrede. Sein Vater hätte das Mädchen in der dritten Person angesprochen. »Sie können es mir ja zurückgeben, wenn …«

»Es ist sicher zu lang für mich«, umschrieb sie die Tatsache, dass sie kaum lesen konnte. »Ich habe nicht so viel Zeit.«

Doch Marburg, der mittlerweile zu seiner alten Selbstsicherheit zurückgefunden hatte, reichte ihr das Büchlein. »Wir können es auch gerne zusammen lesen«, bot er an. »Ich könnte Sie zu einem Spaziergang abholen? Natürlich nur, wenn Ihre Eltern nichts dagegen haben.«

Wieder musste Jette lächeln. Als ob sie Zeit für einen Ausflug hätte! Wenn sie nicht im »Hanseaten« arbeitete, half sie ihrer Mutter bei den Näh- und Putzarbeiten. Dennoch stellte sie nach kurzem Zögern die Gläser ab und ließ das kleine Büchlein wie einen Schatz in die Tasche ihrer Schürze gleiten. »Ich werde es in Erwägung ziehen«, sagte sie mit keckem Unterton. Dann nahm sie die Gläser und wandte sich mit gesenktem Blick ab. Sie hatte schon viel zu lange gesäumt …

Marburg sah ihr zufrieden nach, ohne wirklich sagen zu können, was er fühlte. War er sich im ersten Augenblick noch überlegen vorgekommen, ja geradezu gönnerhaft oder zumindest »erfolgreich«, so blieben nach ihrem Fortgehen nur Herzklopfen und der Drang, Jette – nun wusste er ja ihren Namen – wiedersehen zu wollen. Goethes »Werther« bot die beste Gelegenheit dazu, und er dankte ihm inständig dafür.

Tatsächlich sahen sie sich von jenem Tag im Februar 1797 an regelmäßig. Jette und er nutzten jede der seltenen Gelegenheiten, um beisammen zu sein. Am häufigsten gelang ihnen dies in der Schankwirtschaft, in der Jette arbeitete. Sie war nicht auf den Mund gefallen, was ihm besonders an ihr gefiel. Nun, das durfte sie auch nicht sein, wenn sie im »Hanseaten« Bier ausschenkte und bediente. Ihr Hamburger Dialekt machte sie zu dem, was man hier wohl als »patente Deern« umschreiben mochte. Jettes hellblaue Augen, das hatte er bald erkannt, schienen stets vorbei an den Gästen und in die große Welt zu blicken, die für sie an den Kais des Hafens begann. Oder endete, je nachdem. Melancholie oder Fernweh, es war nur der Blick des jungen von Marburg, den sie mit einer beinahe frivolen Vorwitzigkeit erwiderte. Wenn sie zusammen waren, sog sie alles von ihm auf, seine Sprache, sein Wissen und seine Liebe für Bücher. Manchmal aber fragte sie sich, ob der Kaufmannssohn es ihr nur deshalb so angetan hatte, weil seine Eltern ein Schiff besaßen, die »Friederike«, ein Handelsfahrer. Eine Brigg mit geteilten Marsrahen, einfachen Bramrahen und Royalrahen in schwindelnder Höhe, dazu mit Bugspriet, Innen- und Außenklüverbaum und angedeuteten Geschützpforten. Als Johannes begann, ihr von dem Schiff zu erzählen, von seinen Fahrten, von Stoffen aus Ligurien, Wein aus Apulien, Olivenöl aus Griechenland oder Tuch aus Flandern, da überkam sie eine Sehnsucht, die beinahe schmerzte. Er selbst würde eines Tages darauf fahren, hatte er gesagt, so wie sein Vater es manchmal tat, wenn es galt, bei wichtigen Geschäften persönlich zugegen zu sein. *Wenn ich es richtig anstelle*, dachte Jette, *dann kann ich eines Tages dabei sein, als seine Frau, Frau von Marburg …*

Nun, das war unwahrscheinlich, als Tochter einer Näherin war sie in den Augen seiner Familie gewiss nicht die richtige Partie. Aber man durfte ja träumen. Durfte man das wirklich?

Oh, es war keineswegs die Aussicht auf Wohlstand, derenthalben sie sich mit von Marburg eingelassen hatte. Es war sein natürliches Wesen, seine offensichtliche Klugheit – schließlich studierte er ja –, seine unkomplizierte Art, ihr alles beizubringen, was sie aufnehmen konnte, und zweifellos auch seine dunkelgrünen Augen, ob sie nun durch die kleine runde Brille in die Welt sahen oder ohne. Nein, Johannes von Marburg war keiner der üblichen Kaufleute, wie sie den »Hanseaten« in Scharen aufsuchten, und wenn ihr Vater von ihrer stillen Schwärmerei gewahr geworden wäre, so hätte er sie wahrscheinlich aus ihr herausgeprügelt. Ihr Bruder tat es manchmal, wenn sie seine Sachen anzog. Oder zu wenig auf dem Markt verkaufte.

Auch sonst war von Marburg anders als die meisten Studenten. Er schien wirklich nur lernen zu wollen. Manchmal überlegte Jette, ob sie sich ihm verweigern würde, wenn er mehr wollte. Denn hatte man schon jemals gehört, dass diese Herren aus besserem Hause etwas anderes von einer Schankmagd wollten, als es mit ihr zu treiben? Bei diesem einen wäre es ihr beinahe egal gewesen, er war durchaus stattlich, mit kräftigen Schultern und wirrem, dunklem Haar. Er war groß und stets gut gekleidet, trug häufig einen blauen, eng anliegenden Marinerock, unter dem die Kragen einer Weste und des weißen Hemds bis zu den Ohren aufragten, die beigefarbene Leinenhose steckte in schwarz-braunen Stiefeln nach englischer Art, und selbst der Zweispitz, den er bevorzugte, wirkte maritim. Zwar wollte diese Kopfbedeckung nicht ganz zu einem Studenten passen, für einen Reederssohn mochte es sich freilich ziemen. Und sie war allerneueste Mode.

Allem Hohn und Spott seiner Kommilitonen zum Trotz hatte Marburg nie versucht, sie in sein Bett zu ziehen. Was Madame Prell, die Offizierswitwe, die ihm ein Zimmer vermietete, auch wohl dazu gesagt hätte? Zärtlichkeiten hatte es gegeben, das schon. Ein wenig Poussieren, denn hin und wieder waren sie ja allein auf ihren langen Spaziergängen. Weiter waren sie nie gegangen.

Es mangelte Jette nicht an Selbstvertrauen, doch manchmal, wenn sie einen Blick in den fast blinden Spiegel der Garderobe des »Hanseaten« warf, glaubte sie, dass mit ihrem Aussehen kein Staat zu machen war. Vermutlich taugte sie in diesen Kleidern nicht einmal für eines dieser kurzen, gefährlichen Abenteuer. Nun, vielleicht war das auch gut so.

Es war Johannes' Sprache, die sie lernte, und auch das Lesen und Schreiben, das sie nur im Ansatz beherrschte. Oftmals saßen sie am Außendeich, mit Büchern, Kladde und Federkiel, im Winter dann in einem der kleinen Räume des »Hanseaten«, für den er heimlich bezahlte.

Leicht war es nicht für Jette, all das aufzunehmen, was sie für wichtig erachtete, in der wenigen Zeit, die ihnen blieb, zu lernen, zu verstehen, wenn Johannes von Politik erzählte, von Sturm und Drang und den Ereignissen jenseits ihrer eigenen Welt oder dem Tratsch im »Hanseaten«. Doch es gelang, sei es aus Verzweiflung, Liebe oder Willenskraft, denn in ihrem Leben, das von steter Armut und der Strenge eines zum Glück in die hannoverschen Armeedienste getretenen Vaters geprägt war, hatte es fortwährend andere Prioritäten gegeben. Die Literatur hätte er ihr mit dem Stock ausgetrieben. Die einzige Aussicht, dies zu ändern, lag darin, einen Mann zu heiraten. Eine erschreckende Perspektive, zumindest bis zu dem Tag, an dem sie Johannes kennenlernte.

Jette liebte es zu lernen, und sie liebte es, in Johannes' Nähe zu sein. Hatte er sie bei ihrer ersten Begegnung tatsächlich noch für einen Jungen gehalten, so vollzog sich mit Jette im Verlauf der zwei Jahre, die Marburg nun in Hamburg war, eine so deutliche Veränderung, dass ihr im »Hanseaten« immer häufiger Avancen gemacht wurden. Freilich jene von der üblichen, rein kurzweiligen Natur, was Marburg, so oft er sich in der Gastwirtschaft aufhielt, zum Einschreiten nötigte. Doch Jette verstand sich mit ihren mittlerweile siebzehn Jahren durchaus zu wehren. Schließlich wurde sie nach Ausschank bezahlt und hatte keine Zeit für Tändeleien.

An diesem Juninachmittag der Maturitätsfeiern bekam das sogar von Marburg zu spüren, der um ihre Taille gegriffen und sie mitsamt den zwei großen Biergläsern auf seinen Schoß gezogen hatte. Schließlich hatte sie zu tun. »*So* eine bin ich nicht«, sagte Jette keck. »Keine wie die drüben auf St. Pauli. Wenn Ihr mich küssen wollt, Herr von und zu, dann müsst Ihr mich schon heiraten!«

Von Marburg lächelte sie an und zog sie fester an sich. »Ob ich ein Frauenzimmer mit derart losem Mundwerk heirate«, flüsterte er ihr ins Ohr, »das weiß ich noch lange nicht.« Nach einem Kuss auf die Wange ließ er sie gehen. Jette sah sich um und lachte. Aber es war nicht mehr das unbeschwerte Lachen, das er kannte. Sie beide wussten, dass ihnen ein Abschied bevorstand. Und sie beide hofften, dass er nicht für immer wäre.

»*Sollte* ich einmal heiraten«, sagte er leise zu sich, »dann stehst du ganz oben auf der Liste, mein Liebchen.« Er fühlte nach dem kleinen silbernen Ringlein in der Tasche, das er vor Langem schon als Abschiedsgeschenk auf dem Markt erstanden hatte. Es war noch dort und wartete auf den rechten Moment, um als Eheversprechen über Jettes Finger gesteckt zu werden. Ein Versprechen, dass er in seiner Lage nicht einmal geben konnte.

Melancholisch gestimmt löste Marburg seinen Blick von der forteilenden Jette und wandte sich seinen Kommilitonen zu, die einen Wettstreit im Biertrinken ausfochten. Für einen Augenblick hatte Marburg die Vision, dass dieser Wettstreit mit Degen und Muskete ausgetragen wurde. Nun, vielleicht war der Gedanke ein wenig sonderbar, doch wie bald konnte das geschehen? Das revolutionäre Frankreich lag mit vielen Mächten im Krieg. Napoleon, von dem man immer wieder hörte, hatte Italien besiegt, das linke Rheinufer war annektiert, die Mameluken in Ägypten geschlagen und damit die britische Vormachtstellung im Mittelmeerraum beendet. Selbst die Niederländer, deren Grenze nicht allzu weit entfernt lag, waren unterworfen worden. Seine Heimatstadt Oldenburg war noch sicher, darum fürchtete er nicht. Sie stand unter dem Schutz des Zaren. Aber aus Briefen seiner Mutter wusste er, dass das Herzogtum durch Truppendurchzüge und Einquartierungen von Hannoverschen, englischen und preußischen Truppen zu leiden hatte. Wie schnell würde es Partei ergreifen müssen? Und auf wessen Seite? Was sie an der Schule geeint hatte, würde sie dann vielleicht trennen. Er nahm seinen Bierkrug auf und betrachtete die vier, mit denen er die letzten zwei Jahre verbracht hatte. Henning Faber aus Bremen, schlank, blond, Scheitel, Nickelbrille, dichterisch veranlagt. Mit ihm verband ihn nicht nur die Nickelbrille, sondern auch die Seefahrt. Im Gegensatz zu Marburg war Faber jedoch schon bei seinem Vater, Kapitän auf einer Bark der Reederei »Johann Lange Sohn's Wwe. & Co.«, mitgefahren. Während seiner zwei Pflichtjahre war er bis in die neu gegründeten Vereinigten Staaten gefahren.

Heinrich Jacobi kam aus dem Mecklenburgischen, er trug meistens einen weißen Schal, war jüngster von fünf Brüdern, hatte schmale Lippen und einen melancholischen Blick. Und er sympathisierte mit den Idealen der Französischen Revolution. Im Grunde lag ihm die Ökonomie nicht besonders. Sein Steckenpferd war die Geschichte, vornehmlich die des Mittelalters. Doch derlei brotlose Kunst ließ ihm sein Vater nicht durchgehen.

Franz von Auburg hingegen entstammte wie von Marburg einem alten Adelsgeschlecht – Landadel aus dem Osnabrücker Raum. Er war stämmig, hatte langes, glattes Haar und ließ keinen Händel aus. Heinrich neckte er, doch trotz aller weltanschaulichen Divergenzen waren sie unzertrennlich.

Und schließlich Jochen Grigoleit, Kaufmannssohn aus Königsberg, der Älteste unter ihnen, groß, schlaksig, ruhig. Eben ein Preuße. Wenn die Franzosen kämen, würde er sich ganz sicher freiwillig melden, um gegen sie ins Feld zu ziehen …

Grigoleit war es denn auch, der von Marburgs Trübsal als Erster bemerkte. Er wusste um die Ursache, legte den Arm auf die Schulter des Kommilitonen und beugte sich ein wenig vor. »Da hilft nur eines, mein Bester: Du musst sie heiraten und deinen Vater vor vollendete Tatsachen stellen.«

»Vollendete Tatsachen?«, prustete Faber. »Ihr seid also schon zu weit gegangen?«

»Gar nichts bin ich!«, entrüstete sich Johannes.

»So was kommt von so was«, lachte Jacobi und prostete von Marburg zu.

Der warf ihm einen verärgerten Blick zu. »Unsinn!«, fuhr er seinen Freund an. »Ob oder ob nicht«, sagte er dann zu Grigoleit gewandt, »mein Vater würde mich enterben. Oder mich umbringen. Oder er verkauft mich gleich an die Engländer.« König Georg suchte immer Soldaten für die Britische Marine. Marburg sah sich um, ob nicht vielleicht Jette wieder in der Nähe war. Sie war nirgends zu sehen. »So oder so, ich kann sie nicht mitnehmen …«

»Auch dein Vater kann sich nicht gegen den neuen Geist der Zeit stemmen«, mischte sich Jacobi mit alkoholverklärter Stimme ein. »Die Französische Nationalversammlung hat den Erbadel abgeschafft und alle Adelstitel verboten. Da ist die Gräfin nicht mehr wert als deine Küchenmagd.« Er verkniff sich ein: *Und das ist auch gut so!* Aber jeder in der Runde wusste auch so, was Jacobi dachte. Betretenes Schweigen machte sich breit, während um sie herum das Stimmengewirr umso lauter wurde. Sie hatten zwei Jahre lang nicht gestritten, überlegte Marburg, sie würden nun damit nicht anfangen. Gewiss, Jette war eine Küchenmagd, *nur* eine Küchenmagd, aber sie war hübsch, sie war klug und ihr Vater war Korporal im Dienste des Hannoverschen Kurfürsten. Wenn es denn stimmte, was man sich erzählte. Und wenn er denn ihr Vater war. Jette erzählte nie etwas von ihm. Von Marburg lächelte nachdenklich. *Seinen* Vater aber würde das niemals überzeugen. Ein Korporal war eben kein Major.

»Wir sind aber nicht bei den vermaledeiten Franzosen«, hörte er plötzlich von Auburg sagen, leise, aber mit der Dignitas eines Grafensohnes. Entgegen Marburgs Hoffnung schien er den Affront gegen den Adel nicht unkommentiert lassen zu wollen.

»Wären wir's nur!« Jacobi atmete tief ein. »Der Alltag im Heiligen Römischen Reich ist doch noch immer derselbe wie im Mittelalter«, sagte er voll Inbrunst. »Handwerker beugen sich den Gesetzen der Zünfte, Bauern müssen den Grundherren Abgaben leisten und die Untertanen ihren Fürsten gehorchen. Und die Leibeigenen? Ist es nach deinem Dünkel, dass sie nicht einmal ihren Brotherrn wechseln dürfen?«

»Das dürfen sie schon«, erwiderte von Auburg trocken. »Aber warum sollten sie?«

»Warum sie das sollten?«, brauste Jacobi auf und machte Anstalten, über den Tisch zu klettern, um sich auf seinen Kommilitonen zu stürzen.

Grigoleit bekam seinen Arm zu fassen und drückte Jacobi zurück auf die Bank. »Ich gebe euch beiden ja recht«, sagte er ruhig, aber bestimmt, und bemüht, das Thema in eine andere Richtung zu lenken. »In deutschen Landen gibt es doch nicht einmal etwas, das man Straße nennen könnte. Es sind bestenfalls unbefestigte Sandpisten, die von Stadt zu Stadt führen. Und jedes Königreich, Fürstentum oder Bistum kocht sein eigenes Süppchen.« Ein schwacher Versuch, denn er spürte nur zu deutlich, dass Streit in der Luft lag.

»Sandpisten, die sich nach dem ersten Regenguss in tiefen Morast verwandeln«, bestätigte Faber mit flehendem, an von Auburg gewandten Blick. »Die Heimreise wird für jeden von uns Tage dauern.«

Von Auburg winkte ab. Ihm stand nicht der Sinn nach Deeskalation. Er fühlte sich und seinen Stand gekränkt. »Dann fahr doch mit dem Schiff.«

Das werde ich, dachte Marburg für sich. Das werde ich schon sehr bald … Jetzt, nach seinem Studium, konnte sein Vater ihn nicht mehr von seinen Geschäften – und viel mehr noch von seinen Seereisen – fernhalten. Jetzt würde er sich als Mann, als Geschäftsmann, beweisen können. Jacobis wütende Stimme drang in sein Bewusstsein: »Weißt du, wie viele Zollstationen es von hier bis Mainz gibt?«

»Nein, und es interessiert mich auch nicht.«

»Weil du und deinesgleichen daran verdienen!«

Von Auburg wollte etwas sagen, doch Jacobi fuhr unbeirrt fort: »Das Leben hat sich hier doch seit Jahrhunderten nicht verändert. Wir beackern ein Stück Land wie eh und je, säen Roggen, Gerste, Weizen oder Hafer, pflanzen Kohl, Möhren und diese Kartoffeln. Viele sind sogar noch ihrem Grundherrn dienstverpflichtet und müssen die Hälfte ihrer Zeit auf dessen Feldern schuften. Es bleibt ihnen nichts, rein gar nichts. Oder vielleicht gerade genug, um die Familie durchzubringen. Ist das nach deinem Sinne?«

»Bei Gott«, brummte Marburg, »so gib doch Ruhe. Wir sind hier in Hamburg und nicht in Paris.«

»Paris!« Jacobi lachte auf und wandte sich ihm zu. »Du solltest nicht abfällig über Frankreich sprechen«, sagte er aufgebracht, aber etwas undeutlich. »Paris – mon dieu, Paris, das ist unsere Zukunft!«

»Man könnte meinen, dir steht der Sinn nach Revolution?«, sagte von Auburg lauernd. »Aber Gott bewahre, Jacobi!

Wenn es so weit kommt, greife ich zur Waffe und schieße dich eigenhändig nieder!«

»Versuch es doch nur!« Jacobi schlug krachend den Becher auf den Tisch. »In Kursachsen sind die Bauern aufrührig geworden«, rief er. »Die Tage der Adelsherrschaft sind gezählt, Franz! Ihr werdet Euch umgewöhnen müssen! Freiheit, Gleichheit und Brüderlichkeit ist die Losung der neuen Zeit. Der sächsische Aufstand ist nur der Anfang.«

»Immerhin haben die Franzmänner die Salzsteuer abgeschafft«, machte Faber einen schwachen Versuch zu schlichten. Doch es war zu spät. Der Alkohol und das Ende der gemeinsamen Studentenzeit, die Standesdünkel und politische Ansichten romantisch verklärt hatte, zeigten ihre Wirkung. Von Auburg griff nach dem Kragen des Kommilitonen. So viel zur Unzertrennlichkeit. Jacobi war zu betrunken für ernsthaften Widerstand, er versuchte, sich abzustützen, wobei er ein paar Bierkrüge umstieß. Schon wurden die Umstehenden aufmerksam und begannen zu jubeln angesichts des Spektakels, das ihnen in Aussicht gestellt wurde. Doch Franz von Auburg war niemand, der sich prügelte. Er ließ Jacobi los. »Ich verlange Genugtuung«, sagte er beherrscht, gerade so laut, dass der Kommilitone ihn verstehen konnte. »Pistole oder Degen. Er darf es sich aussuchen.«

»Franz … Du willst doch nicht …« Heinrich Jacobi wurde blass und wieder einigermaßen nüchtern. Sein Stolz ließ es nicht zu, dass er sich entschuldigte, und der Zeitgeist schon gar nicht. Ein Duell aber kam einem Todesurteil gleich, denn er war weder im Umgang mit der Pistole geübt noch ein guter Fechter. Ganz zweifellos war Franz von Auburg beides.

»Entschuldige dich«, hielt von Marburg dazwischen, der sich plötzlich an der Entwicklung mitschuldig fühlte. »Entschuldige dich, und Franz vergisst deinen Scherz …«

»Nein.« Von Auburg sah regungslos auf den bleichen Jacobi. »Dieser ›Scherz‹, wie du ihn nennst, lässt sich nicht verzeihen. Es ist ein Angriff auf meine Ehre. Und im Übrigen auch auf deine, von Marburg.«

Grigoleit, der bis jetzt versucht hatte abzuwägen, ob der Händel gespielt war oder ob von Auburg es ernst meinte, seufzte. Mit der Ehre trieb man nun mal keine Späße. Er trat neben Jacobi. »Ich werde Heinrich sekundieren«, sagte er ernst und unter dem Beifall der Umstehenden. »Ich hoffe, du hast keine Einwände, Franz, wenn mein …«, er überlegte, wie er Heinrich in diesem Zusammenhang nennen sollte, »… wenn mein Mandant Zeit und Ort festlegt?«

Von Auburg hatte keine Einwände.

Unvermittelt stand Jette bei ihnen. »Was ist geschehen?«, fragte sie Johannes.

»Ein Duell«, antwortete er. »Franz fordert Satisfaktion.«

»Das können Sie nicht!«, fuhr sie von Auburg an. »Sie sind Freunde!« Im Übrigen war es verboten. Doch das war eher ein theoretischer Grund.

»Misch dich nicht ein, Mädchen«, erwiderte von Auburg kühl. »Das geht dich nichts an.« Er wandte sich um und ging. »Ich erwarte deine Antwort bis morgen Mittag«, rief er, bevor er außer Hörweite war.

»Das müsst ihr ihm ausreden!«, sagte Jette aufgebracht. Als keiner der verbliebenen Freunde etwas sagte, presste sie die Lippen zusammen. »Schöne Freunde seid ihr! Auf euch kann man sich so recht verlassen!« Dann schien ihr etwas einzufallen. Sie zog ein Kuvert aus der Tasche ihrer weißen Schürze und reichte es von Marburg. »Das habe ich gerade bekommen. Einer der Eleven des ersten Jahrgangs hat den Brief für dich abgegeben.«

»Ein Brief? So eilig, dass er gebracht wird?« Von Marburg sah Jette fragend an, betrachtete ihre Sommersprossen, ihre

Lippen, ihre Schultern. Er begehrte sie. Er *liebte* sie. Nein, er durfte sie nicht hier zurücklassen!

Und doch würde er es tun. Vielleicht war jetzt der richtige Zeitpunkt, um ihr den Ring zu schenken?

Als ihm bewusst wurde, dass Jette, Heinrich, Jochen und Henning ihn beobachteten, wandte er sich wieder dem Brief zu. Er war aus Oldenburg. Nicht aber sein Vater war als Absender vermerkt, sondern Peter Friedrich Ludwig hatte ihn gezeichnet, Koadjutor, also designierter Fürstbischof von Lübeck und Regierungsadministrator des Herzogtums Oldenburg.

Jette wurde gerufen, von irgendwo, und verschwand zögernd und widerwillig in der Menge. Von Marburg sah ihr nach. Ein persönliches Schreiben, fuhr es ihm durch den Kopf, war außergewöhnlich. Obwohl sein Vater mit Peter I. bekannt war. Aber aus welchem Grunde sollte er ihm direkt – und nicht über die Eltern – schreiben? Eine Gratulation etwa? Hastig brach er nun das Siegel und entfaltete das Kuvertblatt. Dann las Marburg die wenigen Zeilen, die ohne Schmuck und Umschweife auf das Wesentliche zu sprechen kamen. Schon vor der Schlussformel ließ er den Brief sinken.

»Was ist?«, fragte Faber, immer noch unter dem Eindruck des bevorstehenden Duells. »Gute Neuigkeiten?«

»Nein«, sagte von Marburg tonlos. Das Gelächter und der Gesang, das Zuprosten und Palavern, die Rufe der Dienstboten und die Geräusche der wenigen Kutschen auf der nahen Straße, all das erstarb, als er das Schreiben ein zweites Mal las. Diesmal bis zum Ende. *»In Anbetracht der drängenden Umstände lasse ich Ihm dieses Schreiben durch einen Boten meiner Polizeidragoner zustellen. Der Mann wird auf Ihn warten und für Seine zügige Rückkehr nach Oldenburg Sorge tragen.«*

Unschlüssig sah sich von Marburg nach Jette um, doch das Mädchen war nirgends zu sehen. »Ich …«, murmelte er abwesend, »ich muss abreisen.« Der Herr Regierungsadministrator hatte ihm eine Kutsche geschickt. Vermutlich zur Akademie. Er durfte keine Zeit verlieren.

Von Marburg warf einen kurzen Blick auf die drei verbliebenen Freunde, die verstummt waren und ihn fragend ansahen. Er trat auf sie zu, umarmte jeden Einzelnen von ihnen, wandte sich nach kurzem Zögern ab und hob im Gehen fahrig die Hand zum Gruß.

»Johannes!«, rief ihm Grigoleit nach. »Johannes, was ist?«

Doch Marburg schüttelte nur den Kopf. »Alle tot«, sagte er. Dann bahnte er sich ohne ein weiteres Wort den Weg durch die Scharen von Studenten und Sommerfrischlern. Im Eilschritt und ohne auf seine Umgebung zu achten, lief er durch die Vorstadt St. Georg, passierte das Ferdinands Thor und hastete an der Alster entlang zum »Hamburger Schul- und Arbeitshaus«, seiner Heimat in den vergangenen zwei Jahren. Tatsächlich wartete dort jemand am Eingang, doch nicht die erhoffte Kutsche, sondern zwei Pferde standen neben den Sockeln mit den Namen bedeutender Sozialpädagogen, die das Grundstück begrenzten. Von Marburg verzog den Mund. Reiten war nicht seine Passion, und ganz bestimmt nicht nach drei Krügen Starkbier. Aber wenn er am nächsten Abend in Oldenburg sein wollte, dann war eine dieser zweispännigen »Walkmühlen«, wie man die Kutschen mit Fug und Recht nennen durfte, gewiss nicht die richtige Wahl. Die Landstraßen waren schlecht und, anders als die Hauptstraßen in den großen Städten, unbefestigt.

Von Marburg begrüßte den Boten, einen Dragoner in den Oldenburger Farben, fahrig und führte ihn in die Küche des Schulgebäudes, wo die Hausmamsell noch etwas zu essen und zu trinken aus dem Fundus für die Herren Lehrkräfte fand. Derweil eilte Marburg ein paar Straßen weiter, wo er sich bei der Offizierswitwe Marianne Prell ein Zimmer genommen hatte. Er packte, was er auf dem Ritt mitnehmen konnte, und hinterließ seiner Wirtin ein paar Schillinge, damit sie ihm das restliche Gepäck nachschickte.

Kurz darauf ritten sie aus der Stadt hinaus, überquerten auf einer Fähre die Norderelbe und folgten der Landstraße nach Bremen.

Zweiundzwanzig Landmeilen lagen vor ihnen, oder – wie Heinrich Jacobi vielleicht sagen würde – hundertsechzig *kilomètres*, denn das war per Dekret das neue Längenmaß der Franzosen. Es würde sich nicht durchsetzen, dachte Marburg. Bei den mehr oder minder blutigen Idealen der Revolution hingegen war er sich nicht so sicher.

Ach, Jacobi ... Er versuchte, an Heinrich zu denken, an den nichtigen Zwist mit Franz, der vermutlich das Fass des zweijährigen Zusammenlebens zum Überlaufen gebracht hatte. Stubenkoller. Er versuchte, an das Schicksal zu denken, das dem Kommilitonen bevorstand, wenn Franz ernst machte. Wenn Jochen Grigoleit es nicht schaffte zu vermitteln ...

Marburg konnte den Gedanken nicht weiterführen. Es hatte keinen Zweck. Der Stich in seinem Magen, die Klammer um sein Herz, das betäubende Gefühl, der unbändige Wunsch zu schreien ... Er konnte es kaum länger unterdrücken und ritt schneller. Schon rief der Dragoner hinter ihm her, den sein Regent, der Fürstbischof – er nannte ihn einfach so – gesandt hatte. Und er hatte recht. Wenn sie überhaupt ankommen wollten, mussten sie die Pferde schonen.

Seine Eltern, formulierte er den Gedanken endlich, seine Eltern waren tot. Marburg hatte die Vorstellung dessen, was geschehen war, verdrängen wollen, in der Hoffnung, alles würde sich als übler Streich herausstellen, als geschmacklose Posse, List eines Konkurrenten im Seehandel oder gar als Alb.

Wieder zog er das Schreiben hervor, las es, faltete es zusammen und steckte es zurück in seine Jacke. Von Marburg ließ sich zurückfallen, bis er neben dem Oldenburger ritt, einem Mann aus dem Polizeidragonerkorps des Herzogtums.

»Ihr habt gehört, was geschehen ist?«, fragte er vorsichtig.

Der Dragoner, ein Mann namens Lürssen, nickte. Er ritt in Uniform, einem dunkelblauen Rock mit rotem Kragen, roten Rabatten und weißen Knöpfen, wie es der selige Herzog seinerzeit eingeführt hatte. »Einzelheiten weiß ich natürlich nicht«, erklärte er entschuldigend, nachdem Marburg ihn auffordernd angesehen hatte. Er sprach Oldenburger Platt. »Der Herr Regierungsadministrator hat mich ja unverzüglich nach Euch ausgesandt.«

»Schon gut«, erwiderte Marburg. »Aber zweifellos wisst Ihr mehr als ich. Also, ich bitte Euch, erzählt!«

Der Dragoner rückte seinen Dreispitz zurecht, was ihm offensichtlich beim Nachdenken half, denn einige Details der betreffenden Nacht wusste er nun doch zu berichten.

»Eure Eltern«, begann er langsam, »Eure Eltern sind im Esszimmer Eures Hauses tot aufgefunden worden. Zusammen mit der Dienerschaft. Zumindest drei von ihnen. In der Nacht zu Freitag muss es passiert sein.« In dem vergeblichen Versuch zu relativieren, was geschehen war, fügte er hinzu: »Es sah aus, als wären sie ganz friedlich eingeschlafen.«

»Eingeschlafen?«, rief von Marburg ungläubig aus. »Gleichzeitig? Alle?«

»Wenn ich es doch sage. Alle starben auf die gleiche Weise.«

»Heißt das, es war *Mord?*«

»Muss dann ja wohl, Herr …«

»Und alle Dienstboten wurden ebenfalls …« Marburgs Vorstellungsvermögen geriet an seine Grenzen.

»Das kann ich nicht sagen, Herr von Marburg. Die Rede war wohl von dreien. Im Esszimmer. Um den Tisch herum sollen sie gesessen haben.«

»Aber wie kann das möglich sein?«, fragte Marburg aufgebracht. »Wenn das Essen vergiftet war, werden sie ja kaum sitzen geblieben sein!« Zudem hatten die Eltern nie gemeinsam mit den Dienstboten gegessen.

»Mehr weiß ich nicht«, entschuldigte sich Lürssen, dem das Thema unangenehm zu werden schien. »Der Polizeivorsteher wird Euch mehr dazu sagen können.«

Das war Richard Maximilian von Tappenbeck, erinnerte sich Marburg. Leiter des Polizeidragonerkorps, höchster Beamter und Geheimer Rat im Herzogtum Oldenburg. Sein Vater hatte nichts Schlechtes von ihm zu berichten gewusst, eng befreundet waren sie aber, soweit er wusste, nicht. Gewesen …

Marburg ließ es gut sein. Er war dankbar, dass der Regent ihn hatte benachrichtigen und sogar holen lassen. Mit der Postkutsche wäre er frühestens am Mittwoch in Oldenburg eingetroffen.

Sie hatten Haarburg und Tostedt hinter sich gelassen. War die Straße zunächst noch gepflastert gewesen, hatten sie doch schon weit vor Tostedt mit einer breiten Schotterpiste vorliebnehmen müssen. Lürssens Vorschlag, bei der alten »Posthalterei am Sande« mitten in Tostedt zu übernachten, hatte sich als unausführbar herausgestellt. Die einzige Herberge des Ortes war komplett belegt, und selbst die Gaststube war völlig überfüllt. Nicht zuletzt wegen einer Gruppe Offiziere des Kurhannoverschen Dragoner-Regiments, wie Lürssen an den Uniformen erkannte.

Auf müden Pferden verließen sie den kleinen Ort wieder und folgten der Chaussee weiter in Richtung Bremen. Nach zwei Stunden und gut drei geographischen Meilen erreichten sie schließlich Elsdorf, das kaum größer war als Tostedt, aber immerhin ein Gasthaus mit freien Zimmern vorweisen konnte. Mittlerweile war es dunkel geworden, und so waren sie doppelt froh, endlich einkehren und etwas essen zu können. Die Pferde wurden ihnen abgenommen und zum Stall geführt, einer hölzernen Baracke hinter dem Gasthaus. Es waren gute Dragonergäule, robust und unerschrocken, und sie standen nun in einer Reihe weiterer Tiere, die, wenn Lürssen recht hatte, Militäreigentum waren. In diesen Tagen war viel Militär unterwegs, es kam immer wieder zu Verlegungen großer Truppenteile, auch wenn sich der große Koalitionskrieg gegen die Franzosen viel weiter südlich abspielte.

Der Dragoner hatte die Pferde selbst abgesattelt und abgerieben, während sich der Stallbursche um das leibliche Wohl der Tiere kümmerte. Marburg beobachtete die beiden einen Augenblick, und plötzlich war die Vorstellung, die rotbraune Trakehner-Stute seines Vaters zu reiten, nicht mehr ganz so abwegig wie zuvor. Er hatte sich im Verlauf des Nachmittags an das Sitzen im Sattel gewöhnt. Was nicht hieß, dass er keine Schmerzen dort hatte, wo der Sattel sieben Stunden gescheuert hatte.

Ein paar Hunde kamen hereingelaufen, angelockt von weggeworfenen Knochen. Ein Betteljunge verjagte sie, nickte ernst und setzte sich neben die Eingangstür auf den sandigen Boden. Der Wirt warf ihm einen prüfenden Blick zu, scheuchte ihn aber nicht fort. Auch mochte er die Tür nicht schließen, denn es war stickig und warm in der Schankstube, und jeder Luftzug, der hereindrang, war willkommen.

Marburg war todmüde. Er stand auf, nahm seinen Apfel, der als Abschluss der deftigen Landmahlzeit gedacht war, und warf ihn dem Jungen zu. Mit einem dankbaren Grinsen fing der kleine Bettler, der kaum älter als neun oder zehn Jahre sein mochte, den Apfel auf und verschwand auf der Straße.

»Ich gehe zu Bett«, sagte Marburg an Lürssen gewandt. Das Gespräch mit dem Polizeidragoner war recht schnell zum Erliegen gekommen. Zu viel ging Marburg im Kopf herum, die Geschäfte seines Vaters, seine eigene Zukunft, Jette – und allem voran die Frage nach der Ursache für den Mord. Warum ausgerechnet seine Eltern? Nach allem, was Lürssen erzählt hatte, konnte es kein Raubmord gewesen sein. Dass andererseits sein Vater in zwielichtige Machenschaften verstrickt war, schien für Marburg ebenfalls unvorstellbar. Zumal er erst vor ein paar Tagen von einer Reise mit der »Friederike« zurückgekehrt sein konnte, die ihn bis in den Atlantik geführt hatte. Wohin genau, wusste er nicht.

Der Dragoner nickte Marburg zu, als dieser sich zur Stiege wandte, und bestellte noch einen zweiten Krug Bier. »Diese jungen Leute«, sagte er, als der Wirt kam, »vertragen auch nichts mehr.«

Marburg fiel erschöpft ins Bett. Das Zimmer im Obergeschoss war schmal und hatte außer einem fast läusefreien Bett und einem Schemel keinerlei Komfort aufzuweisen. Eine Waschgelegenheit gab es hinter dem Haus, doch das war ihm jetzt egal. Mantel, Hemd, Weste und Hose – allesamt bedeckt von Staub und Sand der Landstraße – hatte er vorsichtig auf den Schemel gelegt. Den kurzen Degen, den er auf Reisen mit sich führte, legte er zu seiner Taschenuhr quer unter das Kopfkissen. Beides war ein Geschenk seines Vaters, und von beidem würde er sich nie trennen.

Hatte Marburg aber geglaubt, sofort einschlafen zu müssen, so belehrte ihn sein Unterbewusstsein eines Besseren. Denn als er die Kerze gelöscht hatte, erschienen unmittelbar seine Eltern mit melancholisch traurigem Blick und ohne ein Wort der Erklärung. Nur eines hörte er immer wieder – oder glaubte es doch wenigstens –, nämlich dass ihr Tod nicht ungesühnt bleiben dürfe. »Natürlich nicht«, sagte er leise und voller Überzeugung. Natürlich nicht ... Er vertraute dem Polizeidragoner, doch was er gesagt hatte, klang so unwahrscheinlich, dass Marburg sich nicht vorzustellen vermochte, seine Eltern könnten so gestorben sein – friedlich und in einträchtiger Runde mit den Dienstboten. Alle an einem Tisch – das war so unglaublich, so unverständlich, dass er fast schon wieder erwartete, sie lebend und bei guter Gesundheit im Haus in der Nähe des Oldenburger Lamberti-Marktes vorzufinden. Aber nein, das war kaum möglich.

»Herr, die Pferde!« Jemand rüttelte an seinem Arm. Marburg fuhr auf, griff nach seinem Degen und sah sich um. Nur vom Stiegenhaus drang ein matter Lichtschimmer herüber.

Wie spät es war, konnte er nur vermuten. Marburg sprang auf, zog seine Hose über und rannte aus dem Zimmer. Es war der kleine Betteljunge, der ihn geweckt hatte und der nun in Richtung der Stallungen lief.

Kurz darauf stand Marburg im Hof, den Degen in der rechten Hand, und sah sich um. Der Junge war verschwunden, alles war still, nur seine Warnung klang ihm noch in den Ohren: die Pferde. Die Angst um die Tiere war durchaus berechtigt – wie sollten sie zu Fuß von hier fortkommen? Zudem waren es die Tiere Seines Regenten! Vorsichtig öffnete Marburg die Stalltür. Alles war dunkel. Die Uhr, schoss es ihm durch den Kopf. Und die Geldbörse! Beides lag unbewacht in seinem Zimmer. Der Bengel hätte es nicht besser anstellen können, um ihn fortzulocken! Wo war der Junge jetzt?

Im nächsten Augenblick bekam er einen Schlag auf den Rücken, der ihn in die Knie zwang, fühlte, wie grobes Sackleinen über seinen Kopf gezogen wurde, und hörte Gelächter. Marburg wollte sich befreien, doch es gelang nicht. Tatsächlich schien es ein Sack zu sein, der ihm übergestülpt und sogleich zusammengebunden worden war. Marburg begann zu rufen, er schrie um Hilfe, schrie nach Lürssen und versuchte verzweifelt, sich aus dem erdig und verfault stinkenden Leinensack zu befreien.

Ein weiterer Schlag ließ ihn bewusstlos zu Boden gehen.

Als Marburg erwachte, lag er auf der Pritsche eines rumpelnden Wagens. Sein Kopf schmerzte, ebenso sein Rücken. Es dämmerte bereits, sodass er sein Umfeld erkennen konnte. Er war nicht der Einzige, der auf dem Wagen lag. Der Fuß vor seinem Gesicht gehörte offenbar einem Leidensgenossen.

»Moien Dag«, sagte jemand neben ihm mit gequälter Stimme und in breitem Hamburger Platt.

Marburg wandte sich um, was mit gefesselten Händen nicht ganz einfach war. Ein Schicksal, das er immerhin mit fünf anderen jungen Männern teilte. »Wo sind wir?«, stöhnte er. »Was ist passiert?«

»Die Russen«, sagte einer der anderen, dem Aussehen nach kaum fünfzehn Jahre alt. »Die Russen pressen noch in ihre Dienste.«

Gestern war eine große Bataille;
Es kam zu einer blutigen Schlacht.
Wir fochten alle en canaille;
Ich hätt' es kaum als möglich gedacht.
Der Franzose ward aufs Haupt geschlagen,
Und ich saß auf dem Bagagewagen.

Es ward schrecklich viel Blut vergossen
Ich kam in den größten Embarras.
Die Feinde hatten einen Bock geschossen
Und wir, wir schossen Viktoria.
Der gehört zu meinen glorreichsten Tagen;
Und ich saß auf dem Bagagewagen.

Theodor Körner, Des Feldpredigers Kriegstaten, 1808.

2. Kapitel

Montag, 17. Juni 1799, Ottersberg

Er war einer Presspatrouille in die Hände gefallen? Zumindest sagte man in Marinekreisen so. Sein Vater hatte ihn stets mit einem Augenzwinkern vor derlei Praktiken gewarnt. Panik überkam Marburg. Er zerrte an seinen Fesseln. Von diesen Zwangsrekrutierungen hörte man immer wieder, aber stets als etwas, das weit fort in exotischen Ländern geschah. In England, Bayern – oder Russland. In Hannover und Preußen gehörte das Pressen seit über fünfzig Jahren der Vergangenheit an. Offiziell zumindest. Dass er so nicht nach Hause kam, war eine Sache. Viel schlimmer war, dass er auf diese Weise zwangsläufig auf irgendeinem Schlachtfeld landen würde. Und zwar als deutscher Grenadier in einer der vorderen Schützenreihen. Die Überlebenschancen dort waren, sollte es zur Schlacht kommen, gleich null. Aber *würde* es dazu kommen? Der Krieg der Koalition gegen Napoleon war vorbei. Oder am Ende doch nicht? Marburg versuchte zu überlegen, ob es gegenwärtig noch Kampagnen gab. Worauf marschierten die Russen? »Wieso«, fragte er und versuchte, sich etwas bequemer hinzulegen, »wieso überhaupt die Russen?«

»Die Russen sind aufm Weg zu die Bataviers«, sagte der Junge neben ihm. Die Batavische Republik war eine Neugründung der Franzosen, eine Art Satellitenstaat, irgendwo zwischen den Österreichischen Niederlanden und Friesland. Und hatte nicht Franz von Auburg von einem russischen

Hilfskorps gesprochen, das sich unter einem Generallieutenant – wie hieß er doch gleich? – Generallieutenant von Fersen auf den Weg in die Niederlande gemacht hatte? *Die ziehen in den Krieg!*, durchfuhr es Marburg. *Der Krieg ist überhaupt nicht vorbei!* Und plötzlich steckte er sogar mittendrin. Eine Einsicht, die ihn überhaupt nicht begeisterte. »Wir müssen hier verschwinden!«, zischte er.

»Kannste ja versuchen«, antwortete der Fünfzehnjährige neben ihm und fing sich einen Fußtritt ein, woraufhin er sofort verstummte. Jetzt erst nahm Marburg die Grenadiere auf dem Pritschenbock über ihm wahr. Sie fluchten und lachten in einer seltsamen Sprache, die durchaus so klang, wie er sich das Russische vorstellte.

»Die schießen, wenn du wegläufst«, flüsterte der Junge, als gerade niemand auf sie achtete. Offensichtlich hatte er das schon einmal gesehen.

»Verdammt«, murmelte Marburg. »Die können uns doch nicht einfach mitnehmen!« Keine Frage, sie *konnten*, und er wusste das. Und gerade diese Ohnmacht ließ ihn verzweifeln, war es doch bisher kein Problem aus »seiner« Welt gewesen, gepresst wurden arme Bauernkerls, die sich vielleicht aus lauter Hoffnungslosigkeit ganz gerne pressen ließen. Aber er?

»Wie heißt du?«, fragte er leise.

»Gustav«, erwiderte der Junge.

»Also, Gustav, wie kommen wir hier weg?«

»Gar nicht. Sei froh, dass dich die Marine nicht geholt hat. Da teilst du dir mit drei Mann 'ne Hängematte aufm Kriegsschiff, schläfst unter Deck und ersäufst, wenn dich die Franzmänner oder die Engländer zusammenschießen.«

»Oder die Spanier«, sagte ein anderer. »Die Spanier sind wie die Teufel!«

»Woher weißt du das?«

»Mein Bruder …« Gustav stöhnte auf, denn er hatte einen zweiten Fußtritt bekommen. Mit verzerrtem Gesicht bedeutete er Marburg, dass sie lieber still sein sollten.

Es wurde hell, und erst allmählich wurde ihm bewusst, dass sie nicht die Einzigen waren. Mehrere Fourage- und Trosswagen folgten ihnen, Soldaten und Offiziere in roten Röcken. Die hannoverschen Waffenröcke waren dunkelblau, ebenso wie die preußischen. Gustav hatte recht, dies war zweifellos das russische Korps, und es war groß, wenn er von Auburgs Angaben Glauben schenken durfte. Franz von Auburg kannte sich aus. Marburg war froh, dass Jette ihn jetzt nicht so sehen konnte, obgleich es kaum einen Ort gab, wo er gerade lieber wäre als bei ihr im Biergarten. Er dachte an seine verlorene Geldbörse, die Uhr, seine übrigen Sachen und den Degen, und er verfluchte den kleinen Betteljungen, der ihn zweifellos um eben diesen Preis an die russischen Jäger verkauft hatte. Selbst der Brief des Fürstbischofs war in seiner Jacke und damit in der Herberge geblieben – seine einzige Hoffnung, denn eine Einladung von so hoher Stelle vorzuweisen, hätte ihm vielleicht die Freiheit gebracht.

Sie folgten der Chaussee, bis sie das Hemelsmoor erreichten. Hier wurde es waldig, und für einen Augenblick hatte Marburg die Hoffnung, dass sie über die Mittagszeit im Wald kampieren würden. Doch das Fersen'sche Hilfskorps hielt nicht. Offensichtlich waren die Soldaten von den russischen Weiten ganz andere Tagesetappen gewohnt.

Es wurde ihnen erlaubt, sich über den Wagenrand zu erleichtern, absteigen durften sie nicht. Die Russen hatten ihre Erfahrungen mit Deserteuren, und um nichts anderes würde es sich bei einer Flucht handeln – um Desertion. Zumindest aus der Sicht des neuen Dienstherrn. Ohnehin waren immer ein oder zwei Musketen auf sie gerichtet, sodass sie alle Fluchtgedanken fürs Erste fahren ließen.

Am frühen Nachmittag erreichten sie wieder offenes Feld. Wo genau sie sich befanden, wusste Marburg nicht, doch er war dankbar, als der rumpelnde Wagen endlich zum Stehen kam. Mit Tritten wurden sie von der Pritsche gescheucht. Ein Korporal – oder zumindest ein hoher Mannschaftsdienstgrad, denn der rundliche Mann trug den breiten Streifen auf seinem Uniformrock mit unverhohlenem Stolz – schüttete einen Sack vor ihnen ins Gras aus. Rot-blaue Uniformmäntel, allesamt zerschlissen und geflickt, Lederkoppel, ehemals weiße Bandolieren und Kartuschtaschen, Rabatten und Tschakos, die sie anzulegen und aufzusetzen hatten, wenn Marburg die Gesten des Korporals richtig deutete. Es dauerte ein wenig, bis sie die halbwegs richtigen Größen unter sich aufgeteilt hatten. Dann, als sie sich gegenseitig betrachteten, wurde ihnen plötzlich bewusst, dass sie mit dem Anlegen der Uniform ihr bisheriges Leben endgültig hinter sich gelassen hatten. Nicht jedem der sechs schien das leidzutun.

Marburg schon. Er hasste es, und er hatte so viele Gründe dafür. Abgesehen von der Todesangst, die sich in ihm ausbreitete, sollten sie tatsächlich in irgendein Gefecht geführt werden, wuchs sein Hass auf die Russen. Wie sollte er jetzt herausfinden, wer seine Eltern getötet hatte, was geschehen war und warum? Er fluchte. Was zum Teufel machte er hier? Oder waren es am Ende dieselben, die seine Eltern getötet hatten, denen er seine Entführung in die russische Armee zu verdanken hatte?

Das Essen, das schließlich ausgeteilt wurde, war nicht besser als die Uniform. Aus einer geliehenen Holzschüssel gab es eine Art Bohneneintopf, dünn und ohne Fleisch. Zum Magenfüllen durften sie Wasser aus einem Fass trinken. Wenigstens davon gab es reichlich, ebenso wie von dem trockenen Brot, das nur eingeweicht in Wasser genießbar war.

In all der Zeit hatten sie nicht ein Wort von dem, was die Soldaten, Fourageure und Marketenderinnen um sie herum sagten, verstanden. *Wo Lürssen jetzt wohl sein mag?*, dachte Marburg, als er zusammen mit den anderen im Schatten des Pritschenwagens auf die Weiterfahrt wartete. Ob er etwas von dem Überfall mitbekommen hatte? Er rechnete nach, wann der Regent zu seiner Rettung kommen würde. Natürlich nicht persönlich. Die Wahrscheinlichkeit, dass er überhaupt jemanden entsenden würde, war verschwindend gering. Und wohin auch? Woher sollte irgendjemand wissen, dass es ihn zum russischen Hilfskorps verschlagen hatte? In zwei oder drei Tagen würden sie sich auf batavischem Gebiet befinden. Von dort gab es ohnehin kein Entkommen mehr …

Als der Zug sich wieder in Bewegung setzte, angetrieben von Trompetensignalen und den bellenden Rufen von Offizieren und Sergeants, wollten die sechs, nun ohne Fesseln, sich wieder auf dem Wagen einfinden. Tritte, Schläge mit Ruten und das missmutige Gestikulieren eines arrogant dreinschauenden Subalternoffiziers mit breiten Streifen am Ärmel machten ihnen deutlich, dass sie von nun an in der Reihe der Grenadiere am Ende des Trosses marschieren würden. Einer ihrer ehemaligen Bewacher demonstrierte mit seiner Muskete, was ihnen bevorstand, wenn sie es wagen wollten, zu fliehen. Eine Geste, die nicht nur Marburg auf Anhieb verstand.

Die Rotte, in der er marschierte – die einzige ohne Waffen –, lief direkt im Staub der Straße, der von den Trosswagen vor ihnen aufgewirbelt wurde. Marburg hustete und fluchte. Die Akademie, die geselligen Straßen Hamburgs und die vier Freunde, die vielleicht jetzt schon keine mehr waren, all das erschien ihm mittlerweile wie aus einem anderen Leben. Wäre er nur mit dem Postwagen gefahren … Ach, der vermaledeite Konjunktiv!

Gegen Abend erreichten sie Ottersberg. Zumindest ging dieser Name durch die Reihen. Hatte Marburg es in seinen eigenen Stiefeln noch gut getroffen, so waren die Füße der anderen fünf in den löchrigen und durchgelaufenen Armeeschuhen wund und blasig. Marburg wusste, dass er die Stiefel zum Schlafen nicht ausziehen durfte, nicht, wenn er sie behalten wollte. Aber wo würde er überhaupt schlafen? Offenbar gab es Anweisung, nicht durch die Stadt zu ziehen, das Korps jedenfalls schlug außerhalb des kleinen Ortes sein Lager auf. Während die Offiziere Einquartierung in den umliegenden Höfen nahmen und die findigeren der Arrièregarde, der Nachhut, zu der Marburg gehörte, ihren Schlafplatz in einer leer stehenden Scheune nahmen, durften er selbst und die übrigen Neuen lernen, wie man ein kaiserlich russisches Armeezelt aufbaute. Zwei der älteren Grenadiere setzten sich zu ihnen, aßen, mit der Muskete auf dem Rücken, ihre Suppe und lachten immer wieder. Ganz offensichtlich machten sie sich über die unbeholfenen Versuche lustig, ein völlig veraltetes Mannschaftszelt aufzustellen.

»Na, passt mal auf, ihr feinen Pinkel«, sagte der ältere der beiden und stellte seine leer gegessene Kumme auf den Boden. Beim Aufstehen furzte und rülpste er genüsslich, dann kam er zu Marburg herüber, nahm ihm die Zeltstangen aus der Hand und begann, sie fachmännisch aufzustellen. »Kuck zu, Jungchen«, sagte er mit gutmütigem, ostpreußischem Akzent.

Marburg sah ihn noch immer überrascht an. »Du sprichst Deutsch, Kamerad?«, fragte er schließlich, ohne sich für das Konstrukt zu interessieren, in dem er und die anderen Neuen vermutlich übernachten würden und das entsetzlich muffig nach Feuchtigkeit roch.

»Nützt doch nuscht«, brummte der Grenadier. »Siehst ja selbst nicht aus wie einer, der Russisch versteht …« Er gab Marburg eine Kopfnuss und zeigte auf die Stangenkonstruktion, die er scheinbar mühelos zusammengesteckt hatte. »Genauso macht ihr's auf der anderen Seite, dann die Plane drüber, und fertig ist das Schloss. Beeilt euch, für die Letzten gibt's nur noch

Wasser. Die Suppe is' schon dünn jenuch, und der Spirgel ist auch weg!« Damit ließ er die sechs lachend stehen.

Als sie das Zelt aufgebaut und den letzten verrosteten Hering in die Erde gerammt hatten, beeilten sie sich, zur nächsten Feldküche zu kommen. Nach wenigen Schritten wurden sie von einem Korporal angehalten, der ihnen bedeutete, dass sie aus dem Brunnen eines der umliegenden Höfe Wasser holen sollten. Viel Wasser. Nachdem sie eine endlose Zeit später eine lange Reihe voller Holzeimer herbeigeschafft hatten, baute sich derselbe Korporal vor ihnen auf, ließ sie erschöpft stillstehen und erklärte ihnen, dass vor dem Essenfassen noch die Latrinengräben für ihre Kompanie ausgehoben werden müssten. Einer der Jungs sprach ein wenig Russisch, und als sie seine Übersetzung mit müden, skeptischen Blicken würdigten, aber keine Anstalten machten, sich zu bewegen, warf der Korporal ihnen die Spaten vor die Füße und wies schreiend auf ein Stück Wiese hinter den Zelten.

Es war dunkel, als sie zum Tross zurückkehrten. Eine der Marketenderinnen rührte in einem Kessel, den sie auf einen Feuerkorb gesetzt hatte, und sah mitleidig auf, als die sechs vor ihr standen. Was sie sagte, verstand Marburg nicht, vielleicht pries sie ihr einfallsreiches Abendessen an – es gab für jeden eine halbe Kumme dünner Bohnensuppe. Ein Rest nur, der noch geblieben war, und doch aßen sie das Wenige, was sie bekommen hatten, dankbar auf. Immerhin gab es Brot zum Stippen, was sich als nicht ganz einfach erwies, denn sie waren wieder an den Händen gefesselt. Vertrauen war nicht die Sache der Russen.

»Ist doch gar nicht so schlecht hier«, meinte Gustav, der Marburg schon auf dem Fuhrwerk über die vermeintlichen Pläne des Fersen'schen Hilfskorps aufgeklärt hatte. Der Fünfzehnjährige schien in seinem jungen Leben offensichtlich schlechtere Tage erlebt zu haben. Marburg brummte nur. Er war immer mehr von dem Gedanken an eine Flucht besessen. Nicht hier, wo er sich kaum auskannte, sondern in der Umgegend von Oldenburg, an dem sie zweifellos auf dem Weg nach Friesland vorbeikommen würden. Er wusste, wenn er es nicht schaffte, wenn sie ihn wieder einfingen, dann wäre Auspeitschen noch die geringste Strafe. Spätestens en Bataille, also wenn sie auf den Franzosen getroffen waren, wäre jede Flucht Desertion – und würde mit Erschießen bestraft.

Sie bekamen Decken aus einem der Trosswagen zugeteilt. Jeder bekam zwei. Wieder fluchte Marburg. Er dachte an Jette. Und ihr Bett. Nicht, dass er bereits darin gelegen hätte. Aber immer noch geisterte die Möglichkeit oder die Unmöglichkeit, sie zu heiraten, in seinem Kopf herum. Im Augenblick allerdings sah es nicht so aus, als würde er je wieder einem Mädchen den Hof machen können.

Abschätzend betrachtete er die fünf Deutschen, die sich leise unterhielten und für die Nacht einzurichten begannen. Mit ihnen konnte er gewiss nicht rechnen, sie schienen die russische Armee, das von Fersen'sche Korps, nicht für das schlechteste Los zu halten.

Marburg warf die Decken auf einen freien Platz im Zelt. Vielleicht sollte er versuchen, zum Generallieutenant zu gelangen, immerhin schien der ebenfalls aus Deutschland zu stammen. Wenn er ihm erklärte …

Aber nein, so weit würde er nie kommen. Sie wurden noch immer bewacht, und jeder ihrer Schritte argwöhnisch beäugt. Und wie sollte er auch beweisen, wer er war und dass Peter Friedrich Ludwig von Lübeck und Regent zu Oldenburg ihn persönlich zu sich gerufen hatte? Und, so hoffte er jedenfalls schwach, recht ungehalten über sein Nichterscheinen sein würde. »Ja, sicher«, würde der Herr Generallieutenant sagen. »Der Regent zu Oldenburg und der Neffe des Zaren …« Dann würde er lachen und ihn zum Latrinenreinigen schicken. Oder Schlimmeres. Er ließ den Gedanken fallen, der Tag war lang gewesen, die Fahrt auf dem Pritschenwagen und der lange Marsch forderten ihren Tribut. Marburg fielen die Augen zu. Er ließ sich auf die Seite ins Gras fallen, versuchte, an Jette zu denken, und schlief doch unmittelbar ein.

Als er erwachte, war es still und dunkel. Und kalt. Und feucht. Marburg verfluchte sich, nicht zu den anderen ins Zelt gekrochen zu sein. Er richtete sich mühsam auf. Das Gras war nass vom Tau und seine Knochen steif. Dass er noch immer gefesselt war, erschwerte sein Dasein noch zusätzlich. Er zerrte an den Stricken, ohne fremde Hilfe aber gab es keine Möglichkeit, sie zu lösen. Dann sah er sich um. Im Lager brannten oder glühten noch einige Feuer, hell genug, um die Häuser Ottersbergs, die kaum Tausend Ellen entfernt in der Dunkelheit lagen, hinter schwachem Schein zu verbergen. Tausend Ellen, dachte Marburg. Tausend Ellen. Das sollte zu schaffen sein. Nur, in welcher Richtung?

Er sah sich erneut um und lauschte in die Nacht. Das Lager war so ruhig und niemand da, der sich um ihn scherte. Die Freiheit lag plötzlich so dicht vor ihm, dass sein Herz vor freudiger Erwartung schneller schlug. Jetzt oder nie, dachte er. Wenn er jetzt nicht floh, ob mit gebundenen Händen oder nicht, dann würde er es nie mehr schaffen! Wohin er laufen sollte, wusste er nicht. Auf keinen Fall durch das Lager. Ebenso sollte er die Pferdekoppel meiden, die provisorisch in der Nähe der alten Scheune angelegt war. Dort würden die meisten Wachen patrouillieren und auf alles schießen, was sich den Pferden näherte. Er schlich so leise er konnte über knirschenden Sand und feuchtes Gras, umrundete Zelte, aus denen lautes Schnarchen klang, und versuchte, in der weitgehend mondlosen Nacht nicht über Eimer, Kisten oder Töpfe zu stolpern. Oder über russische Grenadiere, die wie er nicht im Zelt schliefen. Als er einen Weidezaun am Rande des

Korpslagers erreichte, glaubte Marburg, es geschafft zu haben. Seine gefesselten Hände machten es ihm nicht gerade leicht, über das Gatter zu klettern. Er setzte sich auf die oberste Latte und wollte sich herüberschwingen, als er das kalte Rund eines Musketenlaufs unter seinem Kinn spürte.

»Ich würde bleiben, Jungchen.«

Marburg erkannte den breiten ostpreußischen Akzent. Einen Augenblick zögerte er, dann ließ er sich mit einem ergebenen Seufzer zurückfallen. »Die Hände heben kann ich nicht«, sagte er, ohne seine Enttäuschung und auch seinen Hass auf den russischen Grenadier verbergen zu können.

»No, macht nuscht. Jeh einfach und verschwinde in dein Zelt. Wenn einer von euch seine Nase raussteckt, bevor zum Wecken jeblasen wird, kriegt er eine Kugel zwischen die Augen.«

»Warum lässt du mich nicht gehen?«, versuchte es Marburg, der Angst vor dem hatte, was ihn am nächsten Tag als Strafe erwartete, die Peitsche oder der Tod, möglich war beides, und er fürchtete das Schlimmste. »Du bist doch auch Deutscher.«

Der Grenadier lachte leise. »Wenn du dich da mal nicht täuschst.«

Als sie ihren Lagerplatz erreicht hatten, bekam er einen Tritt und stolperte in das Zelt, in dem die anderen fünf lagen. Sie begrüßten ihn mit widerwilligem Brummen, dann schnarchten sie weiter. Marburg versuchte, sich so gut es ging in seine Decken zu wickeln. Einschlafen würde er ohnehin nicht können. Immer wieder ging ihm das eine Wort im Kopf herum: Desertion.

Am nächsten Morgen wurde er mit einem Tritt geweckt. Verwirrt stellte Marburg fest, dass er doch noch eingenickt war. Als er den alten russischen Grenadier über sich erkannte, mit breitem Grinsen unter seinem großen Schnauzbart, eine

Pfeife im Mundwinkel und die Muskete mit dem aufgesteckten, fünfzehn Zoll langen Bajonett auf ihn gerichtet, da wurde ihm bewusst, wo er war. »Steh auf, Jungchen, und komm mit«, sagte der Russe wenig freundlich. Einen Augenblick lang wollte Marburg sich aufregen, ihn anfahren, weil der Mann ihn immer wieder »Jungchen« nannte. Verdammt, er war studierter Ökonom und Reederssohn. Beides kaum dazu angetan, ihn »Jungchen« zu nennen. Dann aber erinnerte er sich an seinen Fluchtversuch und was ihm nun bevorstand. Er war nicht in der Position, sich zu beschweren. Ergeben stand er auf und folgte dem Soldaten stumm.

Marburg wusste von dem, was er am Vortag aufgeschnappt hatte, welche Strafe darauf stand, die Truppe zu verlassen. Gerüchte über zehn bis fünfzig Peitschenhiebe am Stock nach dem ersten Versuch kursierten. In Kriegszeiten natürlich der Tod ... Waren dies Kriegszeiten?

Ein wenig überrascht sah Marburg, dass der Russe ihn nicht zum Sergeanten und auch nicht zum Kompanieführer brachte. Sie ließen die Trosswagen, die Zelte und die Feuerstellen der Marketenderinnen hinter sich und näherten sich einer Gruppe von drei Häusern. Dies musste der Gutshof sein, in dem der Stab des Korps Quartier machte. Er lag ein wenig erhaben auf einem sanften Hügel und gab einen passablen Blick über das Lager frei. Aus der anfänglichen Überraschung wurde plötzlich Besorgnis. Dann Angst. War sein Vergehen so gravierend, dass er einem Stabsoffizier vorgeführt wurde? *War es überhaupt ein Vergehen?*, versuchte er, sich zu beruhigen. Schließlich war er gar nicht aus dem Lager fortgekommen! Aber was zählte das hier schon?

Erst hier erkannte Marburg das Heerlager in seinem ganzen Ausmaß, und für einen Moment stockte ihm der Atem. Das war keine kleine Streifschar, ein ganzes Heer zog durch Norddeutschland. Es mussten zehn- oder gar fünfzehntausend Mann sein, die hier biwakierten! Er sah sich um zu seinem Bewacher, doch der hatte wieder sein altes Grinsen aufgesetzt und nickte in Richtung Gutshof. Eine Gruppe Husaren stand dort neben ihren Pferden, Melder oder Aufklärer, jedenfalls beeindruckend in ihrem kurzen, grünen Dolman mit den goldenen Rangabzeichen und der Fangschnur. Darüber, auf der linken Schulter, die pelzverbrämte schwarze Pelisse. Ihre Pelztschakos trugen sie in der Armbeuge. Es war unter ihrer Würde, dass sie sie beachteten, einen Grenadier und einen, der es noch werden sollte. Eines aber war gewiss: Liefe er jetzt fort, so würden sie aufsitzen und ihn niederreiten, noch ehe er fünfzig Schritt weit fortgelaufen war. Nein, dachte Marburg, eine Flucht konnte er sich aus dem Kopf schlagen. Ein für alle Mal. Im Gegenteil, für einen Moment – und auch nur widerwillig – bewunderte er die Männer. Wenn, dann wollte er wie sie in den Krieg ziehen, erhaben, hoch zu Ross und im Kampf Mann gegen Mann …

Im nächsten Augenblick schob der Russe ihn durch die große Tür des Haupthauses. Der Eingang war gesäumt von schwarz-grünen Korpsflaggen und bewacht von zwei Soldaten, Jäger oder Grenadiere, das konnte Marburg nicht sagen.

»Wart mal hier, Jungchen!« Der Russe warf ihm einen warnenden Blick zu, dann klopfte er an eine der Türen, die von der Diele abgingen, und verschwand kurz darauf dahinter. Marburg sah sich um. Melder und Ordonnanzen, Offiziere und Burschen liefen geschäftig ein und aus, Befehle wurden gerufen, Depeschen geschrieben und auf Antwort oder neue Nachricht gewartet. Dies war der Stab des Korps, und auch wenn das Treiben chaotisch wirkte, so schien doch ein System hinter allem zu stecken. Hatte Marburg sich noch gewundert, dass der Grenadier ihn hier allein warten ließ, zumal ihn niemand zu beachten schien, so war er doch von allem viel zu beeindruckt, ja sogar in gewissem Maße eingeschüchtert, um einen weiteren Gedanken an Flucht zu verschwenden.

Stimmen wurden laut hinter der Tür, durch die der Russe soeben verschwunden war. Dann wurde sie wieder aufgestoßen, ein Soldat kam heraus, ein Offizier, den Epauletten und der altmodisch gepuderten Perücke unter seinem Dreispitz nach zu urteilen. Er sah sich um, bis sein Blick an Marburg hängen blieb. »Idi syuda«, sagte er barsch. »Dawai, dawai!« Er winkte Marburg in das Zimmer, und der folgte ihm. »Ja, beweg Er sich!«, fuhr der Offizier ihn nun auf Deutsch an. Dann schlug er die Tür hinter ihm zu.

Auch der russische Grenadier stand in dem kleinen Zimmer, das außer einem Stuhl, einem Schreibtisch und einigen hohen Schränken keine Möblierung aufwies. »Nimm Haltung an, Jungchen«, raunte er Marburg zu.

Der Offizier trat ans Fenster und entfaltete einen Umschlag. Eine Zeit lang war es still, der Russe schien zu lesen. Dann endlich wandte er sich um. »Nehm Er den Hut ab!«, fuhr ihn der Offizier an. Marburg nahm den Tschako vom Kopf.

»Und den Mantel!«

Marburg zog die Uniformjacke aus.

»Er sieht lächerlich aus!«

Das mochte stimmen, wobei die abgetragene Uniform auch nicht gerade Marburgs Vorstellung von modischem Chic entsprach. Im Augenblick aber war das sein geringstes Problem. Ergeben wartete er darauf, das Maß seiner Strafe zu erfahren. Stattdessen aber reichte ihm der Offizier einen Brief. Erst jetzt erkannte Marburg, dass es sein Brief war, das Schreiben des Regenten.

»Er verkehrt also in hochwohlgeborenen Kreisen. Und Er ist auch nicht der Bauerntölpel, für den Er sich ausgegeben hat!« Die Stimme des Offiziers hatte einen unverkennbar sächsischen Einschlag, die Uniform aber war russisch. Marburg kam nicht dazu, sich über den Zusammenhang Gedanken zu machen oder richtigzustellen, dass er sich keineswegs als Bauer ausgegeben hatte. »Wenn Er glaubt, uns zum Narren halten zu können, dann will ich Ihm gerne zeigen, wo Barthel seinen Most holt!« Der Offizier hielt drohend seinen rechten Zeigefinger hoch und schrie nun mittlerweile. »Vielleicht müssen wir ja davon ausgehen, dass Er nicht nur ein Strolch, ein Scharlatan, sondern ein Spion ist! Weiß Er, was wir mit Spionen machen?«

»Ich bin kein Spion, Euer Durchlaucht«, erwiderte Marburg, so ruhig er konnte, ohne zu wissen, ob der vor ihm Stehende wirklich eine Durchlaucht war. Die Anrede schien diesen zumindest nicht zu stören.

»Er hat Glück«, sagte der Offizier schließlich in etwas leiserem Tonfall. »Er hat Glück, dass wir uns noch nicht im Krieg befinden. Und dass Er ein Schreiben eines ›neutralen‹ Regenten vorweisen kann.«

»Heißt das …«, begann Marburg zaghaft, obgleich er nicht die geringste Ahnung hatte, was die Worte des Offiziers zu bedeuten hatten.

»Das heißt, dass Er seinen Mund halten darf, bis Er zum Sprechen aufgefordert wird«, erwiderte der Offizier barsch, wenn auch in moderatem Tonfall. »Ich hätte den Brief zerrissen, wenn er nicht vom Fürstbischof unterzeichnet wäre.« Der Hauch eines Lächelns flog über sein Gesicht. »Ich kenne Peter Friedrich Ludwig. Habe ihn in Lübeck rencontriert. Ich hoffe, er zieht Ihm die Hammelbeine lang.« Er zog seine Taschenuhr aus der Uniformjacke hervor, öffnete sie mit einem Klick und prüfte die Uhrzeit. Seufzend, als laste die Verantwortung der gesamten russischen Außenpolitik auf ihm, wandte er sich ab und machte eine wegwerfende Bewegung. »Und jetzt verschwinde Er aus meinen Augen«, sagte er, wieder zu seiner alten Lautstärke zurückfindend. »Ich habe andere Dinge zu tun, als mich um Zivilistenpack wie Ihn zu bekümmern!«

Der alte Grenadier schob ihn aus dem Zimmer. Erst jetzt wurden Marburg die Worte des Offiziers bewusst. Er war entlassen!

Vor dem Haus ließ der Druck des Russen nach. »Wenn du das nächste Mal wieder Soldat spielen willst«, sagte er in breitestem Ostpreußisch und gab ihm den Brief des Fürsten, »dann solltest du nicht gleich in der ersten Nacht wieder davonlaufen.«

»Ich war nicht freiwillig hier«, sagte Marburg tonlos. »Ich war absolut nicht freiwillig hier.«

»Wer von uns ist schon freiwillig dort, wo Gott ihn hinstellt?«

Marburg sah den alten Grenadier an, sah auf den mit Kalk geweißten Zopf seiner grauen Haare, auf den abgetragenen, aber sauberen Uniformrock, und nahm zum ersten Mal die freundlichen Fältchen um die Augen wahr. »Danke.« Mehr konnte er nicht sagen. »Danke für alles.«

Der Russe mit dem ostpreußischen Dialekt schlug Marburg noch einmal auf die Schulter. »Ward all ware«, sagte er gutmütig. »Nuscht is nu all ...« Damit ließ er ihn grußlos stehen.

»Wird schon werden!«, wiederholte Marburg abfällig, dem plötzlich die Situation bewusst wurde, in der er sich befand. Nach über einem Tag als Gemeiner im russischen Hilfskorps empfand er seine Rückkehr ins Zivilleben als nie gekannte Befreiung. Aber was sollte er jetzt tun, ohne Geld, ohne Pferd und zig Meilen von zu Hause entfernt? Marburg wandte sich um und wollte gehen, vielleicht nach Ottersberg, vielleicht konnte er das Geld für die Postkutsche – so denn heute eine abging – stunden lassen? Dann drangen die Worte des Russen zu ihm durch. »Ich wollte Soldat spielen?«, rief er und lachte.

»Das ist doch wohl eine Frechheit!« Niemand beachtete ihn, und vermutlich verstand auch niemand, was er gesagt hatte. Fluchend und lachend vor Erlösung und Dankbarkeit lief er um das Gehöft herum und schlug die Richtung ein, in der der kleine Ort lag. Ohne das Schreiben seines Fürstbischofs und das mehr als ehrenvolle Verhalten des russischen Offiziers wäre er wohl kaum davongekommen.

Die Sonne stand bereits hoch am Himmel, als er die ersten Häuser Ottersbergs erreichte. Verdammt, der Ort war so klein, dass er bezweifelte, hier überhaupt auf Kutschenverkehr zu treffen. Im selben Moment wurde ihm bewusst, dass er schlimmer aussah als ein Landstreicher, ohne Hemd, ohne Uniformrock und einigermaßen verdreckt und verschwitzt. Marburg erreichte einen kleinen Marktplatz, auf dem geschäftiges Treiben herrschte, und setzte sich erschöpft auf eine niedrige Steinmauer.

Wie lange er dort saß, konnte er nicht sagen. Passanten machten einen Bogen um ihn, einige starrten ihn an, die meisten schienen ihn nicht zu beachten. Vielleicht hielten sie ihn auch für einen Russen. Plötzlich durchfuhr ihn ein Gedanke, er zog den Brief aus der Hosentasche hervor und betrachtete ihn – wie war der russische Offizier eigentlich zu seinem Brief gekommen?

Die Antwort erhielt er stehenden Fußes.

»Ich bin mir nicht sicher, ob Ihr es wirklich seid, junger Herr.« Eine selbstgefällige Stimme erklang oberhalb von ihm. Als Marburg aufsah und in die Sonne blinzelte, sah er einen Reiter. Er kannte die Stimme, und nun erkannte er auch den Polizeidragoner auf seinem Pferd, der ihn in einer Mischung aus Belustigung und Mitleid ansah. Er hielt ein zweites Tier am Zügel. »Aber vielleicht könnte ich mich mit einem Krug Bier überzeugen lassen, Euch dennoch mitzunehmen.«

»Lürssen!« Marburg konnte gar nicht sagen, wie froh er war, den Oldenburger zu sehen. Er sprang auf und erkannte sein Pferd, mit einer Packrolle hinter dem Sattel. »Wie habt Ihr mich gefunden?«

Der Dragoner saß ab und gab Marburg die Hand. Er grinste breit. »Ich bin dem Hilfskorps gefolgt. Dann habe ich hier auf Euch gewartet. Wohin sonst solltet Ihr gehen?«

»Also habt ihr dem russischen Offizier das Schreiben Peter Friedrich Ludwigs übergeben?«

Lürssen nickte. »Der Stabs-Kapitän Nikolai Nikolajewitsch Jeruschkewitsch hat natürlich abgestritten, dass das Hilfskorps hier im Hannoverschen Männer in seine Dienste presst. Und wer bin ich, dass ich ihm widerspräche? Ich gab ihm den Brief aus Eurem Rock, und schließlich hat er Euch doch suchen lassen. Für den Fall, dass sich jemand zu seinen Leuten ›verirrt‹ hat, der dort nicht hingehört.«

»Verirrt?« Marburg spie es förmlich aus. »Allein gestern waren wir sechs, die sich ganz bestimmt nicht ›verirrt‹ hatten. Der verdammte Bengel aus dem Gasthaus hat mich in einen Hinterhalt gelockt! Ohne Euch würde ich jetzt wahrscheinlich am Pfahl stehen und hätte keine Haut mehr auf dem Rücken.«

»Doch nicht etwa, weil Ihr Euren neuen Dienstherrn verlassen wolltet?«, fragte Lürssen mit süffisanter Miene. Dann zuckte er mit den Schultern. »Nun, Strafe muss gewiss sein.«

»Himmel, weil ich nach Hause wollte!«

Der Dragoner lachte leise.

»Jedenfalls«, sagte Marburg, nun wieder etwas ruhiger, »bin ich Euch sehr verbunden für das, was Ihr getan habt.«

»Mein Auftrag lautet, Euch zu Seiner Durchlaucht zu bringen«, erwiderte Lürssen mit einem nicht zu deutenden Lächeln. »Aber ich gebe zu, dass ich es mir einfacher vorgestellt hatte.«

»Ich danke Euch.« Marburg war noch immer erleichtert. Jetzt aber sah er sich um. »Ihr habt nicht zufällig … meine Habe retten können?«

»Wenn Ihr Geld bei Euch hattet …«

»Eine Börse mit zehn oder fünfzehn Schilling Hamburger Courant.«

»Dann seid Ihr die wohl losgeworden«, sagte Lürssen mit ungespieltem Bedauern. »Alles andere sollte dort in Eurer Gepäckrolle sein. Selbst der Degen und eine Taschenuhr. Schätzt Euch glücklich, nicht mehr eingebüßt zu haben.«

Marburg verzog den Mund, musste aber zugeben, dass er unter den gegebenen Umständen tatsächlich noch gut dastand.

Beim Anblick seines jungen Reisegefährten begann der Dragoner erneut zu lachen. Zweifellos, dachte Marburg, weil ich eine äußerst klägliche Figur abgebe.

»Es gibt hier ein ganz passables Gasthaus«, erklärte Lürssen schließlich wieder ernst. »Ich lade Euch ein. Außerdem habt Ihr dort Gelegenheit, Euch frisch zu machen und Euer Äußeres in einen annehmbaren Zustand zu versetzen. Lasst Euch aber nicht wieder mit Betteljungen ein.«

Marburg grunzte nur zur Antwort. »Wer den Schaden hat«, murmelte er und folgte dem Dragoner.

Die geflissentlich aufgezogene Taschenuhr zeigte knapp dreizehn Uhr an, als sie nach bodenständigem, frugalem Mahl und einem Krug Kellerbier wieder aufbrachen. Der Wirt wusste aus zuverlässiger Quelle zu berichten, dass das russische Hilfskorps im Süden um Bremen herumziehen und danach auf Oldenburg zuhalten würde.

»Dann nehmen wir den direkten Weg durch Bremen«, meinte Lürssen, als er den Sattel auf sein Pferd schwang. »Oder noch besser, wir queren oberhalb der Stadt die Weser. Ich glaube, es ist besser, wenn wir dem Generallieutenant von Fersen und seinem Korps nicht noch einmal begegnen.«

Marburg stimmte dem ohne zu zögern zu. Wenn nichts mehr dazwischenkam, konnten sie am Mittag des nächsten Tages Oldenburg erreichen.

Nach ihrem Aufbruch ritten sie einige Zeit schweigend den Weg entlang, den ihnen der Wirt gewiesen hatte. Man konnte Lürssen keinesfalls Geschwätzigkeit nachsagen, er fragte kaum nach Marburgs Ergehen bei den Russen, und nur auf dessen Drängen hin und nachdem sie Lilienthal, einen kleinen Ort im Norden Bremens, hinter sich gelassen hatten, erzählte er von den Ereignissen der vorletzten Nacht.

Vom Ruf des Jungen geweckt, war der Dragoner aufgestanden und hatte Marburgs Zimmer verlassen vorgefunden. Er war sofort hinuntergelaufen in den Schankraum, dann zu den Ställen, war jedoch zu spät gekommen, um seinem jungen Begleiter gegen die russischen Häscher beizustehen. Selbst der Junge war ihm entwischt. Immerhin hatte der kleine Dieb nur die Geldbörse stehlen können, für mehr war ihm keine Zeit geblieben.

Am nächsten Tag war Lürssen dem Hilfskorps gefolgt, doch erst im Feldlager vor Ottersberg hatte er bei Jeruschkewitsch, einem der Stabsoffiziere des Generallieutenants, vorstellig werden können.

Den Rest kannte Marburg. Genau genommen wollte er auch nichts mehr davon hören, er wollte nach Hause und raus aus dem Sattel, den er schon wieder schmerzlich zu spüren begann. Während seiner Studienzeit hatte er Hamburg kaum verlassen, und wenn, dann gewiss nicht auf einem Pferd. Warum auch? Die Stadt war mit ihren einhundertdreißigtausend Einwohnern vierzigmal größer als Oldenburg und bot zahllose Möglichkeiten der Zerstreuung. Zu viele, um ehrlich zu sein – von Jette einmal abgesehen.

Jette … Er hatte in seiner Not oft an sie gedacht, sehr oft, wie er mit schiefem Lächeln feststellte.

Henning Faber, sein Kommilitone und eigentlich mehr Dichter als Kaufmann, künstlerisch in vielerlei Richtung begabt, hatte im Winter achtundneunzig einen Scherenschnitt angefertigt, einen Schattenriss von Jettes Gesicht, den Marburg seitdem stets bei sich trug und wie einen Schatz hütete. Wie gut, dass er ihn besaß und in dem Malheur des vorangegangenen Tages nicht verloren hatte! Sobald die Situation, die ihn in Oldenburg erwartete, ein wenig klarer war, würde er ihr schreiben. Aber *was* sollte er ihr schreiben? Wie konnte es weitergehen mit ihnen? Jetzt, da sich alles veränderte?

Wieder gingen seine Gedanken zurück zu Mariëtta, zu den Anfängen ihrer Liaison, während der Marburg sie immer wieder mit Büchern von Schiller, Herder, Goethe oder Gottfried August Bürger versorgt und Schrift und Sprache mit ihr geübt hatte. Warum, das wusste er nicht mehr. War es wirklich nur ihr Liebreiz, der ihn über alle Standesgrenzen hinweg angezogen hatte und es mehr denn je tat? Oder war es auch die Seelenverwandtschaft, die er von Anfang an trotz ihrer direkten Sprache erkannt und gespürt hatte? Er wusste, dass sie es nicht leicht hatte. Besonders, wenn sie in Gesellschaft seiner Mitstudenten waren, konnte sie der von Fachsimpelei und Fremdwörtern durchsetzten Unterhaltung kaum folgen.

Doch Jette ließ sich nicht abschrecken, im Gegenteil schloss sie im Verlauf ihrer Exerzitien besonders Bürgers traurige Ballade der »Lenore« ins Herz. Und auch wenn Marburgs Gefühle sich letztendlich doch nicht von der jungen Hamburgerin lossagen konnten, so hatte er sich nie mehr als einen Kuss oder das Halten ihrer Hände in unbeobachteten Augenblicken erlaubt. Alles andere hätte Jette kompromittiert. Oder ihn. Jette hatte große Fortschritte gemacht. Wenn sie wollte, konnte sie ihren Hamburger Dialekt ein wenig unterdrücken und sogar einige Zeilen von Bürger, Wieland oder aus einem Stück von Iffland rezitieren. Oder mit ihm über Moral und Ethik der Aufklärung disputieren.

Marburg wusste, dass sie die kurzen gemeinsamen Stunden, die ihre Mutter den beiden zugestand, genoss. Er spürte ihre Zuneigung und erwiderte sie. Aber er wusste auch, dass Jettes Mutter immer wieder mahnte, ihre Tochter solle nicht ihr Herz – oder schlimmer noch, den Verstand – verlieren. Studenten konnte man nicht trauen, die hatten schon so manche sitzen gelassen! Marburg hatte Verständnis für die Ermahnungen, doch er *hatte* sein Herz längst verloren. Und gerade deshalb hatte er nie den Versuch gemacht, Jette zu etwas zu bewegen, dessen Folgen er vielleicht nicht tragen konnte. Er war vorsichtig, denn er wusste, wie zerbrechlich ihre Beziehung war.

Jettes Fortschritte waren nicht allein Marburgs Verdienst, auch das preußische Generallandschulreglement hatte seinen Anteil daran gehabt, dass sie trotz der niederen Verhältnisse, aus denen sie kam, hatte zur Schule gehen dürfen. Noch immer wurden aber Ausnahmen gemacht, wenn die Kinder mitarbeiten mussten. Schulbildung hatte, besonders bei Mädchen, selten Vorrang vor dem Broterwerb.

Marburg erinnerte sich an den Privatlehrer, den sein Vater beschäftigt hatte – freilich gemeinsam mit einigen anderen Kaufleuten. Er war eben immer ein scharfer Rechner gewesen. Der Pfarrvikar Laurentius von St. Lamberti, einer recht baufälligen Stadtkirche, war regelmäßig morgens um Punkt neun in ihr Haus an der Langen Straße gekommen. Sein Vater hatte ein kleines Arbeitszimmer freigeräumt, in dem tatsächlich drei Reihen Tische aufgestellt worden waren. In guten Zeiten saßen sie hier zu sechst und ließen sich – mehr oder weniger nachhaltig – Algebra, Grammatik, Französisch, Latein, Gesellschaftskunde und Ökonomie beibringen. Natürlich unter immer wieder eingeflochtenen religiösen Aspekten. Aber Laurentius war recht umgänglich, und als er eines Tages nicht wiederkam – warum, das hatte Marburg nie herausgefunden –, hatte er tatsächlich so etwas wie Bedauern verspürt. Nicht zuletzt weil er fortan zur ehemaligen Lateinschule hatte gehen müssen, dem vor wenigen Jahren neu gegründeten Gymnasium der Stadt. Immerhin hatte er dieses Schicksal mit seinem Schulfreund Johann Friedrich Herbart geteilt, einem Wirrkopf mit seltsamen pädagogischen Ideen, der nur wenige Häuser weiter wohnte. Die »Commerzklasse« für Schüler, die weder studieren noch Latein lernen wollten, durften sie beide nicht belegen. Ihr Studium war beschlossene Sache. Schließlich sollte Johannes eines Tages die »Compagnie maritime« des Vaters übernehmen und Johann in die Fußstapfen seines Großvaters treten, eines über die Grenzen des Herzogtums hinaus bekannten Pädagogen.

Eines Tages ... Für Marburg war dieser Tag schneller gekommen, als ihm lieb war.

Keine Frage, Marburg war stolz auf seine Herkunft, wenngleich sein Vater als jüngster von drei Söhnen keinen Anteil am Grundbesitz der Familie im Hessischen geerbt hatte. Von dort waren sie gekommen und fühlten sich eher als Reeder und Kaufmannsleute denn als Adlige. Trotzdem hatte sein Vater den Stammbaum über alles gestellt. Und Johannes hatte seine Abstammung schon so manche Tür geöffnet. Nicht die zur Akademie, das war eine Frage des Geldes gewesen. Wohl aber die zu den feinen, gesellschaftlich vielversprechenden Kreisen, die es auch in Oldenburg gab. Und ihren jungen Damen. Wieder tat es einen Stich in seinem Herzen. Denn diese »vielversprechenden« Kreise – so gleichgültig ihm ihre jungen Damen mittlerweile auch waren – würden sich mit seiner Jette nie abfinden ...

Vom Mädchen reißt sich stolz der Knabe.
Er stürmt ins Leben wild hinaus,
Durchmißt die Welt am Wanderstabe.
Fremd kehrt er heim ins Vaterhaus.

Friedrich Schiller, Das Lied von der Glocke, 1799

3. Kapitel

Mittwoch, 19. Juni 1799, Oldenburg

Der Dragoner nahm keine Rücksicht auf Marburgs Befindlichkeiten. Erst als sie bei Einbruch der Dunkelheit Blumenthal, einen kleinen Fischerort mit verstreuten Bauern- und Kapitänshäusern, einer Kirche und der Burg des Hannoverschen Amtshauptmanns, erreichten, machte er Etappe. Zu Pferd gab es in der Nacht ohnehin kein Weiterkommen – der Mond war hinter Wolken verschwunden, und abseits der Dörfer war es stockdunkel. Und so mieteten sie sich ein Zimmer im »Fährkroog«, einer dicht an der Weser gelegenen Schänke, bestellten sich etwas zu essen und einen Krug Bier. Der Wirt rühmte seine frisch gefangenen Flussbarsche, reichte Brot und eine wohlschmeckende Tunke aus Fischsud und Sahne dazu, musste jedoch passen, als Marburg nach Früchten fragte. Eine späte Folge der Handelsbeschränkungen, erklärte er. Der Krieg der Koalition gegen die Franzosen brachte alles durcheinander. Lürssen war nicht traurig darüber. Die herzogliche Reisekasse war knapp bemessen.

Am nächsten Morgen nahmen sie die Gierseilfähre über die Weser und ritten in langsamem Trab an Berne vorbei, dem ersten Ort auf der anderen Weserseite, durchs Moor und Richtung Oldenburg.

Spät am Vormittag durchquerten sie endlich das breite Dammtor im Süden der Stadt. Als Lürssen direkt auf das Schloss zuhalten wollte, hielt Marburg ihn am Arm. »Ich danke Euch, Lürssen«, sagte er noch einmal. »Ich danke Euch für alles. Eure Auslagen werde ich Euch erstatten, sobald ich … liquide bin. Aber jetzt will ich zu allererst meine Eltern sehen.« *Die Leichen meiner Eltern*, korrigierte er sich in Gedanken und sah den Polizeidragoner fragend an. Er wusste nicht, wohin er sich wenden musste. Hatte man sie inzwischen in die Keller des Kriminalamts gebracht, wo Leichen in Mordfällen neuerdings noch einmal untersucht wurden?

Der Dragoner wollte etwas einwenden und wies auf das Schloss. Sein Auftrag lautete, Marburg zum Fürstbischof zu bringen. Dann aber nickte er nachgiebig. Peter Friedrich Ludwig war ein vielbeschäftigter Mann, und auch ein Freiherr von Marburg würde nicht ohne Weiteres zu ihm vorgelassen werden. Das konnte schon die eine oder andere Stunde dauern. Also erbot er sich, den jungen Herrn in der Staatskanzlei anzumelden, und sie verabredeten sich für den Nachmittag im Kriminalamt. Marburg überließ Lürssen das Pferd und machte sich mit seinem Gepäck auf den Weg nach Hause.

Auf den schmalen Kopfsteinpflasterstraßen der kleinen Stadt herrschte bereits geschäftige Betriebsamkeit. Nicht zu vergleichen mit Hamburg, aber auch hier wurden Geschäfte beliefert, Beamte und Kaufleute eilten zu ihren Kontoren oder Terminen, und Küchenmägde kauften für den Tag ein. Für einen Augenblick wunderte er sich, dass das Leben einfach so weiterging, obgleich seine Familie nicht mehr daran teilnahm, kein Küchenmädchen für sie zum Kaufmann ging, und das Haus der von Marburgs verlassen in all dem Treiben lag.

Und einmal mehr empfand er eine überwältigende Dankbarkeit, überhaupt hier sein zu dürfen, Dankbarkeit, von Lürssen den Fängen des russischen Hilfskorps entrissen worden zu sein. Er wusste, dass er kaum noch einmal eine Gelegenheit zur Flucht gehabt hätte, selbst wenn sie direkt an den Mauern Oldenburgs vorbeigezogen wären.

Endlich erreichte er das schmale, dreigeschossige Stadthaus mit dem Erker und der Giebelwinde, die dazu diente, Waren auf den Dachboden zu hieven. Wie in einem großen Kaufmannshaus, nur ein paar Nummern kleiner, hatte sein Vater stets gesagt, selbst dann noch, als sie längst ein eigenes Schiff und ein Lagerhaus am Stau, dem Oldenburger Hafen, besaßen. Hier hatte Marburg seine Kindheit und Jugend verbracht, hatte gelernt, geträumt, Streiche gespielt und Mädchen ausgeführt. Die, die kein Interesse für den Hafen und seine Schiffe bekundet hatten, waren recht schnell bei ihm durchgefallen.

Was ihn erwartete, wusste er nur aus dem knappen Bericht Lürssens, alles Weitere würde er nun selbst herausfinden müssen.

Doch ganz so verlassen war das Haus nicht. Vor der Tür stand ein weiterer Polizeidragoner in blau-weißer Uniform, eine Wache des Kriminalrats, wie Marburg vermutete. Der Mann versperrte ihm mit seiner Muskete den Weg. »Dieses Haus steht unter Bewachung!«, sagte er von oben herab. Der lange Pallasch, ein Säbel mit fast gerader Klinge, hing in polierter Scheide an seinem Gürtel, und den Dreispitz hatte er tief ins Gesicht gezogen. Der Mann war stämmig und groß wie die meisten der Polizeidragoner. »Was will Er hier?«

»Ich wohne hier«, erwiderte Marburg mit einem Seufzer und stellte sein Gepäck so ab, dass es gegen die Tür fiel. »Dies ist …« – *das Haus meiner Eltern*, wollte er sagen. Dann berichtigte er sich: »Dies ist mein Haus.« Das war es nun tatsächlich, ob er es wollte oder nicht. Plötzlich, als ihm mit einem Stich bewusst wurde, was hier unter diesem Dach geschehen war, stieß ihn das Haus sogar ab. Ein fünffacher Mord. Würde er sich hier jemals wieder wohlfühlen können?

»Dann hat Er gewiss einen Schlüssel?«, fragte der Dragoner skeptisch.

Nein, den hatte er nicht. Wozu auch? Es war ja immer jemand da gewesen. Und während der letzten zwei Jahre hätte er ihn ohnehin nicht gebraucht. »Nein«, gab er zu. »Ist die Tür nicht offen?«

»Es ist Sein Haus und Er hat keinen Schlüssel?«

»Das Haus meiner Eltern …«

Der Dragoner begann zu verstehen. »Tut mir leid«, sagte er. »Dennoch, ohne Schlüssel …«

Plötzlich hielt eine kleine rundliche Hand dem Posten einen Schlüssel unter die Nase. Marburg sah sich um und erkannte die Mamsell des Hauses, die mit verweinten Augen an sie herangetreten war. Sie musste ganz in der Nähe gewartet haben.

»Tante Auguste!«, entfuhr es Marburg, hocherfreut, endlich ein bekanntes Gesicht zu sehen. »Ich meine: Mamsell Roberg.« Die Mamsell, rundlich, gutmütig und mit immer verschmitztem Blick, war, seit er denken konnte, in ihrem Haushalt für die Küche und das Personal zuständig. Sie wohnte in einer kleinen Dachgeschosswohnung ganz in der Nähe. »Warum sind Sie nicht im Haus?« Er deutete auf die verschlossene Tür und wusste die Antwort im selben Moment. Mamsell Roberg warf ihm einen gequälten Blick zu und wies auf den Polizeidragoner, der sie vermutlich nicht hineingelassen hatte. Aber selbst wenn das Haus nicht bewacht worden wäre, wäre sie wohl kaum hiergeblieben, nach allem, was passiert war.

»Ich durfte ja nicht. Dabei würde ich doch so gerne hineinschauen«, sagte sie, zurückhaltender, als er es von ihr gewohnt war. »Die Sachen meiner Emma sind ja noch hier …« Tränen begannen, ihr die Wangen hinunterzulaufen.

»Ihrer Emma?«

»Mein Töchting«, erwiderte sie tonlos und schniefte einmal verstohlen. »Sie war seit einem Jahr als Küchenmagd in Eurem Haushalt.«

Marburg fluchte leise. »Dann ist sie auch …«

Mamsell Roberg nickte. Wieder schossen ihr Tränen in die Augen.

Die Tochter der Mamsell – im Grunde nannte er sie immer noch »Tante Auguste« – war eine der Hausangestellten, die ebenfalls dem Mord zum Opfer gefallen waren, das begriff er erst jetzt. Was man in so einem Fall sagte, das hatten sie ihm auf der Akademie nicht beigebracht. Zaghaft nahm er die Köchin in den Arm. »Es tut mir so leid.«

»Ihr Verlust ist größer, junger Herr«, murmelte sie und gab ihm den Hausschlüssel. Vielleicht hatte sie recht. Aber gab es etwas Schlimmeres, als das eigene Kind zu verlieren? Marburg wandte sich ab und schloss das Haus auf, ohne den Dragoner weiter zu beachten. Alles wirkte auf beklemmende Weise friedlich, und nachdem die Mamsell die Tür hinter sich geschlossen hatte, drang kaum noch ein Laut an ihre Ohren.

»Mandel«, sagte Frau Roberg, nachdem sie ein paarmal geschnuppert hatte. »Das ist seltsam …«

Marburg wunderte sich, dass sie ausgerechnet jetzt an Gebäck dachte, doch er musste ihr recht geben: Es roch seltsam bitter nach Mandeln, ein Geruch, den er instinktiv mit Kindheit und Küchlein verband.

Im nächsten Moment ging die Haustür wieder auf, und ein Mann in grauem Gehrock, Gehstock und hohem, rundem Zweispitz mit einer rot-weißen Kokarde trat ein, gefolgt von dem Polizeidragoner. Der Mann betrachtete Marburg mit hochgezogenen Brauen. An der Farbe seiner weit heruntergezogenen Koteletten konnte man sein Alter abschätzen – sie waren stark angegraut – und an seiner Statur und dem selbstbewussten Auftreten seinen Rang. Zweifellos stand Richard Maximilian von Tappenbeck vor ihm, Polizeivorsteher, Geheimer Rat und Leitender Ermittlungsbeamter des Herzoglich Oldenburgischen Kriminalamts. Marburg hatte ihn noch nie gesehen, doch schon so viel von ihm gehört, dass er ihn auch so erkannte. Dies war der Mann, der ihm Auskunft geben konnte über das, was am vergangenen Freitag vorgefallen war.

»Er hat sich Zeit gelassen, junger Freund«, begrüßte ihn von Tappenbeck. Die Fältchen um seine Augen schienen Freundlichkeit auszudrücken, aber sicher war sich Marburg nicht. Der Geheimrat war auf Distanz bedacht. Er neigte den Kopf zur Begrüßung.

»Madame«, von Tappenbeck nickte kurz Mamsell Roberg zu, die ihrerseits einen Knicks andeutete, und reichte Marburg die Hand. »Wir hatten Ihn vor zwei Tagen erwartet.«

»Ich hatte die Ehre«, erwiderte Marburg freudlos, »für einen Tag und eine Nacht in der Kaiserlich Russischen Armee zu dienen.«

»Zweifellos eine fragwürdige Ehre für einen Magister der Ökonomie«, erwiderte von Tappenbeck und begann zu lachen. »Aber eine nicht zu unterschätzende Erfahrung?«

Marburg schnaubte abfällig. »Ich wäre beinahe am Pfahl ausgepeitscht worden, wenn der Dragoner Lürssen nicht rechtzeitig dazugekommen wäre. Es herrschen üble Sitten bei der Armee.«

»Zweifellos.« Der Polizeivorsteher nickte und sah Marburg unverwandt an: »Ein wenig Strenge hat noch niemandem geschadet.« Schmunzelnd fügte er hinzu: »Ja, der Lürssen. Einer meiner besten Männer. Auch als Studierter kann man von ihm noch lernen.« Dann wurde er wieder ernst, wandte sich Mamsell Roberg zu und wies zur Tür. »Will Sie nun so gütig sein und dieses Haus bis auf Weiteres verlassen?« Es war eine als Bitte formulierte Aufforderung, und die Mamsell kam ihr, nachdem sie zu einem Widerspruch ansetzen wollte, der ihr nicht zustand, schweigend nach.

Marburg hatte ihr nervös zugenickt. Er würde Tante Auguste später, wenn das Haus nicht mehr unter Polizeiaufsicht stand, in die Kammer ihrer Tochter lassen. Einstweilen wandte er sich neugierig dem Polizeivorsteher zu. »Euer Exzellenz«, begann er und zögerte, als ihn das Ausmaß des Geschehenen wieder einholte. Er hatte alles verloren, was ihm bisher finanzielle und emotionale Sicherheit gegeben hatte. Nun plötzlich musste er das sein, was er bisher immer hatte sein wollen: erwachsen. »Euer Exzellenz«, wiederholte er, »ich habe nur das Allernötigste von Lürssen erfahren, und ich hoffe, Ihr versteht, dass ich mehr wissen möchte. Was ist hier wirklich geschehen?«

Von Tappenbeck räusperte sich und machte eine einladende Geste in Richtung Nebenraum. Sie betraten das Esszimmer, das kaum erleuchtet war, weil es kein Fenster besaß. Das Haus war im Ganzen gar nicht mal klein, aber es war schmal, typisch für ein Stadthaus. Die zentral liegenden Räumlichkeiten hatten daher keine Fenster. Der Geruch nach bitterem Backwerk wurde stärker, was der Polizeivorsteher nicht zu bemerken schien. »Hier haben wir sie gefunden«, sagte er, nachdem sie das Zimmer betreten hatten. »Ihre Köchin hat uns benachrichtigt. Allerdings erst am nächsten Morgen.«

»Sie war nicht im Haus?«

»Sie hatte Ausgang und hat sich in ihrer Wohnung aufgehalten. Das zumindest hat sie zu Protokoll gegeben.«

»Ihr glaubt ihr nicht?«

»Es ist noch zu früh, um irgendetwas zu glauben«, erwiderte von Tappenbeck. »Aber das Ganze ist eine überaus merkwürdige Geschichte, und wir werden noch einige Fragen stellen müssen.«

Damit kamen sie zu dem Punkt, der Marburg mehr als alles andere interessierte. »Wie ...«, er räusperte sich, »wie sind sie gestorben?«

»Das meinte ich mit merkwürdig. Wir wissen es nicht.« Von Tappenbeck sah sich um und wies auf den großen Esstisch. Der Dragoner trat hinzu und hielt eine Handlaterne in die Höhe, sodass sie die Einrichtung des Zimmers erkennen konnten. Sechs Stühle lagen umgestoßen um den Tisch herum verteilt. Ansonsten wirkte alles völlig normal. Von der Laterne geworfene Schatten tanzten an den Wänden. »Hier saßen Seine Eltern, die beiden Dienstmädchen und ein Mann, den wir als den Bürodiener Seines Vaters identifiziert haben.«

»Was für eine ungewöhnliche Gesellschaft«, murmelte Marburg. »Hier, im Esszimmer, wären sie nie so zusammengekommen. Für gewöhnlich hat Mamsell Roberg das Essen aufgedient.«

Von Tappenbeck nickte, zog ein Notizbuch hervor und machte Eintragungen. »Die aber war aus Gründen, die wir noch zu untersuchen haben, nicht anwesend«, sagte er und fügte ein wenig hilflos hinzu: »Ich habe so etwas noch nicht gesehen … Keines der Opfer wies irgendeine Wunde auf. Nichts. Alle scheinen friedlich eingeschlafen zu sein. Es war keinerlei Gewalteinwirkung zu erkennen.«

»Keinerlei Gewalteinwirkung? Aber wie …«

»Das Gesicht Seiner Mutter wirkte … nun, wie soll ich sagen … überrascht. Doch alle anderen sahen völlig ruhig aus. Der Umstand, dass fünf Menschen gleichzeitig gestorben sind, lässt auf Mord schließen. Hinweise auf einen Einbruch gibt es jedoch nicht. Und wie konnten die Täter fünf Menschen gleichzeitig töten, ohne Gegenwehr oder ohne dass einer von ihnen hätte fliehen können?«

»Gift?«

»Das haben wir uns auch überlegt. Wir haben jedoch auch hier das Problem der Verabreichung. Wie sollten sie alle gleichzeitig das Gift zu sich genommen haben? Die Köchin hat berichtet, dass das Personal und seine Eltern weder zusammen noch dasselbe gegessen haben. Und falls doch, warum hätten sie es ohne Gegenwehr tun sollen, wo doch die Wirkung des Giftes in der Regel recht schnell eintritt? Niemand war gefesselt, der … nun, der Doktor fand keinerlei Injektionsspuren.«

»Und Madame Roberg war nicht im Haus«, sagte Marburg langsam. Vor seinem inneren Auge machte sich das bedrückende Bild der an Gift sterbenden Eltern breit. »Aber es stimmt: Wir haben nie mit den Dienstboten eine Mahlzeit geteilt.«

Der Polizeivorsteher nickte bedächtig. »Wir stehen vor einem Rätsel, junger Freund. Das habe ich auch Seiner Durchlaucht, dem Herrn Fürstbischof mitgeteilt. Ein Rätsel, das denkbar schwer zu lösen ist. Übrigens«, wechselte er das Thema, »insistiert der Herr Konsistorialrat Doktor Höppner bereits betreffs der baldigen Bestattung Seiner Eltern. Aus christlicher Sicht wäre dies angezeigt.«

»Angezeigt … Ja, natürlich.« Marburg hatte kaum zugehört. »Ich möchte sie sehen«, sagte er. »Meine Eltern, meine ich. Kann ich zu ihnen?«

»Ja, das lässt sich einrichten«, entgegnete von Tappenbeck konziliant. »Sie sind im Keller des Kriminalamts aufgebahrt.«

»Und das Haus?«, fragte Marburg, als ihm plötzlich wieder der Dragoner einfiel, der die Tür bewacht hatte. »Kann ich darüber verfügen?« Er war praktisch mittellos, jedenfalls für den Augenblick. Sollte der Polizeivorsteher im Zuge seiner Ermittlungen den Zugang zum Haus sperren – was in größeren Kriminalfällen durchaus üblich war –, dann stand er vor dem nächsten Problem: Ein Zimmer im Gasthaus konnte er sich nicht leisten, bevor er nicht eine Bestandsaufnahme des Familienvermögens gemacht hatte. Großes versprach er sich allerdings nicht davon.

»Das Haus …« Der Polizeivorsteher überlegte kurz, als hätte er diesen Aspekt noch gar nicht berücksichtigt. Natürlich musste Marburg irgendwo wohnen. Und je schneller der Alltag zurückkehrte, desto besser für ihn. Nicht nur der Regierungsadministrator, sondern auch die Zeitungen saßen ihm im Nacken. »Ja«, sagte er. »Ja, ich denke schon. Wir sind hier so weit fertig, die Untersuchungen abgeschlossen. Ich vermute nebenbei, Er ist ohnehin erbberechtigt?«

»Ich bin der einzige Sohn.«

Von Tappenbeck nickte. »Soso. Nun, dann sehe ich diesbezüglich keine Schwierigkeiten.« Er klang ein wenig zögerlich, was seinem Gegenüber nicht entging.

»Ihr stellt die Untersuchungen ein, Euer Ehren?«, fragte Marburg ungläubig.

»Nein, junger Freund, keineswegs. Untersuchungen werden bei uns nie eingestellt. Es sei denn, wir finden die Schuldigen. In diesem vertrackten Fall hingegen …«

»Werdet Ihr sie finden?«

Der Leitende Ermittlungsbeamte des Herzoglich Oldenburgischen Kriminalamts wand sich ein wenig, unangenehm berührt. »Bei besonders komplizierten Fällen wie diesem ist es nicht ausgeschlossen, dass die Untersuchungen sehr lange dauern«, sagte er ausweichend. »Das liegt in der Natur der Sache.« Von Tappenbeck wirkte plötzlich ein wenig ungeduldig. »Da sein Vater viele Kontakte ins Ausland hatte, mag es nicht ausgeschlossen sein, dass die Schuldigen längst über alle Berge sind. Und das macht es in Zeiten wie diesen nahezu unmöglich …«

»In Zeiten wie diesen?«, fragte Marburg skeptisch. Unmöglich? Hatte er richtig verstanden, dass von Tappenbeck den Tod seiner Eltern nicht mit allem gebotenen Nachdruck untersuchen würde?

»Nun, der Franzose bedroht halb Europa. In Italien und der Helvetischen Republik ist Krieg …«

Marburg schnaubte abfällig. Das war ihm durchaus bewusst. Aber war nicht gerade deshalb das russische Korps durchs Land gezogen, um die Franzosen in ihre Grenzen zu verweisen? Nein, dass dies der Grund sein sollte, die Mörder am Ende ungestraft davonkommen zu lassen, konnte er nicht glauben! Dem Geheimrat zu widersprechen, war allerdings undenkbar. Dann fiel ihm etwas ein, das seit Tagen auf seiner Seele lag: »Weshalb«, begann er zögernd, denn er selbst hatte keine Antwort auf diese Frage, »weshalb wurden meine Eltern überfallen? Weshalb wurden sie getötet?« Und schließlich: »Wurde etwas gestohlen?« Konnten diese Fragen hinlänglich beantwortet werden, so ergaben die Antworten – so sagte man wohl in Polizeikreisen – eine erste Spur zu den Tätern.

Doch der Polizeivorsteher nahm den Köder nicht auf. »Auskunft über das, was entwendet worden sein könnte, erhoffen wir uns von Ihm, von Marburg. Davon abgesehen«, fuhr er schließlich mit einiger Autorität fort, »sind die weiteren Ermittlungen natürlich eine interne Angelegenheit der herzoglichen Untersuchungsbehörde, in welche wir Ihm augenblicklich keinen Einblick geben können.«

Das klingt natürlich besser als »Wir tappen noch im Dunkeln«, dachte Marburg, nickte aber ergeben. »Ich werde versuchen, eine Bestandsaufnahme zu erstellen«, versprach er, musste sich aber eingestehen, dass dies schwierig werden würde, da er viel zu lange nicht hier gewesen war.

»Ausgezeichnet!« Von Tappenbeck legte eine Hand auf Marburgs Schulter. »Ganz ausgezeichnet. Und danach werden wir weitersehen.« Nach einem letzten väterlichen Blick machte er Anstalten zu gehen.

»Ach – Euer Ehren, mit allergrößtem Respekt …«

»Herr von Marburg?« Von Tappenbecks Stimme klang von einem Augenblick auf den nächsten gereizt.

»Ich würde den Doktor gerne noch sprechen.«

»Den Doktor?«

»Den Arzt, der meine toten Eltern untersucht hat.«

»Untersucht?« Der Polizeivorsteher krauste unwillig die Stirn. Doch die Bitte war legitim, und er hatte sie befürchtet. »Nun, sicher ... Das war der Amtsdoktor. Genauer gesagt seine Vertretung, der Studiosus der Medizin Heinrich Sartorius.« Und eilig fügte er hinzu: »Ein sehr fähiger junger Mann!«

»Ein Student?« Marburg glaubte, sich verhört zu haben.

»Er hat die Universität in Jena abgeschlossen und schreibt an seiner Promotion. Ich hörte auch von einigen Semestern an der Sorbonne ...« Von Tappenbeck räusperte sich und fand nur mühsam zu seiner Autorität zurück. Dieses Detail hatte er selbst dem Fürstbischof noch vorenthalten. In einem Fall wie dem angelegenen war eigentlich ein erfahrener, in jedem Fall approbierter Arzt vonnöten. Doch der war zurzeit nicht in Oldenburg. »Amtsdoktor Tellmann weilt seit Freitag im Harlingerland«, erklärte der Polizeivorsteher in einem Ton, der keinen Zweifel an seiner Entscheidung, einen Assistenten hinzugezogen zu haben, duldete. »Er kommt erst in ein paar Tagen zurück.« Als sein junger Gesprächspartner keine Einwände erhob, fügte er zufrieden hinzu: »Der Student der Medizin Sartorius vertritt ihn. Ganz offiziell. Als sein Famulus. Und bisher ohne Fehl und Tadel.«

Marburg hatte durchaus Einwände, und die würde er auch vorbringen. Denn dass die Todesursache seiner Eltern von einem Studenten ohne jegliche Erfahrung festgestellt worden war, konnte er kaum hinnehmen. Erst recht nicht, da die Feststellung ohne Ergebnis geblieben war. Doch seine Beschwerde hierüber würde er an anderer Stelle vorbringen, nicht hier, nicht jetzt. Fürs Erste musste er einfach hinnehmen, *dass* seine Eltern tot waren. Auch der Amtsdoktor hätte daran nichts ändern können. Den Studiosus aber wollte er dennoch nach seinen Untersuchungsergebnissen befragen. Oder was dieser dafür hielt. »Wo finde ich ihn?«

»In den Praxisräumen des Doktors in der Kurwickstraße«, erklärte der Polizeivorsteher ruhig und wandte sich zum Gehen. »Suche Er ihn nur auf und grüße Er ihn von mir. Er soll Ihm umfänglich Auskunft geben.« Damit verließen er und der Dragoner, der im Eingangsflur gewartet hatte, das Haus. Marburg blieb allein zurück.

Kurz darauf kam Mamsell Roberg durch die Tür herein und sah ihn fragend an. Natürlich war sie in der Nähe des Hauses geblieben. Von Marburg nickte und wies zur Treppe, wo es hinunter in die Gesindekammern ging. Um sie nicht in die Dunkelheit hinabsteigen zu lassen, reichte er der Köchin die Öllaterne, die der Polizist auf dem Vertiko im Eingangsbereich hatte stehen lassen.

»Hatte es Mandelkuchen gegeben?«, fragte er beiläufig, als Madame Roberg zur Treppe ging.

»Mandelkuchen?«, fragte sie irritiert.

Marburg schnupperte ein paarmal, und die Mamsell verstand. »Aber nein, junger Herr!« Sie rümpfte die Nase. »Bittermandel ... die verwende ich nicht.«

»Aber der Geruch im Haus?«

»Ja, seltsam, nicht wahr? Vielleicht hat eines der Mädchen ...« Sie schüttelte den Kopf bei dem Gedanken, dass ihre Tochter oder das Dienstmädchen gebacken haben sollten, und sogleich kamen ihr erneut die Tränen.

Als Madame Roberg wieder heraufkam, einen Koffer mit den Habseligkeiten ihrer Tochter in der Hand, erbot sich Marburg, ihr zu helfen. Sie lehnte ab. »Nein, das schaffe ich schon.« Und nachdem sie sich noch einmal umgesehen hatte, fragte sie: »Soll ich ab morgen meinen Dienst wieder aufnehmen?«

»Ich fürchte, ich kann Sie nicht bezahlen, Tante Auguste«, sagte Marburg niedergeschlagen.

»Ach, papperlapapp«, erwiderte sie. »Das findet sich alles.«

Und leise fügte sie hinzu: »Was sollte ich auch sonst tun im Augenblick?«

Marburg lächelte und nickte dankbar.

»Sodann, bis morgen, junger Herr.« Die Köchin verließ nach einem angedeuteten Knicks das Haus, und Marburg blieb allein zurück. Kurz darauf aber trat auch er vor die Tür, um sich schweren Herzens auf den Weg zum Kriminalamt zu machen.

Als er seine Eltern nebeneinander auf eigens dafür herbeigeschafften Tischen liegen sah, nur bedeckt mit einem Leichentuch, da wurde ihm erst das ganze Ausmaß seiner Situation bewusst, die Einsamkeit und Verantwortung, das riesige, klaffende Loch in seinem Leben, dort wo zuvor die Liebe und Fürsorge seiner Mutter und die Obhut, das Wohlwollen und die Strenge seines Vaters gewesen waren. Plötzlich fehlte ihm all das, was er während des Studiums als Gefühlsduselei und seines Erwachsenwerdens als nicht würdig abgetan hatte.

Die Augen der beiden waren geschlossen, die Gesichtszüge entspannt und – Gott sei's gedankt – nicht verzerrt oder überrascht, wie der Ermittlungsleiter es gesagt hatte. Marburg verspürte nicht das Bedürfnis, die beiden Menschen zu berühren, die – von entfernteren Verwandten im Hessischen abgesehen – seine Familie gewesen waren. Doch saß er an ihrem Totenlager, bis der Wachhabende ihn schließlich mit jovialen Worten heimschickte. Er warf einen letzten Blick auf die von dunklen Totenflecken gezeichneten Gesichter, dann verließ er den Keller und das Kriminalamt.

Zurück in seinem Elternhaus richtete Marburg sich im Gästezimmer ein, so wie er es bei seinen seltenen Besuchen der letzten Jahre getan hatte. Eine erste Bestandsaufnahme im Arbeitszimmer seines Vaters hatte die Befürchtungen bestätigt: Es befand sich kein Geld mehr im Haus. Aber wie viel – oder wie wenig – es auch gewesen sein mochte, konnten ein paar Courantmark der Anlass gewesen sein für ein derart abscheuliches Verbrechen? Und wenn nicht, welchen Grund mochte es sonst gegeben haben?

Bevor er das Licht löschte, betrachtete er noch eine endlose Weile den kleinen schwarzen Scherenschnitt Jettes. Wie mochte es ihr ergehen? Wie den anderen? Hatten sich Heinrich Jacobi und Franz von Auburg tatsächlich duelliert? Hatte einer den anderen am Ende erschossen? Was waren das nur für Zeiten? Er verfluchte die verdammte Revolution und ihre in die Welt getragenen Ideale. So hehr sie sein mochten, schienen sie doch nur Krieg und Zwietracht zu bringen …

Über diesen Gedanken und mit Jettes Gesicht vor Augen schlief er ein.

Nun weiß ich, wenn der letzte Morgen seyn wird –
wenn das Licht nicht mehr
die Nacht und die Liebe scheucht –
wenn der Schlummer ewig
und nur ein unerschöpflicher Traum seyn wird.

Novalis (Friedrich von Hardenberg),
Hymnen an die Nacht, 1800.

4. Kapitel

Freitag, 21. Juni 1799, Oldenburg

Am nächsten Morgen machte Marburg sich auf den Weg zum Kontor von Alfred Peter Friedrich Fortmann, dem Bankier und Vermögensverwalter seines Vaters. Es befand sich in einem der größeren Häuser in der Langen Straße, gewissermaßen der Hauptstraße Oldenburgs in direkter Flucht des großen Heiligengeisttores mit seinen modern klassizistisch gehaltenen Wachgebäuden. Hier ließen sich die wohlhabenderen Bürger der Stadt sehen, in erster Linie hohe Beamte der herzoglichen Administration. Daneben fand sich der Lappan, Glockenturm und mittlerweile fast Wahrzeichen der Stadt, die Dependance eines Bremer Kaufmanns – und eben hinter einer massigen, dunklen Fassade das »Bankhaus Werner«, für welches Fortmann arbeitete.

Der Bankier ließ Marburg nicht lange warten. Ohne große Umschweife bat er ihn in sein bis unter die stuckverzierte Decke getäfeltes Kontor und verschwand wieder hinter seinem großen Schreibtisch, der beinahe die Hälfte des Raumes einnahm. Marburg setzte sich auf ein Handzeichen hin in einen geschwungenen und gepolsterten Sessel, den man allgemein und der Revolution in Frankreich zum Trotz »Louis XVI« nannte.

»Mein herzliches Beileid, Herr von Marburg«, begann Fortmann das Gespräch. Er war ein hochgewachsener Mittfünfziger mit markantem Kinn, hoher Stirn und lockigem, grauem Haar, das er gar nicht erst versuchte, unter einer

Perücke zu verbergen. Hinter einer schmalen Brille lagen kluge, durchdringende Augen. »Ich darf doch davon ausgehen, dass Ihr über das Ausmaß der Tragödie vollumfänglich informiert seid?«

»Wenn Ihr damit meint, dass meine Eltern heimtückisch ermordet wurden – ja, darüber bin ich informiert. Und eben das führt mich zu Euch.« Irgendetwas im Blick des Bankiers ließ Marburg verstummen. Er mochte diese Geldverleiher nicht, obgleich er wusste, dass es ohne sie nicht ging. Fortmann war für seinen Vater allerdings mehr gewesen als nur das, er war, soweit er wusste, ein durchaus geschätzter Berater und Finanzverwalter. Also nahm er sich zusammen und musterte sein Gegenüber fragend, so wie er selbst gemustert wurde.

»Die herzogliche Polizeibehörde geht demnach noch immer von einem Verbrechen aus?«, fragte Fortmann mit gespielter Überraschung. »Ein Verbrechen an Euren Eltern?«

»Wie meint Ihr das?«, fragte Marburg zurück. »Natürlich tut sie das. Habt Ihr andere Erkenntnisse?«

Fortmann lehnte sich in seinem Sessel – einem etwas größeren Exemplar des »Louis XVI« vor seinem Schreibtisch – zurück und schien nachzudenken. »Nein, natürlich nicht«, erklärte er kurz darauf. »Und schließlich bin ich kein Ermittlungsbeamter. Im Übrigen wollte ich, bevor ich eine Aussage vor dem Herrn Geheimrat von Tappenbeck mache, mit Euch sprechen.«

»Ich glaube, Ihr müsst Euch etwas deutlicher ausdrücken.« Marburg hatte nicht die geringste Ahnung, worauf der Bankier hinauswollte.

Fortmann lächelte kurz. »Gewiss.« Dann legte er die Fingerspitzen zusammen und beugte sich vor. »Was ich meine, ist Folgendes: Euer Vater war alles andere als liquide. Die aufgelaufenen und durch unser Bankhaus sämtlich verauslagten Kosten betragen«, er schlug ein dunkelgrün gebundenes Kontobuch auf, »vierzehntausendzweihundertdreiunddreißig Reichsthaler. Hinzu kommen die Heuer der Schiffsbesatzung nebst Kapitän Hansen und die Löhne der Angestellten in Haus und Kontor …« Fortmann unterbrach sich, vermutlich, weil ihm einfiel, dass drei der Angestellten ihren Lohn nicht mehr einfordern würden. Seine Mundwinkel zuckten ein paarmal, dann fuhr er fort: »Versteht mich nicht falsch. Es geht nicht um Misswirtschaft. Es geht um höhere Gewalt, um die Ausführbarkeit von Geschäften.«

»Ausführbarkeit?« Marburg bekam ein ungutes Gefühl in der Magengegend. »Was meint Ihr damit?«

»Nun, junger Freund, ich befürchte, Ihr seid nicht ganz auf dem Laufenden, was die Geschehnisse in der Politik betrifft.« Fortmann machte eine prüfende Pause, doch Marburg, der nicht hinter dem Mond gelebt hatte und vom Krieg der Englisch-Österreichischen Koalition gegen das revolutionäre französische Regime – und aus eigener Erfahrung vom Durchzug des russischen Hilfskorps unter Generalleutenant von Fersen – wusste, schwieg. Ganz ohne Zweifel war jemand wie Fortmann weitaus besser informiert und kannte Hintergründe.

»Es gibt Gerüchte«, fuhr der Bankier fort, »dass die Briten unter dem Oberbefehl des Herzogs von York eine Invasion in den Niederlanden planen, um die Batavische Flotte unter ihre Herrschaft zu bringen.« Die Batavische Republik, das wusste Marburg, war eine im Zuge der französischen Revolution errichtete Tochterrepublik auf dem Gebiet der ehemaligen Niederlande. Gewissermaßen ein Revolutionsexport, in jedem Fall aber ein Vasallenstaat der Franzosen. »Die Streitigkeiten«, erklärte Fortmann weiter, »die ich nicht einmal Krieg nennen möchte, erschweren den Handelsverkehr auf der Nordsee und im östlichen Atlantik ganz ungemein. Faktisch ist der zivile Schiffsverkehr in den letzten Wochen zum Erliegen gekommen, zumindest, was die Handelsbeziehungen mit Frankreich und im Kanal betrifft.«

Marburg nickte vorsichtig. Er ahnte, worauf die Ausführungen des Bankiers hinzielten.

»Wie Ihr sicher wisst, fuhr die ›Friederike‹, also die Brigg Eures Vaters, hauptsächlich Häfen zwischen Emden, England, den Niederlanden und Dänemark an, hin und wieder auch Ziele in Spanien, Italien und Frankreich …«

»Fuhr?«, unterbrach ihn Marburg, dem das Präteritum in Fortmanns letztem Satz durchaus aufgefallen war.

»Fuhr«, bestätigte Fortmann. »Das letzte Ziel Eures Vaters war Livorno.«

»Italien …«

»Ganz recht, Italien.« Wieder blätterte Fortmann in seinem Kontobuch. »Ich habe hier Avisierungen der Konnossements der ›Friederike‹. Unter anderem viertausend Ballen Mako-Baumwolle, fünfhundertfünfzig Fässer Olivenöl sowie kleinere Chargen Kaffee, Rum und Porzellan, weiß der Teufel welchen Ursprungs. Ihr Vater hat in den letzten Monaten seine Handelsbeziehungen erfolgreich ausgeweitet. Der größte Teil der Fracht war bestimmt für E. W. Miller in Southampton. Von dort gab es eine Frachtzusage für eineinhalb Tonnen Tee mit Bestimmung Hamburg. Wenig rentabel, denn der Tee, wenn er erst einmal England erreicht hat, ist teuer.«

»Das heißt aber doch, wenn die ›Friederike‹ zurückkehrt, wird das Konto der Compagnie meines Vaters mehr als ausgeglichen und Ihr Bankhaus hochzufrieden sein?«

»Die Erlöse abzüglich Thara, Zoll, Ewerführerlohn, Aufbringen, Wiegen und Courtage lägen bei dreiundvierzigtausend Thalern«, erwiderte der Bankier schwach und ohne auf Marburgs Spitze einzugehen.

»Herr Fortmann, sagt mir endlich, was los ist.« Marburg war die zweite Einschränkung ebenfalls nicht entgangen: *lägen*.

»Nun, die ›Friederike‹ hat weder Southampton erreicht noch wird sie Hamburg erreichen. Sie liegt in Le Havre, aufgebracht von der französischen Marine.«

Marburg sprang auf und fluchte. »Aber wir sind doch nicht im Krieg mit den Franzosen!«

»Wir nicht«, bestätigte Fortmann ruhig. »Aber die Engländer. Selbstverständlich darf ein neutraler Handelsfahrer nicht als Prise genommen werden. Dennoch haben die Franzosen Fakten geschaffen, deren gerichtliche Regelung Monate in Anspruch nehmen könnte, wenn nicht gar Jahre.«

Marburg krauste skeptisch die Stirn. »Fakten?«

»Ja, in der Tat. Ein Gesetz der französischen Nationalversammlung vom 31. Oktober 1796 erklärt, ›aus dem Ausland importierte Ware, woher sie auch stamme‹, gelte zwangsläufig als englisch und dürfe nicht nach Frankreich eingeführt werden. Sollte sie aber nach Frankreich gelangen, kann sie konfisziert werden.«

Die Konsequenz aus Fortmanns Worten erschloss sich Marburg nur widerstrebend: »Heißt das also, dass mein Vater ... dass ich ... dass meine Familie bankrott ist?«

Plötzlich wurde ihm auch bewusst, was Fortmann mit seinen Anspielungen zu Beginn des Gesprächs gemeint haben musste: »Und wollt Ihr damit zum Ausdruck bringen, dass mein Vater aufgrund dieser finanziellen Misere sich, meine Mutter und drei seiner Angestellten vergiftet hat? *Wollt Ihr das damit sagen*?« Mit dem letzten Satz hatte er den Bankier förmlich angeschrien.

Der jedoch blieb ruhig und sah nachdenklich und kopfschüttelnd vor sich auf den Schreibtisch. »Nein, von Marburg«, sagte er langsam. »Nein, das glaube ich nicht. Ich kannte Euren Vater gut, vielleicht besser, als Ihr wisst. Nichtsdestotrotz könnte die Polizei durchaus auf diesen Gedanken kommen, wenn sie erst einmal alle Tatsachen und Umstände seines Todes in Erfahrung gebracht hat.«

»Aber das ist doch …«

»… der Lauf der Welt«, vervollständigte der Bankier Marburgs Satz. »Oder der Bürokratie.« Mit einer Handbewegung wies er ihn an, sich wieder zu setzen. »Euer Vater war ein integrer, vernünftiger und umsichtiger Mann«, fuhr er fort. »Wenngleich ich denke, dass er mit der italienischen Fracht ein wenig zu hoch am Wind gesegelt ist, wie die Seeleute zu sagen pflegen. Aber gut, noch ist nicht alles verloren. Allerdings verdirbt die Ware – vielleicht abgesehen vom Olivenöl – mit jedem Tag im Laderaum ein wenig mehr.«

»Ist sie versichert?«, fragte Marburg, nun wieder ruhiger.

»Selbstverständlich, nicht zuletzt auf unsere Empfehlung hin. Gegen Sturm, Havarie und Diebstahl.«

»Diebstahl?«

Fortmann zuckte mit den Achseln. »Auf See wären da Piraten und Freibeuter – und wie ich das Gesindel nennen soll, das unsere Lagerhäuser leer räumt, weiß ich nicht.«

»Dann wird die Versicherung zahlen?«

»Nein.«

»Nein?«

»Nein. Denn die ›Friederike‹ hat weder ihre Ladung verloren noch ist sie untergegangen. Faktisch gehört sie Euch sogar noch, auch wenn Ihr keine Verfügungsgewalt über das Schiff habt, da sie von den französischen Behörden, sagen wir: beschlagnahmt wurde.«

»Wann, glaubt Ihr, kann ich die ›Friederike‹ zurückbekommen?«, fragte Marburg vorsichtig, die Antwort bereits ahnend.

»Das«, erwiderte Fortmann und machte eine Geste des

Unwissens, »kann im Augenblick niemand sagen. Nicht wann und nicht einmal ob.«

»Da offenbar auch die Barschaft meines Vaters bei dem Überfall gestohlen wurde, bin ich somit also mittellos?«

Fortmann nickte. »Bis in irgendeiner Weise Tatsachen geschaffen werden, fürchte ich ja.« Er nahm erneut das Kontobuch zur Hand und warf einen kurzen Blick hinein. »Wenn ich die Wahrscheinlichkeit bewerte, dass das Olivenöl zu einem nicht bestimmbaren Zeitpunkt zu Geld gemacht werden kann – oder dass die Versicherung zu einem nicht bestimmbaren Zeitpunkt eine nicht bestimmbare Summe auszahlen wird, weil sie auf unser Bestreben hin den Umstand des Diebstahls anerkennt – was ich nicht einmal versprechen kann –, dann kann ich Euch eine Barzahlung von hundert, vielleicht hundertfünfzig Reichsthalern anbieten. Gewissermaßen ein Comptantgeschäft auf den zukünftigen, hypothetischen Wert der Ware. Zum üblichen Zinssatz, versteht sich.«

»Alle Rechte gehen auf Euch über?«

»Das versteht sich zum gegenwärtigen Zeitpunkt ebenfalls. Alle Rechte an der Ladung und der am Stau gelagerten Ware und den Anlagen. Letzteres als Bürgschaft.«

Johannes von Marburg seufzte. Dazu gehörte das Lagerhaus am Hafen mitsamt den beiden Trakehnerhengsten, die sein Vater vor ein paar Jahren gekauft hatte, um nicht auf die Willkür der Postkutsche angewiesen zu sein. Sein Vater hätte ihm von einem derartigen Geschäft zweifellos abgeraten. Da er aber über keinerlei anderweitige Mittel verfügte, blieb ihm nichts anderes übrig, als anzunehmen. Wenn Fortmann recht behielt und die Ermittlungsbeamten zu demselben Ergebnis kamen, nämlich dass sein Vater aus Geldnot sich, seine Frau und die Dienstboten getötet hatte, dann gab es für Marburg in der kleinen Stadt ohnehin keine Zukunft mehr. »Aber eines der Pferde …«, begann er.

»Auch die gehören in die Vermögensmasse«, unterbrach Fortmann ihn bereits im Ansatz. »Versteht mich nicht falsch«, fügte er versöhnlich hinzu. »Ich handele nicht nur im eigenen Namen, sondern für die Bank-Gesellschaft. Ich gehe davon aus, dass alles zu unser beider Zufriedenheit verlaufen wird. Und dann werdet Ihr alles zurückerhalten und ein wohlhabender Mann sein. Zumindest einer, der sich sein Vermögen wiederaufbauen kann.«

Geb's Gott, dachte Marburg und nickte ergeben. »Ich werde darüber nachdenken«, sagte er leise. »Wann darf ich Euch wieder aufsuchen?«

»Jederzeit. Aber wenn ich Euch einen Rat geben darf«, damit zog er eine der Schreibtischschubladen auf, holte ein Papier heraus und schob es Marburg hin, »Ihr solltet Euch sogleich entscheiden.«

Marburg erkannte, dass es sich um einen vorbereiteten Vertrag handelte. Er verzog den Mund, warf Fortmann einen Blick zu und entschied, dass der Bankier und sein Vater gute Geschäftspartner gewesen waren und dass er ihm in seiner jetzigen Situation vertrauen musste. Also unterschrieb er den Vertrag und schob eine Ausfertigung zurück über den Schreibtisch.

Fortmann erhob sich, kam um das wuchtige Möbel herum und reichte Marburg mit verbindlichem Lächeln die Hand. »Ihr werdet sehen, alles wird zu Eurer Zufriedenheit verlaufen. Die Franzosen können nicht anhaltend internationales Handelsrecht brechen. Sie würden sich damit nur allzu rasch isolieren. Wir werden so schnell als möglich juristische Maßnahmen ergreifen, die ›Friederike‹ – oder doch wenigstens die Ladung – zu retten.«

Marburg nickte. Es fehlte ihm an Erfahrung, um abschätzen zu können, ob das französische Direktorium, der Nachfolger der Revolutionsregierung, sich um internationales

Handelsrecht scherte. Allzu große Hoffnung hegte er nicht. Ebenso wenig, was die Einsetzung der alten Königslinie betraf. »Darf ich Euch noch etwas fragen, Fortmann?«

»Selbstverständlich.«

»Warum ist mein Vater nicht bei seinem Schiff geblieben? Ich meine …«

»Darüber kann ich mir kein Urteil erlauben, Herr von Marburg. Ich nehme aber an, dass in Le Havre für den Augenblick nichts mehr auszurichten war. Und schließlich hat er seinen Kapitän an Bord der ›Friederike‹.« Hier irrte er, denn Kapitän Hansen war mit seinem Arbeitgeber nach Oldenburg zurückgekehrt. »Vielleicht«, fügte er mit schwer zu deutender Miene hinzu, »lag es auch an dem Gast, den er – und selbstverständlich seine Frau – mit nach Oldenburg gebracht hatten.«

»Ein Gast?«

»Eine Reisebekanntschaft, wie ich vermute. Eine Französin.«

»Eine Französin? Wer sollte das sein?« Unter den Opfern war sie nicht gewesen.

Fortmann machte eine entschuldigende Geste. »Verzeihung, Freiherr, darüber bin ich nicht informiert.«

Als Marburg mit zwanzig Reichsthalern in bar und einem Wechsel über weitere hundertdreißig Reichsthaler das dunkle Bankhaus durch die großzügige zweiflügelige Eingangstür verließ und auf die Lange Straße hinaustrat, wurde er das Gefühl nicht los, dass er etwas falsch gemacht hatte. Aber was hätte er tun sollen? Ohne das Geld konnte er ebenso gut zu den Russen zurückkehren und sich erneut als Grenadier verdingen.

Für einen Augenblick sah er die »Friederike« vor sich. Zu Beginn seiner Studien der Handelswissenschaften an der Hamburger Akademie des Johann Georg Büsch hatte er sie zuletzt gesehen. Sie hatte drei Tage im Hamburger Jonas-Hafen am Johannisbollwerk gelegen und war entladen worden. Ihre beiden Masten hatten hoch und beeindruckend aufgeragt, der imposante Heckspiegel mit den fünf großen Fenstern der Kapitäns- und Eignerkajüten zum Träumen eingeladen und die stilisierten Stückpforten, von denen sein Vater überzeugt gewesen war, dass sie Piraten oder Freibeuter abschreckten, hatten auf ihn tatsächlich wie die eines Kriegsschiffes gewirkt.

Ohne dass er wusste, wie, stand für Marburg in diesem Augenblick fest, dass er sich das Schiff zurückholen würde, dass er es nicht den Franzosen überlassen würde und dass er eines Tages neben dem Steuermann stehen würde, wenn es, beladen mit italienischer Fracht, durch die Wellen des Atlantiks pflügte.

Doch einstweilen stand ihm das Falliment seines Vaters im Wege, die Zahlungsunfähigkeit, der Bankrott. Und alles nur wegen der verdammten Franzosen! Marburg spie aus und machte sich auf den Weg nach Hause. Doch was sollte er dort? Auf Madame Roberg musste er nicht warten, sie hatte ihren Schlüssel zurückerhalten. Für einen Augenblick überlegte er, ob es im Haus irgendeinen Hinweis auf die ominöse Reisebekanntschaft geben könnte. Aber was sollte das sein, und wo sollte er suchen? Dann kam ihm ein weiterer Gedanke. Wenn die Unbekannte nicht unter den Opfern war – konnte sie am Ende die Täterin sein?

Um das herauszufinden, musste er mehr über sie erfahren. Marburg nahm sich vor, den Polizeivorsteher darauf anzusprechen.

Für den Moment aber ging er weiter, durch die geschäftigen Straßen, vorbei an geöffneten Geschäften, Lagern und Handwerksläden, zur Praxis des Amtsdoktors. Von ihm wollte er wissen, *was* genau geschehen war, *wie* es geschehen war und ob an der – widerrufenen – Theorie Fortmanns etwas dran sein konnte. Dass er dazu nur auf einen unerfahrenen Studiosus zurückgreifen konnte, war ärgerlich. Außerordentlich ärgerlich. Aber nicht zu ändern. Nun, er würde dem Grünschnabel schon auf den Zahn fühlen.

Die Kurwickstraße, in der die Praxisräume des Doktors lagen, war nicht weit. Tatsächlich war *kein* Weg in Oldenburg weit. Das Leben der Stadt mit ihren dreieinhalbtausend Einwohnern spielte sich vollständig und entsprechend dicht gedrängt innerhalb ihrer Stadtmauern und Wehranlagen ab, außerhalb gelegene Stadtbezirke gab es keine, nur einige wenige Vororte. Sollten erneut Einquartierungen auf sie zukommen – das russische Hilfskorps auf seinem Weg nach Friesland war gewiss nicht mehr weit –, dann stand der Stadt eine schwere Zeit bevor. Immerhin verhielten sich dem allgemeinen Vernehmen nach verbündete Truppen moderater als feindliche. Doch wer legte in diesen Tagen fest, wer Freund war und wer Feind? Das schwach bewaffnete Herzogtum war neutral, aber nicht verbündet.

Plötzlich stand er vor dem Haus des Amtsdoktors, worauf ein Emaille-Schild neben der Treppe, die zur Beletage hinaufführte, hinwies. Marburg zog an der Klingel, und wenig später öffnete ihm ein verhärmt wirkender Mittvierziger in fleckiger Lederschürze.

»Seid Ihr der Studiosus, der den Amtsdoktor vertritt?«, fragte Marburg mit unwillkürlich gerümpfter Nase.

Der Mann schüttelte ruckartig den Kopf, machte eine einladende Bewegung und verschwand wieder im Eingang. Marburg schloss konsterniert die Tür und beeilte sich, ihm zu folgen, vorbei an den Amtsräumen und einer kleinen Stube, eine knarrende Treppe hinauf.

»Wen haben wir denn da, Julius?«, fragte eine Stimme aus einem der Räume des Obergeschosses. Marburg trat an dem Mann mit der Lederschürze vorbei in das nächstgelegene Zimmer, ein teppichloser, weiß gestrichener Raum, kaum größer als der Schreibtisch des Bankiers Fortmann und mit einem kleinen Fenster versehen, durch das man auf die Wallanlagen hinunterblicken konnte. Ein kleiner Tisch war zum Schreibtisch umfunktioniert worden, davor saß auf einem Stuhl ohne Armlehne ein Mann seines Alters, mit braunem, zum Pferdeschwanz zusammengebundenem Haar; er trug Stiefel, eine maisgelbe Hose, eine dunkelblaue Jacke und darunter eine hellgrüne Weste. Das weiße Halstuch war modisch bis zum Kinn gewickelt. In ebendieser Manier hatte Goethe seinen Werther beschrieben, und wer etwas auf sich hielt, tat es ihm noch immer gleich. Als Marburg eintrat, sah der junge Mann von seinen Papieren auf, und sein bis dahin konzentrierter Blick wich einem Lächeln. »Ah, Sie sind gewiss der Magister der Ökonomie, der Freiherr von Marburg!«, rief er aus, erhob sich und reichte seinem Besucher die Hand. »Ich hatte insgeheim schon gestern Abend mit Ihnen gerechnet.«

»Ihr … Sie haben mit mir gerechnet?«, fragte Marburg ein wenig überrascht zurück. Kein Zweifel, dies war der Student der Medizin, der Vertreter des Amtsdoktors, und so groß Marburgs Vorbehalte oder sogar Ressentiments dem offenbar Gleichaltrigen gegenüber gewesen sein mochten, so plötzlich verflogen sie nun.

»Aber gewiss! Tragische Sache, das mit Ihren Eltern, von Marburg. Mein allertiefstes Beileid! Für mich aber, mit Verlaub, ein ungeheurer Glücksfall … Ach, ich hätte das nicht sagen sollen.« Er setzte eine schuldbewusste Miene auf. »Aber dennoch: Dieser Mordfall wird mein berufliches Fortkommen fördern!«

»Schön, dass Sie es so sehen«, erwiderte Marburg tonlos. Seine soeben aufgeflammte Sympathie für den angehenden Doktor bekam Risse.

»Oh ja, ganz ohne Zweifel. Und ich bin hocherfreut, mit Ihnen darüber sprechen zu können, mein lieber von Marburg! Wie wäre es mit einer Tasse Tee?«

Marburg nickte überrascht. Er hatte den ganzen Morgen noch nichts zu sich genommen.

Der Vertreter des Amtsdoktors wandte sich zur Tür, wo der Mann mit der Lederschürze noch immer stand. »Julius, sei so gut und gieße uns eine Kanne auf, ja?«

Julius nickte und schlurfte davon.

»Er ist das Faktotum der Praxis. Ein wenig verrückt, wenn Ihr wisst, was ich meine«, er machte eine entsprechende Handbewegung, »aber unbedingt vertrauenswürdig. Ach, zum Kuckuck, ich habe mich ja noch gar nicht vorgestellt. Gestattet – Heinrich Sebastian Sartorius, Doktorand der Medizin und«, er machte eine ausschweifende Handbewegung, »Famulus und Vertreter des allerehrenwerten fürstbischöflichen Amtsdoktors Isidor Tellmann.«

Marburg konnte ein schiefes Lächeln nicht unterdrücken und deutete eine höfische Verbeugung an. »Johannes Friedrich Freiherr von Marburg, graduierter Ökonom, Kaufmannssohn und baldiger Eigner eines gestohlenen Schiffes.«

»Ich bin erfreut, Ihre Bekanntschaft zu machen.«

Sie lachten, was Marburg selbst am meisten überraschte, denn nach den Ereignissen der letzten Tage war ihm nicht im Mindesten zum Lachen zumute gewesen. Umso erleichternder empfand er die plötzliche Heiterkeit und das unkomplizierte Wesen seines Gegenübers. Im Vertreter des Amtsdoktors glaubte er sogar, einen möglichen Freund gefunden zu haben. Zumindest einen Gleichgesinnten. Beides besaß er in Oldenburg seit seinem Weggang nach Hamburg nicht mehr.

»Sie beabsichtigen also, ein Schiff zu stehlen?«

»Ein ...« Marburg sah den Doktoranden irritiert an, dann begriff er die absichtliche Fehlinterpretation. »Zum Teufel, nein! Meinem Vater wurde es gestohlen«, erklärte er eilig. »Festgesetzt. Von den Franzosen. In Le Havre.«

»Ja, es ist ein Kreuz mit dem Krieg.« Sartorius nickte ernst.

»Eine Plage der Menschheit, besonders, wenn wir selbst davon betroffen sind.« Und mit einem leichten Grinsen fügte er hinzu: »Dennoch werde ich davon leben müssen.«

»Sie? Wie das?«

Der Doktorand wies auf seinen Schreibtisch. »Da Meister Tellmann weder vorhat, in den Ruhestand zu wechseln, noch das Zeitliche zu segnen, werde ich mich als Feldscher verdingen müssen. Bei den Preußen oder Österreichern dürfte derzeit reichlich Bedarf herrschen.«

Marburg betrachtete sein Gegenüber mitleidig. »Keine goldenen Aussichten, was?« Gleichzeitig wurde ihm bewusst, dass nach den jüngsten Ereignissen auch ihm ein ganz ähnliches Schicksal bevorstehen konnte. Wenngleich gewiss nicht als Feldchirurg. Zahlmeistergehilfe vielleicht.

Sartorius winkte ab. »Ich hätte es schlimmer treffen können. In der Regel leben die Feldärzte länger als ihre Patienten.« Mit einem schmalen Grinsen bedeutete er seinem Besucher, ihm die Treppe hinunter zu folgen, wo er ihn in den »kleinen Salon« bugsierte. Ein Spaß, den er von Tellmann übernommen hatte, denn es gab keinen »großen« Salon, und selbst Peter Friedrich Ludwig musste auf seinen gelegentlichen Besuchen mit den beengten, aber gemütlichen Räumlichkeiten vorliebnehmen.

»Eigentlich bin ich gekommen«, begann Marburg und setzte sich auf das schmale Sofa hinter einem runden, etwas abgestoßenen Barock-Tisch, »um Ihre Expertise und damit die Diagnose infrage zu stellen.«

Julius kam mit einem Tablett herein, auf dem sich zwei Tassen, eine silberne Teekanne und ein Glas mit niederländischem Kandiszucker befanden. »Nur zu«, lachte Sartorius. »Was sagten Sie, bei wem haben Sie Medizin studiert?«

»Medizin ...« Marburg verstand, auch er begann zu lachen, wenngleich verhaltener. »Verzeihen Sie«, sagte er nunmehr ernst. »Es liegt mir fern, Ihnen zu nahe zu treten. Doch alles, was ich bisher über die Ereignisse des vergangenen Donnerstags gehört habe, klingt allzu unwahrscheinlich, ja geradezu verrückt. Können Sie medizinisch erklären, was vorgefallen ist?«

Sartorius schüttelte vehement den Kopf. »Meiner Treu, nein!«, rief er aus. »Von Tappenbeck würde mich dafür umbringen und Tellmann auf der Stelle auf die Straße setzen.«

Marburg verstand, dass es sich um so etwas wie ein Dienstgeheimnis handelte, ein Ehrenkodex unter Ärzten – oder einfach nur die Anweisung des Polizeichefs. Hatte er gehofft, dass der junge Doktorand – gewissermaßen unter Studenten – eine Ausnahme machen würde, so sah er sich enttäuscht. »Es handelt sich um meine Eltern«, wagte er einen letzten Versuch.

»Und um mein Leben«, erwiderte Sartorius. Doch er grinste dabei, und einen Augenblick später fügte er hinzu: »Also gut. Ich habe eine Theorie, eine These. Um sie zu begründen, benötige ich jedoch mehr Zeit.«

Zeit ist eigentlich das, was wir nicht *haben*, dachte Marburg. Mit jedem Tag gewinnt der Mörder an Vorsprung. Denn dass es jemand aus Oldenburg war, glaubte er nicht. »Dann«, sagte er vorsichtig, »erzählen Sie mir einfach, was Sie wissen!«

»Warum fragen Sie nicht den Leiter des Kriminalamts?«

»Von Tappenbeck?« Marburg schnaubte verächtlich, was Sartorius zum Lachen brachte.

»Sie mögen ihn nicht?«

»Ach nein, das wäre zu weit gegangen.« Marburg schüttelte den Kopf. Er wollte nicht schon wieder etwas Falsches sagen. »Ich habe nur den Eindruck, dass er irgendwie …«

»… ein wenig träge und von sich selbst eingenommen ist?«, versuchte der Doktorand zu helfen. Wieder lachten beide.

»Ja, vielleicht ist es das. Ich empfinde es als unerträglich herumzusitzen, während unsere herzoglichen Dragoner und ihr Polizeichef noch nicht einmal das Haus untersucht haben.«

Sartorius hob überrascht die Augenbrauen.

»Nun ja, jedenfalls nicht richtig«, schränkte Marburg ein. »Aber müssten der oder die Mörder nicht irgendwelche Spuren hinterlassen haben? Gibt es Hinweise auf die Todesursache? Fehlt irgendetwas im Haus?«

»Je nun. Ob etwas fehlt, können Sie gewiss besser beurteilen. Spuren werden morgen noch immer zu finden sein, und was die Todesursache anbetrifft …« Sartorius machte eine kleine Pause, in der Marburg siedendheiß einfiel, dass es für eine Spurensuche nun wohl zu spät war – Madame Roberg hatte ohne Zweifel so gründlich geputzt, dass kein noch so kleines Indiz mehr zu finden sein würde.

Der Doktorand nahm einen Schluck Tee und überlegte, wie er anfangen sollte. »Was also die Todesursache angeht«, erklärte er schließlich, »so ist es eindeutig, dass alle fünf vergiftet wurden, da keine äußere Gewalteinwirkung ersichtlich war.«

Marburg verdrehte die Augen. »Ich wünschte, ich könnte es aus Ihrer Sicht sehen. Oder sollte ich am Ende froh sein, dass meine Eltern nicht erschlagen wurden?«

»Natürlich nicht, verzeiht!« Sartorius sah kurz zu Boden. »Ich versuchte nur, die Umstände sachlich darzustellen.«

»Dessen bin ich sicher«, erwiderte Marburg eilig. Mit Pietät würden sie der Wahrheit auch nicht näher kommen. »Und wie«, fragte er, »wurde das Gift verabreicht?«

Der Doktorand hob die Schultern. »Das weiß ich noch nicht. Ich stehe noch ganz am Anfang. Für eine Obduktion, wenn ich darauf hinweisen darf, benötige ich Ihr Einverständnis.«

»Obduktion«, wiederholte Marburg widerwillig. »Sie wollen meine Eltern aufschneiden?«

»Mit Ihrer gütigen Erlaubnis.«

Einen Augenblick zögerte Marburg. Es hatte keinen

Zweck, etwas herausfinden zu wollen, ohne die entsprechenden Maßnahmen zu ergreifen. »Dann muss es wohl sein«, sagte er langsam. »Ich will da keine Ausnahme machen …«

»Ich danke Ihnen.« Sartorius warf ihm ein wohlwollendes Lächeln zu.

»Von Tappenbeck hat erwähnt«, fuhr Marburg aufgeräumt fort, »dass das Gift bei allen gleichzeitig gewirkt hat?«

»Es scheint so, ja. Alle fünf Opfer saßen ganz friedlich um den Tisch herum.«

»Das ist absurd, geradezu unwirklich! Zumal meine Eltern nie mit den Dienstmädchen speisten.«

»Das dachte ich mir bereits. Und ich wage zu behaupten, dass sie es in diesem Falle wohl auch nicht taten«, konstatierte der Doktorand. »Es hat auf mich eher wie eine Inszenierung gewirkt.«

»Eine Inszenierung? Sie meinen … durch den Mörder?«

»In der Tat, ja.« Sartorius nickte langsam. »Ich weiß nicht, warum, doch ich gedenke, es herauszufinden.«

»Sie?«

»Wenn Sie nichts dagegen haben?«

»Ganz gewiss nicht!«, erwiderte Marburg von plötzlicher Euphorie erfasst. Es schien, als hätte er schneller als erwartet einen Verbündeten gefunden.

»Und Sie können Stillschweigen bewahren?«

Marburg lachte auf. »Ich bin kein Mann von Tappenbecks, wenn es das ist, was Sie meinen.«

»Unbedingt. Der Herr Geheimrat schätzt es gar nicht, wenn man sich in seine affaires mengeliert.«

Marburg winkte ungeduldig ab. »Warum glauben Sie an eine Inszenierung?«

»Immer Attacke und geradewegs voran, wie?« Sartorius grinste seinen Besucher verschmitzt an. »Wie unser ›Alter Fritz‹.«

»Unser?« Es war keine Schande, mit Friedrich dem Großen verglichen zu werden, nicht einmal im Scherz. Dennoch war er König von Preußen gewesen und nicht der Herzog von Oldenburg.

»Nun, Ihrer wohl nicht«, gestand Sartorius ein. »Meiner hingegen schon. Meine Familie stammt aus einem Dorf bei Königsberg. Einige großzügige Stipendien haben mich zunächst nach Paris, dann nach Jena und schließlich hierher nach Oldenburg verschlagen. Aber ich schweife ab.« Er sah Marburg freundlich an und fuhr sachlich fort: »Schauen Sie, es ist so, dass nach dem Tod die rigor mortis einsetzt, die Totenstarre. Aber nicht unmittelbar. Es vergehen gewöhnlich einige Stunden. Nun war es bei drei der fünf Personen so, dass sie zwar zu Tische saßen, doch Ihre Haltung passte nicht recht zu den Proportionen von Tisch und Stühlen. Ich glaube daher, dass sie zum Todeszeitpunkt woanders waren und man sie später an den Tisch gesetzt hat.«

»Ich verstehe«, sagte Marburg langsam, »auch wenn es wie ein abartiger Scherz klingt. Aber warum sollte jemand das tun?«

»Ich weiß es nicht. Ich habe immer wieder darüber nachgedacht, wenngleich ohne Ergebnis. Oder vielleicht doch. Hat von Tappenbeck Ihnen gegenüber die Vermutung geäußert, dass es sich um Selbstmord gehandelt haben könnte?«

»Von Tappenbeck nicht«, erwiderte Marburg. »Nicht direkt zumindest. Fortmann, der Bankier, sagt, er habe etwas in der Art gehört. Warum fragen Sie?«

»Weil die erste Vermutung des Herrn Geheimrates war – und möglicherweise noch ist –, dass sich Ihre Eltern das Leben genommen haben und dabei auch die Dienstboten töteten.«

Marburg blieb der Mund offen stehen bei dem Gedanken, seine Eltern könnten allen Ernstes für schuldig erachtet werden, die Dienstmädchen getötet zu haben. In diesem Punkt hatte er Fortmann nicht ganz ernst genommen. »Aber wieso …«, begann er.

»Über die Beweggründe hat der Polizeichef nichts verlautbaren lassen, außer dass Ihre Familie«, der Doktorand zögerte einen Augenblick, »in finanziellen Nöten stecken sollte.«

Marburgs erster Gedanke war, dass das zum augenblicklichen Zeitpunkt sogar stimmte. Schließlich lag die »Friederike« in Le Havre fest. Die Schlussfolgerung daraus war jedoch absurd!

»Was den Hergang der Ereignisse betrifft«, fuhr Sartorius fort, »so vermutet er, dass zunächst die Dienstboten einschließlich des Bureauangestellten durch Gift im Essen getötet wurden, und dann Ihre Eltern selbst das Gift genommen haben.«

»Nein … Das ist unmöglich!« Marburg schüttelte den Kopf. »Das können Sie nicht bestätigt haben!«

»Ich habe noch gar nichts bestätigt. Ich konnte noch nicht einmal feststellen, welches Gift verabreicht wurde. Keines der mir bekannten jedenfalls. Nur eines ist auch für mich sicher: Sie sind tatsächlich alle zur gleichen Stunde gestorben.«

»Im selben Augenblick?«

»Nun, so genau lässt sich das natürlich nicht feststellen, aber mehr als eine Stunde Unterschied wird es nicht gewesen sein. Eher viel weniger.«

»Sie werden aber doch nicht einfach dagesessen haben und …«

»Für die Dienstboten wird es mit Auftreten der ersten Symptome bereits zu spät gewesen sein«, unterbrach ihn der Doktorand sanft. »Und Ihre Eltern …«

»Sartorius, hören Sie auf! So *kann* es nicht gewesen sein! Zu einer derartigen Tat wäre mein Vater nicht in der Lage gewesen. Nicht einmal in finanziellen Nöten!«

»Nein.« Der Doktorand seufzte. Er hatte zwar die von Marburgs nicht gekannt, sah aber nichts, das für eine solche Hypothese sprach. »Nein, das glaube ich auch nicht. Eine bessere Theorie als die offizielle habe ich aber im Augenblick nicht.«

»Und die offizielle lautet: Mein Vater hatte Geldsorgen und hat sich, meine Mutter und zur Sicherheit auch noch das Gesinde umgebracht?« Marburg schüttelte den Kopf. »Das ist abstrus. Sartorius, Sie müssen unverzüglich den Geheimrat davon überzeugen, dass er sich irrt! Sie sind der untersuchende Arzt, auf Sie wird er hören.«

»Genau genommen weder Arzt noch untersuchend. Von Tappenbeck hat mir zu verstehen gegeben, dass dies die Aufgabe des Amtsdoktors sein wird, wenn er zurückkommt.«

»Noch ist er nicht hier. Noch sind *Sie* in der Verantwortung.

»Verantwortung!« Sartorius machte eine wegwerfende Geste. »Nein nein, das letzte Wort wird der Amtsdoktor haben, wenn er aus dem Harlingerland zurückkehrt, nicht ich.«

»Harlingerland«, überlegte Marburg. »Das ist an der Küste …«

»Wenn mich meine geografischen Studien nicht täuschen, ist es wohl so.«

Ein Lächeln huschte über Marburgs Gesicht. Natürlich lag Harlingen an der Küste. »Was mag den Doktor bewogen haben, gerade dorthin zu reisen?«, fragte er. Zwar gingen ihn Tellmanns Reisen nichts an, doch in diesem besonderen Falle …

Sartorius betrachtete seinen Besucher widerwillig. »Sie sind ganz schön neugierig!«

Marburg warf dem Doktoranden einen entschuldigenden Blick zu. »Verzeihen Sie, Sartorius. Ich frage mich nur …«

Er zögerte. Der Gedanke, der ihm soeben gekommen war, mochte ketzerisch sein, und ihn mit dem Famulus des Amtsdoktors zu teilen, konnte ihn in des Teufels Küche bringen. Andererseits aber gab es niemand anderen, mit dem er darüber sprechen durfte. »Ich frage mich nur«, fuhr er langsam fort, »ob es ein Zufall ist, dass Doktor Tellmann am Morgen nach dem Verbrechen so plötzlich verreist ist. *Nach Harlingen*? *Alleine*?« Man musste kein Großinquisitor sein, um hieraus Verdacht zu schöpfen.

»Nun, soweit ich weiß, war das durchaus kein Zufall. Er wurde gerufen. Von einem äußerst honorigen befreundeten Herrn. Und ja, soweit ich es beobachten konnte, fuhr er allein.«

Marburg schloss die Augen. Das kleine Kartenhaus seiner Vermutungen war soeben wieder zusammengefallen. »Darf ich mich nach dem Namen des Herrn erkundigen?«, fragte er schließlich schwach.

Sartorius lachte auf ob so viel Aufdringlichkeit. »Nein, mein Lieber. Ein paar Geheimnisse hat auch der Doktor vor seinem Famulus.«

»Sie halten ihn also für unschuldig?«

»Das habe ich nicht gesagt. Aber ich weiß, was Loyalität bedeutet. Und ich kenne das Rechtsprinzip der Unschuldsvermutung.«

In dubio pro reo, dachte Marburg und war sich bewusst, dass er von nun an bedachter vorgehen musste. Noch so ein Fauxpas und Sartorius würde ihn rauswerfen. Dann kam ihm ein anderer Gedanke: War es auch ein Zufall, dass nicht einmal der Famulus zum Tathergang befragt wurde? Schließlich hatte der Polizeivorsteher selbst Sartorius als Vertreter Tellmanns vorgestellt. Warum also sollte seine Meinung als Mediziner hier nicht mehr gelten? Auf Marburg jedenfalls machte Sartorius einen durchaus kompetenten Eindruck. Was wäre, wenn hinter all dem doch ein Plan stünde, ein Plan von anderer Seite? »Als von Tappenbeck sah, dass ich das Haus – das Haus meiner Familie – ohne sein Wissen betreten hatte«, überlegte Marburg laut, »da war er recht ungehalten. Wäre es nicht möglich, dass der Geheimrat etwas zu verbergen hat? Dass er es so eingerichtet hat, dass der Amtsdoktor auf Reisen war und meine Eltern nicht untersuchen konnte?«

Sartorius hob skeptisch die Augenbrauen, unterließ jedoch jeden weiteren Kommentar. Auch er war kein Mann von Tappenbecks, hielt ihn aber keinesfalls für derart durchtrieben. »Was mir aufgefallen ist«, sagte er schließlich, »das war der Geruch nach Bittermandel in Ihrem Haus.« An irgendetwas erinnerte ihn der Geruch. Nur woran, das konnte er nicht sagen.

»Den Geruch habe ich auch bemerkt«, gab Marburg zu. »Anfangs hatte ich ihn den Backkünsten der Mamsell zugeschrieben.« Es gab durchaus Gerüche, die sich hartnäckig hielten. Das galt besonders für die der Schankwirtschaft, in der Jette arbeitete. Oder jene, die nach einem Besuch des Tabakkollegiums in seinen Kleidern steckten.

»Backkünste? Gewiss, das wäre eine Erklärung.«

Doch Marburg schüttelte sogleich den Kopf. Nein, das konnte es nicht sein, denn plötzlich erinnerte er sich wieder daran, dass die Mamsell nicht glaubte, irgendjemand im Haus könne gebacken haben. Das war allein ihre Domäne. Woher aber rührte dann der Geruch? »Sagen Sie, wäre es Ihnen recht, wenn ich dem Leiter des Kriminalamtes Ihre Meinung vortrage?«, fragte von Marburg. »Wir sollten nichts unversucht lassen, Ihre Theorie dort publik zu machen.«

Die Theorie, dass das Gesinde nicht am Esstisch gestorben war, schloss eine Schuld des alten von Marburg nicht aus, dachte Sartorius mitleidig. Dann lachte er. »Verfügen Sie nur darüber, als wäre es Ihre. Aber tragen Sie es mir nicht nach, dass ich Ihnen wenig Hoffnung mache. Denn einen Beweis für die Unschuld Ihres Vaters haben Sie damit nicht.«

Tatsächlich war von Tappenbeck von ihrer Theorie in keinster Weise angetan. Unfug und Spekulation nannte er die Deduktionen der beiden jungen Leute. Wer setzte schon Menschen posthum an einen Tisch? Leichen ließ man bestenfalls verschwinden, um nicht enttarnt zu werden.

Das musste Marburg zugeben. Er stand schweigend vor dem Schreibtisch von Tappenbecks, der nicht so opulent gestaltet war wie der des Bankiers, aber dennoch einschüchternde Ausmaße besaß. »Ich weiß Ihr Interesse zu würdigen, junger Freund, nicht zuletzt weil mir sehr wohl bewusst ist, dass Sie sich um den Ruf Ihrer Eltern sorgen. Aber ich muss Sie bitten, sich nicht in die Polizeiarbeit einzumischen, ja ich muss es Ihnen sogar strikt untersagen!« Von Tappenbeck begann, nachdenklich seinen Schnurrbart zu zwirbeln, ein völlig unzeitgemäßes Monstrum, das fast bis zu seinem Backenbart reichte. »Wenn ich Ihnen sage«, fuhr er schließlich fort, »dass es sich bei dem tödlichen Mittel um Arsen handelt, so sehen Sie das nur nicht als Indiskretion an, sondern als wohlwollende Unterrichtung über den Fortgang der Untersuchungen. Sie können davon ausgehen, dass der oder die Täter sich schon sehr bald in unserem Gewahrsam befinden werden.«

Eben das bezweifelte Marburg, und er vermutete, dass die sogenannte »Indiskretion« des Leitenden Untersuchungsbeamten sogar einem Hintergedanken entsprungen war. Welchem, das vermochte er allerdings noch nicht zu erkennen. Vielleicht ging es nur darum, ihn zu beruhigen. Dass der Geheimrat in das weniger herablassende »Sie« verfallen war, fiel ihm erst jetzt auf, und er fühlte sich unwillkürlich geschmeichelt. Dann erst wurde ihm bewusst, was von Tappenbeck noch gesagt hatte: »Arsen?«, fragte er mit gekrauster Stirn.

»Nun, das übliche Gift in so einem Fall.«

»Und … und Euer Ehren haben bereits eine Spur?« Immerhin hatte der Geheimrat von den Tätern im Plural gesprochen, Täter, die sich bald in seinem Gewahrsam befinden würden. Das schloss seinen Vater zumindest aus.

Der Geheimrat warf Marburg einen prüfenden Blick zu. »Wir von der Kriminalpolizei«, sagte er mit autoritärem Unterton, als er bei seinem Gegenüber keine Ironie feststellen konnte, »sind da selbstredend völlig offen. Das schließt auch die Option ein, dass Ihre Eltern selbst das Gift verwendet haben könnten.« Bevor Marburg etwas erwidern konnte, gab sich von Tappenbeck wieder jovial. »Glauben Sie mir, ich werde alles in meiner Macht Stehende tun, um den Namen Ihrer Familie reinzuwaschen«, sagte er, räusperte sich und reichte Marburg eine Liste der fünf Opfer. »Können Sie uns irgendetwas zu den Personen sagen? Ich meine natürlich nicht Ihre Eltern, die sind ja hinlänglich bekannt.«

»Umso mehr wundert es mich, dass Ihr sie verdächtigt«, murmelte Marburg, während er die Aufstellung betrachtete – denn das musste der Geheimrat ja wohl, wenn er von »reinwaschen« sprach. »Carl Ludwig, Freiherr von Marburg« stand auf der Liste sowie »Henriette von Marburg, geb. Weißenfels«, seine Mutter. Die Namen verursachten einen Stich in seiner Brust, und er beeilte sich weiterzulesen. »Emma Roberg«, sagte Marburg tonlos. »Sie war das Küchenmädchen und die Tochter von Mamsell Roberg.« Sein Blick fiel auf den nächsten Namen. »Der Karl …« Er lachte freudlos. »Karl Etlinger war Schauermann. Er arbeitete im Lager meines Vaters. Eigentlich war er das Faktotum, und manchmal ist er sogar auf der ›Friederike‹ mitgefahren, aber nicht oft. Mein Vater hielt große Stücke auf ihn, obgleich er irgendwie ein Sonderling war, passte weder nach Achtern noch vor den Mast …« All das schien so lange her zu sein. »Ich verstehe noch immer nicht, wie es zu einem derartigen Treffen kommen konnte«, sagte Marburg nachdenklich. »Der Karl war sonst nie bei uns im Haus.«

Von Tappenbeck sah von seinen Notizen auf. »Ihr Vater wird seine Gründe gehabt haben«, sagte er knapp. »Wer war die fünfte im Bunde?«

»Margarete Schön? Sie war das Stubenmädchen und wohnte mit Emma in der Gesindekammer. Ich kannte die Mädchen kaum. Sie waren erst vor zwei oder drei Jahren in den Haushalt gekommen.« Marburg schüttelte langsam den Kopf und ließ das Blatt sinken. »Mehr kann ich Euch zu den Personen nicht sagen.« Er sah den Polizeivorsteher an. »Glaubt Ihr, dass einer von ihnen etwas mit der Angelegenheit zu tun hatte?«

»Nicht im eigentlichen Sinne«, erwiderte von Tappenbeck. Er wand sich ein wenig. »Schließlich sind sie die Opfer. Als Dienstpersonal werden sie ja keinen Zugang zu Ihren Familiengeheimnissen gehabt haben.« Der Polizeichef gönnte sich ein leises Lachen. »Ob wir weitere Schlüsse daraus ziehen können, muss sich noch herausstellen.«

Marburg warf einen letzten Blick auf die Liste, dann reichte er sie dem Polizisten zurück. »Könnte es sein, Euer Ehren, dass eine Person auf der Liste fehlt?«, fragte er.

Von Tappenbeck begann jetzt, laut zu lachen. »Mein lieber junger Freund«, sagte er schließlich. »Sie können mir glauben, dass ich eine Leiche von einem Polizeidragoner zu unterscheiden vermag. Und bis fünf zählen kann ich ebenfalls.« Er legte das Büchlein mit seinen Notizen vor sich auf den Schreibtisch, legte die Finger zusammen und sah Marburg nachdenklich an. Als er jedoch keine Anstalten machte, sich nach dem Grund für die Frage zu erkundigen, beeilte sich Marburg zu sagen, dass er nicht im Entferntesten daran gezweifelt habe. Doch war irgendetwas an dieser Zusammenstellung nicht stimmig. Im nächsten Augenblick wusste er auch was: Anton Dählheim, der Bureauangestellte seines Vaters, fehlte. Abgesehen von der Besatzung der »Friederike« und natürlich Madame Roberg gehörte auch er zum Personal seines Vaters. Die Mamsell war am Donnerstagmorgen beurlaubt worden, und die Besatzung nebst Kapitän hatte sich nach der Internierung der Brigg in alle Winde zerstreut. Das nahm er jedenfalls an. Warum aber war Dählheim nicht unter den Opfern? Als er merkte, dass von Tappenbecks Blick noch immer auf ihm ruhte, entschloss er sich, eine letzte Frage zu stellen: »Euer Ehren, ich hörte, dass meine Eltern eine Reisebekanntschaft bei sich aufgenommen hatten. Wisst Ihr etwas darüber?«

»Eine Reisebekanntschaft?« Die Augenlider des Polizeichefs zuckten kurz, dann schüttelte er den Kopf. »Nein, davon weiß ich nichts. Wenn es so war, muss sie zum Tatzeitpunkt bereits wieder abgereist gewesen sein, denn – ich glaube, das habe ich hinlänglich dargelegt – im Hause war sonst niemand. Wie war der Name der … hm … ich vermute, es handelt sich um eine Dame?«

»Das weiß ich nicht, Herr Geheimrat«, erwiderte Marburg, ohne auf die Anspielung einzugehen.

»Na, dann wird es nicht von Belang sein. Gesehen hat sie jedenfalls niemand.« Plötzlich schien ihm etwas einzufallen. Er zog eine silberne Taschenuhr aus der Weste unter seinem Gehrock, klappte den Deckel auf und hob die Augenbrauen. »Sie müssen sich beeilen, von Marburg. Der Herr Regierungsadministrator wünscht, Sie zu sehen. Der Termin wurde heute Mittag erst übermittelt.« Ein Hauch von Entschuldigung klang in seiner Stimme mit. »Er ist in zwanzig Minuten.«

»Welcher Termin?«

»Nun, die Einladung des Fürstbischofs …« Von Tappenbeck machte eine eilige Geste und komplimentierte Marburg aus seinem Büro. »Schließlich war er es, der Sie aus Hamburg hat holen lassen.«

Das war Marburg durchaus bewusst, doch hatte er nicht damit gerechnet, eine Audienz bei seinem Landesfürsten persönlich zu bekommen. Mit einer Verbeugung verabschiedete er sich und wandte sich zum Gehen.

Peter Friedrich Wilhelm von Oldenburg war der einzige Sohn des ersten Herzogs von Oldenburg. Er hatte studiert und sich im Jahr 1770 auf die »Grand Tour« begeben, die obligatorische Bildungsreise junger Adliger, die sie für ein Jahr durch Europa führte. Begleitet von Johann Gottfried Herder war er nach Darmstadt und zu Johann Wolfgang von Goethe gereist, besuchte Paris, Brüssel und London. Als Sohn des Hauses Schleswig-Holstein-Gottorf entstammte er einem durchaus bedeutenden Geschlecht und war obendrein mit der russischen Zarenfamilie und dem dänischen Königshaus verwandt. Beste Voraussetzung für eine Vermählung mit der jungen Prinzessin Charlotte von Hessen-Darmstadt, nicht nur in dynastischer Hinsicht.

Und doch fand sie nie statt.

Die Geisteskrankheit, begleitet von Schizophrenie und religiösen Wahnvorstellungen, hatte sich schon lange vorher angedeutet. Auch ihr endgültiger Ausbruch lag mittlerweile bereits über zwanzig Jahre zurück und stellte sich ausgerechnet auf einer Reise ein, welche der beabsichtigten Vermählung des Prinzen mit Charlotte galt. Man trat noch im selben Jahre 1776 vom gegebenen Eheversprechen zurück und erklärte im Februar 1777 per Familienvertrag Peters Cousin Peter Friedrich Ludwig zum Landesadministrator des Herzogtums Oldenburg. Damit einhergehend wurde er auch zum »Koadjutor« des Fürstbistums Lübeck gewählt, eine Art Bischof. Aus Rücksicht auf seinen Cousin nahm Peter I. beide Titel zwar nicht an, schickte sich aber in seine Rolle als Landesvater. Er begann, Oldenburg im Zeichen der Aufklärung zu restaurieren, zu modernisieren und das Armenwesen zu reformieren, er brachte moderne Erziehungsgesetze auf den Weg und ließ die erste Sparkasse gründen. An Arbeit mangelte es dem Fürstbischof gewiss nicht, und das war durchaus beabsichtigt. Nicht nur, um den frühen Tod seiner jungen Frau Friederike zu verschmerzen, die 1785 mit zwanzig Jahren und kurz nach der Totgeburt ihres dritten Sohnes im Wochenbett verstorben war.

Sie war noch zu Lebzeiten die Namenspatronin für die Marburg'sche Brigg, den Segler, den Marburgs Vater, kurz nachdem die Familie nach Oldenburg gezogen war, erworben hatte. Ein bescheidener Honneur, den Peter Friedrich Ludwig nicht vergessen hatte.

»Schön, schön«, sagte er schließlich, nachdem Marburg zu ihm vorgelassen worden war und dieser ihm für die Benachrichtigung durch Lürssen gedankt und von seiner Exkursion zu den Russen berichtet hatte.

Letzteres hatte ein wohlmeinendes Kopfschütteln seitens des Fürstbischofs zur Folge. »Es sind schlimme Zeiten, in denen wir uns bewegen«, kommentierte er den Durchzug des Hilfskorps – oder vielmehr dessen Marsch in den Krieg. »Und ich fürchte, dass noch schwerere Prüfungen ihre Schatten auf unser Land werfen.« Eine Prophezeiung, die Marburg nur zu gut verstand, nicht zuletzt aufgrund der Auseinandersetzung zwischen von Auburg und Jacobi.

Der Regent faltete die Hände hinter dem Rücken und wandte sich zum Fenster. Unten auf dem Schlosshof exerzierte ein Teil des Herzoglichen Infanteriekorps. Die Kommandos waren bis hinauf ins Bureau zu hören. Marburg sah ein Lächeln auf dem Gesicht des Mannes, der die Geschicke des Herzogtums leitete. Zumindest, so hieß es, bis der Erbprinz wieder gesundete.

Es war nicht sonderlich groß, das Herzogliche Infanteriekorps. Diesbezüglich hatte Oldenburg nie Ambitionen besessen. Auf dem Schlosshof standen auch nur annähernd zwanzig Mann der sogenannten Knobelgarde und präsentierten ihre Waffen und ihr Können. Die Knobelgarde bestand aus Grenadieren, Füsilieren und Voltigeurs und hatte ihren Namen vom ersten Kommandeur der Einheit, Capitain Cornelius Valentin von Knobel. Böse Stimmen behaupteten allerdings bisweilen, die Garde hätte diesen Namen erhalten, da sie aus Langeweile dem Glücksspiel – dem Knobeln – verfallen war.

»Schön, schön«, sagte der Regent ein weiteres Mal und wandte sich vom Fenster ab. »Er ist also studierter Ökonom. Vielleicht die rechte Ausbildung für Ihn, in der jetzigen Situation.« Mit »Situation« umschrieb er den fünffachen Mordfall in seiner Stadt, noch dazu an einem Bürgerehepaar, das ihm nahestand. Tatsächlich waren Marburgs Eltern regelmäßig zu herzoglichen Empfängen eingeladen gewesen und hatten immer mal wieder ein paar Tage mit dem Fürstbischof in der Sommerfrische verbracht. Nicht in böhmischen Kurbädern oder an der Ostsee. Nein, man war bodenständig und reiste in das kaum drei Landmeilen entfernte Rastede, wo man für einige Tage im dortigen Schloss übernachtete.

Über die »Situation« stand in allen norddeutschen Zeitungen zu lesen, über das beispiellose Verbrechen, und es wurde nicht an Mutmaßungen über Hergang und Motive gespart. Dem Regierungsadministrator passte das gar nicht, es warf kein besonders gutes Licht auf seine sonst so ruhige Stadt. Ob Peter I. dem Geheimen Rat und Leitenden Untersuchungsbeamten seines Kriminalamts, Richard Maximilian von Tappenbeck, die Aufklärung zutraute, mochte Marburg nicht beurteilen. Sartorius zumindest hatte diesbezüglich Zweifel geäußert.

»Ich habe vernommen«, sagte der Regierungsadministrator, als könne er Gedanken lesen, »dass Er und dieser Studiosus – wie war doch noch sein Name?«

»Euer Durchlaucht meinen gewiss den Heinrich Sebastian Sartorius.«

»Richtig. Er und der Sartorius haben Zweifel an den Untersuchungsergebnissen meines Polizeichefs?«

»Das würde ich mir nicht anmaßen, Euer Durchlaucht«, erwiderte Marburg rasch. »Die wissenschaftliche Sicht legt aber die Vermutung nahe, dass ...« Wie sollte er es am vorsichtigsten formulieren? »... noch nicht untersuchte Indizien berücksichtigt werden sollten.«

»Soso, die *wissenschaftliche Sicht.*« Peter Friedrich Ludwig nickte interessiert und mit unterdrücktem Lächeln. »Er hat wohl nicht nur die großen Nationalökonomen studiert, wie?« Und um Marburg eine Antwort zu ersparen, fragte er in väterlichem Ton hinterher: »Welche Indizien sollten denn Seiner Meinung nach berücksichtigt werden?«

Die Frage war berechtigt, und doch verunsicherte sie Marburg. Wie unvollkommen musste Sartorius' und seine Meinung angesichts der Erfahrung von Tappenbecks und Tellmanns wirken? Den Verdacht auf seinen Vater aber konnte er nicht unangefochten bestehen lassen. Also versuchte er sich mit einer Antwort: »Heinrich Sartorius sagt, dass es auch anders vor sich gegangen sein könnte.«

»So, sagt er das?«

Marburg konnte die Absicht Peter Friedrich Ludwigs nicht recht einordnen, er spürte einfach nur die Last der herzoglichen Autorität auf sich. »Es scheint, Euer Durchlaucht«, begann er vorsichtig, »dass alle zur selben Stunde gestorben sind. Und dass einige nicht dort gestorben sind, wo sie gefunden wurden.«

Peter Friedrich Ludwig hob abwartend eine Augenbraue.

»Das lässt sich anhand der Körperhaltung feststellen«,

erklärte Marburg. »Sie passt nicht zu den Stühlen am Tisch. Aber das hat der Herr Geheimrat sicherlich ebenfalls festgestellt.«

»Nein. Zumindest steht es nicht in seinem Bericht.« Der Regierungsadministrator verzog den Mund angesichts der Vorstellung, der Starre anheimgefallene Leichen wie Requisiten eines Theaterstückes zu verwenden. Mit einem kurzen Räuspern kehrte er an seinen Schreibtisch zurück, setzte sich und suchte nach dem Schreiben seines Polizeichefs. »Und was schlussfolgern Er und der Doktorand daraus?«, fragte er, nachdem der Bericht in einer Ledermappe aufgetaucht war.

»Nun, mein Vater wird sich kaum die Mühe gemacht haben, die Untat auf diese Weise zu verschleiern, wenn er beabsichtigte, sich selbst zu töten.«

Der Fürstbischof sah Marburg durchdringend an. Dann verzog sich sein Mund zu einem ungläubigen Lächeln. »Von Tappenbeck beschuldigt Seinen Vater?«

»Nicht direkt, Euer Durchlaucht«, räumte Marburg ein. »Aber ich habe gehört, dass der Herr Geheimrat meinen Vater in den inneren Kreis der Verdächtigen ...«

»Das ist ja dasselbe«, winkte der Fürstbischof ab. Marburg glaubte ihm anzusehen, dass er den Gedanken, der renommierte Reeder und Kaufmann Carl Ludwig Freiherr von Marburg könne sich und vor allem vier andere Menschen getötet haben, für absurd hielt. Peter Friedrich Ludwig machte sich eine Notiz auf dem Bericht des Polizeichefs, dann sah er sein Gegenüber wieder mit demselben durchdringenden Blick an wie zuvor. »Und welche Erkenntnisse hat der Studiosus dazu beigetragen?«

Das klang ein wenig abwertend, sodass Marburg sich hinreißen ließ zu erwähnen, dass Sartorius bereits Doktorand war.

»Doktorand, meinethalben. Wenn die beiden jungen Herren also glauben, neue Erkenntnisse zu haben, dann wird

Geheimrat von Tappenbeck sich damit beschäftigen müssen. Ich nehme an, die Feststellung, dass Arsen die Todesursache ist, zweifelt Er nicht an?« Die Frage schien rhetorisch, doch allein dass der Regent sie stellte, ließ auf sein Wohlwollen und sein Interesse schließen.

Marburg versuchte, sich zu erinnern, was Sartorius zu einer möglichen Vergiftung durch Arsen gesagt hatte. Er hatte sie kategorisch ausgeschlossen. »Doch«, befand er und schüttelte langsam den Kopf, »die Symptome der fünf Opfer sind nicht die einer Arsenvergiftung.«

»Gütiger Himmel«, seufzte der Regierungsadministrator. Er war kurz davor, die Augen zu verdrehen, doch derlei Gefühlsregungen verbat er sich. Über dieses Thema hatte er nun eindeutig genug gehört. »Ich werde Geheimrat von Tappenbeck zu den Vorfällen und seiner Untersuchung anhören. Ich will eine baldige Aufklärung, aber kein Gerede und keine obskuren Vermutungen.« Peter Friedrich Ludwig erhob sich und trat ans Fenster. »Ich kann mir nicht denken«, sagte er leise, »dass Sein Vater tatsächlich …« Er unterbrach sich und wandte sich wieder um. »Aber lassen wir das«, fuhr er aufgeräumt fort. »Was gedenkt Er nun zu tun? Kann Er die Reederei seines Vaters übernehmen? Schließlich ist Er kein Kapitän.«

Das war sein Vater auch nicht gewesen. Aber Marburg hatte Interesse an allem Kaufmännischen. Darin sah er seine Zukunft. Eine Ansicht, die der Regierungsadministrator mit einem zufriedenen Kopfnicken quittierte. »Dazu, Euer Durchlaucht, müsste ich jedoch die Brigg meines Vaters heimholen«, fügte Marburg ungefragt hinzu. »Der Franzose hat sie gekapert.«

»Gekapert?«, rief Peter Friedrich Ludwig aus. »Der Franzose? Was bilden sich diese vermaledeiten Jakobiner ein?« Er schüttelte entrüstet den Kopf. »Die Brigg eines Sohnes der Stadt! Ein Schiff unter Oldenburger Flagge!« Einige Sekunden später, nachdem ihm klar geworden war, dass er gegen die Umstände nicht zuletzt aus außenpolitischer Räson gar nichts tun konnte, hatte er sich wieder gefasst. »Es sind schwere Zeiten«, bemerkte er beschwichtigend, wobei er in erster Linie sich selbst beruhigen musste. »Die Siege dieser Revolutionäre – und nicht zuletzt dieses Bonaparte – haben eine erhebliche Ausweitung des französischen Einflusses mit sich gebracht. Die Niederlande und das jenseitige Rheinland gehören bereits zum französischen Machtbereich. In den Niederlanden, Italien und der Schweiz sind Tochterrepubliken entstanden, französische Vasallenstaaten, die nichts anderes bedeuten als eine Verschiebung der Grenzen und der Pariser Machtbefugnisse. Dass Russland, Österreich und Großbritannien sich den Franzosen entgegenstellen, ist durchaus zu begrüßen. Aber was ist mit den Kleinen? Oldenburg ist nicht einmal stark genug, um auf Seiten dieser Koalition gegen Frankreich Stellung zu beziehen. Ich möchte das auch gar nicht, denn wenn wir nicht aufpassen, werden wir zwischen den Mächten zerrieben.« Peter Friedrich Ludwig seufzte und setzte sich hinter seinen Schreibtisch. Natürlich war da Russland, eine Großmacht auf der europäischen Karte und durch die engen verwandtschaftlichen Beziehungen ein Garant der territorialen Unversehrtheit des Herzogtums. Aber auch die Macht des Zaren hatte Grenzen.

»Warum erzähle ich Ihm das?« Er sah seinen jungen Besucher durchdringend an. »Vielleicht, um Ihm keine Hoffnung auf die Rückerlangung der ›Friederike‹ mit auf den Weg zu geben?«

Er kennt Vaters Schiff, dachte Marburg und vermutete, dass die Erwähnung des Namens seiner verstorbenen Frau noch immer einen Stich in seinem Herzen hinterließ.

»Alles, was ich vermag, ist, Ihm ein Empfehlungsschreiben mit auf den Weg zu geben. Wenn Er den Plan, das Schiff zurückzuholen, beibehalten will.«

»Das will ich, Euer Durchlaucht«, bestätigte Marburg, wenngleich etwas zögernd. Denn die »Friederike« war nicht sein einziges Problem. Ebenso drängend – wenn nicht gar dringlicher – war, herauszufinden, was es mit der Reisebekanntschaft auf sich hatte. Dass sie eine Verbindung zum Tod seiner Eltern hatte, stand für Marburg außer Frage. Aber welche? War sie am Ende sogar die Mörderin?

»Schön, schön. Unsinn freilich, aber die Jugend hat ja Ideale«, sagte Peter Friedrich Ludwig leise. »Wann wird er aufbrechen?«

»Mit allergrößtem Respekt, Euer Durchlaucht«, begann Marburg, »aber da ist etwas, das ich zuvor noch erledigen muss.«

»Aha?«

Marburg räusperte sich unschlüssig. »Es gibt da vielleicht eine Zeugin der Vorfälle bei uns im Hause.«

»Eine Zeugin? Wie das?«

»Ich habe von einer Reisebekanntschaft meiner Eltern erfahren. Ich vermute, sie ist mit ihnen aus Frankreich gekommen.«

Peter Friedrich Ludwig krauste die Stirn. »Eine Französin!«

»Nun, sie *kamen* aus Frankreich. Da muss ich das mutmaßen.«

»Und Er glaubt«, sagte der Regierungsadministrator skeptisch, »darin könnte die Ursache dieser widerwärtigen Geschichte liegen?« Nun waren sie schon wieder bei diesem leidigen Thema.

»Die besagte Reisebekanntschaft ist an eben jenem Tag verschwunden, an dem meine Eltern getötet wurden. Ich beabsichtige, sie zu finden und zur Rede zu stellen.«

»Eine französische Reisebekanntschaft! Soso. Ist es nicht gewagt, ja geradezu hypothetisch, darin einen Zusammenhang zu sehen?«

Ich sehe noch ganz andere Zusammenhänge, dachte Marburg, *schließlich ist Tellmann zur gleichen Zeit verschwunden.* Doch er machte nur eine entschuldigende Geste. Den Amtsdoktor zu verdächtigen, wäre geradezu gefährlich. »Ich will sie ja nur befragen.«

»Wenn Sein Verdacht begründet ist, wird sie längst wieder in Frankreich sein«, warf der Regent sichtlich interessiert ein. »Wie will Er sie wiederfinden?«

Marburg schüttelte den Kopf. »Das weiß ich nicht. Ich kenne ja nicht einmal ihren Namen …«

Peter lachte kurz auf. »Von Tappenbeck sollte sich darum kümmern«, sagte er, mehr zu sich selbst als zu seinem Besuch. »Das ist seine Aufgabe. Und die seiner Dragoner.« Doch der Polizeichef schien von dieser Person noch nicht einmal zu wissen. Und ein Dragoner wäre viel zu auffällig, erst recht, wenn es in französisches Gebiet ginge. Vielleicht war die Idee des jungen von Marburg doch ganz interessant. Er wandte sich mit einem schmalen Lächeln zu Marburg. »Sein Plan gefällt mir. Wann wird Er abreisen?«

»Ich …« Marburg zögerte. Hatte er richtig gehört? Der Regent ermunterte ihn, Nachforschungen anzustellen? Aber wie sollte er das anfangen? Er seufzte. Es war keineswegs der richtige Augenblick, darauf hinzuweisen, doch was blieb ihm anderes übrig? »Halten zu Gnaden, Euer Durchlaucht, aber in Ermangelung eines Fortbewegungsmittels …«

Nun begann Peter Friedrich Ludwig, richtig zu lachen. »Er erbittet ein Pferd von mir? Vielleicht gar eine ganze Kutsche?«, fragte er belustigt, nur um gleich darauf wieder ernst zu werden. »Ja, glaubt Er, weil Sein Fürst einen ganzen Marstall davon vollstehen hat, kommt es auf eines mehr oder weniger nicht an? Auch Sein Vater sollte noch ein oder zwei Pferde im Stall haben!«

»Das hat er in der Tat«, gab Marburg zu. »Nur musste ich die geschäftlichen Vermögenswerte einschließlich der Pferde dem ›Bankhaus Werner‹ überschreiben, um ... also ... flüssig zu bleiben.«

Er erntete einen nachdenklichen Blick des Fürstbischofs und ahnte, was er bedeutete: Er hatte sich von Fortmann übervorteilen lassen.

Peter I. betrachtete Marburg noch einen Augenblick länger. Er stellte eine frappierende Ähnlichkeit zu dessen Vater fest – wenn man Backenbart und graues Haar einmal außer Acht ließ. Der Junge, so glaubte er, schien zu wissen, was er wollte. Und das gefiel ihm. Es gefiel ihm nicht so sehr, um eines seiner Pferde herzuschenken, aber eingedenk seiner, nun, man konnte sagen, guten Bekanntschaft zum alten Marburg, würde er dem jungen eines seiner besseren Reittiere leihen. »Er soll sich morgen früh in der Staatskanzlei einfinden. Man wird Ihm ein Empfehlungsschreiben aushändigen. Und ein zweites, das Ihn ermächtigt, ein Pferd im Marstall in Empfang zu nehmen. Als Leihgabe, versteht sich!«

»Ich bin Euch sehr zu Dank verpflichtet«, sagte Marburg erleichtert. »Euer untertänigster Diener!«

»Schon gut, schon gut.« Der Regent machte eine abwehrende Geste. »Ich wünsche, über die Entwicklungen in diesem Falle auf dem Laufenden gehalten zu werden. Die Hypothesen betreffend das Gift wird mir der Doktorand Sartorius noch einmal mit aller fachlichen Expertise erläutern. Dementsprechend werden meine Empfehlungen an den Geheimrat von Tappenbeck ausfallen, für den Er sich nach seiner Rückkehr zur Verfügung halten wird.«

Das klang auch zwischen den Zeilen etwas vorsichtiger als zuvor. Warum er sich nach seiner Rückkehr bei dem Polizeichef melden sollte, war Marburg nicht ganz klar, er nahm es jedoch hin.

Mit den Worten »Geb Er auf sich und das Pferd acht!«, wandte der Regierungsadministrator sich wieder zum Fenster um. Doch seine Knobelgarde hatte ihr Exerzieren beendet und war zum weiteren Dienst abgezogen.

Am späten Nachmittag erhielt Marburg Besuch vom Herrn Konsistorialrat Doktor Höppner, einem Freund der Familie. Er machte ihm die Mitteilung, dass vonseiten der Staatskanzlei – und damit der ihr unterstellten Polizeidragoner sowie des Amtsdoktors in Vertretung – keine Einwände mehr bestünden gegen eine Beisetzung seiner Eltern. »Aus christlicher Sicht …«

»… wäre dies angezeigt«, vollendete Marburg den Satz.

»Es kann Ihnen doch nicht gleichgültig sein«, sagte Höppner pikiert.

»Nein, das ist es durchaus nicht«, seufzte Marburg. »Ich sehe mich nur nicht in der Lage, eine der Situation angemessene Feierlichkeit auszurichten.«

»Das verstehe ich durchaus«, nickte Höppner mitfühlend. »Warum«, überlegte er laut, »überlassen Sie das Arrangement für eine Zusammenkunft in kleinstem Kreise nicht Madame Roberg? Unter den gegebenen Umständen ist eine große Gesellschaft überhaupt nicht erforderlich.«

»Um mich schelten zu lassen, nicht die gesamte Oldenburger Kaufmannschaft berücksichtigt zu haben?« Im selben Augenblick fiel ihm der hessische Zweig der Familie ein – mussten sie nicht ebenfalls unterrichtet werden?

»Sie wird es verstehen«, unterbrach der Konsistorialrat seine Gedanken. Das Lächeln um seinen Mund wirkte dabei ein wenig schadenfroh. »Lassen Sie mich nur machen. Darf ich fragen, ob es eine weibliche Hand gibt, die Madame Roberg unterstützen wird?«

Ob Höppner eine Heiratskandidatin oder ein Küchenmädchen meinte, konnte Marburg nicht sagen. Er verneinte einfach stumm, denn beides hatte er nicht, und angesichts Madame Robergs Verlusts war Letzteres auch undenkbar. Allerdings dachte er unmittelbar wieder an Jette. Einmal mehr wünschte er, sie wäre in seiner Nähe. Doch dafür standen die Aussichten nun mehr als schlecht.

Marburg berichtete dem Konsistorialrat von der nicht aufzuschiebenden Reise ins Ausland – denn das Harlingerland gehörte bereits zum Fürstentum Ostfriesland. Als er versprach, innerhalb von vier Tagen zurück zu sein, legte Höppner den Termin für die Beisetzung auf den nachfolgenden Mittwoch fest. Die hinzugeholte Frau Roberg versprach sofort, das Arrangement zu übernehmen und Einzelheiten mit Pastor Jacobi aus der städtischen Kirchengemeinde Sankt Lamberti zu vereinbaren.

Marburg ließ es geschehen und bedachte Tante Auguste mit einem dankbaren Blick. Auch der Konsistorialrat betrachtete sie wohlmeinend, wobei Marburg für einen Augenblick sogar Zuneigung in den Augen Höppners zu erkennen glaubte.

Sartorius lehnte sich in seinem Stuhl zurück. »Ich habe zu Beginn des Jahres die Universität in Jena abgeschlossen«, erklärte er, »und nun schreibe ich an meiner Promotion. Deshalb bin ich hier.« Mit einem enthusiastischen Lächeln fuhr er fort: »Stellen Sie sich nur vor: Jena! Wohin man sich wandte, alles sprach noch von Hardenberg. Jeder rühmte sich, ihn getroffen zu haben!« Lachend fügte er hinzu: »Er muss sehr umtriebig gewesen sein.«

»Sie meinen Novalis?« Marburg war überrascht. »Novalis hat Medizin studiert?«

Sartorius prustete vor Vergnügen. »Meiner Treu, nein!«, rief er aus. »Jura selbstverständlich! Sie machen sich keinen Begriff von der Universität dort. Sie ist riesig, jedenfalls nach unseren kleinstädtischen Maßstäben. Was glauben Sie, was los war, als Schiller dort dozierte! Die Hörsäle sind aus allen Nähten geplatzt!«

»Sie haben Schiller gesehen?«

»Allerdings.« Der Doktorand nahm einen großen Schluck aus seinem Weinglas, streckte die Nase in die Luft und rezitierte: »In einer schönen Seele ist es also, wo Sinnlichkeit und Vernunft, Pflicht und Neigung harmonieren …«

»Das ist von Schiller?«

»In der Tat, Unwissender.«

Marburg lachte, trank ebenfalls einen Schluck Wein und betrachtete Sartorius umso ehrfurchtsvoller. »Und ich mit meinen armseligen Hamburger Studien …«

»Oh, durchaus nicht«, wehrte Sartorius ab. »Geben Sie tausend Thaler, und ich bringe sie in zehn Tagen durch, ach was, in fünf! Sie als Kaufmann aber hätten gewiss das Doppelte am Ende derselben Zeit.«

Die Melancholie über verpasste Gelegenheiten, die Marburg soeben überfallen hatte, vertrieb das nicht, obgleich sein neu gewonnener Freund recht haben mochte. Ein jeder hatte wohl seine Bestimmung …

Sie saßen an einem Tisch in »Schrimper's Union«, einem im Vergleich zum Ratskeller günstigen Gasthof ganz in der Nähe der Praxisräume des Amtsdoktors. Marburg hatte sich ein wenig herausgeputzt, um nicht hinter dem modisch gekleideten Sartorius zurückzustehen. Blauer Tuchfrack, die etwas weitere und von Goethes Werther inspirierte Version des Justaucorps, gelbe Weste, Kniebundhose und Stulpenstiefel. Der Doktorand trug einen zylinderförmigen Hut, Marburg einen in die Jahre gekommenen Dreispitz. Er hielt sein Glas in die Höhe und bestellte noch einen Wein für sich und Sartorius. Die Luft war verraucht und im Kamin prasselte ein kleines Feuer, um die feuchte Kälte zu vertreiben, die der Abendregen mit sich gebracht hatte. Die armen Kerls draußen vor der Stadt, dachte Marburg. Hungrig und nur ein Zelt überm Kopf. Am Abend war das russische Hilfskorps an Oldenburg herangekommen. Es hatte Einquartierungen gegeben, überstürzt dazu, doch die Gemeinen lagerten auf den Osternburger Wiesen im Süden, vor den Toren der Stadt. Die fünf mit ihm in russische Dienste gepressten Jungs gehörten zweifellos dazu. In Oldenburg selbst waren jedenfalls nur die Offiziere und ihre Burschen untergekommen. Sicher auch Nikolai Nikolajewitsch Jeruschkewitsch, der ihn hatte gehen lassen. Doch wo auch immer er sich einquartiert hatte, Marburg verspürte nicht das Bedürfnis, ihm ein zweites Mal über den Weg zu laufen.

»Kein Zweifel«, nahm Sartorius das Thema wieder auf. »Jena ist weit ansehnlicher als Oldenburg; längere Gassen und höhere Häuser erinnern einen, dass man doch wenigstens in einer Stadt ist. Aber dies hier«, er machte eine ausladende Geste, »dies hier hat auch etwas für sich.«

»Aber Schiller«, warf Marburg schwärmerisch ein. Er begann bereits, den Wein zu spüren. »Einem Schiller begegnet man nicht in Oldenburg.«

Der Doktorand nickte. »Schiller«, wiederholte er. »Goethe hat ihn nach Jena geholt. Überhaupt, seit Goethe dort wirkt, weht ein frischer Geist durch die alten Mauern! Denken Sie nur, Johann Gottlieb Fichte lehrt nun dort, und Schelling! Die großen Philosophen. Und man sagt, die Größen der romantischen Schule seien ebenfalls dorthin berufen!« Etwas nüchterner fügte er hinzu: »Leider habe ich sie verpasst.«

»Romantische Schule?«

»Na, Schlegel, Ludwig Tieck, Brentano …?« Sartorius' Rückfrage klang ein wenig verständnislos. Dann plötzlich breitete er die Arme aus und deklamierte: »Der lebt nicht, dessen Haupt nicht im Himmel steht, auf dessen Brust nicht die Wolken ruhen, dem die Liebe nicht im Schoße wohnt und dessen Fuß nicht in der Erde wurzelt.«

Als Marburg nur überrascht die Augenbrauen hob, jedoch nichts erwiderte, winkte Sartorius wohlwollend ab. »Sie müssen jetzt nicht beeindruckt sein«, sagte er und nahm sein drittes

Glas Wein entgegen. »Haben Sie je im ›Athenaeum‹ gelesen?« In der Zeitschrift wurden philosophische und naturwissenschaftliche Veröffentlichungen vorgestellt und besprochen.

Marburg schüttelte lächelnd den Kopf. Bisher hatte er sich selbst für literarisch gebildet gehalten. Jette mochte das auch geglaubt haben. Sartorius aber belehrte ihn gerade eines Besseren.

»Schlegel gibt sie heraus. Sie sollten sich einmal damit beschäftigen. Er sagt, Natur und Geist bilden eine Einheit, sie sind die Offenbarung der ›Weltseele‹.« Sartorius nahm einen Schluck Wein und schüttelte den Kopf. »Ach, von Marburg, haben Sie Nachsicht mit mir, und verzeihen Sie mir. Sie sehen, auch ich stecke nicht in den passenden Schuhen.« Er lachte traurig auf. »Wenn ich jetzt anfinge, zu dichten oder gar philosophische Bücher zu schreiben … Ich glaube, mein alter Herr würde mich erschießen.«

»Das wäre mir vermutlich ganz ähnlich gegangen«, sagte Marburg und fügte in Gedanken hinzu: *Wenn er denn noch lebte*. Er dachte an die Reaktion, die eine Verlobung mit Jette bei seinem Vater hervorgerufen hätte, und tastete nach dem kleinen Scherenschnitt der jungen Frau, den er immer bei sich trug. Er erinnerte ihn daran, dass er Jette schreiben und über die Situation ins Bild setzen musste. Hatte er bisher gedacht, vielleicht irgendwann ein Einverständnis zu einer Ehe mit der kaum standesgemäßen Jette Drost, Küchenmagd aus Hamburg, zu bekommen, so tat sich nun ein ganz anderes Problem auf: Er konnte sich eine Ehefrau gar nicht leisten, keine arme und keine reiche. Er lachte bei dem Gedanken auf, in seiner jetzigen Lage eine »gute Partie« zu machen. Die Damen von Stand würden sich kaum um einen armen Schlucker wie ihn reißen, auch wenn er sich Freiherr nennen durfte. »Sind Sie beim Herzog vorstellig geworden?«, fragte er, um sich abzulenken.

»Gewiss, er hat mich holen lassen«, erwiderte Sartorius, der einen Blick auf zwei auffällig geschminkte Damen geworfen hatte, die soeben durch den Eingang hereingetreten waren und nun ihre durchnässten Schirme abklopften. »Der Herr Regierungsadministrator hat mich zu meinen Ansichten über das Arsen im Allgemeinen und der Anwendung in Eurem Hause im Besonderen befragt. Er schien geneigt, meiner – gleichwohl unvollständigen – These zuzustimmen. Passen Sie auf, am Ende jagt er den Polizeivorsteher mit seinen halbherzigen Untersuchungen noch zum Teufel.«

Das glaubte Marburg kaum. Die beiden Damen kamen, vermutlich vom Blick des Doktoranden angelockt, zielstrebig zu ihrem Tisch herüber. Mit einem gespielt koketten Augenaufschlag versuchten sie, mit den beiden jungen Männern ins Gespräch zu kommen. Ein paar Worte, aus denen er »Towarischtsch« heraushörte, folgten. Sartorius hob eine Augenbraue und ließ den Blick von einer der Damen zu Marburg wandern. »Nun, mein Lieber«, sagte er. »Wie wäre es mit ein wenig Zerstreuung? Das russische Heer liegt uns zu Füßen, wie es scheint.«

Marburg winkte ab. Der Gedanke an Jette – und an seine endliche Barschaft – dämpfte sein Interesse an einer käuflichen Bekanntschaft ebenso wie die Vorstellung, dass die beiden »Damen« zweifellos direkt aus dem Heerlager des Hilfskorps kamen. Er kannte die Zustände dort. »Wohin genau ist der Amtsdoktor gereist?«, fragte er stattdessen.

Sartorius, etwas verwirrt durch die unvermittelt prosaische Frage, hob bedauernd die Schultern und wandte sich von den Damen ab. »Mir hat er nichts gesagt. Aber Julius weiß Bescheid.« Und als er Marburgs ernstes Gesicht sah, fügte er hinzu: »Ich werde ihn fragen, wenn Sie wollen.«

Marburg nickte nachdenklich. Natürlich, das zeitgleiche Verschwinden des Amtsdoktors und der Reisebekanntschaft seiner Eltern konnte kein Zufall sein. Er hatte keine Vorstellung von dieser Person, doch es war kaum denkbar, dass sie unter den gegebenen Umständen alleine weitergereist war.

Was lag da näher, als sie in Tellmanns Umfeld zu suchen? »Ja«, sagte er, »bitte fragen Sie ihn. Je eher, desto besser.«

»Ganz, wie's beliebt, Herr Ökonomiedirektor!« Sartorius grinste und sah wehmütig den Mademoiselles hinterher, die sich auf die Suche nach anderen Herren machten, Herren, die mehr Geld in der Tasche hatten als die russischen Gemeinen oder Subalternen, die vor der Stadt lagerten. Damit erhob er erneut das Glas und prostete Marburg zu. »Ich heiße Heinrich«, sagte er leutselig.

Marburg sah überrascht auf und musste lächeln. Für einen Augenblick fühlte er sich nach Hamburg zu seinen Kommilitonen versetzt. Was wohl aus Heinrich Jacobi und Franz von Auburg geworden sein mochte? Hatten sie tatsächlich aufeinander geschossen? »Johannes Friedrich«, erwiderte er schließlich. Der Wein machte ihn zutraulich, und der Medizinstudent war ein braver Kerl, keine Frage. Eine Freundschaft war ihm mehr als angenehm. Er verbesserte sich: »Johannes, meine ich.«

»Freut mich, dich kennenzulernen, Johannes.«

»Die Freude ist ganz meinerseits, Heinrich.« Auf das Du verfallend fragte er: »Wie lange kennst du den Doktor eigentlich schon? Ich meine, vertraust du ihm?«

»Das muss ich wohl.« Sartorius' Lächeln wurde zu einem schiefen Grinsen. »Obwohl er mir bisweilen ein windiger Geselle zu sein scheint. Aber er ist mein Oheim.«

»Dein Oheim? Hoppla ...«

Der Doktorand winkte ab. »Keine Sorge. Er ist mein Oheim, nicht mein Intimus.« Ernst fügte er hinzu: »Ich habe bereits selbst darüber nachgedacht. Der Umstand seiner plötzlichen Reise wenige Stunden nach dem, was bei dir im Hause passiert ist, mutet zweifellos seltsam an, da stimme ich vollkommen mit dir überein. Aber etwas Arges traue ich ihm doch nicht zu.«

Marburg war nicht überzeugt, mochte aber nach seinem Fauxpas nichts Gegenteiliges mehr sagen.

Sie bestellten eine weitere Runde Wein und wechselten das Thema. Marburg war begierig genug, mehr von Paris und Jena zu hören, um die Zeit zu vergessen.

Die russischen Damen waren schließlich fort, der Wein getrunken, und kurz nachdem die heruntergekommene Pendule auf dem Kaminsims zehnmal mit heller Glocke geläutet hatte, war draußen der Nachtwächter zu vernehmen. Sie zahlten und verließen das Gasthaus. Mit einem Schulterklopfen verabschiedeten sie sich und verabredeten sich für den nächsten Morgen.

»Ein Wort der Warnung«, sagte Sartorius, bevor sie sich trennten. »Was auch immer geschehen sein mag – möglicherweise ist es noch nicht vorbei.«

Marburg nickte. Der Gedanke war ihm auch schon gekommenen. Wer seine Eltern getötet hatte, der würde vielleicht auch vor ihm – und vor Madame Roberg – nicht haltmachen. Aber wie sollte er sich schützen, worauf achten, wenn er nicht einmal wusste, *weshalb* seine Eltern hatten sterben müssen?

Im Haus war es still. Die Mamsell schien gegangen zu sein, und alles Licht war gelöscht. Er zündete eine Kerze an, stieg hinauf in seine Kammer und setzte sich mit einem Seufzer und dem wohligen Gefühl eines leichten Weinrausches an den schmalen Tisch neben seinem Bett. Aus einem verzierten Eichenholzkästchen holte er Papier, Tinte und Feder hervor. Einem plötzlichen Einfall folgend zog er das Ringlein aus seiner Hosentasche hervor und legte es auf den Tisch. Würde er es ihr unter diesen Umständen noch zukommen lassen können? Nach einem Augenblick der Besinnung und einem Glas Wasser, das den Schwindel ein wenig vertrieb, begann er zu schreiben:

Liebste, beste Jette!
Ich verließ Sie in solcher Eile, dass mir's schwerfällt, nun Erklärung dafür zu geben. Verzeihen Sie mir diese Unziemlichkeit, doch die Gründe dafür sind schwerwie-

gend: Meine Eltern, alles, was mir an Familie lieb und theuer, sie sind tot, ermordet, und ich weiß nicht, aus welchem niederen Grunde, noch durch wen.
Von allem, was mir auf dem Herzen lastet, mich umtreibt und in den nächsten Wochen auf mich zukommt, sei nur dies berichtet: Hinterlassen konnten sie mir nichts außer einem Schiffe, das vom Franzosen aufgebracht und in Le Havre interniert ist, mir somit mein Auskommen nicht erbringt. Dies wird so bleiben, sollte nicht ein Advocat, den einzuschalten ich mich genötigt sah, das Zauberstück vollbringen, die »Friederike«, von der ich Ihnen ja erzählt habe, zurückzuholen. Die Franzosen würd's schwer ankommen, sie benötigen jedes Schiff im Streit mit den Engländern, und so sehe ich kaum Hoffnung. Warum also soll ich Sie plagen, liebstes Geschöpf? Wir können miteinander nicht seyn. Es ist alles dumm, was ich sagen könnte, aber eben weil ich die Sachen seh, wie sie sind, in nüchternen Farben und umsichtiger Planung, weiß ich, dass mit uns nun nichts mehr werden kann. Ich bin nicht imstande, Sie zu ernähren, liebste Jette, in einer Verbindung, über die wir wohl in Andeutungen sprachen und deren größtes Hindernis mir das Einverständnis meines Vaters zu seyn schien. Doch auch wenn die Familienräson nun nicht mehr im Wege steht, darf ich nicht von Ihnen verlangen, mir in die Armut zu folgen. Wir können einander nicht wiedersehen, und sollte ich mein Fortune vielleicht doch noch machen, so werden Sie gewiss längst nicht mehr an mich dencken.
Ich dancke dem Schicksaale, das mich Ihnen über den Weg geführt hat. Ich werde immer an meine Hamburger Zeit dencken und Ihr Bild in meinem Herzen bewahren. Gedencken Sie auch meiner, Adieu,
Ihr Johannes Friedrich von Marburg

Wen du nicht verlässest, Genius,
Nicht der Regen, nicht der Sturm
Haucht ihm Schauer übers Herz.
Wen du nicht verlässest, Genius,
Wird dem Regengewölk,
Wird dem Schloßensturm
Entgegensingen,
Wie die Lerche,
Du da droben.

Johann Wolfgang von Goethe, Wandrers Sturmlied, 1772

5. Kapitel

Sonnabend, 22. Juni 1799, Oldenburg

Am nächsten Morgen in aller Frühe stand Marburg auf, suchte das Nötigste an Reisekleidung zusammen, was er sich mitzunehmen zugestand, und stopfte alles in zwei schmale Packtaschen, die er unter den Reiseutensilien seines Vaters gefunden hatte – einschließlich des kurzen Degens, den Lürssen gerettet hatte, sowie einer der beiden französischen Steinschlosspistolen. Sein eigenes Reisegepäck und alle Ausrüstung waren am Vortag aus Hamburg gekommen und von Madame Roberg fürsorglich eingeräumt worden.

Noch vor dem Morgengrauen stieg er hinab in die Küche. Nichts erinnerte mehr an den Geruch von Bittermandel, stattdessen erwartete ihn der Duft von Braten, frischem Brot und Kaffee. Die Mamsell hatte ein Frühstück bereitet, welches wohl für ein Mittagessen gelten konnte. Der Kaufmann in ihm fragte sich, ob all das nicht zu teuer war. Zwar hatte Preußen vor etwas mehr als zehn Jahren das staatliche Kaffeemonopol wieder abgeschafft, eine kostspielige Delikatesse aber war es geblieben. Wer auf den Groschen achtete, trank Tee. Den konnte man mehrfach aufgießen. Marburg freute sich dennoch auf den Kaffee.

Sie frühstückten zusammen, er und Madame Roberg, was ein Bruch mit der Tradition, nach Marburgs Dafürhalten der Situation aber durchaus angemessen war. Sie beide hatten einen Verlust zu bewältigen.

Marburg erzählte der Mamsell von seinem Plan, den Amtsdoktor und die Reisebekanntschaft der Eltern zu suchen. Der Student Sartorius würde ihm die Adresse mitteilen. Über seine weitergehenden Verdächtigungen gegen den Amtsdoktor schwieg er einstweilen.

»Ihr glaubt, er hat die junge Französin entführt?«

Marburg verdrehte die Augen. »Welche junge Französin?«

»Nun, die Reisebekanntschaft, von der doch jeder weiß! Habt Ihr sie nicht in Verdacht …« Madame Roberg sprach nicht aus, was mittlerweile die ganze Nachbarschaft glaubte. Selbst die Zeitungen hatten Mutmaßungen über das spurlose Verschwinden der Dame angestellt.

»Die Reisebekanntschaft ist eine junge Französin?«, fragte Marburg ungläubig. »Sie kennen sie?« Warum hatte er Tante Auguste nicht gleich danach gefragt? Schließlich war sie im Hause gewesen, als seine Eltern zurückgekehrt waren. Sie wusste, was in den Tagen vor den Morden geschehen war.

»Gewiss«, bestätigte die Mamsell ernst. »Sie kamen ja aus Frankreich. Ein paar Tage zuvor waren sie mit der Postkutsche aus Lüttich eingetroffen. Alles kam sehr überraschend und musste sehr schnell gehen. Mademoiselle Klara hat hier im Haus übernachtet, in Ihrem Zimmer. Stellt Euch vor, was es für ein Gerede gegeben hätte, wenn Eure Mutter nicht mitgereist wäre! Euer Vater allein mit einer jungen Mademoiselle! Als der Amtsdoktor kam, waren alle ganz aufgeregt, das war am Donnerstag in der Früh. Am nächsten Morgen war die Mademoiselle fort, und Eure Eltern und … alle … waren … tot …« Tränen begannen, ihr wieder in die Augen zu steigen. Madame Roberg schnäuzte sich und atmete tief durch. »Ich weiß nicht, weshalb sie hier war und welche Schuld sie auf sich geladen hat«, fuhr sie sogleich fort. »Denn warum hätte sie Hals über Kopf fortlaufen sollen, wenn sie nichts verbrochen hat?«

Das fragte sich Marburg ebenfalls. »Wissen Sie ihren ganzen Namen?«

Die Mamsell schüttelte den Kopf. »Eure Eltern haben sie immer nur Mademoiselle Klara genannt.«

Marburg stand auf und berührte die Köchin am Arm. »Es wird alles gut«, sagte er. »Ich werde sie finden. Und werde herausfinden, was geschehen ist. Wenn sie eine Schuld trägt, dann werde ich dafür sorgen, dass sie vor ein Gericht kommt und der Gerechtigkeit Ehre getan wird.«

Madame Roberg presste die Lippen zusammen, nickte und wandte sich ab.

Wenig später verließ Marburg das Haus, wie er zuvor Hamburg verlassen hatte: im kurzen Reitmantel, weißen Leinenhemd, Halstuch, Weste, bequemen Kniebundhosen und seinen hohen Stiefeln. Den teuren Hut hatte er gegen einen alten Dreispitz seines Vaters getauscht – wer wusste schon, was einen auf der Reise erwartete? Von Heinrich Sartorius erfuhr er kurz darauf, dass Julius, der Gehilfe, den Doktor am vergangenen Freitag mit einer jungen Frau nach Harlingen hatte fahren sehen, und zwar in einem Zweispänner-Coupé. Ohne Frage ein Indiz für die Verstrickung des Amtsdoktors in die Affäre. Über das genaue Ziel hatte auch das Faktotum nur mit unschuldigem Grinsen mutmaßen können. Heinrich jedoch erinnerte sich, dass sein Oheim mit dem Amtshauptmann in Neuharlingersyhl bekannt war, Peter Gorissen. Er war sicher, dass Tellmann nur dorthin gefahren sein konnte. Alles Weitere musste sich finden.

Marburg dankte Sartorius. Sie umarmten sich kurz mit geziemendem Schulterklopfen, dann machte er sich auf den Weg zur Staatskanzlei, wo ihm sein Empfehlungsschreiben ausgehändigt wurde, und zum Marstall, in dem er eine wunderschöne und ruhige Schimmelstute übergeben bekam. Sie trug bereits das Zaumzeug und den Sattel der Oldenburger Dragoner, wie das herzogliche Wappen noch zusätzlich bestätigte.

Der Regen der Nacht hatte sich verzogen, die Straße war einigermaßen trocken, und das Wetter versprach auch für den Rest des Tages vorsommerlich schön zu bleiben. Der Himmel war übersät mit Schäfchenwolken, durch die immer wieder die Sonne drang. Es roch nach würziger Erde und Heu, der Sommergeruch, wie Marburg ihn kannte. Er hatte Oldenburg noch vor zehn Uhr durch das Heiligengeisttor verlassen, war vorbei an kleinen Feldern, ausgedehnten Waldstücken und Wiesen geritten und hatte erst das russische Hilfskorps und dann Rastede hinter sich gelassen, einen kleinen Flecken, dessen Schloss der Regierungsadministrator vor einigen Jahren als Residenz hatte völlig neu gestalten lassen. Und, so erinnerte er sich mit einem Stich in der Brust, in dem bereits seine Eltern zu Gast gewesen waren.

Johanne, so hieß seine Stute, trug ihn in langsamem Trab über die Landstraße bis nach Jever. Vor Wittmund passierte er die Grenze zur Grafschaft Friesland, dann wandte er sich nordwärts und hinauf nach Neuharlingersyhl.

Marburg erreichte den kleinen Sielort am späten Nachmittag. Das Wetter hatte sich geändert, der Himmel hatte sich zugezogen und der Wind blies mit einigen Stärken über den nahen Deich. Was im Binnenland schön und beständig anging, wurde hier zur rauen Witterung. Marburgs ursprüngliche Abneigung gegen das Reiten war einer pragmatischen Sympathie gewichen, gleichwohl schmerzten auch am zweiten Reisetag zu Pferde der Hintern und die Schenkel.

Auch Zeit zum Nachdenken hatte es unterwegs genug gegeben, wenngleich seine Gedanken sich stets innerhalb der Trigonometrie aus dem Tod seiner Eltern, der aufgegebenen Jette und dem Amtsdoktor bewegten. Es kann nur so sein, überlegte er immer wieder, dass der Doktor und die Französin gemeinsam an den Morden beteiligt sind. Alles sprach dafür. Ob er Beweise finden würde, stand auf einem anderen Blatt …

In jedem Fall musste er behutsam vorgehen, denn in der Lage, Mademoiselle Klara oder gar Tellmann gegen ihren Willen nach Oldenburg zurückzuführen, befand er sich nicht.

Der Sielhof, ein zweigeschossiger Steinbau mit Turm über dem Eingang, war leicht zu finden gewesen. Er lag in Sichtweite des kleinen Sielhafens, in den gerade träge zwei heimkehrende Fischerboote einliefen. Marburg führte Johanne auf den befestigten Vorplatz und verknotete die Zügel an einem eigens dafür errichteten Holzgestell an der Seite des Hauses. Noch etwas steif lief er die Stufen zur Tür hinauf und läutete.

Das Hausmädchen, das ihm öffnete, fragte schüchtern und mit großen Augen, wer er sei und was er wünsche. Da er keine Visitenkarte besaß, nannte er schlicht seinen Namen und fügte, ein wenig von der Reise erschöpft, hinzu: »Ich möchte den Amtshauptmann sprechen.«

Die Dienstbotin machte einen Knicks, ließ Marburg eintreten und verschwand hinter einer weiteren Tür in die Diele des Hauses. Kurz darauf hörte er polternde Schritte näher kommen, die Tür wurde aufgerissen und ein großer stämmiger Mann stand vor ihm, mit wildem Haarschopf, roten Wangen und gekleidet in derbe, aber gut geschnittene Arbeitskleidung. Der Amtshauptmann sah ihn einen Augenblick konsterniert an. Dann begann er zu lachen. »Verzeiht se mi man, dat ik so kieken do, man ik har dacht …« Er schüttelte den Kopf und reichte Marburg die Hand. »Ich hatte jemand anderen erwartet«, sagte er, bemüht, das Harlinger Platt zu unterdrücken. »Sie sind Carl Ludwig, Freiherr von Marburg?« Sein Grinsen und die hochgezogenen Augenbrauen verrieten, dass er Marburg für einen Hochstapler hielt.

Marburg hingegen war bass erstaunt. »Nein«, entschuldigte er sich. »Ich bin Johannes Friedrich, sein Sohn. Sie kennen meinen Vater?«

»Ach …« Jetzt verstand Peter Gorissen, der Amtshauptmann. »Ja, selbstverständlich. Und ob ich den kenne!« Er stellte sich vor und machte eine einladende Geste. »Kummt se man binnen.«

Über knarrende Holzdielen gelangten sie in einen etwas höher gelegenen Raum, der den Blick auf den rückwärtigen Burggraben freigab, einen Abzweig des Neuharlinger Sieltiefs. Dahinter lagen Weiden, so weit das Auge reichte, nur hin und wieder war ein landeinwärts gebeugter Baum, Windlooper genannt, oder ein vereinzelter Hof zu sehen.

Der Raum war dunkel möbliert, ihm fehlte die großstädtische Eleganz, dafür verliehen ihm die wuchtigen, bäuerlich anmutenden Schränke, die hohen Stühle und der große Tisch eine ungewöhnliche Gemütlichkeit. In der Nähe des Fensters saß eine Frau, kaum jünger als Gorissen, doch noch immer attraktiv. Ihr Schnürkleid aus hellblauem Kaliko, die Spitzenhaube und das dunkle Schultertuch aus feinem Samt ließen sie als die Hausherrin erkennen. Als die beiden Männer eintraten, sah sie auf, legte ihre Stopfutensilien beiseite und begrüßte Marburg mit freundlichem Lächeln. »Dat is miene Fru«, sagte Gorissen.

Marburg verbeugte sich, der Etikette folgend.

»Kommen Sie geradewegs aus Oldenburg?«, fragte Maria Elisabeth Eymen in freundlichem Konversationston.

»Ja«, erwiderte er und sah die Frau des Amtshauptmannes vielleicht ein wenig zu lange an. »Ja, ich bin auf direktem Wege hergekommen, weil …« Er entschied sich, nicht gleich mit der Tür ins Haus zu fallen. »Könntet Ihr mein Pferd versorgen lassen?«, fragte er stattdessen.

»Aber gewiss. Das wird es nötig haben.« Gorissen rief einen Namen, und kurz darauf steckte ein Junge seinen Kopf zur Tür herein, vermutlich der Stallbursche. »Kümmer di üm dat Paard vun düssen Herrn«, sagte Gorissen mit lauter Bassstimme.

»Haben Sie gegessen?«, fragte seine Frau. »Dürfen wir etwas anbieten?«

»Zuletzt heute Mittag im Jeverschen«, gestand Marburg, der tatsächlich Hunger hatte. Trotzdem fügte er, diesmal mit dem hier offensichtlich üblichen »Sie« und aus anerzogener Höflichkeit hinzu: »Ich möchte keinesfalls Umstände machen. Wenn Sie mir ein passables Gasthaus empfehlen können, wo ich mich frisch machen und übernachten kann, dann werde ich dort meine Abendmahlzeit einnehmen.«

»Dat gift dat nicht!«, erwiderte der Amtshauptmann. »Wo wir schon mal einen so schönen Besuch haben, werden wir ihn doch nicht gleich wieder gehen lassen! Elisabeth«, er wandte sich zu seiner Frau, »lass alles für das Abendessen herrichten!«

»Es macht keine Umstände«, sagte Gorissens Frau mit einem herzlichen Lächeln. »Seien Sie uns willkommen.« Sie verließ die Stube, und die beiden Männer blieben allein zurück.

»Sie kennen meinen Vater?«, fragte Marburg noch einmal, obgleich ihm ganz etwas anderes unter den Fingernägeln brannte. Er hatte nicht damit gerechnet, in diesem abgelegenen Winkel auf Bekanntschaft oder vielleicht Geschäftsfreunde seines Vaters zu treffen.

Gorissen wies auf einen der Stühle am Tisch und setzte sich selber. »Halb so wild«, sagte er mit seiner tiefen Stimme. »Wir sind so etwas wie Geschäftspartner. Ihr Vater hat mir ein- oder zweimal einen Gefallen getan ...« Er wies mit einem Kopfnicken hinaus in Richtung des Sielhafens. Marburg folgte dem Wink mit seinem Blick. Der Sielhafen war viel zu klein für die »Friederike«. Dann verstand er. Die Ware war vermutlich mit dem Boot angelandet worden. Und höchstwahrscheinlich auch bei Nacht. Schmuggelware ... »Mein Vater hat«, Marburg suchte nach den rechten Worten, »derartige Geschäfte gemacht?«

Gorissen lachte und machte eine Geste, die besagte, dass man sein Geld verdienen musste, wo man konnte. Jedenfalls dementierte er nicht. Dann wurde er ernst. »Wie geht es Ihrem Vater?«, fragte er vorsichtig.

»Er ist tot«, erwiderte Marburg knapp. »Ermordet.«

»Ermordet?« Gorissen erhob sich, unsicher, was er sagen sollte. »Wie ist das geschehen?«, fragte er, sichtlich betroffen, und ließ sich wieder in seinen Sessel fallen.

Marburg erzählte ihm in kurzen Worten, was er wusste. Als er geendet hatte und der Amtshauptmann wortlos betroffen vor sich auf den Dielenboden sah, kam er endlich zu dem Grund, der ihn hergeführt hatte: »Darf ich Ihnen eine Frage stellen?«

»Geht es um Tellmann und diese Französin?«

Jetzt war es an Marburg, überrascht zu sein. »Ja«, bestätigte er. »Sie waren hier?«

Gorissen nickte.

»Die junge Frau war eine Reisebekanntschaft meiner Eltern«, erklärte Marburg. »Sie und der Amtsdoktor waren kurz vor den Ereignissen bei uns zu Gast. Ich würde sie gerne sehen, um ihnen ein paar Fragen zu stellen.«

»Ein paar Fragen ...« Gorissen verzog den Mund. »Ich fürchte, da sind Sie zu spät. Tellmann ist abgereist. Und die Französin ...«

»Abgereist? Wohin?«

»Zurück nach Hause. Dat wull he tominst. Övver Wittmund.«

Dann hat er einen Bogen gemacht, dachte Marburg. Deshalb bin ich ihm nicht begegnet. »Und die Frau? Wo ist die verblieben?«

Der Amtshauptmann seufzte und sah Marburg ernst an. »Sie wurde abgeholt«, sagt er schließlich. »Kurz nachdem Tellmann fort war.«

»Sie ist nicht mit Tellmann fort? Warum hat er sie dann hergebracht?«

»Dat weet ik nich. Die Dame hat es vorgezogen, in einem Gasthof abzusteigen.« Er lachte, vermutlich, weil Neuharlingersyhl keinen Gasthof besaß, den er einer französischen Dame als würdig erachtete. »Sie ist von drei Herren in einer Kutsche abgeholt worden. Vermutlich Soldaten, auf jeden Fall Franzosen.«

»Franzosen?« Marburg krauste die Stirn. »Hier in Friesland?«

»Unser Herr Pastor ist ein weitgereister Mann und ein aufmerksamer Beobachter«, erwiderte der Amtshauptmann mit undefinierbarem Grinsen. »Der erkennt einen Jakobiner auf zehn Meilen.«

»Jakobiner«, wiederholte Marburg und rümpfte die Nase. Er selbst hatte die Zwietracht erlebt, welche die radikalen Ideen der französischen Revolution gesät hatte. Einmal mehr dachte er an seine Freunde Heinrich Jacobi und Franz von Auburg mit ihren gegensätzlichen Idealen. »Jakobiner«, sagte er nachdenklich, »gibt es die denn noch?« Wenn man den Zeitungen glauben konnte, war Robespierre, der Größte unter ihnen, bereits selbst der Guillotine zum Opfer gefallen.

»Die Idee bleibt«, Gorissen nickte nunmehr ernst. »Diese Brüder werden wir nicht mehr los.«

»Und die Dame? Haben die Franzosen vielleicht auf sie gewartet?«

»Ich habe die Mademoiselle nur einmal gesehen, bei Tellmanns erstem Besuch vor einer Woche. Die junge Dame war sehr zurückhaltend, und sie hat selbst mit meiner Frau kaum ein Wort gewechselt. Im Ort hat sie sich in all den Tagen auch kaum sehen lassen. Tellmann hat ein großes Geheimnis aus ihr gemacht. Er nannte sie die ›französische Comtesse‹. Nun ja, seit heute Morgen ist sie nun wohl verschwunden, mit ihren

Jakobinern. Abgereist oder geflohen, dazu kann ich Ihnen keine Auskunft geben.«

»Eine französische Comtesse«, überlegte Marburg laut, der sich auf die Vorgänge keinen Reim machen konnte. »Wo mag sie hingefahren sein?«

»Auch das weiß ich nicht, mein junger Freund.« Gorissen hatte sich offenbar wieder gefangen. Ob es Trauer war, die ihn für einen Moment getroffen hatte, oder die Befürchtung, dass sein Freund, der Amtsdoktor Tellmann, in eine derart schlimme Sache verwickelt sein konnte, vermochte Marburg nicht zu sagen.

Der Amtshauptmann stand auf und legte die rechte Hand auf die Schulter seines Gastes. »Kommen Sie und speisen Sie mit uns.«

Der Tisch war reichlich gedeckt mit Eintopf, Schinken, Brot, Butter, Käse und Apfelkompott, dazu gab es Bier und Wein und ein Getränk, das Gorissen selbst hatte brennen lassen. Hier auf der Burg, wie er betonte. Er füllte es in kleine Zinnbecher und hielt einen Kienspan darüber, sodass es sich entzündete. Dann setzte er den Korken wieder auf die Flasche, löschte mit der bloßen Hand die Flammen beider Becher und reichte einen davon Marburg. »Auf Gott und die Engländer!«, sagte er mit seiner tiefen Stimme. Die Engländer als Kunden und Garanten des freien Seehandels hatten zweifellos all seine Sympathien.

»Was haben Sie nun vor?«, fragte der Amtshauptmann, nachdem sie sich wieder in die hintere Stube zurückgezogen hatten. Er bot Marburg seinen Tabaksbeutel an und stopfte sich, nachdem dieser abgelehnt hatte, eine lange, gekrümmte Tonpfeife.

Die Frage hatte sich Marburg bereits selbst gestellt, nachdem er weder den Amtsdoktor noch die Reisebekanntschaft seiner Eltern hier in Neuharlingersyhl angetroffen hatte. Da der Amtsdoktor weitaus kalkulierbarer war – er befand sich auf dem Weg nach Oldenburg –, blieb ihm nur ein Ziel. »Ich werde mich so schnell wie möglich auf den Weg machen und der französischen Comtesse folgen. Ich muss sie unbedingt sprechen.«

»Sie glauben demnach, dass ein Zusammenhang zwischen ihrem übereilten Aufbruch – oder nennen wir es ruhig Flucht – und dem Tod Ihrer Eltern besteht?«, fragte Gorissen, paffend auf seine Pfeife konzentriert.

»Ja, durchaus. Und je eher ich aufbreche, desto größer ist die Wahrscheinlichkeit, ihre Kutsche noch einzuholen.«

Der Amtshauptmann nickte. Er zog eine Taschenuhr aus seiner Weste und betrachtete sie nachdenklich. »Es wird in einer Stunde dunkel, dann kommen Sie ohnehin nicht mehr weiter. Die Kutsche der Comtesse jedoch ebenso wenig. Zudem wissen Sie nicht einmal, wohin sie gefahren ist.«

»Nun, die Franzosen werden die Straße Richtung Groningen genommen haben«, vermutete Marburg.

»Das ist nicht gesagt.« Gorissen paffte ein-, zweimal. »Es gibt mehr als eine Straße, um nach Frankreich zu gelangen«, sagte er schließlich. »Überdies könnte ich Ihnen die Kutsche nicht einmal beschreiben. Wonach also wollen Sie suchen?« Er schüttelte den Kopf. »Nein, nein, ich mache Ihnen einen Vorschlag: Wir werden nach dem Pastor schicken. Ich gehe jede Wette ein, dass er uns sagen kann, welchen Weg die Comtesse genommen hat. Für diese Nacht bleiben Sie unser Gast, und morgen früh brechen Sie zeitig auf. Bis zum Amt Aurich, oder spätestens Emden, können Sie sie eingeholt haben.«

Nach kurzem Zögern willigte Marburg ein. Natürlich würde er in der Nacht kaum vorankommen, und tatsächlich war er froh, die Gastfreundschaft des Amtshauptmannes in Anspruch nehmen zu können. Andererseits bereitete es ihm einigen Verdruss, dass die ganze Angelegenheit mit dem neuerlichen Verschwinden der Comtesse aus dem Ruder zu laufen begann. Würde er noch rechtzeitig zurück nach Oldenburg gelangen? Der Konsistorialrat würde die Beerdigung auch ohne ihn durchführen. Aber wie sollte er sich dann von seinen Eltern verabschieden? Was würden die Menschen denken, und was würde der Regierungsadministrator sagen?

Und doch blieb ihm keine andere Wahl, wollte er der Wahrheit auf die Spur kommen.

Eine halbe Stunde später betrat der Pastor, ein untersetzter Mann mit freundlichen Augen, gepuderter Perücke und schlichtem weißen Kragen an seinem weit geschnittenen Ornat, die Stube. Bei einem Glas von Gorissens bestem portugiesischem Portwein – ein rubinroter Zehnjähriger – berichtete er, was er wusste: Die Comtesse, wenn sie denn eine war, schien den drei Franzosen nicht ganz freiwillig gefolgt zu sein. Nichtsdestotrotz waren alle vier mit einem dunklen, zweispännigen Viersitzer aufgebrochen, und zwar mit dem Ziel Emden, wo sie sich einschiffen wollten.

Der Amtshauptmann deutete mit einer Geste und einem zufriedenen Grinsen an, dass er die investigativen Fähigkeiten seines Pastors, die sich vermutlich nicht allein auf die Jakobiner beschränkten, nicht unterschätzt hatte.

Die Klagen lehrt die Noth verachten,
Beschämt und ruhmlos lässt sie nicht
Die Kraft der Jünglinge verschmachten,
Giebt Muth der Brust, dem Geiste Licht;
Der Greise Faust verjüngt sie wieder;
Sie kommt wie Gottes Blitz heran,
Und trümmert Felsenberge nieder,
Und wallt auf Riesen ihre Bahn.

Friedrich Hölderlin, Das Schicksal, 1793

6. Kapitel

Sonntag, 23. Juni 1799, Neuharlingersyhl

Die Wolken hingen dunkel und tief über dem Siel, getrieben von auflandigem, nach See und Tang riechendem Wind. Ein unwirtliches Wetter, das Marburg dazu drängte, sich den Sturmmantel aus Hamburger Tagen überzuwerfen.

»Dat gift keen Regen«, hatte der Amtshauptmann kategorisch behauptet, und Marburg war nur zu gern geneigt, ihm zu glauben. Er verabschiedete sich früh am Morgen von Gorissen und seiner Frau, versorgt mit Bier, Schinken und Brot. Ganz so, wie er es mit Gorissen besprochen hatte, folgte Marburg der Straße, die am Deich entlangführte, bis zum nächsten Siel. Dann nahm er die Straße landeinwärts, passierte die Amtsstadt Esens und ritt durch eine endlos scheinende Ebene aus Moor, saftigen, grünen Weiden und kleinteiligen Äckern, auf denen Weizen und Roggen, noch niedrig, aber kräftig, im Wind wogten und wo kleine braune oder rote Punkte ferne Bauernhäuser andeuteten. Die Straße bestand zumeist aus festgefahrenem Sand und war gesäumt von Windloopers, vom Sturm landeinwärts gebeugten Alleebäumen. Der Amtshauptmann hatte recht behalten, es war trocken geblieben. Selbst der Wind hatte hier, in ein oder zwei Meilen Entfernung zur Küste, nachgelassen.

Gegen Mittag hatte Marburg Johanne eine Rast gegönnt, hatte sie getränkt und grasen lassen, wobei er selbst etwas von dem Reiseproviant gegessen hatte, den ihm Gorissens Frau mitgegeben hatte.

Als er am frühen Nachmittag Aurich durchquerte, eine durchaus mit Oldenburg vergleichbare Stadt, in der der preußische Regierungspräsident der Provinz Ostfriesland ansässig war, hatte er die vom Pastor beschriebene zweispännige Kutsche noch immer nicht entdeckt. Er musste allerdings vor sich selbst zugeben, dass der Tag Vorsprung, den die Franzosen hatten, nicht so leicht aufzuholen war.

Marburg säumte nicht lange und trieb seine Schimmelstute weiter, dem Wegweiser nach Emden folgend, das er am Abend erreichte. Schon von Weitem waren die zahlreichen Türme der Stadt zu erkennen – Schloss, Groote Kerck oder Rathaus waren die größten unter ihnen. Auf den Stadtwällen drehten majestätisch langsam die Flügel ebenso zahlreicher Windmühlen, eine in jedem Vorwerk. Er ritt durch das östlich gelegene Herrentor in die Stadt und suchte sich seinen Weg durch geschäftige Gassen, vorbei an einem der beiden großen Kräne und entlang verwinkelter Stadtkanäle, bis schließlich der »Delft« mit zahllosen kleinen und großen Schiffen vor ihm lag. Emden war eine quirlige, umtriebige Großstadt, ihr Hafen machte sie zum Mittelpunkt des norddeutschen Handels, und Hamburg, das er gut kannte, würde nach seinen ersten Eindrücken nie ein so großer Hafen werden wie Emden. Alles hier wirkte weltläufig, niederländisch, großartig, und niederländisch schienen auch die Sprache und die Kleidung der Arbeiter und Kaufleute. Am Hafen waren Marburg als Erstes die weiten Hosen aufgefallen und die Schuhe aus Holz. Reeder, Händler und Magistraten hingegen trugen Kleidung aus feinstem Tuch und nach neuester Mode geschnitten, wie sie in Hamburg noch kaum verbreitet war. Marburg schmunzelte. Von Oldenburg ganz zu schweigen.

Sein Vater hatte ihn nie mitgenommen, wenn er geschäftlich in Emden gewesen war. Ein Umstand, den er umso mehr bedauerte, da dieser gewusst hätte, wo am ehesten Auskunft über eine Kutsche mit vier Franzosen zu bekommen wäre, die heute in der Stadt eingetroffen sein musste. Er hätte so vieles gewusst …

Wenn er sich wenigstens an die Adresse des Handelsmaklers erinnern würde, mit dem sein Vater regelmäßig Geschäfte gemacht hatte!

Für all das – gemeinsame Reisen, Erklärungen und die Einführung durch den Vater in das Handels- und Schifffahrtsgeschäft – war es nun zu spät …

Auf den Straßen waren bereits weit vor den Stadtwällen unzählige Kutschen, Karren und Fuhrwerke unterwegs. Man bedenke: an einem Sonntag! Wie mochte es dann unter der Woche aussehen? Kein Zweifel, dies war das Tor zur Welt. Aber würden die Comtesse und ihre drei Begleiter es noch durchschreiten? Oder hatten sie es am Ende schon hinter sich gelassen, und er war zu spät gekommen?

Unvermittelt blieb er vor einer Schänke stehen, deren altes und schon etwas verbeultes Aushängeschild eine Hansekogge zeigte. Darunter stand: »De Hanze Captain«. Auch das klang niederländisch. Hinter der Tür sah es recht einladend aus, und da er irgendwo beginnen musste, führte Marburg Johanne durch das große Tor unmittelbar neben der Gastwirtschaft, wo er einen Stalljungen beauftragte, sich um die Stute zu kümmern. Er steckte Geld und die Pistole in die Innentaschen seines Mantels. Eine Vorsichtsmaßnahme, obgleich es mittlerweile zu warm war für ein derartiges Kleidungsstück.

Von dem etwas beengten Stallbereich führte eine schmale Tür direkt zur Schänke, aus der ihm Stimmengewirr, Rauch und stickige Wärme entgegendrangen. Marburg blieb an der niedrigen Theke stehen, auf der zwei große angestochene Fässer mit Bier und ein kleineres mit Rum lagen. Er zog den Mantel aus, hielt ihn aber fest umklammert, während er sich umsah und nach einem vertrauenswürdigen Gesicht Ausschau hielt. In einer großen Stadt wie Emden musste man mit System vorgehen, sonst war jede Suche von vornherein zum Scheitern verurteilt. Leider war er sich über dieses »System« noch nicht ganz im Klaren.

»Ein Bier – oder vertragt Ihr etwas Stärkeres?«, fragte eine Stimme hinter ihm. Marburg wandte sich um. Natürlich war es nicht Jettes Stimme, und doch erwartete er für einen kurzen Augenblick, ihr hübsches Antlitz vor sich zu sehen. Doch es war eine magere, verhärmte Frau mittleren Alters, die ihn aus müden Augen ansah.

»Ein Bier wäre gut«, erwiderte er mit kaum unterdrückter Enttäuschung.

»Das macht vier Kreuzer«, sagte die Schankmagd, als sie kurz darauf mit einem Becher Bier zurückkehrte. Marburg gab ihr fünf und fragte nach den Franzosen.

Die Magd schnaubte. »Glaubt ihr, in diesem Durcheinander, wo Holländer, Spanier, Engländer, Schweizer oder wer auch immer ihren Geschäften nachgehen, fallen mir ein paar Franzosen auf? Ich vergesse sie, wenn ich mich umdrehe, und bin froh, wenn sie mir nicht an den Rock gehen.«

Letzteres bezweifelte Marburg. Er verzog den Mund und seufzte. »Kannst du mir wenigstens einen Fracht- oder Handelsmakler nennen?«

»Wozu?«

»Ich habe eine Schiffsladung Wolle zu verkaufen«, log er, in der Hoffnung, dass es Eindruck auf die Frau machen würde.

»Welches Schiff?«, fragte sie skeptisch.

»Die Brigg ›Friederike‹«, erwiderte er, und das entsprach ja sogar irgendwie der Wahrheit. Auch wenn sie gerade in Le Havre lag.

»Euch gehört ein Schiff?« Einen Augenblick lang schien sie in Gedanken zu prüfen, ob ihr Gast ein Hochstapler sein mochte. Offenbar sah er nicht danach aus. »Dieckena in de

Oldersümmer Straat«, sagte sie schließlich. »Achter 't Rathuus rechts rein, dann dat vierte Huus, nicht zu verfehlen.« Damit verschwand sie wieder in der Menge. Ob Meister Dieckena ihr für jeden neuen Kunden ein Trinkgeld zahlte, blieb offen.

Marburg trank sein Bier in aller Eile aus und machte sich auf den Weg zu der angegebenen Adresse. Das Rathaus war nicht zu übersehen, es lag hinter einem Wald aus Schiffsmasten am großen Hafenbecken, das sie hier »Ratsdelft« nannten. Er ließ es rechts liegen und betrat die Oldersumer Straße. Sonntagsspaziergänger kamen ihm entgegen, Damen mit breiten, in Falten fallenden Röcken, modisch kurzen und meist zweireihig geknöpften Jacken, die ab der Taille in weite glockenartige Wellen übergingen. Die Schultern waren schmal, die Ärmel eng geschnitten. Alles war so ganz anders, als er es aus Oldenburg kannte. Ein Herr im Frack und gestreifter Hose stand plötzlich vor ihm und neigte den Kopf, auf dem einer dieser Rundhüte saß, die wie Zylinder aussahen und neuerdings sehr beliebt waren. »Kann ich Ihnen behilflich sein, mein Herr?«

Marburg, dem bewusst wurde, dass er die Frau seines Gegenübers angestarrt hatte, fuhr zusammen. »Ich«, begann er und sah den Herrn entschuldigend an. »Ich suche die Oldersumer Straße. Das vierte Haus.«

Der Emder krauste die Stirn, während seine Frau kicherte und ihren kleinen Sonnenschirm umso schneller auf der Schulter drehen ließ. »Und wen suchen Sie dort, wenn ich mir diese Frage erlauben darf?«

»Den Handelsmakler Dieckena«, erklärte Marburg, jeden weiteren Blick auf die Frau geflissentlich vermeidend.

Halbwegs zufriedengestellt mit dieser Angabe wandte sich der Mann zur Seite und wies mit seinem Gehstock auf ein schmales, hohes Haus mit aufwendig verzierten Fenstern und prächtigem Treppengiebel. Es war weiß verputzt und durch eine wuchtige grüne Tür am Ende einer zweiläufigen Treppe zu erreichen. Marburg hob seinen Dreispitz, bedankte sich mit einer Verbeugung und ging eilig auf das Haus zu. Bei aller Aufmerksamkeit für die modische Kleidung konnte er nicht einmal sagen, ob das Antlitz der Dame wenigstens hübsch gewesen war.

Mit einem Kopfschütteln und einem kurzen Lachen über sich selbst stieg er die Stufen zum Haus des Maklers hinauf, wo er sich einem wuchtigen messingfarbenen Türklopfer in Form eines Löwenkopfes gegenübersah. Wenige Augenblicke nachdem er ihn betätigt hatte, öffnete ihm ein unscheinbares Mädchen in gestärktem Kleid und mit weißer Haube, wofür er insgeheim dankbar war, denn weitere modische Betrachtungen der Damenwelt würden ihn noch in Teufels Küche führen.

Das Dienstmädchen sah ihn abwartend an.

»Zu Meister Dieckena«, sagte Marburg rasch. »Ich habe gehört, er sei einer der renommiertesten Handelsmakler der Stadt.« Das war gelogen, half aber vielleicht, vorgelassen zu werden.

Doch das Mädchen schüttelte bedauernd den Kopf. »Herr Dieckena ist nicht im Hause. Er wird erst spät zurückkehren.«

Marburg nickte und stellte in Aussicht, zu einem späteren Zeitpunkt wiederzukommen. Er wandte sich ab, innerlich fluchend und mit dem plötzlichen schalen Gefühl, am Ende einer unsinnigen Reise angekommen zu sein. Wie sollte er die Comtesse in dieser großen Stadt finden! Und wenn er sie gefunden hatte – was sollte er dann tun? Sollte sie schuldig oder mitschuldig sein am Tod seiner Eltern, würden ihre drei Begleiter kaum zulassen, dass Marburg sie mit zurück nach Oldenburg nahm. Wenn sie ihn überhaupt in die Nähe der Französin ließen.

Nun, eins nach dem anderen, sagte er sich, kehrte zurück zum Rathaus und fragte sich zum Büro des Hafenkapitäns durch. Es lag direkt neben dem Haus der Lotsengilde am Äußeren Delft. Als er endlich in eines der Bureaus vorgelassen wurde, erkundigte er sich nach abgehenden Schiffen in Richtung Frankreich.

»Ihr wollt nach Frankreich?« Die Stimme des Mannes hinter dem schlichten, aber großen und mit Papieren und Dokumenten aller Art übersäten Schreibtisch klang vorwurfsvoll. Er sah nur kurz auf, dann widmete er sich wieder einer Rolle Frachtpapiere.

»Nein«, versicherte Marburg. »Ich möchte nur wissen, ob ein Schiff den Hafen mit diesem Ziel verlassen hat.«

»Nicht, dass ich wüsste«, erwiderte der Mann ungeduldig. »Aber das gilt nur für Frachtsegler. Alles andere ist mir gleichgültig. Fragt morgen wieder nach, dann sind die anderen Bureaus besetzt. Und jetzt macht Platz für den Nächsten. Wir arbeiten hier, falls es Euch noch nicht aufgefallen sein sollte.«

Als Marburg die Hafenmeisterei verließ, hielt ihn ein Mann am Arm fest, ein Seemann, wie es aussah. Tatsächlich stellte er sich als Steuermann vor. »Cord Hoezema«, sagte er mit zahnlosem Grinsen. »Stets zu Diensten.«

Marburg sah ihn fragend an.

»Ihr sucht eine Passage nach Frankreich?«

»Könnte sein«, sagte Marburg vage. Hätte er Nein gesagt, wäre der Mann vermutlich gleich wieder verschwunden.

»Morgen mit der zweiten Flut läuft die ›Trots van Brabant‹ aus, ein Hundertfünfzig-Tonnen-Segler. Gehörte mal der Niederländischen Ostindien Compagnie. Da könnte ich Euch unterbringen …«

Marburg nickte langsam.

»Es ist die einzige Passage in den nächsten Tagen«, versuchte Hoezema, Marburgs Entscheidung auf die Sprünge zu helfen, während er gleichzeitig die Hand aufhielt.

Das war es, was er wissen wollte. »Wo finde ich Euch?«, fragte Marburg. Er zog zwei Groschen aus seiner Börse hervor.

»Im ›Hanze Captain‹, wo sonst?« Der Steuermann verzog den Mund erneut zu einem Grinsen und nahm das Geld. »Fragt dort bis Mittag nach mir. Danach ist es zu spät.« Damit wandte er sich um und verschwand wieder in der Hafenmeisterei.

Als Marburg zum »Hanze Captain« zurückkehrte, sah er die Schänke in einem ganz anderen Licht. Offenbar war sie Treffpunkt und Börse für Seeleute und Reeder. Doch er hatte nicht vor, an Bord des Schiffes zu gehen. Er würde die Franzosen bereits am Hafen abpassen.

Natürlich konnte man mit kleineren Schiffen durch den Kanal segeln, erst recht, wenn man auf der Flucht war. Ein Loggerkapitän würde bei entsprechender Bezahlung auch schon mit der ersten Flut, also noch im Dunkeln, auslaufen. Doch so eilig hatte es die Comtesse gewiss nicht. Woher sollte sie ahnen, dass er hinter ihr her war?

Es begann zu dämmern, und Marburg wurde bewusst, dass er sich um eine Unterkunft bemühen musste. Im »Hanze Captain« gab es keine Zimmer. Er überlegte. Das Gespann der Franzosen musste eine Privatkutsche sein, keine Mietdroschke oder Postkutsche. »Wo kommen denn Reisende vorzugsweise unter, wenn sie in eigener Equipage fahren?«, fragte er den Stalljungen, als er Johanne abholte.

»De blieven meist buten de Stadsmuren«, war die Antwort des Jungen. Außerhalb der Stadtwälle, in der Nähe der Nuwe Noorderpoort. Dort sollten eine Poststation und eine Herberge sein, so der Junge.

Marburg ließ sich den Weg erklären und führte Johanne in gemächlichem Ritt in Richtung der Nuwe Noorderpoort. Er war keineswegs überzeugt, das Richtige zu tun. Doch die

Wahrscheinlichkeit, sagte er sich, dass die Comtesse und ihre Begleiter dort abstiegen, war so gering nicht.

Nun ja, und sollte er in der Herberge kein Glück haben, dann würde er die vier eben am Kai abpassen, bevor das Schiff auslief …

Als er die Oldersumer Straße passierte, wagte er einen zweiten Versuch bei Dieckena. Wieder öffnete das Hausmädchen und wieder erklärte sie, dass der Herr Makler noch nicht zurück sei.

Nun gut, dachte Marburg mit mehr Trotz als Zuversicht, als er wenig später auf Johanne durch die Nuwe Noorderpoort aus der Stadt hinausritt, es wird auch ohne Herrn Dieckena gehen.

Die Poststation war Teil eines umfriedeten Hofes, an dem Stallgebäude, eine Scheune und das etwas heruntergekommene, zweistöckige Haus der Herberge mit dem einfallsreichen Namen »Postillion« lagen.

Marburg stieg ab und führte Johanne durch das überdachte Tor in einen kopfsteingepflasterten Innenhof, wo ihm bereits ein Hausknecht entgegenkam, um sich der Schimmelstute anzunehmen. Nachdem er Waffen, Taschen und Mantel an sich genommen hatte, fragte Marburg nach der französischen Reisegesellschaft. Der Knecht überlegte und schüttelte schließlich bedauernd den Kopf. Auch fünf Kreuzer zur Unterstützung seines Erinnerungsvermögens halfen nicht weiter. »Aber ich könnte mich umhören«, beeilte er sich zu sagen. »Wenn sie hier sind, finde ich das bestimmt raus.«

Marburg hob eine Augenbraue und betrachtete den Knecht prüfend. Dann ließ er die Münzen in dessen Hand fallen. »Drei Männer und eine Frau«, schärfte er dem anderen noch einmal ein. »Heute arriviert.«

Der Knecht nickte eifrig und verschwand mit Johanne.

Marburg bezog eines der vielen kleinen Zimmer in der Herberge und stieg unmittelbar wieder hinunter in die Schankstube, um zu Abend zu essen – ein recht frugales, dafür aber günstiges Mahl aus geräuchertem Hering, Brot und Dünnbier.

Als er wenig später die schmale Holztreppe wieder hinaufstieg, überlegte er einen Augenblick, wie es wohl angehen mochte, dass eine Comtesse, eine Angehörige des Ancien Régime, die Wirren und den Sturm der Revolution, deren Häscher und Guillotinen überstanden hatte. Irgendetwas passte hier nicht! Marburg seufzte. Vielleicht war sie auch gar keine Comtesse. Aber das war im Augenblick nicht von Belang. Als er den obersten Stiegenabsatz erreicht hatte, stand plötzlich der Hausknecht vor ihm. Marburg wäre beinahe mit ihm zusammengeprallt und stieß einen Fluch aus.

»Herr«, stöhnte der Knecht.

»Was zum Teufel ...«

»Ein französischer Gesandter ist eingetroffen.«

Marburg krauste die Stirn. *Ein* Gesandter interessierte ihn nicht.

»Ein französischer Gesandter, eine Dame und ...«, er überlegte kurz, »zwei Lakaien.«

Dass es sich bei den beiden Begleitern um Lakaien handeln sollte, glaubte Marburg nicht so ganz, doch er war hellhörig geworden. Hatte er doch den richtigen Riecher gehabt?

»Sie sind kurz nach Euch eingetroffen, hoher Herr, haben zwei Kammern unten, ganz am Ende, mit bestem Blick aufs Land!« Er wies die Treppe hinunter Richtung Schankraum. »Sie wollen morgen mit der zweiten Flut auf See gehen«, fügte er hinzu, um den Gegenwert für seine Bezahlung zu vergrößern. »Mit der ›Trots van Brabant‹. Ein Frachtsegler der Ostindien Compagnie, der Niederländischen, also der ehemaligen.« All diese Weisheiten wollte er aufgeschnappt haben, als der Wirt, ein ehemaliger Steuermannsmaat in holländischen Diensten, mit schlechtem Französisch seine Neugier befriedigt hatte.

Marburg wusste davon, die VOC, also die Vereenigde Oostindische Compagnie, eines der größten Handelsunternehmen der Welt, war erst wenige Jahre zuvor und unmittelbar nach der Annexion der Niederlande durch die Franzosen in Konkurs gegangen. Böse Zungen übersetzten VOC seitdem auch mit »vergaan onder corruptie«. Untergang durch Korruption. Aber letztlich war er zufrieden, dass seine Spur die richtige gewesen war. Wenn er nicht in der Herberge an die Comtesse herankam, dann würde er sie am Hafen abpassen, ganz einfach. Nun wusste er ja, wohin sie gehen würde. Er bedankte sich bei dem Hausknecht, ohne jedoch ein weiteres Mal in den Geldbeutel zu greifen. Immerhin konnte er jetzt, da er so kurz vor seinem Ziel war, ruhig schlafen. Zugegeben, er war äußerst neugierig auf die Frau, die auf direkte oder indirekte Weise in die Geschehnisse im Haus seiner Eltern involviert war, doch hielt er es für sittlich und ratsam, über Nacht Zurückhaltung zu wahren und erst am Morgen einen geeigneten Augenblick zu suchen.

Nur in Hemd und Hose gekleidet legte er sich auf das knarzende Bett. Zwar wusste niemand, dass er hier war, nach den Erfahrungen in Ottersberg aber hielt er Vorsicht für angebracht. So steckte er seinen kurzen Degen zwischen Bettgestell und Strohmatratze und schwor sich, die Sicherheit seiner Kammer nicht vor Tagesanbruch wieder zu verlassen.

Im nächsten Moment war Marburg eingeschlafen.

Ein Stoß weckte ihn, unsanft und hart, und im ersten Augenblick des Erwachens wusste er nicht, wo er war. Dann, im flackernden Licht einer Laterne, erkannte er ein Gesicht, einen Mann in dunkler Livree.

»Levez-vous.« Die Stimme war rau und emotionslos, und Marburg wusste im selben Augenblick, dass es die Franzosen waren, die ihn aufgespürt hatten. Plötzlich war er hellwach, gab aber vor, sich im Halbschlaf abzuwenden und vergrub seinen Kopf wieder in das Kissen, wobei er mit der Rechten nach dem Degen tastete. »Lasst mich in Ruhe«, brummte er.

Ein neuerlicher Stoß durchfuhr ihn. »Allez, Monsieur«, rief der Mann, nunmehr aufgebracht. »Levez-vous! Aufstehen, 'opp, 'opp!«

Marburg wandte sich träge um und blinzelte in die Kerze der hochgehaltenen Laterne. Unmittelbar vor seinem Gesicht gewahrte er den Lauf einer Steinschlosspistole. Doch das war nun gleichgültig. Ihm blieb keine Zeit für langes Abwägen. Mit vor Überraschung und Angst geöffneten Augen und Mund machte er Anstalten aufzustehen, wobei er, noch unter der Decke, mit dem Degen nach seinem Angreifer stieß. Die Klinge traf auf Widerstand, Marburg drückte nach und spürte, wie sie etwas Weiches durchbohrte, dann drehte er den Degen aus dem Handgelenk und unter wiederholtem Aufschreien seines Angreifers. Marburg zog die Waffe zurück und sah, wie der Mann mit vor Schmerzen geweiteten Augen auf sein Bein starrte, schwankte und die Pistole auf das Bett fallen ließ. Marburg griff danach, trat den Mann zur Seite und richtete die Waffe auf die Laterne. Ein zweiter, hagerer und vierschrötiger Mann mit weißem Haar – oder Perücke, das konnte Marburg nicht auf Anhieb erkennen – ließ die Laterne fallen und wandte sich um zur Flucht. Doch in der Tür stand der Hausknecht und versperrte ihm den Weg. Eine Sekunde später hatte der Franzose Marburgs Degen im Nacken und hob zögerlich die Hände.

»Hast du ein Seil?«, fragte Marburg.

Der Knecht nickte und verschwand, während der eine Franzose sich stöhnend auf dem Boden wand und sein Compagnon, offenbar nur des Französischen mächtig, in einer Bandbreite von »saligaud« bis »merde« vor sich hin schimpfte, sich jedoch nicht vom Fleck zu rühren traute. Als der Hausknecht zurückkam, band er nach kurzem Zögern und unter Marburgs Aufsicht den beiden Männern die Hände und Beine.

»Das wird dir noch leidtun«, war das Letzte, was Marburg verstand, »tu seras toujours désolé.« Dann stopfte er mit zufriedenem Grinsen beiden Franzosen die Halstücher in den Mund. Es mussten ja nicht noch mehr Gäste geweckt werden. Woher die beiden kamen, wusste er mittlerweile auch so.

Der Hausknecht hatte die Laterne wieder entzündet und sah ihn betroffen an. Marburg erwiderte seinen Blick verächtlich. Ohne diesen Mistkerl, der ihn zweifellos für gutes Geld verraten hatte, wären die beiden Franzosen nie in seine Kammer gekommen. Ein Anflug von Wut übermannte ihn, vielleicht war es auch nur die Erleichterung, anders als beim letzten Mal ohne Blessuren aus diesem Überfall hervorgegangen zu sein, jedenfalls holte er aus und schlug den Mann zu Boden. Zufrieden mit sich selbst, suchte er aus seinem Geldbeutel fünf Kreuzer, reichte dem Knecht die Hand und zog ihn wieder auf die Beine.

»Das war dafür, dass du mich an diese Jakobiner verraten hast«, sagte er. Dann gab er dem Mann die fünf Kreuzer. »Und das ist dafür, dass du mich zur Kammer der französischen Dame führst.«

In einer seltsamen Mischung aus Ärger, Verlegenheit, Dankbarkeit und Überraschung nahm der Knecht das Geld, während er sich mit der Linken das Kinn rieb.

Marburg kleidete sich an, wobei er ohne jedes Mitleid den verletzten Franzosen betrachtete. Die Wunde, die er ihm beigebracht hatte, blutete recht stark. Mit einem Seufzer zog er das Laken vom Bett und trennte einen Streifen Leinen ab. Dann kniete er sich vor den Mann und verband die Wunde, so gut es ging. »Einen Doktor rufen wir später«, sagte er, mehr zu sich, als um den Fremden zu beruhigen. Mit einem Blick in das Schloss der Pistole wandte er sich um und stieg, wieder mit seinem Degen bewaffnet, hinter dem Hausknecht die Treppe hinunter. Schon vor der Tür wurde ihm klar, dass irgendetwas nicht stimmte, irgendetwas war anders, als er es erwartet hatte. Aus der Kammer, zu der ihn der Knecht führte, drangen leise Schreie, eine Männerstimme, die immer wieder etwas fragte, was, das konnten sie nicht verstehen. Dann schrie eine Frauenstimme auf, mehrmals. Die beiden saßen nicht in liebevoller Zweisamkeit zusammen, so viel stand fest. Vielmehr schien der Mann die Frau regelrecht zu verhören. Wieder schrie sie auf. »Der schlägt die Comtesse«, sagte der Knecht ohne viel Mitleid. Eine derartige Behandlung war gewöhnlich eher Seinesgleichen vorbehalten. Marburg bedeutete dem Knecht, leise zu sein, und hob vorsichtig den Riegel an. Er wollte wissen, was vor sich ging. Doch die Tür gab nicht nach, sie war von innen verschlossen. Mit einem leisen Fluch wandte er sich um und sah fragend den Knecht an. Aus dem Zimmer drang nun leises Wimmern, gefolgt von dumpfem Poltern. Marburg wurde unruhig. Wenn er etwas von der Frau erfahren wollte, musste er sich vermutlich beeilen. Sie war nicht Komplizin des Franzosen, sie war seine Gefangene. Das Wimmern hielt an. Marburg sah sich hektisch um, die Tür war massiv, wenn er sie eintrat – und sie sah nicht so aus, als ob das rasch gelingen konnte –, war sein Überraschungsmoment verloren. Was also konnte er tun?

»Ich könnte die Tür öffnen«, sagte der Knecht wie beiläufig. Er lehnte an der Wand und betrachtete ein flaches Stück Eisen, das er in der Hand hielt.

Marburg verstand. Mit dem Werkzeug ließ sich offensichtlich der innere Riegel anheben. »Worauf wartest du noch, Mann?«, zischte er.

»Mit allergrößtem Respekt, gnädiger Herr«, grinste der Hausknecht. »Vielleicht könnte ich meine Bezahlung im Voraus erhalten?«

»Bezahlung?«

»Für zwei Thaler werde ich Euch helfen. Einen Thaler, um das dort oben zu vergessen«, fügte er leise hinzu und rieb sich das Kinn, »und einen für den ›Nachschlüssel‹.«

Marburg fluchte stumm, doch im Augenblick blieb ihm nichts anderes übrig. Er griff in seine Börse und holte im Licht der Laterne zwei Thaler hervor. Der Knecht steckte sie ein und begann, vorsichtig und mit zufriedenem Lächeln, die Tür zu öffnen. Es dauerte nicht lange, und er konnte sie aufdrücken. Mit einer nahezu höfischen Verbeugung trat er zurück und ließ Marburg passieren. Der bedachte ihn mit einem hektischen, kalten Blick und drückte die Tür weiter auf. Mit leisem Quietschen gab sie nach. Im flackernden Licht einiger Kerzenleuchter erkannte er, auf dem Tisch in der Mitte der Kammer liegend, eine Frau. Ihre Hände waren unter der Tischplatte, auf der sie lag, zusammengebunden, ihre Schenkel gespreizt und das Kleid so weit hochgeschoben, dass der Unterleib entblößt war. Zwischen den Beinen stand der dritte Franzose mit heruntergelassener Hose, die Hände auf den Brüsten seines Opfers. Marburg zögerte einen Augenblick, völlig entwaffnet von der Situation, Zeit genug für den Franzosen, sich umzuwenden. »Was zum Teufel«, begann er mit heiserer Stimme, dann erkannte er, dass es nicht seine beiden Compagnons waren, die die Tür geöffnet hatten. Sein hektischer Blick ging zu einem der Stühle am Tisch, auf den er, außer Reichweite, seine Pistole gelegt hatte. Beim Versuch, sie zu greifen, stolperte er über seine Hose, taumelte und fluchte. Noch im Fallen griff er nach der Waffe und richtete sie auf Marburg. Doch im selben Moment hatte der bereits einen Ausfallschritt gemacht und mit seinem Degen die Schulter des Franzosen durchbohrt. Der Mann ließ die Pistole mit schmerzverzerrtem Gesicht zu Boden gleiten. Marburg zog mit einem Ruck den Degen aus der Schulter des anderen und nahm die Pistole auf, eine Dreiundsechziger Libreville, wie er bewundernd feststellte. *Eine schöne Waffe*, war sein einziger, wenngleich abstrakter, Gedanke. Er wandte sich zum Hausknecht um, der noch immer in der Tür stand. »Geh jetzt«, wies er ihn tonlos an. »Geh und sorg dafür, dass niemand hereinkommt.«

Der Knecht nickte und verschwand, nicht ohne einen letzten Blick auf die Comtesse zu werfen, die sich auf dem Tisch wand und doch ihre Blöße nicht bedecken konnte. Marburg sah auf den Mann am Boden herab, der sich mit der Linken ein Tuch auf die Wunde in seiner rechten Schulter presste und ihn seinerseits mit schmerz- und hasserfüllten Augen ansah. »Dafür werdet ihr hängen!«, presste er hervor. »Gebt mir meine Waffe!«

Marburg schüttelte den Kopf, obwohl er bei Weitem nicht so selbstsicher war, wie er erscheinen wollte. Überfall oder nicht, er hatte zwei Menschen verletzt, etwas, das sein Vater gewiss nicht gutgeheißen hätte. Der Gedanke an den Vater ließ ihn sich der Comtesse zuwenden, die sich noch heftiger auf dem Tisch wand, ohne sich jedoch befreien zu können. Marburg ging in die Knie und durchschnitt die Seile, mit denen ihre Hände zusammengebunden waren. Heftig schnaubend setzte sie sich auf und riss sich den Knebel aus dem Mund. Hastig schob sie das Kleid über ihre Blöße und glitt vom Tisch. Ohne ein Wort zu sagen, nahm sie dem perplexen Marburg die Pistole aus der Hand. Mit einem nahezu beiläufigen Blick prüfte sie, ob noch Pulver auf der Pfanne war, dann richtete sie die Waffe auf den am Boden kauernden Franzosen.

»Au secours!« Der Mann versuchte, sich aufzurichten, versuchte, über den Boden zur Tür zu rutschen, fort von dem Lauf der Pistole, die auf ihn gerichtet war. »Au secours!«, rief er mit sich überschlagender Stimme noch einmal um

Hilfe. »Mann Gottes, helft mir! Nehmt der Verrückten die Pistole …« Mit zugekniffenen Augen drückte die Französin ab. Ein ohrenbetäubender Knall erfüllte die kleine Kammer. Marburg, starr vor Schreck, sah auf den Fremden, der nun mit einem Loch in der Brust zurück auf den Boden sank. Blut quoll hervor und tränkte den marineblauen Rock schwarz.

»Ich will fort von hier«, sagte die Comtesse gequält. Sie krümmte sich ein wenig, schwankte und stützte sich am Tisch ab, wobei ihr die Pistole aus der Hand glitt und zu Boden fiel. Ihr war anzusehen, dass es der Unterleib war, der ihr höllische Schmerzen bereitete, obgleich auch ihr Gesicht leidlich zugerichtet war. »Er war der Dritte, wenn es das ist, was Ihr wissen wollt«, fügte sie schwach, aber ungeduldig hinzu, als sie Marburgs Blick und sein Zögern wahrnahm. »Oder verlangt Ihr Einzelheiten?«

Marburg hatte keine Details nötig, er besaß ausreichend Fantasie, um sich vorzustellen, was die drei Männer ihr angetan hatten. Auch hatte er nichts dagegen einzuwenden, die Kammer oder am besten gleich die Herberge zu verlassen. »Nein, Comtesse«, erwiderte er ruhig. »Selbstverständlich nicht. Euer Gepäck …«

»Verschont mich mit dem Gepäck!«

»Wo ist es denn?« Marburg kniete sich neben dem Erschossenen nieder und öffnete seine Jacke.

»Ich muss annehmen, dass es noch in der Kutsche ist«, sagte sie ungehalten. »Eine eigene Kammer hatten mir die Herren wohl nicht zugedacht.« Sie betrachtete Marburg angewidert. »Was tut Ihr da?«, fragte sie gepresst.

»Ich weiß gerne, mit wem ich es zu tun habe«, erwiderte dieser leise, während er die Taschen des Toten durchsuchte. Die Papiere, die er fand, steckte er ein. Depeschen oder Freibriefe, das würde sich später herausstellen, denn die Comtesse warf einen drängenden Blick auf ihn und den toten Franzosen auf dem Fußboden. »Wir müssen fort«, begann sie flehentlich, dann sackten ihr die Knie weg. Marburg sprang auf. Er bekam sie eben noch zu fassen, hob sie hoch und nahm sie auf den Arm. Im Vergleich zu Jette war die Comtesse ungewöhnlich zierlich und leicht. Ihr Kopf fiel in den Nacken, und trotz der Blessuren, des Schweißgeruchs und ihrer muffig riechenden Kleider fiel ihm auf, dass sie eine auffallend hübsche junge Frau war. Ganz anders, als er sie sich nach dem Bericht der Mamsell vorgestellt hatte. Er musste sie von hier fortbringen, fort von den beiden, die oben in seiner Kammer lagen, denen er aber gerne noch ein paar Fragen gestellt hätte.

Unschlüssig wandte er sich zum Gehen. Um die zwei Franzosen würde er sich kümmern, wenn die Comtesse in Sicherheit war.

Er kam nicht weit. In der Tür stand der Knecht, an den Rahmen gelehnt, sein seltsames Werkzeug in der Hand. Sein Blick fiel auf den toten Franzosen und die Pistole, die daneben auf dem Boden lag, und in seinen Augen machte sich ein Ausdruck von Geldgier breit.

»Zum Stall«, befahl Marburg.

Doch der Knecht machte keine Anstalten, den Weg freizugeben.

»Herrgott im Himmel!«, zischte Marburg. »Der Kerl hat die Comtesse …«, er zögerte, »er hat sie kompromittiert!«

»Jetzt ist er tot«, stellte der Knecht sachlich fest.

Kein Grund für Mitleid, dachte Marburg, obwohl er insgeheim wünschte, dass der Mann noch lebte. Es hätte ihre Situation um einiges vereinfacht. »Lass mich durch, Kerl, ich muss sie von hier fortbringen.«

Der Knecht betrachtete nachdenklich sein Winkelwerkzeug. Dann gab er enervierend langsam den Weg frei. Marburg wandte sich nach links und folgte dem Gang. »Laterne!«, rief er gedämpft, als er nach einigen Schritten nichts mehr sehen konnte. Der Hausknecht steckte sein Werkzeug ein und folgte ihnen mit hochgehaltener Laterne und überlegenem Grinsen. Am Ende des Ganges öffnete er die Tür zu den Ställen.

»Sattle mein Pferd«, sagte Marburg. Er legte die Comtesse vorsichtig auf einem Heuballen ab. Als sie sich wie ein Fötus darauf zusammenkrümmte, erkannte er im matten Licht des Stallgebäudes den Blutfleck auf ihrem Kleid. In diesem Zustand konnte sie gar nicht reiten, so viel stand fest, nicht mit ihm, und alleine schon gar nicht. Verdammt, was sollte er nun tun? Ein paar Herzschläge lang starrte er in die Fackeln, die in ihren Wandhalterungen steckten, rußten und auf den Sandfußboden tropften. Er musste einen Doktor auftreiben. Aber wo? Und wie bekam er die kleine Person dort auf dem Heu von hier fort?

»Herr«, rief der Hausknecht aufgeregt und in alter Ehrerbietigkeit, »Euer Ross, die schöne Schimmelstute, sie … sie ist fort!«

Marburg fuhr herum. »Was?«

»Fort …«

»Was hast du getan, du Dreckskerl! Wo ist sie?« Zwar war Johanne vermutlich nicht das edelste Pferd im Stall des Herzogs, kein Trakehner, von denen sein Vater immer geschwärmt hatte. Aber dennoch war sie Eigentum des Herzogs, Eigentum, das er ihm, Marburg, überlassen hatte.

»Ich …« Der Knecht sah sich hektisch im Stall um, in dem noch zehn oder elf andere Pferde standen – nur eben nicht Marburgs graue Stute. Sichtlich ängstlich wies er auf einen freien Platz. »Hier habe ich sie angebunden, Herr. Ich hab sie abgerieben und Futter bereitgestellt, Herr, ich weiß nicht …« Sie waren allein im Stall, kein Bursche, kein Kutscher war zu sehen, niemand, der hätte beobachtet haben können, wer sich der Stute bemächtigt hatte. Marburg lief hinaus, doch auch auf dem weitläufigen Innenhof war niemand zu sehen. Er zog seine Uhr hervor. Es war kurz vor Mitternacht. Er fluchte.

Dann kam ihm ein Gedanke. Das wäre dann die dritte Straftat des Tages, aber vielleicht noch die geringste.

»Schirre die Franzosenpferde an«, rief er dem Knecht zu. »Wir nehmen ihre Kutsche.«

»Das kann ich nicht, das gibt Ärger.«

»Den Ärger hast du ohnehin schon!« Der Wirt würde seinem Knecht den Kopf abreißen. Wenn sich herumsprach, dass Pferde von Reisenden aus seinem Stall verschwanden, war sein Ruf als Postwirt dahin. »Du weißt selbst, dass einer der drei feinen Herren nicht mehr beißt. Um die anderen kümmere ich mich. Wir werden zusammen fahren.« Das war gelogen, aber es schien den Knecht, von dem schlagartig alle Frechheit abgefallen war, zu beruhigen. Er trollte sich und begann, die Pferde zur Kutsche der Franzosen zu führen. Nach einem kurzen Blick auf die Comtesse, die nach wie vor zusammengekauert auf dem Strohballen lag und sich kaum regte, kam Marburg ein banger Gedanke – er griff nach der Laterne und lief zurück zu seiner Kammer.

Der Flur und seine Kammer lagen im Dunkeln, die Tür stand auf, und als Marburg eintrat, sah er seine Befürchtungen bestätigt: Einer der beiden Franzosen war verschwunden. Der zweite, der verletzte, lag auf dem Bett, er atmete gepresst, doch der Blick, mit dem er Marburg bedachte, zeigte einen Hauch von Schadenfreude. Marburg zog seine Pistole aus dem Gürtel und richtete sie auf den Mann. »Wo ist dein Compagnon?«, fragte er, so beherrscht er konnte.

»Parti«, war die knappe Antwort. *Fort.*

Marburg fluchte. Er wusste nun, wer Johanne gestohlen hatte. Mit den Zugpferden war vermutlich nicht viel los. Welches Ziel allerdings der dritte Franzose hatte, das vermochte er nicht zu sagen. Er hoffte nur, dass er fort war und sie nicht in einen Hinterhalt locken würde. Die Comtesse fiel ihm ein – er hatte sie ungeschützt im Stallgebäude zurückgelassen. Hastig steckte Marburg seine Pistole wieder ein, suchte sein spärliches Gepäck zusammen und wünschte dem Franzosen einen guten Tag. Er hatte keine Zeit, sich lange aufzuhalten. Einen Arzt, dachte er im Gehen, würde sich der Mann nun leider selber besorgen müssen.

Ihre Equipage stand im Innenhof bereit. Der Knecht justierte den Kammdeckel des rechten Handpferds und führte die Leinen nach hinten zum Kutschbock. Marburg ließ seine Packtaschen in ein kleines Kofferfach auf der Rückseite der Kutsche fallen und wandte sich der Comtesse zu. Doch als er Anstalten machte, sie erneut auf den Arm zu nehmen, stieß sie ihn von sich und rutschte trotzig, aber zitternd und ein wenig unsicher von dem Heuballen herunter, auf dem sie gelegen hatte. Einen Augenblick lang blieb sie stehen, dann gaben ihre Knie nach. Marburg lächelte mitleidig, fing sie auf und trug sie zur Kutsche.

Als er den Schlag schloss und einen skeptischen Blick hinauf zum Kutschbock warf, hörte er Schritte auf dem Hof. Er wusste, wie man ein Gespann lenkte, selber gefahren hatte er noch keines. Marburg seufzte und wandte sich um. Das Reiten hatte er gelernt, also würde er auch eine Kutsche bewegen können …

Aus der Dunkelheit tauchte der Hausknecht auf. »Werdet Ihr den Diebstahl melden?«, fragte er und hielt Marburg einen Korb entgegen. Unter einer Decke waren zwei Flaschen Wein, eine Räucherwurst und ein großer Laib Brot verborgen. Marburg unterdrückte ein Lächeln und zuckte mit den Schultern. »Wenn mein Herzog mit dem Tausch einverstanden ist«, sagte er und wies mit einem Kopfnicken auf das Gespann, »dann nicht. Ansonsten gnade dir Gott.«

»Ich werde die Augen offen halten«, beeilte sich der Knecht zu sagen. »Wenn ich Eure Stute wiedersehe, werde ich Euch Bescheid geben!«

Darauf werde ich lange warten können, dachte Marburg. Er nickte und erklomm den Kutschbock. Mit einem Schnalzen ließ er die Pferde loslaufen, ein kurzes Schlagen mit der Leine, nachdem sie das Tor passiert hatten, und sie liefen schneller. Marburg folgte dem Wegweiser nach Ihlow und Aurich. Er wollte fort von hier, fort von Emden, fort von der Gefahr, dem geflohenen Franzosen zu begegnen. Andererseits war ihm klar, dass der Weg zurück nach Oldenburg für die Comtesse unter diesen Umständen nicht zu bewältigen war. Nach Aurich hingegen waren es keine vier Landmeilen, das war mit der Kutsche bis zum Mittag zu schaffen. Dort würde er einen Doktor auftreiben. Und dann … Dann würde er endlich die junge Frau nach den Geschehnissen in der Mordnacht befragen.

Marburg ließ die Pferde in langsamem Trab der Straße folgen, die in der Dämmerung an Konturen gewann.

Bey'm Himmel, dieses Kind ist schön!
So etwas hab' ich nie gesehn.
Sie ist so sitt- und tugendreich,
Und etwas schnippisch doch zugleich.
Der Lippe Roth, der Wange Licht,
Die Tage der Welt vergeß' ich's nicht!
Wie sie die Augen niederschlägt,
Hat tief sich in mein Herz geprägt;
Wie sie kurz angebunden war,
Das ist nun zum Entzücken gar!

Johann Wolfgang Goethe, Faust. Ein Fragment, 1790

7. Kapitel

Montag, 24. Juni 1799, Neuharlingersyhl

Erst als die Kirche von Riepe im Ihlower Gebiet in Sicht kam, gönnte Marburg sich und den Tieren eine Rast. Im Grunde ein unpassender Ort für eine ganz offensichtlich französische Kutsche, denn die Spuren bourbonischer Gewalt waren kaum verheilt. Vor über zwanzig Jahren war die Kirche von den Soldaten des Marquis de Conflans geplündert worden. Kontribution aber hatte noch lange gezahlt werden müssen, sodass sich das Land kaum erholte und bis zum heutigen Tage die »Conflansertied« nicht vergessen hatte.

Im Schatten der Riepster Kirche ließ er die Pferde halten, legte die Bremse an und öffnete den Schlag. Immer wieder hatte er sich umgesehen und war sicher, dass ihnen niemand gefolgt war.

Die Comtesse richtete sich auf und sah ihn ausdruckslos und mit blassem Gesicht an. Sie hatte sich einen zusätzlichen Mantel übergeworfen und schien trotz der aufgekommenen Wärme des Tages zu frieren. »Wo sind wir?«, fragte sie leise.

»Auf halbem Wege nach Auerk.« Marburg hatte die Karte nicht mehr ganz im Kopf, hoffte aber, dass seine Angabe stimmte.

»Auerk?«

»Aurich.«

»Ach, Aurich.« Sie kannte die Stadt von der Hinreise und nickte schwach. »Und dann?«

Marburg stieg in die Kutsche und öffnete den Korb. Alles, was der Hausknecht des »Postillions« in aller Eile und schlechtem Gewissen eingepackt hatte, war noch unberührt. Sie hatten keine Gläser, also öffnete er eine Weinflasche und reichte sie der jungen Frau, die die Flasche verwundert betrachtete, schließlich aber an den Mund setzte und trank.

»Dann? Dann suchen wir einen Doktor«, erklärte er schließlich und brach ein Stück von einem der beiden Brotlaibe ab. »Ich«, er zögerte, ein wenig befangen und reichte ihr ein Stück Brot, wobei er es vermied, auf ihr blutiges Kleid zu schauen. »Ich denke, das ist nun angezeigt.«

Sie reckte trotzig ihr Kinn vor. »Ich will keinen Doktor sehen!«

Marburg schnitt etwas von der Räucherwurst ab und reichte es ihr ebenfalls. Sie nahm das Stück. »Ich werde mich vor niemandem mehr ausziehen«, fügte sie etwas schwächer hinzu, da Marburgs einzige Reaktion eine erhobene Augenbraue war.

Was sollte er tun? Die Frau ihm gegenüber sah einfach erbarmungswürdig aus. Je eher sie einen Doktor konsultierten, beschloss er, desto besser. »Mit allergrößtem Respekt, Comtesse«, begann er mit dem nachsichtigen Ton eines wohlmeinenden Freundes, »aber ich sehe mich für Euch verantwortlich, da Ihr selbst nicht …«

»Hört endlich auf mit dem Unfug!«, unterbrach sie ihn. »Ich bin keine Comtesse.«

Marburg hob überrascht die Augenbrauen. »Aber Tellmann hat doch gesagt …«

»Isidor Tellmann!« Sie versuchte zu lachen, was ihr unmittelbar Schmerzen bereitete. »Es war seine Idee, mich als Comtesse auszugeben. Er sagte, das würde die Dinge vereinfachen.«

»Was würde es vereinfachen?«, wollte Marburg wissen. Er

trank einige Schlucke Wein und betrachtete sein Gegenüber abwartend. »Was habt Ihr versucht zu verbergen?«

»Verbergen?« Sie verzog den Mund zu einem grimmigen Lächeln. »Wer seid Ihr, dass Ihr das fragen dürft?«

Er schmunzelte ob ihrer berechtigten Replik – oder war es die reine Sturheit? Jemand, der Euer Leben gerettet hat, wollte er sagen, senkte stattdessen aber den Blick. Nach kurzem Nachdenken stellte er sich vor: »Johannes Friedrich Freiherr von Marburg«, holte er das Versäumte nach. »Ich denke, Ihr kanntet meine Eltern.«

Sie richtete sich ein wenig mehr auf und sah ihn erschrocken an. »Von Marburg? Aber was tut Ihr denn hier? Wie geht es Euren Eltern?« Und mit besorgter Miene fügte sie zögerlich hinzu: »Sind sie wohlauf?«

»Sie werden in zwei Tagen beerdigt«, erwiderte er, unsicher, ob ihm die junge Frau etwas vorspielte oder tatsächlich nichts von den Ereignissen jener Donnerstagnacht wusste.

»Beerdigt?«, fragte sie vorsichtig zurück.

»Ja.« Marburg nickte knapp. »Sie wurden ermordet.«

Sein weibliches Gegenüber riss die Augen auf, dann vergrub sie das Gesicht in ihren Händen und begann zu schluchzen. »Wie konnte das …« Unfähig, den Satz zu beenden, ergab sie sich in einen erneuten Weinkrampf. Marburgs Skepsis schmolz dahin. Hatte sie es wirklich nicht gewusst? Er setzte sich neben sie auf das Polster und nahm ihre Hände, ohne jedoch in der Lage zu sein, etwas zu sagen.

Als das Schluchzen nachließ, sah Marburg sich genötigt, seine eigentliche Absicht zu erklären: »Ich habe Euch gesucht«, begann er leise, »weil ich hoffte, dass Ihr mir etwas sagen könntet, über meine Eltern, über Euren Besuch bei ihnen. Wenn es stimmt, was ich hörte, wart Ihr mit meinen Eltern zusammen, in … in ihren letzten Tagen. Oder Stunden. Ich hoffte, Ihr wüsstet etwas über ihren Tod …«

Sie schüttelte vehement den Kopf. Dann senkte sie den Blick und starrte auf ihr fleckiges Kleid. »Wenn nur nicht alles meine Schuld ist«, sagte sie leise schniefend.

Marburg zog das Einstecktuch aus seiner Brusttasche und reichte es ihr. Waren sie also endlich am entscheidenden Punkt angelangt? »Was meint Ihr damit?«

»Fouché … Seine Männer sind hinter mir her. Ihr habt einen von ihnen gesehen … in der Herberge …«

»Fouchés Männer?«, fragte er ungläubig. Er hatte drei gesehen und hoffte, dass er sie alle abgeschüttelt hatte. »Doch nicht etwa Joseph Fouché?« Der Mann wurde als neuer französischer Polizeiminister gehandelt. In Hamburg hatte man sich erzählt, er wolle ein völlig neues Polizeisystem aufbauen, eine eigenständige Miliz mit umfassenden Befugnissen. Fouché war jakobinischer als die Jakobiner und hatte selbst Robespierre auf die Guillotine gebracht. Es hieß, dass er der Kopf des »Bureau Secret« war, eines neuartigen französischen Geheimdienstes, dem nichts verborgen blieb und vor dem selbst die Engländer Respekt hatten. In jedem Fall ein Mann, mit dem man es nicht zu tun bekommen wollte. Auch nicht als Oldenburger.

Doch die junge Frau nickte. »Es waren drei, und es waren seine Chasseurs …«

»Seine Jäger? Was zum Teufel haben Sie getan, dass Sie seine Aufmerksamkeit auf sich zogen?«, entfuhr es Marburg, wobei er auf die vertraulichere Anrede verfiel. Ob aus Beschützerinstinkt oder weil ihm trotz aller Blessuren ihre hübsche Nase gefiel, vermochte er nicht zu sagen. Etwas anderes schoss ihm plötzlich durch den Kopf: Hatte am Ende alles mit seinen Eltern zu tun, deren Schiff noch immer in Le Havre lag? War dort Anfang und Ursache der Katastrophe zu suchen? Hatten sie sich bereits mit den Franzosen angelegt? In diesem Fall würden Fouchés Männer weiterhin auf ihren Fersen bleiben. Ein Gedanke, der ihm nicht gefiel.

»Und«, fügte er mit durchdringendem Blick hinzu, »wer sind Sie wirklich?«

Sie sah ihn zunächst nur schüchtern an. »Klara«, begann sie, denn das war der Name, den sie in den letzten zwei Wochen getragen hatte. Auf Anraten des Herrn von Marburg, der sie in seine Obhut genommen und nach Oldenburg in die vermeintliche Sicherheit des Auslands gebracht hatte, freilich keines allzu fernen. Aber was hatte sie getan? Welches Unglück hatte sie über diese Familie gebracht? Tellmanns Anspielungen und Befürchtungen hatten sich bewahrheitet: Fouché hatte sie auch dort gefunden, in Oldenburg. In Neuharlingersyhl, diesem verdammten Kaff! Und nun war sie diesem jungen Mann ausgeliefert, der ihr in der vergangenen Nacht bereits das Leben gerettet hatte. Würde auch er sterben müssen?

»Claire Marie Duplay«, sagte sie schließlich ergeben. Es hatte ohnehin keinen Zweck mehr, ihren Namen zu verheimlichen. Ihren Namen nicht und ebenso wenig den Grund ihrer Flucht. »Ich war Kammerjungfer der Comtesse du Barry«, fuhr sie mit einem Anflug von Stolz fort. Kammerjungfer, Dame – oder, wie man hier sagte: Freifrau –, aber eben keine Comtesse.

»*Die* du Barry?«, fragte Marburg ungläubig. Dass Claire keine Comtesse war, belustigte ihn sogar ein wenig. Aber die du Barry – Sie war die Mätresse des vormaligen Königs, Ludwigs des XV., gewesen. Sein Sohn, Ludwig XVI., war Opfer der Revolution geworden. »Marie Jeanne Becu, Comtesse du Barry?«, vergewisserte er sich noch einmal.

»Oui, c'est ça. *Die* Comtesse du Barry«, bestätigte Claire. »Sie wurde am 8. Dezember 1793 in Paris hingerichtet. Seitdem bin ich auf der Flucht.«

»Auf der Flucht?« Marburg krauste zweifelnd die Stirn. »Warum?« Für ihn war es kaum nachvollziehbar, dass eine einfache Kammerzofe das Opfer einer Volksrevolution sein sollte. Obgleich es – nach allem, was er von dieser Revolution gehört hatte – auch nicht undenkbar war.

Claire lächelte müde. Schmerzen durchzogen ihren Unterleib. »Das ist alles schon so lange her«, versuchte sie, die Frage abzuwehren. Ihr Vater, der Chevalier Duplay, hatte sich in der Leibgarde Ludwigs XV. einen Namen gemacht, war jedoch früh gestorben. Der König hatte für sie gesorgt, indem er sie mit elf Jahren der Fürsorge seiner Mätresse überantwortete. Aber das war nicht der Grund, weshalb Fouché hinter ihr her war …

Marburg sah sie nach wie vor auffordernd an.

»Also gut«, fuhr sie schließlich leise und mit einem Akzent fort, dem er stundenlang hätte zuhören können. »Nach dem Ausbruch der Revolution wurde das Schloss der Gräfin ausgeraubt. Das war im Winter 1791. Ein Teil der Juwelen des Königs waren dort in Sicherheit gebracht worden. Zusammen mit ihrem eigenen Vermögen, Schmuck und anderen Wertgegenständen war sie eine unermesslich reiche Frau. Sie ahnte, dass auch sie nicht verschont werden würde, und floh nach England. Die Gräfin nahm mit, was sie konnte, und verwendete ihr Geld, um Emigranten und Königstreue zu unterstützen.« Claire zog fröstelnd die Beine an und den Mantel, der über ihren Schultern lag, weiter zu. »Alle übrigen Wertgegenstände ließ sie verstecken, damit sie den Jakobinern nicht in die Hände fielen. Es sollte gewissermaßen ihr Vermächtnis sein an die, die ihr nahestanden, dass dieser Schatz aus Frankreich fortgebracht und gegen die Revolution verwendet werden sollte.« Sie zögerte, unsicher, ob sie fortfahren durfte. Doch war nicht ohnehin alles gleichgültig geworden? Ohne diesen Mann, der durch sie seine Eltern verloren hatte, wäre sie kaum mehr am Leben. Wenn sie ihm, der so jung, unerfahren und so ehrlich aussah, nicht trauen konnte –

wem dann? Oder gerade deswegen und gerade *ihm* nicht? Claire seufzte. »Die Comtesse hat einen Teil davon zur Aufbewahrung in meine Obhut gegeben. Er soll zur Unterstützung der Royalisten dienen.«

»Ihnen?«, entfuhr es Marburg. »Aber wo ist das Gold? Haben Sie es in der Herberge zurückgelassen?«

Ein Lächeln huschte über ihr Gesicht. »Wie schön, dass Sie sich darum sorgen«, sagte sie nicht ohne Spott. »Aber nein, es ist nicht dort.«

»Verzeihen Sie, Mademoiselle, dass ich gefragt habe«, sagte Marburg verlegen. »Aber der Gedanke, Gold oder Geld diesen zwielichtigen Gestalten zu überlassen, wäre unerträglich.«

»Das wäre er in der Tat ...«

»Ich nehme an«, sagte Marburg mit leicht geneigtem Kopf, »dass die Männer von dem Gold der Comtesse wissen?«

Claire nickte. »Nur deshalb sind sie hier.«

»Wie kommt es, dass sie Sie gefunden haben?«, fragte er sanft.

»Im Angesicht des Todes«, erwiderte Claire mit traurigem Blick, »ist nicht jeder stark, wissen Sie? Die Comtesse kehrte zurück nach Frankreich, da sie annahm, dass ihr nichts mehr geschehen würde. Schließlich war sie nur die Mätresse eines toten Königs gewesen. Doch der Revolution war das Grund genug. Im September 1793 wurde sie in Paris verhaftet. Die Gräfin wurde vor ein Revolutionstribunal gestellt und wegen Unterstützung der Konterrevolution, Kontakten zu Emigrierten und Verschwendung öffentlichen Eigentums angeklagt. Noch auf dem Weg zur Guillotine flehte sie um Gnade. Ich habe sie gesehen, grausam. Um ihr eigenes Leben zu retten, verriet die Gräfin die Verstecke, in die sie zu Beginn der Revolution ihre Wertgegenstände bringen ließ. Es war vergeblich. Selbst die Namen derer, denen sie Gold, Geld und Schmuck anvertraut hatte, verriet sie. Viele wurden ebenfalls verhaftet und zum Tode verurteilt.«

»Und Sie?«

»Ich bin geflohen. Immer wieder. Ich habe in Angst und Armut gelebt und mich versteckt. Zuletzt in Le Havre …«

»Aber Sie hätten das Geld darauf verwenden können zu entkommen. Nach England, Österreich, irgendwohin.«

Claire schüttelte den Kopf. »Dafür war es nicht gedacht. Und es hätte mich sofort verraten …«

»Einen Augenblick, Mademoiselle«, unterbrach Marburg sie plötzlich. »Sie sagten Le Havre?«

»Ja. Dort bin ich an Bord der ›Friederike‹ geflohen. Die Wäscherin, bei der ich gearbeitet habe, hatte mich erkannt und verraten …«

»An Bord der ›Friederike‹«, wiederholte Marburg den Namen der Brigg. »Und dann sind Sie mit meinen Eltern nach Deutschland gereist?«

»Ihr Vater war sehr großzügig. Und ich spreche ein wenig Deutsch«, untertrieb sie. »Da bot es sich an. Aber die Arme der Revolution sind mächtig und lang. Ihr Vater wurde verdächtigt, konterrevolutionäre Umtriebe zu begünstigen. Als Ausländer genoss er eine gewisse Immunität. Doch das Schiff wurde festgesetzt. Und schließlich musste auch er selbst fliehen. Er, Madame von Marburg und ein Kapitän Hansen.«

Marburg begann zu verstehen, wie es zu der Tat in Oldenburg gekommen war. Beweise hatte er noch immer nicht, aber bestanden Zweifel daran, dass es die Gutmütigkeit seiner Eltern und das Geld der Comtesse waren, die zur Katastrophe geführt hatten? Die Franzosen waren ihnen gefolgt und hatten jeden getötet, der zwischen ihnen und dem Schatz stand. Oder von ihm wusste.

»Ich unterstelle, dass Sie das Gold und das Geld in Sicherheit wissen«, sagte er nachdenklich. »Und ich vermute, Sie haben den Herren gegenüber keinen Hinweis auf den Verbleib preisgegeben?«

Claire schwieg und wich seinem Blick aus. Marburg fluchte leise. Damit war klar, dass sie jederzeit mit weiteren Chasseurs und Agenten Fouchés rechnen mussten. Einen Augenblick lang war er versucht weiterzufragen. Doch die Zeit drängte nun, und er ließ es gut sein. Auch wollte er nicht als neugierig gelten. Ein Blick auf die Uhr zeigte, dass es auf Mittag zuging. Er versuchte, so beiläufig wie möglich auf ihr Kleid zu schauen. »Haben Sie … haben Sie noch weiterhin Blut verloren, Mademoiselle?«

Sie schüttelte den Kopf und versuchte ein Lächeln ob seiner Unbeholfenheit.

»Also gut.« Der Entschluss war gefallen. »Wir fahren nicht nach Aurich, wir fahren direkt nach Oldenburg.« Marburg schätzte die Entfernung auf zehn Landmeilen. Ohne den Umweg und ohne einen Doktor aufzusuchen, konnten sie es vielleicht bis zum Abend schaffen. Vorausgesetzt, er verfuhr sich nicht. Die Karte, die er unter dem Kutschbock gefunden hatte, war recht ungenau, aber mit ein wenig Glück konnten sie sich durchfragen.

Er stieg aus und warf nochmals einen prüfenden Blick auf Claire. »Wir fahren weiter. Wenn Sie …«, er zögerte erneut. »Wenn Sie noch etwas zu verrichten haben, Mademoiselle, dann klopfen Sie gegen das Dach.«

Sie verdrehte die Augen. Die Mahlzeit schien ihr gutgetan zu haben, ein wenig Farbe war in ihr Gesicht zurückgekehrt. »Ich denke, die Zeiten der Mademoiselle sind vorbei«, sagte sie. »Ich will das hinter mir lassen, besonders nach der letzten Nacht. Sagen Sie Klara zu mir, wie Ihr Vater und Ihre Mutter.« Damit reichte sie ihm den Korb, griff nach dem Mantel und stieg, etwas wackelig auf den Beinen, über die kleine Stufe unter dem Schlag aus.

»Johannes«, erwiderte Marburg, der ihr ein wenig überrumpelt nachsah. »Sagen Sie Johannes zu mir, gnädiges Fräulein.«

»Vergessen Sie das gnädige Fräulein«, sagte Klara, gerade so laut, dass er es hören konnte, und verschwand hinter dem Kirchturm. Als sie zurückkam, versuchte sie, auf den Kutschbock zu klettern, was ihr nur mit Marburgs widerwilliger Hilfe gelang. »Sie sollten hinten sitzen«, sagte er.

Klara beachtete ihn nicht, sie wickelte sich in den Mantel und warf ihm einen auffordernden Blick zu. »Kann losgehen.«

Er musste unwillkürlich lachen. Offenbar hatte sie mehr Courage als er selbst. Mit einer schwungvollen Bewegung stellte er den Korb in den Fußraum, stieg ebenfalls auf und schnalzte mit der Zunge. Die Pferde hatten gegrast, und ein paar Eimer Wasser aus dem Brunnen neben der Kirche sollten fürs Erste gegen den Durst helfen. Ob die Tiere es damit die zehn Meilen nach Oldenburg schaffen würden, vermochte er nicht zu sagen. Einstweilen zogen sie die Kutsche auf die Landstraße zurück, in Richtung Oldenburg.

Nach einem Seitenblick auf Klara musste sich Marburg eingestehen, dass die junge Frau ihn in mehr als einer Hinsicht verwirrte. Nicht nur fiel ihm die unter ihrem derangierten und verschmutzten Äußeren verborgene Schönheit auf, ungetrübt von ihren wilden, dunklen Locken oder dem kaum mehr höfisch zu nennenden Benehmen. Vielmehr war er aufgebrochen, um eine Mörderin zu finden – oder zumindest eine Mittäterin am Mord an seinen Eltern. Stattdessen stellte er nun fest, dass alles ganz anders war. Seine Eltern hatten noch gelebt, als Klara aus Oldenburg aufgebrochen war. Wenn es stimmte, was sie sagte, standen die wahren Täter im Sold Fouchés, der vielleicht schon französischer Polizeiminister war, und er hatte den Fehler seines Lebens begangen, indem er die Männer, die ihm hätten Rechenschaft über den Mord an seinen Eltern ablegen können, zurückgelassen hatte. Doch das ließ sich nun nicht mehr ändern, ebenso wenig wie der Umstand, dass einer von ihnen tot war.

»Wer waren die Männer?«

Klara ließ sich Zeit mit einer Antwort. Dass sie im Auftrage des Polizeiministers handelten, hatte sie bereits erwähnt. An alles Weitere wollte sie sich eigentlich nicht erinnern. »Der Schlimmste von ihnen ist Colonel Guérin«, sagte sie dennoch. »Er ist einer von Fouchés Stabschefs.«

Guérin war der stellvertretende Chef der »Abwehr von staatsfeindlichen Umtrieben«, das hatte Marburg im »Bulletin de Paris« gelesen, einer royalistischen Zeitung, die mittlerweile im Ausland erschien und in allen großen Städten auf oder unter dem Ladentisch erhältlich war. Guérins Name war hier lange vor Fouchés gefallen. »Und«, beharrte er, »wer waren die anderen beiden?«

»Oh, Sie haben sie alle drei kennengelernt?« Klara schien überrascht. Offensichtlich hatten sie den Überfall auf ihn nicht in ihrer Gegenwart geplant.

»In der Tat«, bestätigte Marburg. »Sie haben mich in meiner Kammer überfallen.«

»Das sieht ihnen ähnlich«, sagte sie mit bitterer Miene. »Wie sind Sie den Kerlen entkommen?«

»Ich habe einen aus dem Bett heraus niedergestreckt ...«

»Aus dem Bett heraus?« Der Gedanke schien Klara zu belustigen. Sie vermied es jedoch zu lachen. »Ich kann also noch viel von Ihnen lernen«, sagte sie mit schmalem Lächeln. »Und der Zweite?«

Marburg sah seine Begleitung in gespielter Entrüstung an. Sie wollte lernen, mit dem Degen umzugehen? Das klang nicht nach Kaffeekränzchenzofe. Aber genau deswegen mochte er sie, auch wenn diese Erkenntnis erst wenige Stunden alt war. Die Kaufmannstöchter der feinen Familien, die er kannte, hätten betroffen und genierlich aufgeschrien. Oder gekichert. Klara war da ganz anders. *Und Jette?*, dachte er hastig, denn die Sehnsucht nach ihr begann plötzlich zu verblassen. Ja, Jette hätte vermutlich ebenso reagiert ... »Der

Zweite«, fuhr Marburg schließlich fort, »ist über seinen eigenen Spitzel gefallen, den Hausknecht. Leider ist er mir am Ende doch durch die Lappen gegangen.«

»Ein dünner Hüne mit einer weißen Perücke? Ein Gesicht, dem man nicht gerne zweimal begegnet?«

Der hagere, vierschrötige Mann mit dem weißen Haar, dachte Marburg. »Eben der ist entkommen.« Er erzählte ihr von dem Zwischenfall in seiner Kammer.

»Schade«, sagte sie mit einem Schulterzucken. »Das war Christophe Guérin, der Hinterhältigste von allen. Er hat mir besonders ... zugesetzt.«

Marburgs Gesicht verhärtete sich. Guérin hätte er zu gerne seine Meinung gesagt. Mit dem Degen. Nun hatten sie ihn zweifellos auf den Fersen.

Und das schneller, als ihnen lieb war. Gegen sechzehn Uhr passierten sie die Festung Stickhausen, kurz vor der Grenze zum Herzogtum. Ein schlichter Wegweiser leitete sie in die Richtung, in die sie wollten – Oldenburg. Auf die Frage, wie weit es bis zur Grenze sei, erhielten sie von einem Tagelöhner die Auskunft, dass die Schanze, also die Grenzstation, gut 500 Ruthen hinter Detarden, der nächsten Ortschaft, läge. Der Mann stützte sich auf den Wurf seiner Sense und sah skeptisch zu ihnen herauf. »Sie suchen dort ein Mörderpaar«, sagte er etwas leiser. »In einer Kutsche.«

»Ein Mörderpaar?«, fragte Marburg ungläubig. Doch dann überkam ihn eine böse Ahnung. Mit der Möglichkeit, dass der Franzose ihnen vorauseilen und damit die Deutungshoheit über die Angelegenheit in der Herberge erlangen konnte, hatte er nicht gerechnet. Einmal in Oldenburg angekommen, hätte Marburg dem Fürsten und seinem Geheimrat von Tappenbeck schon erklärt, was geschehen war. Doch wie sollten sie nun dorthin kommen? Das »Mörderpaar« war zweifellos auf sie gemünzt.

»Die sollen in einem Emder Gasthaus einen Kaufmann aus dem Hennegau umgebracht und ausgeraubt haben«, erklärte der Tagelöhner mit seltsam provokantem Blick. »Kommt Ihr zufällig aus der Gegend, Herr?«

»Nein.« Marburg bedeutete dem Mann, dass er verschwinden solle. »Wir kommen aus dem Amt Esens«, log er. Hennegau, dass ich nicht lache! Mit einem Peitschenknall trieb er die Pferde wieder an. Das war die niederländische »Province de Hainaut«. Dort sprach man Französisch, was recht klug bedacht war von dem Franzosen, denn er und seine Landsleute genossen zurzeit nicht die beste Reputation in deutschen Landen. Als Hennegauer war er politisch nahezu neutral. Auch zweifelte Marburg keinen Augenblick daran, dass es Guérin war, der sich die Finte mit dem »Mörderpaar« ausgedacht hatte, um sie aufzuhalten. Tatsächlich begann ihm zu dämmern, dass alles genauso eingefädelt worden war: die vorgeblich gestohlene Schimmelstute, der Hausknecht mit dem schlechten Gewissen und ihre Flucht in der langsamen Kutsche. Eine Inszenierung, um Vorsprung zu gewinnen. Vorsprung, um sich den Schatz anzueignen? Nein, Guérin wusste ja nicht, wo er versteckt war. Was hatte er also vor?

Als sie außer Sicht der Festung waren, lenkte er die Kutsche in ein kleines Wäldchen.

»Das galt uns«, stellte Klara fest, die bisher geschwiegen hatte.

»In der Tat.« Marburg lachte bitter auf. Dann betrachtete er Klara in ihrer wilden Aufmachung. Er hatte keine Vorstellung von den gesellschaftlichen Pflichten einer Kammerzofe, aber es fiel ihm schwer, sich die junge Frau bei Hofe vorzustellen, plaudernd mit einem Fächer in der Hand oder beim Tanzen einer »Quadrille à la cour«, dem letzten Schrei aus Paris. Wieder musste er sich eingestehen, dass es genau das war, was ihm so ungemein an ihr gefiel.

»Was ist?«, fragte sie. Offenbar hatte er sie ein wenig zu lange angesehen.

»Können Sie laufen?«

Klara wollte eine saloppe Antwort geben, wurde sich im selben Moment aber ihrer inwendigen Schmerzen, der wunden Schenkel, der zahllosen blauen Flecken und der damit verbundenen Schmerzen bei jeder Bewegung bewusst. »Ja«, sagte sie zögernd.

Marburg verstand. Er verwarf den Plan, mit Klara zu Fuß an der Grenzstation vorbei und bis nach Oldenburg zu gelangen, und zog ein wenig nervös die Karte aus dem Fach unter dem Kutschbock hervor. Selbst reiten konnte sie in ihrem Zustand nicht. Mit dem Finger fuhr er den Weg nach, auf dem sie sich befanden. Der nächste Ort hieß Detarden. Dort gab es eine Abzweigung nach Norden. Wenn sie der folgten und das Westersteder Moor, eine unwirtliche, triste und nicht ungefährliche Gegend, umrundeten, konnten sie es beim nächsten Grenzposten versuchen. Mit etwas Glück wusste dort noch niemand von den Anschuldigungen Guérins. »Gut«, murmelte er schließlich und nickte, denn er hatte einen Entschluss gefasst. Sie würden es über die nördliche Route versuchen. Er schnalzte, und die Pferde zogen die Kutsche wieder ruckend und rumpelnd auf den Weg.

In Detarden – oder Detern, wie man hier sagte – hatte er unwillkürlich den Eindruck, dass ein jeder, der ihnen begegnete, sie anstarrte, als ob ihnen das Wort »Mord« auf der Stirn geschrieben stand. Dennoch unbehelligt erreichten sie die Abzweigung, einen Weg, der nach Norden führte – wenn er den Stand der Sonne richtig bewertete. Marburg grinste. Mit der Geschwätzigkeit der Landarbeiter hatte Guérin gewiss nicht gerechnet. Das hatte sie vorgewarnt. Allerdings wich sein Grinsen rasch der Einsicht, dass sie es an diesem Tag nie und nimmer mehr bis Oldenburg schaffen würden. In wenigen Stunden würde es dunkel sein, zumal der Umweg ein bis zwei Meilen mehr bedeutete.

»Die Pferde«, erinnerte ihn Klara unvermittelt an ein weiteres Problem. »Sie brauchen eine Pause …«

»Eine Pause?« Marburg wandte den Kopf der jungen Frau zu. »Wir können keine Pause machen!«

»Danach geht es wohl nicht«, lächelte sie.

Marburg fluchte. Klara hatte ja recht, lange würden die Tiere nicht mehr durchhalten. Bestenfalls bis zur nächsten Grenzstation.

Sie verließen den Ort und folgten den ausgefahrenen Spuren vorbei an Wiesen, Weiden mit wenigen Rindern und Feldern niedrigwüchsigen Korns, meist Roggen. Bald schon wechselte das Landschaftsbild, kleine, dunkle, moorige Seen umgaben sie, gesäumt von hohem Gras und Schilf, in der Ferne standen vereinzelt Bäume, und nur hin und wieder konnten sie eine der flachen Moorkaten erkennen, in denen Torfstecher hausten. Die Pferde zogen die Kutsche stoisch, aber langsam über den Wegdamm. Hier jedenfalls konnten sie nicht anhalten. Abseits des Weges, der bisweilen schwankte, als würden sie über ein Kissen fahren, begann das Moor. Wenn sie hier übernachten mussten, würde es ungemütlich. Die Geschichten, die man sich erzählte, von geheimnisvollen Lichtern, wandelnden Moorleichen und wilden Bestien – vermutlich Vaganten und Wölfe –, standen denen des Teufelsmoores in nichts nach.

Aber wo sollten sie die Nacht verbringen?

»Es wird sich schon ein Gehöft finden«, sagte Klara, als hätte sie seine Gedanken gelesen. »Das Moor muss ja irgendwo auch wieder enden.«

Marburg schenkte ihr ein Lächeln und nickte. Das musste es wohl.

Als sich in der Ferne der Turm der Uplenger Kirche im

Abenddunst abzeichnete, hatten sie drei unwirtliche Weiler passiert, und es waren ihnen kaum fünf Wagen und gewiss nicht mehr Menschen entgegengekommen. Einmal hatte sich die Kutsche im weichen, schweren Sand festgefahren, sodass sie absteigen mussten. Klara hatte die Pferde gezogen – oder es zumindest versucht –, Marburg in die Räder gegriffen und die Kutsche in die Spur geschoben.

Von Uplengen selbst bekam Klara kaum etwas mit, denn sie war, gegen Marburgs Schulter gelehnt, eingeschlafen. Erst als sich vom Ortsrand aus der diagonal gestreifte Unterstand der Grenzstation erkennen ließ, öffnete sie die Augen wieder. Hastig richtete sie sich auf und fuhr sich mit den Händen über ihr müdes Gesicht. »Verzeihen Sie. Ich … ich habe geschlafen«, stellte sie fest. »Wo sind wir?«

»Dort hinten ist die Grenze.« Marburg wies mit der Hand den Weg entlang.

Plötzlich wurde Klara die Gefahr bewusst, in der sie sich befanden. »Sie wollen es versuchen?«

»Was bleibt uns anderes übrig?«, fragte er zurück. Den Grenzübertritt weiter hinauszuschieben, verringerte die Gefahr nicht, für das »Mörderpaar« gehalten zu werden. Irgendwann wäre die Nachricht überall herum.

»Was kann uns passieren?«, wollte sie wissen. »Können sie uns unter Arrest stellen?«

Wenn uns die Soldaten tatsächlich für Mörder halten, dachte Marburg, *können sie noch viel mehr mit uns machen.* Doch er schwieg und zuckte nur mit den Schultern. Mit einer Hand die Zügel haltend, suchte er mit der anderen die Papiere, die ihm der Regent hatte ausstellen lassen. Er reichte sie dem Posten am Schlagbaum, der damit in der schmalen Baracke verschwand. Es schien eine Ewigkeit zu dauern, bis er wieder herauskam, eine Ewigkeit, in der Klara, die keine Papiere hatte, stocksteif auf dem Kutschbock saß und unbewusst

Marburgs Hand suchte. Erst als der Posten ihnen das Geleitschreiben heraufreichte, rückte sie ein wenig von ihm ab.

»Bis Oldenburg kommt Ihr heute nicht mehr, Herr von Marburg«, stellte er mit einem Blick nach Westen fest, wo die Sonne zwischen lilarotgrauen Wolken unterging.

»Gibt es eine Poststation in der Nähe?«, erkundigte sich Marburg ohne viel Hoffnung, aber erleichtert über die reibungslose Abfertigung. Das Schreiben des Regenten schien goldwert zu sein!

Der Posten verneinte. »Nicht vor Westerstede. Vielleicht nimmt Euch einer der Bauern auf, kann man nie wissen. Im Dunkeln würde ich dort aber nicht anklopfen. Nachts sind die recht flink dabei mit ihren Flinten!« Er lachte und gab dem Pferd auf seiner Seite einen Klaps auf die Kuppe, sodass es sich in Bewegung setzte. Marburg hob seinen Dreispitz zum Gruß und bekreuzigte sich, als sie außer Sichtweite waren. Klara schloss die Augen, lächelte zufrieden und ließ sich erneut an seine Schulter sinken.

Die Dämmerung begann, sie einzuholen. Ein paar Hundert Ruthen, wie viel genau, vermochte Marburg nicht zu sagen, fuhren sie über einen Weg, der schwankte, wie der Moordamm zuvor. Tatsächlich führte ihr Weg erneut über das Moor und ließ ihnen keine andere Möglichkeit, als dem Damm weiter zu folgen, an Schilf, Gras und flachen Tümpeln vorbei.

»Wir werden in der Kutsche übernachten müssen«, sagte Marburg mit einigem Unbehagen. Seine Augen gewöhnten sich zwar an die einsetzende Dunkelheit, doch mehr als ein dunkler Streifen war von dem Wegdamm nicht mehr zu erkennen. »Wir lassen die Tiere angeschirrt«, fügte er hinzu. Hin und wieder standen Birken am Wegrand. »Vielleicht …«

»Dort!«, rief Klara leise und wies mit der Linken auf einen Punkt im schwachen Licht der Dämmerung.

Marburgs Blick folgte der Richtung, in die sie zeigte, und dann erkannte er es auch: ein kleines gelbes Licht, kaum sichtbar zwischen sich bewegenden Schatten. Nach wenigen Ruthen war es wieder verschwunden. Marburg trieb die Pferde an, und angestrengt starrten sie weiter in die Richtung, in der sie das Licht kurz zuvor noch gesehen hatten. Dann, urplötzlich, tauchte es wieder auf, hinter hochstehendem Riet, und es wirkte so heimelig, dass ihnen beiden ein Stoßgebet der Erleichterung entfuhr. Vor dem dunkelgrauen Abendhimmel zeichnete sich schwarz das hohe Dach eines Gehöfts ab. Daneben stand eine etwas niedrigere Scheune, und als sie auf den Hof fuhren, erkannten sie im schwachen Schein des durch eine Tür herausdringenden Feuerscheins einen Mann. Er hielt tatsächlich eine Flinte im Anschlag, wie es der Grenzsoldat prophezeit hatte.

Ohne ein Kommando hielten die Pferde. Marburg sprang vom Kutschbock und ging auf den Mann zu.

»Halt! Keinen Schritt weiter. Was wollt ihr?« Die Stimme des Bauern – oder vielleicht auch des Gutsherrn – war laut und klar und wies kaum einen ländlichen Akzent auf.

»Einen Platz zum Schlafen für uns und Futter für die Pferde«, erwiderte Marburg müde. »Können wir das hier bekommen?«

»Wer seid Ihr?«

»Reisende auf dem Weg nach Oldenburg.«

»Wer!«

Der Mann hatte vermutlich recht mit seiner Vorsicht. Dennoch war Marburg nicht zu derlei Spielchen aufgelegt. Er war müde und fürchtete immer noch, dass Guérin ihnen auflauern würde, bevor sie die Stadtmauern Oldenburgs erreicht hatten. »Johannes Friedrich Freiherr von Marburg«, erwiderte er beherrscht, hoffend, dass er den Landmann damit beeindrucken und ihm einen Logisplatz abringen konnte. Das Gehöft war keine Herberge, und ob sie hier übernachten konnten, hing allein vom Wohlwollen seines Gegenübers ab. »Kaufmann und Reeder aus Oldenburg«, ergänzte er etwas weniger forsch.

Dem Mann mit der Flinte schien das nicht zu imponieren. »Und die da?«, wollte er wissen.

Der Ton des Mannes gefiel Marburg gar nicht. Aber sie brauchten eine Unterkunft, und daher gab er klein bei. »Jette«, sagte er nach kurzem Zögern. »Tagelöhnerin. Sie ist mir davongelaufen.« Seinen ersten Gedanken, Klara als »Claire Marie Comtesse Duplay« vorzustellen, hatte er sogleich wieder verworfen. Falls doch schon bis hier durchgedrungen sein sollte, dass sie gesucht wurden, dann machte ein französischer Name alles nur noch schlimmer. Oldenburg, wo sie vielleicht in Sicherheit waren, war noch meilenweit fort. Und, musste er zugeben, wie eine Comtesse sah Klara zudem wirklich nicht aus.

Ob sein Name Eindruck machte oder ob sie einfach nur ungefährlich aussahen, konnte Marburg nicht sagen. Es dauerte zwar ein wenig, bis der Mann näher kam, doch dann ließ er die Flinte sinken und wies auf das Nebengebäude. »Ein freies Zimmer habe ich nicht«, sagte er. »Ihr könnt über der Ziegentenne schlafen. Das wird nicht so riechen, wie es feine Herrschaften gewohnt sind, aber es ist einigermaßen warm. Macht keinen Unfug und stellt Eure verdammte Kutsche dort in die Remise.« Er zeigte auf den zweiten offenen Anbau neben seinem Haus. »Und das Ganze kostet dreißig Groten«, fügte er beiläufig, aber bestimmt hinzu.

»Dreißig Groten!«, entfuhr es Marburg. Das war Wucher. Zweiundsiebzig Groten hatten den Wert eines Goldthalers.

»Im Voraus. Doch Ihr könnt auch weiterfahren, wenn es Euch nicht angemessen erscheint.«

Marburg fluchte und kramte das Geld aus seiner Börse. Weiterfahren konnten sie eben *nicht*, und das wusste dieser Halsabschneider! Er ging hinüber zur Remise. Mit ein oder zwei Laternen, dachte er, vorne am Kutschbock angebracht, wäre es ja gegangen. Das war noch nicht einmal neu und ermöglichte zumindest langsame Fahrt, ohne vom Weg abzukommen. Nur besaßen sie für ihre Kutsche eben keine Laternen.

Die Luft roch nach gemähtem Gras, sie war noch immer warm, und der Gedanke an die baldige Heimkehr wirkte geradezu euphorisierend. Sie hatten es über die Grenze geschafft, und nun würde er es sogar noch zur Beerdigung der Eltern schaffen – diese letzte Ehre war er ihnen schuldig. Weiter hatte er nicht gedacht, nicht einmal daran, was aus Klara werden würde. Mit dem Geld der Comtesse war sie vermutlich unabhängig und in exilfranzösischen Kreisen gewiss eine gute Partie. Vielleicht – wer wusste das schon? – war die ganze vermaledeite Revolution ja bald schon Geschichte. England, Österreich, Spanien, Italien – Frankreich hatte viele Widersacher. Klara würde zurückkehren in ihre Heimat. Wenn, ja wenn nicht die Folgen der Schändung durch Guérin ihrer Ehre derart abträglich waren, dass sie auch als gute Partie nicht mehr zu den Salons ihrer Kreise eingeladen werden würde. Mit einem unehelichen Kind wäre sie allerdings auch im bürgerlichen Oldenburg gebrandmarkt.

Bedauern durchzog ihn plötzlich. Das französische Fräulein würde nicht bleiben. Und er würde es vermissen.

Die Pferde waren versorgt, die Kutsche in der Remise, und Marburg kehrte über den Hof in den Stallanbau zurück, dessen scharfer Geruch ihn unmittelbar umfing. Ein weiteres Mal verfluchte er den wenig gastfreundlichen Landmann.

»Nun müssen wir den Rest des Brotes und der Wurst wohl im Dunkeln essen«, hörte er eine Stimme über sich. Mittlerweile war es auch im Hof gänzlich dunkel geworden, und nur das letzte Viertel des Mondes erhellte die Tenne ein wenig.

Marburg erkannte Ziegen hinter Holzverschlägen – zumindest die helleren unter ihnen –, einen Leiterwagen und an der Wand aufgeschichtetes Heu und Stroh. Davor stand eine Leiter, die hinauf zur Galerie der Tenne führte. Er hoffte, dass sie sich an den strengen Geruch gewöhnen würden.

Klara schaute auf ihn herab. »Hat unser edler Gönner noch ein wenig Bier oder Wein bereitgestellt?«

Marburg schüttelte den Kopf. »Nein, er ist im Haus verschwunden, gleich nachdem er mein Geld eingesteckt hat. Mehr als Heu und Wasser stand wohl nicht im Kontrakt«, lachte er schwach.

»Dann müssen wir unseren Wein mit Wasser verdünnen.« Sie versuchte, unbeschwert zu klingen, und reichte ihm die fast leere Weinflasche aus dem »Postillion«.

Nachdem Marburg sie mit Wasser aufgefüllt hatte – eine teuflische Verschwendung, wie er fand –, suchte er sich seinen Weg hinauf auf den Heuboden. Es dauerte ein wenig, bis sich seine Augen an die Dunkelheit gewöhnt hatten, doch nach und nach erkannte er die Umrisse der Galerie, die Tragbalken des Daches und schließlich die von Klara auf einer Decke ausgebreiteten, kärglichen Reste ihres Verpflegungskorbes. »Ich bitte zu verzeihen, dass ich weder mit kristallgläsernen Bechern noch erlesenem Porzellan aufwarten kann, gnädiges Fräulein«, sagte Marburg, verbeugte sich und reichte Klara die Weinflasche.

Es war das erste Mal, dass Marburg die junge Frau kichern hörte. Sie nahm die Flasche und setzte sie an den Mund, ein vollkommen unstandesgemäßes Verhalten, das er mit einem Lächeln quittierte, nicht zuletzt auch, da es ihr besser zu gehen schien.

»Was werden Sie tun, wenn wir in Oldenburg angekommen sind?«, fragte er, nachdem sie alles restlos aufgegessen hatten und nur noch ein kläglicher Rest des bis zur Unkenntlichkeit verdünnten Weins in der Flasche stand.

»Sie machen sich Sorgen, ob ich Ihnen zur Last fallen werde?«, fragte Klara zurück. Als Marburg nichts erwiderte, seufzte sie. »Ich weiß es nicht. Ich bin Ihnen äußerst dankbar für alles, was Sie für mich getan haben, ich werde Ihnen das nie vergessen.« Und leise fügte sie hinzu: »Nur dass ich Ihnen nicht zur Last fallen werde, dessen können Sie gewiss sein.«

»Verzeihen Sie meine wenig diskrete Frage«, sagte er kleinlaut. »Ich …«

»Ihr Ansinnen ist durchaus gerechtfertigt«, unterbrach sie ihn. »Sie sind auf der Suche nach einem Mörder, vielleicht auch mehreren. Es tut mir unendlich leid, dass ich nicht von größerer Hilfe sein kann. Aber Sie müssen mir glauben, dass ich Ihre Eltern bei bester Gesundheit verlassen habe. Ich hoffe nur inständig, dass nicht Fouchés Männer für diese Tat verantwortlich sind, denn dann wäre ich mitschuldig, da ich sie, wenn auch unfreiwillig, nach Oldenburg geführt habe.«

Marburg schwieg. Die Wahrscheinlichkeit, dass Guérin seine Eltern und die Hausmädchen getötet hatte, war nicht gering.

»Sie glauben mir nicht«, sagte Klara unsicher.

»Oh doch«, beeilte Marburg sich zu sagen. »Doch, ich glaube Ihnen!« Tat er das wirklich? Klara hatte vor seinen Augen und ohne zu zögern den letzten ihrer Peiniger erschossen. Wer wusste schon, was hinter ihrem hübschen Gesicht vor sich ging?

»Ich kann es Ihnen nicht verübeln«, flüsterte sie, als ob sie zu sich selbst spräche. »Ich habe einen Menschen getötet. Ein Vergehen, für das ich mich vor dem höchsten Richter zu verantworten habe, und da er ein Mann ist, werde ich nur geringe Aussicht auf Gnade haben. Es war das erste Mal, dass …« Sie unterbrach sich. »Ich gestehe, dass ich es nicht bereue«, fügte sie nach kurzem Zögern hinzu. »Darf ich Sie trotzdem nach Oldenburg begleiten?«

Marburg erkannte das Weiß in ihren Augen, die auf ihm ruhten. Es fiel ihm schwer, seine Gedanken zu ordnen. Hatte er bisher in jeder freien Minute den Scherenschnitt Jettes hervorgeholt, um sich an ihr ebenso freches wie hübsches Antlitz zu erinnern, so hatte er seit seinem Aufenthalt in der Emder Herberge kaum noch an sie gedacht, was nicht nur den Umständen der letzten Nacht geschuldet war. Aber, was er in dem jüngsten Brief an Jette geschrieben hatte, nämlich dass er finanziell kaum in der Lage sein würde, einer Frau die Ehe anzutragen, das galt auch für Klara, gleichgültig, ob er sich eingestand, sein Herz an die junge Französin verloren zu haben oder nicht. »Ich vertraue Ihnen«, hört er sich sagen. »Ich vertraue Ihnen und gestehe Ihnen sogar, dass ich große Hochachtung für Sie empfinde.« Ob »Hochachtung« ein guter Ersatz für das Wort »Zuneigung« war, das er aus Anstand zu vermeiden versuchte, wusste Marburg nicht. Daher beeilte er sich hinzuzufügen, dass er sich glücklich schätzen würde, ihre Gesellschaft bis Oldenburg – und auch darüber hinaus – zu genießen.

Klaras Miene konnte er ebenso wenig erkennen, wie er ihre Gedanken erraten konnte. Daher reichte er ihr die Decke, die sie offenbar aus der Kutsche mit heraufgebracht hatte, und ließ sich sodann ins Stroh fallen. Sie sollten am nächsten Morgen so früh wie möglich aufbrechen, um den Vorsprung, den Guérin zweifellos haben würde, so klein wie möglich zu halten.

Klara hatte die Decke wortlos entgegengenommen. Nun aber hörte Marburg es im Stroh rascheln, und im nächsten Augenblick spürte er Klaras Körper neben sich. Mit einer sanften Bewegung zog sie die Decke über sie beide und schmiegte sich, so gut es ging, an ihn. »Sie würden sonst frieren«, erklärte sie in noch leiserem Flüstern. Es war nicht wirklich kalt, doch Marburg umfasste sie lächelnd, ein wenig nervös, ein wenig unsicher und auch ein wenig zufrieden. Kurz darauf war er eingeschlafen.

Lotte war indes in einen sonderbaren Zustand geraten. Nach der letzten Unterredung mit Werthern hatte sie empfunden, wie schwer es ihr fallen werde, sich von ihm zu trennen, was er leiden würde, wenn er sich von ihr entfernen sollte.

Johann Wolfgang Goethe,
Die Leiden des jungen Werther, 1774

8. Kapitel

Dienstag, 25. Juni 1799, Westerstede

Es war bereits hell, als Marburg erwachte, ein wenig zerwühlt, doch noch immer mit Klara im Arm. Vom Hof her drangen Geräusche von Hufen und die Stimmen von Männern zu ihnen, dazwischen das Ziegengemecker aus dem Koben. Feldarbeit beginnt früher als das Studieren, dachte er und löste sich von Klara. Wie, um alles in der Welt, hatten sie so lange schlafen können? Es wurde Zeit, sich hinter die Scheune zu begeben.

Als er zurückkehrte in die Tenne, beschloss Marburg, einen Blick auf den Hof zu werfen. Er hoffte, dass die Pferde und die Kutsche noch unter der Remise standen, wo er sie am Abend abgespannt hatte. Mit einem Ruck schob er das Scheunentor auf und blickte mit zusammengekniffenen Augen hinaus auf den sonnenbeschienenen Hof. Im nächsten Augenblick erstarrte er. Was er sah, waren keineswegs Tagelöhner und Feldarbeiter, die sich im Hof zu schaffen machten.

Bevor er etwas sagen oder tun konnte, spürte er eine Hand an seinem Arm. Marburg fuhr herum und gewahrte Klara, die ihn verschlafen, aber mit einem Lächeln ansah. In ihrem dunklen Haar steckte Heu. »Brechen wir auf?«, fragte sie.

»Nein, mein Fräulein.« Ein Polizeiunteroffizier im rotblauen Rock der Oldenburger Dragoner kam auf das Tor zu. »Hier bricht niemand auf.« Hinter dem Unteroffizier, den sein betresster Dreispitz und die Litzen als Korporal auswiesen, standen weitere sechs Dragoner in der Uniform des Herzogtums. Sie waren von ihren Pferden abgesessen und richteten ihre Musketen auf das Tor, auf Marburg und Klara.

Marburg schob die junge Frau zurück in die Tenne. »Zu Ihren Diensten, Herr Korporal«, sagte er. »Darf ich fragen, welches Manöver hier gespielt wird, dass Sie junge Frauen zu Tode erschrecken?«

»Mit dem Tode hat er's wohl«, erwiderte der Korporal mit triumphierendem Ton. Er trug seinen Dreispitz ein wenig schief, was ihm zusammen mit dem gezogenen Pallasch und der staubbedeckten Uniform einen überaus verwegenen Ausdruck verlieh.

Marburg krauste die Stirn. Hatte er sich am Vorabend nach dem Grenzübertritt schon in Sicherheit gewähnt, so war seine Hoffnung auf baldige Heimkehr mit dem Anblick der sieben Blauröcke verschwunden. »Erklären Sie sich«, sagte er dennoch. »Was wollen Sie damit sagen?«

»Oh, ich denke, das wissen Sie nur zu gut«, sagte eine zweite Stimme. Sie gehörte zu einem hageren Mann in schwarzem Rock, schwarzer Hose und einer verblassten, rotweiß-blauen Kokarde am Zweispitz. Er saß auf einer grauweißen Schimmelstute, die Marburg sofort als Johanne erkannte. Ebenso erkannte er die säuberlich geweißte Perücke und die missmutigen Gesichtszüge des Mannes. Kein Zweifel, es war Guérin. Er hatte sie also gefunden.

»Vielleicht könnten Ihre Männer die Musketen wieder herunternehmen?«, fragte Marburg an den Unteroffizier gewandt. »Wie Sie sehen, bin ich unbewaffnet.«

Auf eine lässige Bewegung hin stellten die Dragoner ihre Waffen ab. »Er hat sich für den Mord an einem Hennegauer Kaufmann zu verantworten«, erklärte der Korporal lapidar und winkte einen der Gemeinen herbei. Der hängte sich seine Muskete über die Schulter und trat zu Marburg, den er mit geschulten Griffen abtastete. Wortlos zog er Marburgs Degen aus der Scheide und zeigte ihn dem Lieutenant.

»Unbewaffnet, ja?« Er schüttelte den Kopf. »Binde ihm die Hände«, wies er einen zweiten Dragoner an.

Plötzlich drängte sich Klara nach vorne. »Lassen Sie ihn«, sagte sie mit fester Stimme. »Ich war es. Ich habe den Mann getötet.«

»Das wird Ihren Komplizen nicht entlasten«, mischte sich Guérin mit schnarrender Stimme erneut ein. Er hob seinen Zweispitz und verbeugte sich knapp vor Klara. »Aber Sie selbst wird es auf die Guillotine bringen. Ich beantrage«, fuhr er mit gerümpfter Nase und an den Korporal gewandt fort, »dieses gefährliche Geschöpf, deren Inneres ebenso verwahrlost ist wie ihr Äußeres, in unser beider Heimat überführen zu dürfen. Ich meine – nun, da sie gestanden hat …« Er wies auf die dunklen Blutflecken auf ihrem Kleid, und mit einem Lächeln fügte er hinzu: »Ihren Helfershelfer überlasse ich selbstverständlich Euch.«

Doch der Korporal schüttelte den Kopf. »Hier geht alles seinen rechten Gang«, rief er langsam. »So schnell sind wir nicht mit der Guillotine.« Und zu seinen Männern gewandt sagte er mit befehlsgewohnter Stimme: »Reinicke, Völz – ihr spannt die Kutsche an, Vogelsang, Stockmann – ihr ladet eure Musketen. Lasst unsere beiden wilden Vögel hier nicht aus den Augen.« Er wies auf Klara und Marburg. »Und pflanzt die Seitengewehre auf. Wenn die beiden fliehen, macht Gebrauch davon.« Die verbliebenen beiden durchsuchten den Heuboden und sammelten ein, was sie an persönlicher Habe fanden: Marburgs Rock, Klaras Mantel und den leeren Proviantkorb.

Kurz darauf zog die Gruppe über den Wegdamm weiter, Richtung Westerstede, wo Korporal Fabian – diesen Namen hatte er Marburg genannt, als er ihm gegen sein

Ehrenwort den Degen zurückgab –, wo Korporal Fabian also seine Gefangenen in die Arrestzellen des dortigen Quartierstands der Polizeidragoner überführen wollte. Klara und Marburg waren in die Kutsche genötigt worden und ließen sich stumm auf der schlechten Moorstraße durchrütteln. Was sollten sie auch sagen? Eine Flucht war aussichtslos angesichts der berittenen und bewaffneten Dragoner, und mit Klaras Geständnis musste Marburg jede Hoffnung, den Polizeiunteroffizier von einem Irrtum überzeugen zu können, fahren lassen. Hatte er sich zunächst noch über das verbissen unzufriedene Gesicht Guérins gefreut, so musste er sich schon bald eingestehen, dass der Franzose trotz dieses ersten Misserfolgs nichts unversucht lassen würde, Klara in seine Gewalt zu bekommen. Marburg betrachtete die junge Frau, die ihm gegenübersaß. Sie hatten keine Gelegenheit bekommen, Toilette zu machen. Selbst eine kurze Wäsche in der Hoftränke war ihnen verwehrt worden, und so sahen sie zunehmend verkommener aus, was, so dachte Marburg mit einem Schmunzeln, dem jungen Fräulein nicht so schlecht zu Gesichte stand, wie man hätte meinen können. Doch Klara war nicht zum Lächeln zumute. Wenn nicht noch ein Wunder geschah, würde Guérin sie in spätestens zwei Tagen mit nach Frankreich nehmen. Oder in den Hennegau, wie er vorgab, was allerdings auf dasselbe hinauslief. Kein Oldenburger Gericht würde sich auf einen Disput mit einem Gesandten einlassen, kam er nun aus Frankreich oder dem Hennegau. Und Klara hatte Fantasie genug, um sich auszumalen, was sie dann erwartete und was man von ihr zu erfahren begehren würde – bevor sie, wie ihre damalige Herrin, die Comtesse du Barry, zur Guillotine geführt wurde.

Nach Westerstede war es kaum mehr als eine Landmeile. Wenig Zeit, um zu überlegen, was sie tun konnten. Zweifellos würden sie morgen von Tappenbeck vorgeführt werden, was Marburg kaum Hoffnung machte, denn Guérins Vorwürfe waren gewichtig genug, um jeden Vorteil hinwegzuwischen, den Marburg dadurch haben mochte, dass er den Geheimrat bereits kannte. Ob die Tat nun verständlich war oder nicht – die Anklage war gerechtfertigt, der zweite Franzose war tot, seine und Klaras Schuld nicht von der Hand zu weisen. Dass der Franzose ihn überfallen hatte, bevor er ihm das Bein durchstach, würde Marburg nie beweisen können. Und dass Guérin und seine Kumpane Klara missbraucht hatten, würde sie ebenfalls nicht beweisen können. Und selbst wenn – es brauchte schon einen sehr wohlwollenden Richter, um aus dieser Situation auf Notwehr zu erkennen. Nein, was geschehen war, das war geschehen, und Guérin war ihnen mit seiner Anklage zuvorgekommen.

Noch am Vormittag erreichten sie Westerstede. Die Kutsche hielt vor einem schlichten dreistöckigen, weiß verputzten Haus, einem der drei Emailleschilder neben der Tür zufolge der Quartierstand der Oldenburger Polizeidragoner. Fabian saß ab und Marburg konnte sehen, wie ein weiterer Dragoner herauskam, salutierte und Meldung machte. Dann wurden sie hineingeführt und auf zwei Zimmer verteilt, sodass er und Klara nicht mehr zusammen waren. Seinen Degen musste er nun doch wieder abgeben. Die Vorschriften, wie Fabian sich entschuldigte.

Die Tür zu seiner provisorischen Zelle wurde geschlossen. Kurz darauf waren Stimmen auf dem Flur und Hufgeklapper vor dem Haus zu vernehmen, Räder rollten über Kopfsteinpflaster, und mit ihnen schwand Marburgs Hoffnung auf baldige Freiheit. Die Kutsche war fortgebracht worden, um ihn herum wurde es ruhig. Er betrachtete den Raum, in den ihn der Korporal hatte einschließen lassen. Er war klein und nur mit einer Pritsche, einem Tisch und zwei Stühlen möbliert, die Wände waren schmutzig, das schmale Fenster, das zu einem Hinterhof führte, vergittert. Unter dem schmalen Bett stand ein abgestoßenes Nachtgeschirr. Mit einem Seufzer ließ sich Marburg auf das Bett fallen und schloss die Augen. Er konnte nichts anderes tun, außer abzuwarten.

Um die dreizehnte Stunde wurde die Tür wieder aufgeschlossen. Marburg achtete akribisch darauf, seine Taschenuhr regelmäßig aufzuziehen. Nun sprang er von der Pritsche auf, in der Erwartung der Weiterreise nach Oldenburg. Doch es war nur einer der Dragoner, ein wenig rundlich, bereits grauhaarig und mit einem imposanten Oberlippenbart, der ihm einen Teller mit Eintopf auf den Tisch stellte.

»Was ist?«, fragte Marburg. »Was geschieht jetzt? Wann geht es weiter? Und« – er musste sich eingestehen, dass er beständig an diese eine Person gedacht hatte – »wie geht es Mademoiselle Klara?«

»Ich darf Euch nischt sagen«, erwiderte der Dragoner mit kräftiger Stimme und ammerländer Dialekt. Leise fügte er hinzu: »Dem Fräulein geht es wie Euch – sie will hier raus.« Er verzog den Mund zu einem Grinsen und fügte hinzu: »Der Korporal hat nach Oldenburg um weitere Befehle geschickt. Und zum Landgericht zu Neuenburg. Das ist für unsere Vogtei zuständig, müsst Ihr wissen. Wird wohl noch ein wenig dauern, bis es hier weitergeht, schätze ich.« Er legte einen Löffel und eine Scheibe Brot neben den Teller und verließ den Arrestraum wieder.

Marburg setzte sich an den Tisch und aß. Ein Krug mit Wasser stand auf dem Tisch. *Hoffentlich nicht zu alt*, dachte er. Das Gefäß hatte schon dort gestanden, als sie angekommen waren …

Seine Gedanken schweiften ab, rekapitulierten die vergangenen Tage, von der Feier anlässlich ihrer Graduierung in Hamburg über den verpassten Abschied von Jette und die Reise mit Lürssen, die Entführung in das russische Hilfskorps, die er zum Glück heil überstanden hatte, und die Begegnung mit Sartorius – einem feinen Kerl im Übrigen –, bis hin zum Mysterium der fünf Morde im Haus seiner Eltern, die er mit der Spur zu Claire Marie Duplay aufzuklären gehofft hatte. Welch ein Irrtum! Stattdessen war er nun selbst in einen Mord verwickelt und fand sich arretiert und mittellos in einer Zelle wieder. Ohne jede Aussicht übrigens, wie ihm unvermittelt einfiel, noch an der Beerdigung seiner Eltern teilnehmen zu können. Er hoffte inständig, sie – und Madame Roberg – würden ihm sein Ausbleiben verzeihen.

Wenn Jette ihn so sehen könnte, war sein nächster Gedanke. Wie sie wohl seinen Brief aufgenommen hatte? Jetzt, da seine Eltern nicht mehr auf Stand und Etikette pochen konnten, hätte er sie zu sich holen können. Aber ohne sie zu heiraten, war das unmöglich. Und in seiner jetzigen Situation – finanziell und gesellschaftlich – konnte er ihr die Ehe keinesfalls antragen. Auch Klara drängte sich in sein Bewusstsein, Claire Marie, und der Gedanke an sie war nicht dazu angetan, sein Gefühlsdurcheinander zu entwirren. Wann immer er an die Französin dachte, schlug sein Herz schneller, gleichgültig, wie nahe sie einer Verurteilung als Mörderin war. Vielleicht, so ging es ihm durch den Sinn, konnte sie bei Guérin aber auch im Tausch gegen das Gold ihre Freiheit aushandeln? Mit diesem letzten, vertrauensseligen Gedanken döste er, zum Nichtstun verurteilt, ein.

Er erwachte, als die Tür sich öffnete. Doch anstatt Neuigkeiten aus Oldenburg oder von den für die Vogtei zuständigen Amtsrichtern gab es nur Brot und Wurst, die ihm der grauhaarige Dragoner brachte. Es war also bereits Abend! Marburg fuhr auf. Zu seiner Überraschung stellte der Mann auch einen Becher auf den Tisch. »Bier«, sagte er. Was Marburg zunächst als freundliche Gunst ansah, erwies sich im nächsten Moment als wohlwollender Bestechungsversuch.

»Habt Ihr wirklich den Franzmann abgemurkst?«, fragte der Dragoner und setzte sich auf den Stuhl.

»Unsinn«, erwiderte Marburg verschlafen. »Die bringen sich eher gegenseitig um.«

»Na, verstehen könnt ich's ja«, sinnierte der andere und betrachtete seinen Delinquenten mit verschmitztem Blick. »Mein Oheim ist bei Amöneburg gefallen, zweiundsechzig war das, als die Franzmänner die Brücker Mühle dem Erdboden gleichmachten. Die haben keine Gefangenen gemacht, damals, diese Bluthunde.« Er spie aus und stand wieder auf. »Aber Mord ist Mord«, sagte er schulterzuckend, »da beißt die Maus keinen Faden ab.«

Zweiundsechzig war ich noch nicht einmal geboren, dachte Marburg. Den Siebenjährigen Krieg kannte er nur aus Erzählungen seines Vaters. Er rieb sich die Augen und überlegte, ob er dem Dragoner alles erzählen sollte, von dem Bild der geschundenen und blutigen Klara bis hin zu ihrer Flucht. Als er aufsah, fiel gerade die Tür wieder ins Schloss, der Dragoner war fort. Marburg nickte, die Wahrheit hätte ohnehin nicht geholfen. Im Gegenteil, am Ende würde es Klara nur noch mehr belasten. Warum hatte sie den Mann auch erschießen müssen! Aber hätte das einen Unterschied gemacht? Guérin hätte sich irgendetwas einfallen lassen, um Klara in seine Hände zu bekommen.

Es war mehr Langeweile als Hunger, die ihn essen ließ. Langeweile, obgleich seine Ungeduld und Nervosität wuchs, nicht nur weil die Angst, er könne tatsächlich zusammen mit Klara des Mordes angeklagt werden, an ihm fraß. Nein, er wollte, er *musste* heim. Die Beerdigung war am nächsten Morgen, und er hatte bisher nichts dazu tun können! Wie sollte er Abschied nehmen, wenn er nicht dort war? Marburg sprang auf, trat an die Tür und hämmerte mit den Fäusten dagegen. Er ließ sich nicht dazu herab zu schreien, doch es kam auch so jemand.

Die Tür wurde aufgeschlossen, und der Dragoner, derselbe, der ihm bereits das Essen gebracht hatte, kam herein. Hinter ihm stand ein zweiter, Pallasch und Pistole in der Hand. »Was gibt's denn, Jungchen?«, brummte er ohne die zuvor gezeigte Freundlichkeit.

»Ich will hier raus«, erwiderte Marburg schwach und im plötzlichen Bewusstsein, dass seine Forderung ohnehin sinnlos war.

Tatsächlich lachte der Dragoner auf. »Vor morgen Abend wird keine neue Anweisung eingetroffen sein«, sagte er in schönstem Ammerländer Platt. »Da könnt Ihr Euch drauf einstellen. Und wenn, dann werdet Ihr's als Erster erfahren.« Mit einem weiteren Lachen ging er wieder hinaus.

»Was ist mit Fräulein Duplay?«, rief Marburg ihm hinterher.

»Na, was soll mit ihr sein?«, erwiderte sein Bewacher. »Sie fügt sich und ist ruhig. Und das solltet Ihr auch tun, junger Herr, sonst kommt Ihr in den Keller zu den Kohlen!«

»Und zu den Ratten«, setzte sein Kamerad hinzu, was zu erneutem Lachen führte. Die Tür schlug mit lautem Knall zu, und Marburg hörte das Schlüsselbund klappern, als abgeschlossen wurde.

Dann war Klara noch hier? Einen Beweis dafür hatte er nicht. Wenn Guérin sie schon geholt hätte, könnte es kaum ruhiger sein. Aber wo war der Franzose geblieben? Seit die beiden Dragoner die Tür wieder verschlossen hatten, war dieselbe unheimliche und nervenaufreibende Stille über die Station und sein Zimmer gefallen wie zuvor.

Marburg trat nach einem der beiden Stühle, der polternd zu Boden fiel. Er sah sich um. Auch wenn es nur eine ehemalige Wohnstube war, in der sie ihn eingeschlossen hatten, so war sie doch ein Gefängnis. Tür und Bodendielen waren massiv, das Fenster mit gusseisernen Stäben vergittert.

Nur wenig später wurde die Tür erneut geöffnet. Der Korporal trat herein, einen Schlagstock in der Hand, die Pistole hinter das Koppel gesteckt. »Setz' Er sich«, fuhr er Marburg an. Er stellte ein Bein auf den zweiten Stuhl und stützte sich darauf, wobei er den Stock ein paarmal in die linke Hand klatschen ließ. »Warum hat Er den Kaufmann getötet?«, fragte er plötzlich.

»Ich?« Marburg sprang wieder auf, nur um im nächsten Augenblick unsanft mit einem Stockstoß gegen die Brust wieder auf den Stuhl gedrückt zu werden. Was, überlegte er aufstöhnend, sollte er sagen? Alles abzustreiten, würde für Klara den Tod bedeuten, tat er es nicht, log er – und würde vermutlich ohne jede weitere Untersuchung selbst als Mörder verurteilt werden. Was das bedeutete, wusste er nur allzu gut. Er hatte von der Hinrichtung des Raubmörders Heinrich Mevius gelesen, dem mit eisernen Keulen Glied für Glied von oben ab zerschmettert und der danach aufs Rad gebunden wurde. Im Namen des Königs. Die Hamburger Zeitungen hatten voller Abscheu sowohl über das Verbrechen als auch die Hinrichtung im Hannoverschen geschrieben.

Der Korporal sah ihn mit durchdringendem Blick an.

»Was wollen Sie wissen?«, fragte Marburg tonlos.

»Ich will wissen, warum Er dem französischen Kaufmann aufgelauert hat«, erwiderte Fabian scharf. »War es wegen dieser Frau, die mit Ihm reiste? Oder ging es Ihm nur um die Beute?«

»Beute?«

»Stell Er sich nicht dümmer, als Er ist! Die Geldbörse natürlich! Wir haben sie in Seiner Tasche gefunden.« Der Korporal grinste überlegen. »Ein Hinweis von Herrn Guérin. Nach seiner Aussage fehlen nur ein paar Thaler.«

Sie hatten sein Gepäck durchsucht und das Geld gefunden, das der Bankier ihm ausgezahlt hatte! Marburg musste sich beherrschen, dem Korporal nicht an den Hals zu gehen. Es war *sein* Geld! Das letzte bisschen als Pfand für eine Ladung, deren Eintreffen noch in den Sternen stand, die aber alles war, was ihm günstigstenfalls noch von der »Friederike« bliebe. Dann überlegte er. »Ein Franzose mit Oldenburgischen Courantmark in der Tasche?«, fragte er skeptisch. Denn eben das passte nicht zusammen. »Kommt das nicht sogar Ihnen seltsam vor?«

Doch Fabian ließ sich nicht beirren. »Er gibt es also zu?«

»Ich gebe gar nichts zu. Es ist *mein* Geld! Ich habe es am Freitag vom Bankier Fortmann erhalten!«

»Das werte ich als Geständnis.«

»Das war nicht im Mindesten ein Geständnis!«, rief Marburg aus. Was zu viel war, war zu viel! Hilflos und verzweifelt sprang er auf und machte einen Satz auf den Korporal zu. Im nächsten Augenblick spürte er einen stechenden Schmerz in seinem Kopf und ging zu Boden. Als er die Augen wieder öffnete, sah er Fabians Stiefel direkt vor seiner Nase. »Mit Seiner Sturheit kommt Er nicht weit«, sagte Fabian herablassend. »Aber einerlei. Morgen wird das Dekret des Landgerichts zu Neuenburg vorliegen. Dann wird Er nach allen Regeln der Constitutio Criminalis verhört und gerichtet werden. Er – und Seine kleine Komplizin.« Fabian holte zu einem Tritt aus, der Marburg am Kopf getroffen hätte. Doch er überlegte es sich anders, lachte kurz auf und verließ das Arrestzimmer.

Marburg fluchte, als die Tür zuschlug. Er rieb seinen schmerzenden Kopf, stand stöhnend auf und legte sich sogleich wieder auf die Pritsche. Fabians Schlag mit dem Stock hatte ihm Schwindel verursacht. Und Übelkeit, denn er sah sich bereits im Armenhaus. Sofern er das Gerichtsverfahren überhaupt überstand. Denn was ihn dabei erwartete, war tatsächlich weitaus schlimmer als das Armenhaus …

Immerhin schien Fabian Klara nicht Guérin ausliefern zu wollen.

Warum war er nur dem Amtsdoktor und diesem verdammten Fräulein Duplay hinterhergefahren? Er fluchte und dachte darüber nach, was hätte geschehen können, wenn er es nicht getan hätte. Die »Friederike« kam ihm in den Sinn. Das Schiff hätte er suchen sollen, nicht die verwünschte Reisebekanntschaft seiner Eltern! Das Schiff hätte seine Zukunft sein können, die Brigg mit ihren turmhohen Masten, großen Segeln und vollen Laderäumen. Er sah sich über das Deck laufen, als Kind, auf Besuch mit seiner Mutter in irgendeinem Hafen. Emden? Cuxhaven? Daran erinnerte er sich nicht mehr. Hamburg hatte sein Vater nur sehr selten anlaufen lassen und Bremen gar nicht, die »Friederike« kam kaum die Unterweser hinauf, die seit Jahren immer mehr versandete.

Damals hatte er geträumt von fernen Häfen und Inseln, auf denen Piraten Schätze horteten, von Kaffeeplantagen und wertvollen Frachten, von Navigation und Rekordfahrten hoch am Wind. Doch mitgefahren war er nie. Sein Vater hatte nie gewollt, dass er zur See fuhr. Er sollte eine kaufmännische Ausbildung machen. »Kapitäne gibt es wie Sand am Meer«, hatte er stets gesagt. Einen Nachfolger für das Geschäft hingegen nicht. Marburg hatte sich gefügt. Er kam ganz nach seinem Vater, das Kaufmännische lag ihm durchaus im Blut. Nicht zuletzt deshalb hatte er die Akademie des Johann Georg Büsch mit recht gutem Erfolg abgeschlossen. Doch das Fernweh war geblieben.

So wütete Verzweifelung
Ihr in Gehirn und Adern.
Sie fuhr mit Gottes Fürsehung
Vermessen fort zu hadern;
Zerschlug den Busen, und zerrang
Die Hand, bis Sonnenuntergang,
Bis auf am Himmelsbogen
Die goldnen Sterne zogen.

Gottfried August Bürger, Lenore, 1773

9. Kapitel

Mittwoch, 26. Juni 1799, Westerstede

Jemand schüttelte ihn sanft an der Schulter. Es dauerte ein paar Sekunden, bis Marburg realisierte, wo er war. Er kniff die Augen wieder zu, denn eine Laterne blendete ihn in der Dunkelheit der Arrestzelle. Ein Mann beugte sich zu ihm herunter, er hielt die Laterne in der einen und seinen rechten, ehemals weißen Stulpenhandschuh in der anderen Hand. »Marburg«, sagte eine bekannte Stimme. »Steht auf, rasch!«

Als er erkannte, dass es Lürssen war, der ihn geweckt hatte und nun die Laterne auf den Tisch stellte, fuhr Marburg auf. Hinter dem Oldenburger stand der Westersteder Dragoner mit dem imposanten Oberlippenbart im matt erleuchteten Korridor.

»Was ist?«, fragte Marburg ängstlich und verschlafen. War Lürssen mit dem Hinrichtungsbefehl gekommen?

Doch der Dragoner schüttelte nur in gespielter Enttäuschung den Kopf. »Ist das eine Begrüßung für jemanden, der Euch zum zweiten Mal den Hals rettet?«

»Den Hals rettet?«, wiederholte Marburg wenig beruhigt. »Wie könnt Ihr das?«

Lürssen hielt einen Brief in die Höhe. »Ein Schreiben des Herzogs – verzeiht: des Regierungsadministrators. Er sorgt sich um Euch«. Marburg erkannte ein süffisantes Grinsen auf Lürssens Gesicht. Es dauerte einen Augenblick, dann hatte ihn die Wirklichkeit endgültig zurück. Der Fürstbischof sorgte sich um ihn? »Wie auch immer«, murmelte Marburg, »er hat allen Grund dazu.«

Lürssen sah sich um und wies, als er erkannte, dass Marburg kein Gepäck bei sich hatte, mit dem Kopf Richtung Tür. »Wir sollten uns beeilen.«

»Wie spät ist es?«

»Es dämmert bald.«

»Seid Ihr in der Nacht geritten?«, fragte Marburg ein wenig verwirrt.

»Gelaufen bin ich nicht«, erwiderte Lürssen ungeduldig. »Und nun eilt Euch, bevor Korporal Fabian zurückkommt. Er weiß nichts von der Anweisung seiner Exzellenz.«

Marburg folgte dem Dragoner aus der Arrestkammer und wandte sich zur nächsten Tür, wo er Klaras Zelle vermutete.

»Hier entlang, Freiherr«, zischte Lürssen.

»Nicht ohne das Fräulein Duplay!«

Lürssen seufzte. »Der Freibrief des Regierungsadministrators gilt nicht für sie«, sagte er, und als Marburg keine Anstalten machte, ihm zu folgen, fügte er hinzu: »Sie ist hier sicher fürs Erste. Zweifellos wird seine Durchlaucht alles Erdenkliche in die Wege leiten, um ihr zu helfen.« *Jedenfalls*, dachte er, *wenn wir ihn von der Unschuld der Mademoiselle überzeugen können.*

Marburg setzte zu einer Erwiderung an, doch dann schüttelte er nur den Kopf und klopfte gegen die Tür. Er würde nicht gehen, ohne mit Klara gesprochen zu haben. Die Klinke ließ sich herunterdrücken, und er trat ein. Die Kammer aber war leer. »Wo ist sie?«, rief er zu dem zweiten Dragoner gewandt. Der wechselte einen Blick mit Lürssen und trat, als dieser nickte, auf eine Tür am Ende des Korridors zu.

»Gebt acht auf den Jungen, Meiners«, sagte Lürssen und wandte sich zum Gehen. »Ich spanne derweil die Kutsche an.«

Der angesprochene Dragoner nickte mit einem vielsagenden Grinsen und öffnete die Tür zu Klaras Zelle, wobei er es unterließ anzuklopfen. »Sie ist hier …«

»Fräulein Duplay!«, rief Marburg leise in die dunkle Kammer. Zögernd trat er näher. Erst als Meiners ihm einen Kerzenleuchter reichte, erkannte er Klara, die, eine Wolldecke bis zum Hals hochgezogen, sich auf ihrer Pritsche aufgerichtet hatte. Er trat näher und setzte sich zu ihr. »Wie ist es Ihnen ergangen?«

Sie lächelte ihn an, scheinbar amüsiert über seine Besorgnis. »Nicht anders als Ihnen, Johannes«, erwiderte sie. »Ich bin noch immer hier. Bringt man Sie fort?«

Er schüttelte den Kopf. »Ich reise nach Oldenburg, um beim Regenten vorstellig zu werden.« Vermutlich war es vielmehr eine Verlegung, denn ein Freibrief war kein Freispruch. Aber in Oldenburg und außer Reichweite Guérins konnte er vielleicht genau diesen Freispruch für sie beide erwirken.

Klara wurde blass und sah ihn im flackernden Licht der Kerze ängstlich an. »Sie wollen mich allein lassen?«

»Sie sind hier sicher«, wiederholte Marburg Lürssens Worte und hoffte, dass es stimmte.

Klara nickte, doch ihr Blick blieb skeptisch und ängstlich. »Wann werden Sie zurückkehren?«

»Sobald ich kann«, entgegnete er. Angesichts des Dragoners, der noch immer im Flur vor der Kammer stand, war ihre ganze Unterhaltung im Flüsterton verlaufen. »Es wird gewiss nicht mehr als zwei Tage dauern, bis ich Sie wiedersehe, Klara.« Erst jetzt wurde ihm bewusst, dass zwei Tage völlig ausreichten, damit Guérin die gerichtliche Verfügung über Klara bekam. Im schlimmsten Fall war er mit ihr längst auf dem Weg nach Frankreich, bis Marburg wieder hier war. Er warf einen Blick zu Meiners, der mit unbeweglicher Miene vor der Tür stand. »Ich muss gehen«, sagte er mit fester Stimme. »Nur der Regierungsadministrator kann uns qua seiner Amtsgewalt helfen. Wenn ich bleibe, bin ich dem Amtsgericht in Neuenburg ausgeliefert.«

»Aber Sie haben doch nichts getan!« Klaras Stimme war nicht mehr so selbstsicher, wie er es von ihr gewohnt war.

»Das weiß ich nicht«, räumte er leise ein. »Ich habe einen der Männer mit dem Degen niedergestreckt. Wenn er verblutet ist oder an Wundbrand stirbt, bin ich schuldig wie Sie.«

»Aber darum geht es doch hier nicht! Und es war Notwehr …«

»Das war es bei uns beiden, bei meiner Ehre. Doch solange Guérin etwas anderes bezeugt, werden wir unsere Unschuld beweisen müssen.«

Klara öffnete den Mund, um etwas zu sagen. Doch sie vermochte es nicht. Johannes hatte recht. Peter I., der Regent des Großherzogtums, war offenbar ihre einzige Hoffnung. Und somit war Johannes *ihre* einzige Hoffnung. Wenn nur Guérin sie nicht zuvor in seine Gewalt bekam!

Marburg beugte sich vor, langsam und ohne eigentliche Absicht, angezogen von Klaras Augen, die ihn ungewohnt furchtsam ansahen, und vom sanften Schwung ihrer Lippen, er küsste sie, vorsichtig und zögernd zunächst, dann, als sie nicht zurückwich, mit fester werdendem Druck. »Ich werde zurückkommen«, sagte er, nachdem er sich überrascht wieder von ihr gelöst hatte, sanft nach ihrer Hand greifend. »Sie werden uns glauben müssen, dass es Notwehr war. Und dann werde ich Sie holen. Verzagen Sie nicht.«

Klara schüttelte den Kopf. »Das werde ich nicht«, erwiderte sie.

Ein wenig widerwillig ließ er Klaras Hand los, stand auf und wandte sich zur Tür.

Bevor der Dragoner die Kammer wieder verschloss, warf Marburg Klara noch einen letzten Blick zu. Sie wirkte schrecklich verloren in der einsamen Dunkelheit ihrer Zelle. Dann führte Meiners ihn in den Hof, wo die Kutsche nahezu abfahrbereit stand. »Aber das ist doch Guérins«, entfuhr es

Marburg. Er hatte vermutet, dass der Franzose das Gespann wieder an sich genommen hatte.

Lürssen rückte den rechten Kammdeckel zurecht und zog noch einmal am Schweifriemen. Alles lag zu seiner Zufriedenheit, als er zum Haus hinübersah und Marburg musterte. »Natürlich ist sie das«, brummte er. »Der Franzmann kann sie in Oldenburg abholen, wenn er die Johanne zurückbringt.«

»Ihr wisst, dass er sie gestohlen hat?«, fragte Marburg überrascht.

»Ich kann eins und eins zusammenzählen«, meinte Lürssen. »Ich wusste, dass unser erlauchter Fürstbischof Euch die Johanne mitgegeben hat. Da Ihr mit der Kutsche aufgegriffen wurdet, musste etwas mit Johanne geschehen sein.« Er kletterte auf den Kutschbock und machte eine auffordernde Handbewegung. Der junge Marburg würde schon nicht fliehen, da war er sich sicher. »Aber tatsächlich gebührt Kamerad Meiners das Lob«, erklärte er, als sein »Gefangener« ebenfalls auf den Kutschbock stieg. »Er hat Guérins Pferd am Zaumzeug und am Brandzeichen erkannt.« Lürssen beugte sich vor und befestigte eine Kutschenlampe an der dafür vorgesehenen Halterung neben dem Fußraum. Mit den Worten »Dann wollen wir mal« ließ er die Peitsche einmal in der Luft knallen, und die beiden Pferde setzten sich in Bewegung. Im Vorbeifahren grüßte er Meiners zum Abschied, dann lenkte er die Kutsche auf die Straße, und das Rumpeln der Räder, das Schlagen der Hufe auf dem Kopfsteinpflaster und das Ächzen des Chassis erfüllte die klamme Morgenluft.

Marburg zog die Bockdecke höher, um sich vor der kühlen Morgenluft zu schützen, und versank in Gedanken. Welcher Teufel hatte ihn geritten, Klara zu küssen? Dass er sich in die junge Frau verliebt hatte, war ihm schon in der vergangenen Nacht endgültig bewusst geworden, als sie in der Enge der Galerie unter einer Decke geschlafen hatten. Klara hatte seine Nähe gesucht, unschicklich, aber angesichts der Situation nicht unverständlich. Jetzt aber war er einen Schritt weitergegangen, ohne nachzudenken, ohne die Konsequenzen zu ermessen. Und Klara hatte seinen Kuss erwidert. Aus Berechnung? Einsamkeit? Oder Zuneigung? Die Französin verwirrte ihn. Er kannte sie kaum und musste doch schon beständig an sie denken. Unwillkürlich fuhr seine Hand zur Jackentasche, dorthin, wo er Jettes Scherenschnitt verwahrt hatte. Und ebenso unwillkürlich zuckte seine Hand zurück, als sie das kleine Bild erfühlte.

»Habt Ihr Guérin die Kutsche gestohlen?«, unterbrach der Dragoner Marburgs Gedanken. Sie hatten die St.-Petri-Kirche mit ihrem markanten Turm hinter sich gelassen und fuhren bereits aus Westerstede hinaus.

Marburg sah ihn überrascht an. Dann zuckte er mit den Schultern. »Wie man's nimmt«, sagte er schließlich. »Guérin ist aus der Herberge geflohen und hat Johanne mitgenommen. Was sollten wir also tun? Wir haben uns an seiner Kutsche schadlos gehalten. Für Fräulein Duplay war es ohnehin besser so.«

Lürssen warf ihm einen fragenden Blick zu. »Der Hund ist nicht das, was er zu sein vorgibt, oder?«

»Nein. Zumindest ist er kein Kaufmann.« Marburg zögerte einen Augenblick, dann begann er zu erzählen, wer Guérin wirklich war, was geschehen war auf seiner Suche nach der Reisebekanntschaft seiner Eltern, wie er nach Emden gelangt und was Klara zugestoßen war. Dass sie die Hüterin eines Teils der königlichen Juwelen und des Geldes der Gräfin du Barry war, verschwieg er geflissentlich.

»Eine plausible Geschichte«, brummte Lürssen, der sich wieder eine Pfeife angezündet hatte. *Wir hätten das französische Fräulein mitnehmen sollen*, dachte er, sagte aber nichts. Sein Auftrag war einmal mehr, den jungen Freiherrn zum

Fürstbischof und Regenten zu bringen, sonst nichts. Die Verwicklungen mit den Franzosen gingen ihn nichts an. Und Meiners hätte seine Gefangene ohnehin nicht gehen lassen.

In Oldenburg angelangt, wurde Marburg von Lürssen zum Kriminalamt gebracht und in eine der für Delinquenten vorgesehenen Zellen eingeschlossen. Marburg ließ es geschehen, in der Hoffnung, sich alsbald beim Fürsten einfinden zu dürfen. Er zog seine Uhr hervor und stellte fest, dass es auf Mittag ging. Die Beisetzung, dachte er und vergrub das Gesicht in den Händen. Alles vertan, alles zu spät … Dann wieder sah er zum Fenster hinaus in den Himmel. Konnten ihn die beiden von dort aus sehen? Vater? Mutter? Würden sie ihm nachsehen, dass er nicht rechtzeitig zurückgekommen war? Eine plötzliche Ruhe überkam ihn, nun, da ohnehin keine Hoffnung mehr bestand, es zur Beerdigung zu schaffen. Die unterschwellige Angst vor dem Gerichtsbeschluss blieb, auch wenn Marburg sich nicht im Geringsten schuldig fühlte. Alles, was er getan hatte, war zur Selbstverteidigung geschehen. *Er* war überfallen worden. Und allein dank seiner Erfahrungen in Ottersberg war er vorbereitet gewesen. Selbst das, was er noch tun musste, nämlich Guérin unschädlich zu machen, war im Hinblick auf Klaras Leid unter ethischen Gesichtspunkten nicht als Verbrechen anzusehen. Außerdem, so dachte er grimmig, will ich mein Geld zurück!

Pünktlich um dreizehn Uhr bekam er einen Becher Bier und eine Schale Gemüsesuppe. Kein Vergleich mit Mamsell Robergs Eintöpfen, dachte Marburg, doch er war hungrig genug, um alles umgehend hinunterzuschlingen. Als er den Becher geleert hatte, erhob er sich wieder und lief unruhig in der kleinen Zelle auf und ab. Schließlich stellte er sich vor das Fenster und sah hinaus. Da es in einiger Höhe eingelassen war, konnte er nur den Himmel sehen. Erneut dachte er an

Klara, und sein Verlangen, sie wiederzusehen wuchs einmal mehr. Ebenso wie sein schlechtes Gewissen, denn auch Jettes hübsches Antlitz ließ ihn nicht los. Er fühlte nach dem Scherenschnitt in seiner Tasche, wollte ihn herausziehen – und ertastete etwas anderes, dickeres: die Brieftasche des Mannes, den Klara so unvermittelt im »Postillion« erschossen und die er an sich genommen hatte. Hastig zog er sie hervor und schlug das Lederetui auf. Die Papiere wiesen den Mann als Pierre Moreau aus, Sous-Lieutenant der Pariser Polizeipräfektur. Der Mann war ein Jakobinischer Häscher! Daneben fand Marburg einige Assignate über vierhundert und fünfhundert französische Livres – wenn er sich nicht irrte, war dieses Papiergeld mittlerweile völlig wertlos geworden – sowie einen Brief, in dem, wenn ihn seine durchaus passablen Französischkenntnisse nicht im Stich ließen, der Auftrag erteilt wurde, eine Mademoiselle Claire Marie Duplay, ehemalige Kammerjungfer der am 8. Dezember 1793 in Paris hingerichteten Marie Jeanne Bécu, Comtesse du Barry, zu ergreifen und nach Paris zu bringen. Besagter Kammerjungfer mit dem Titel einer »Dame« wurde die Unterstützung der Konterrevolution vorgeworfen, royalistische Umtriebe sowie die Hinterziehung öffentlichen Eigentums nicht näher definierten Umfangs. Öffentlicher Ankläger war Antoine Quentin Fouquier-Tinville, der selbst im fernen Hamburg als blutrünstigster öffentlicher Ankläger des Revolutionstribunals bekannt war. Wenigstens wurde in dem Schreiben nicht näher auf das Gold eingegangen, dachte Marburg erleichtert.

Schließlich enthielt das Etui noch ein Geleitschreiben, ausgestellt von der Verwaltung des Départements »Seine Inférieur« auf einen gewissen Jean-Luc Aubert, Moreau selbst und Guérin, Letzterer im Range eines Colonels des »Bureau Secret«. Eine illustre Truppe, wie Marburg fand. Diese Papiere würde Guérin um jeden Preis zurückhaben wollen, dachte er. Denn ohne sie war er mehr als angreifbar, identifizierten sie ihn doch als französischen Geheimdienstmitarbeiter, womit seine Hennegauer Tarnung hinfällig war. Dass er ihnen die Mappe in Westerstede nicht bereits abgenommen hatte, konnte nur dem Umstand zu verdanken sein, dass er sie bei Klara vermutete und in Gegenwart der Dragoner nicht danach suchen konnte, ohne kompromittiert zu werden. Und so viel war klar: Wenn er die Papiere bei Klara nicht fand, dann konnten sie nur bei der Person sein, die mit ihr gereist war …

Marburg ließ das Etui auf den Tisch fallen und setzte sich wieder auf den Stuhl. Alles, was Klara gesagt hatte, stimmte also. Seine Zweifel waren unberechtigt gewesen. Jetzt, da alles sinnlos war, erschien es ihm wie pure Gehässigkeit des Schicksals, dass Klara eine »Dame« war, also als Freifrau gesellschaftlich auf einer Stufe mit ihm stand. Sein Vater hätte vermutlich ohne langes Zögern seinen Segen zu einer Liaison gegeben. Mit Jette hingegen hätte er durchbrennen müssen. Sie wäre in Oldenburgischen Kaufmannskreisen kaum angenommen worden. Er lachte traurig auf. Welchen Unterschied hätte das gemacht? Mit Jette würde es nichts werden, weil er sie nicht ernähren konnte, und mit Klara nicht, weil er als bettelarmer Kaufmannssohn nun selbst auf der schwächeren Seite des gesellschaftlichen Grabens stand. Wenn Guérin sie nicht ohnehin in ihre Hände bekam. Denn dann war sie so gut wie verloren.

Plötzlich überkamen ihn Zweifel, ob Klara im Westersteder Quartierstand wirklich so sicher war, wie Lürssen vorgab. Der Gedanke wurde unerträglich. Marburg überlegte fieberhaft, ob das vorliegende Dokument sie nicht sogar vor Oldenburgischen Gerichten entlasten würde. Schließlich war alles, was ihr vorgeworfen wurde, »Jakobinischer Unsinn«. Was sie in Emden getan hatte, könnte ihr bei guter Rechtsprechung schlicht als Notwehr ausgelegt werden.

Bevor er zu einem Schluss kam, wurde endlich die Tür geöffnet. Ein Mann in herzoglicher Uniform trat ein und forderte ihn auf mitzukommen.

Wenig später stand er in Geheimrat von Tappenbecks Büro, einem dunkel möblierten Raum mit Blick auf die Oldenburger Lambertikirche, die seit einigen Jahren im jetzt so verbreiteten klassizistischen Stil umgebaut wurde. Wenigstens konnte eine der Kapellen für Gottesdienste genutzt werden.

»Von Marburg!«, rief der Polizeivorsteher ohne jegliche Begrüßung. Er sah kurz auf. »Ist Ihm bewusst, dass Er nur und ausschließlich Ärger verursacht?« Von Tappenbeck saß an seinem großen Schreibtisch hinter Stapeln von Papier.

»Halten zu Gnaden, Herr Geheimrat«, setzte Marburg zu einer Rechtfertigung an. Der Polizeivorsteher sah erneut auf, und allein sein Blick ließ Marburg innehalten. »Ich erbitte Eure Verzeihung, Herr Geheimrat.«

»Er erbittet meine Verzeihung?«, brauste von Tappenbeck auf. »Er macht sich ja lächerlich! Unser allergnädigster Regierungsadministrator hat Ihm große Gnade erwiesen, und, ja, er hatte große Hoffnungen in Ihn gesetzt. Sehr große. Zu große, wie mir scheint. Das ist nun alles hinfällig. Und warum? Weil er sich mit einer Französin einlässt und seinen Nebenbuhler erschießt!«

Das war eine völlig neue Version der Ereignisse, aber nichtsdestoweniger dazu geeignet, ihn an den Galgen zu bringen. »Mit allergrößtem Respekt, Herr Geheimrat«, begann Marburg erneut, diesmal schockiert über die Anschuldigungen, die offenbar mittlerweile gegen ihn erwachsen waren.

»Mit allergrößtem Respekt!«, fuhr ihn der Polizeivorsteher an. »Den erbitte ich mir auch!« Er stand auf, die Arme hinter den Rücken haltend, und ging zum Fenster. Auch in seinem Büro trug er eine Jacke, einen Rock mit langen Schößen und dunkel abgesetztem Revers; darunter kamen hohe weiße Hemdkragen zum Vorschein, ein Halstuch und eine graue Weste. Die dunkelgraue Hose war mit messerscharfen Plättfalten versehen. Sein Haarkranz war groß, die Augenbrauen buschig, und die Koteletten wuchsen sich zu einem imposanten Backenbart aus. »Setz' Er sich«, sagte er schließlich in ruhigerem Ton. Marburg tat, wie ihm geheißen.

»Ich habe Ihn nicht hergeholt, damit Er sich entschuldigt. Das kann Er später noch tun, wenn Er vor den Regierungsadministrator tritt. Ich will von Ihm einen präzisen Bericht erhalten über das, was sich seit Seiner Abreise ereignet hat und wie Er in diese ... diese ›mauvaise affaire‹ geraten ist.«

In diese »üble Angelegenheit« *bin ich geraten, weil ich im Namen des Fürstbischofs dem Mord an meinen Eltern auf den Grund zu gehen gedachte*, wollte Marburg entgegnen, doch er schwieg nun lieber. Nicht zuletzt, weil ihm der Gedanke an seine Eltern, deren Beisetzung er nunmehr endgültig verpasst hatte, einen tiefen Stich ins Herz gab.

»Lürssen hat mir Bericht erstattet«, fuhr von Tappenbeck fort, bevor Marburg zu einer Erklärung ansetzen konnte. »Er spricht sehr wohlwollend von Ihm. Andernfalls, *mein lieber Freiherr*«, fuhr er wieder aufbrausend fort, »würde Er jetzt in einem unserer tiefsten Löcher dieses Hauses hocken. Ich hoffe, das ist Ihm klar!«

Marburg nickte ergeben.

»Die Lage ist prekär, von Marburg, ich hoffe, auch dessen ist Er sich bewusst.«

»Das bin ich, Herr Geheimrat«, erwiderte Marburg kleinlaut, nicht nur, weil er wieder in der dritten Person angeredet wurde, was er als kein gutes Zeichen wertete. »Aber mit Verlaub, die Sache liegt anders, als Euch zugetragen wurde.«

Sollte von Tappenbeck diesen Einwand bemerkt haben, so ging er jedenfalls nicht darauf ein. »Von den bilateralen Beziehungen«, fuhr er fort und strich über seine Koteletten, wie er es gerne tat, wenn er nachdenken musste, »von den bilateralen Beziehungen einmal ganz zu schweigen! Der Hennegau gehört zu Frankreich, und Frankreich ist groß. Es ist mächtig. Von Oldenburg kann man das in dieser Korrelation nicht behaupten. Da nützt uns auch das russische Freiwilligenkorps nichts, das der Schwager unseres Regierungsadministrators, Zar Paul I. von Russland – Gott schütze ihn –, entsandt hat, und das mittlerweile auf dem Weg durch Friesland ist. Durch Ostfriesland«, korrigierte er sich, denn Friesland war nunmehr ebenfalls französisches Einflussgebiet. »Noch ist Oldenburg neutral. Das muss es sein, und deshalb können wir nicht so tun, als wäre nichts geschehen. Wir müssen uns den französischen Wünschen beugen. Selbst wenn es die Brüder bisweilen übertreiben.« Er räusperte sich und hakte die Daumen in den Taschen seiner Weste ein. »Es liegt eine Anklage gegen Ihn vor. Vorgebracht von dem allerehrenwertesten Kaufmann Christophe Guérin, seines Zeichens Hoflieferant und Intimus des Gouverneurs der Provinz Hennegau. Wenn Guérin erfährt, dass Er hier ist – und vor allem wenn dies im Hennegauischen publik wird – dann sind die Verwicklungen nicht mehr allein kriminalistischer Art!« Von Tappenbeck schnaubte und wandte sich wieder dem Fenster zu.

»Mit allergrößtem Respekt«, hob Marburg, die entstandene Pause nutzend, zum dritten Mal an. »Guérin kommt nicht aus dem Hennegau. Er ist Franzose.«

»Das ist einerlei«, erwiderte von Tappenbeck. »Er möge mich korrigieren, in dem unwahrscheinlichen Fall, dass ich mich irren sollte, aber das Hennegau wurde im Oktober 1795 Frankreich angeschlossen.«

»Gewiss, aber …«

»Und 1797 trat Österreich im Frieden von Campo Formio auch formal seine niederländischen Besitzungen – und damit das Hennegau – an Frankreich ab.«

»Was ich sagen wollte …«

Der Polizeivorsteher wandte sich ruckartig um und sah Marburg ungehalten an. Er hasste Widerspruch, erst recht von Delinquenten. Bevor er jedoch etwas sagen konnte, zog Marburg das Etui mit den Papieren aus seiner Innentasche hervor und schob sie über den Schreibtisch. »Colonel Guérin ist kein Kaufmann«, fügte er hastig hinzu.

Von Tappenbeck hob die Augenbrauen. »Was ist das?«

»Ein Auftrags- und Geleitschreiben des Revolutionsregimes«, erklärte Marburg. »Soweit ich es verstehe, wird darin bestätigt, dass Guérin der französischen Geheimpolizei angehört und Mademoiselle Duplay inhaftieren soll, weil sie die Kammerzofe einer Comtesse war. Einer Comtesse des Ancien Régime«, fügte er hinzu.

»Die Kammerzofe einer Comtesse?«, fragte von Tappenbeck überrascht und mit einem Rest Skeptizismus. »Darf man fragen, welcher?«

»Wenn ich richtig unterrichtet bin …«

»Er hat Zweifel?«

Marburg schüttelte den Kopf. Nein, er glaubte Klara, und das Schreiben bestätigte das: »Mademoiselle Duplay – *Dame* Duplay – war die Kammerzofe der Comtesse du Barry.«

Der Polizeivorsteher runzelte die Stirn. »Die du Barry wurde vor Jahren bereits hingerichtet. Ärgerliche Sache.«

»Ihre Kammerzofe zum Glück nicht.«

»Dann geht es um Geld?«

»Möglich.«

»Er sagte: *Colonel* Guérin?«

»Guérin ist Stabschef in Joseph Fouchés Geheimpolizei.«

»Sagt wer?«

»Mademoiselle Duplay, Herr Geheimrat. Und diese Papiere bestätigen das.«

Von Tappenbeck schürzte die Lippen und dachte nach.

Dann griff er nach dem Etui und setzte sich hin. Eine lange Stille trat ein, in der der Polizeivorsteher die Papiere eines nach dem anderen betrachtete. »Fouquier de Tinville wurde bereits vor vier Jahren hingerichtet«, sagte er, ohne aufzusehen. »Die Revolution frisst ihre Kinder.« Ein kurzes, zufriedenes Grinsen huschte über sein Gesicht. »Aber nun gut, das macht die Dokumente nicht unglaubwürdiger.« Schließlich schob er die Papiere zusammen und lehnte sich in seinem Sessel zurück. »Na, dann erzähl' Er mal, was Ihm in den letzten Tagen widerfahren ist. Wir werden sehen, ob es Hand und Fuß hat oder ob Er direkt wieder zurück ins Loch geht.«

Seiner Ungeduld zum Trotz – denn von Minute zu Minute wuchs seine Gewissheit, dass Klara in unmittelbarer Gefahr durch Guérin war – begann Marburg zu erzählen, von seinem Besuch bei dem Neuharlingersyhler Amtshauptmann Gorissen, seiner Suche nach Klara in Emden und den Zwischenfällen im »Postillion« vor den Toren der Stadt, wobei er Klaras Schuss auf Aubert als reine Selbstverteidigung und Handlung im Affekt darstellte. Auch die anschließende Flucht ins Herzogtum erwähnte er, bis zu ihrer Inhaftierung in Westerstede.

Von Tappenbeck nickte verstehend und erhob sich, nachdem Marburg geendet hatte. »Das Geld, das Guérin als Reisekasse seines Compagnons deklariert hat, ist also Ihres?« Er ging wieder hinüber zum Fenster.

Dass der Geheimrat in die direkte Anrede verfiel, wertete Marburg als gutes Zeichen. Er schien ihm also zu glauben, und mehr noch als das, er schien der Ansicht zu sein, dass Marburg recht gehandelt hatte. »Ja«, sagte er, »Bankier Fortmann kann das bestätigen.«

»Verstehe ich Sie richtig, dass Sie die drei Franzosen mit den Morden im Haus Ihrer Eltern in Verbindung bringen?«

Marburg überlegte einen Augenblick. Er wollte keinesfalls als voreilig oder hitzig gelten, obgleich es für ihn außer Frage stand. »Sie waren an besagtem Abend in Oldenburg, Herr Geheimrat. Alle drei. Mehr kann ich zurzeit noch nicht sagen.«

»Soso, mehr können Sie zurzeit noch nicht sagen ...« Von Tappenbeck schmunzelte über diesen Ausdruck, den er schon in so manchem Kriminalfall gebraucht hatte. Er beugte sich vor und griff nach einer kleinen Glocke, die auf seinem Schreibtisch lag. »Wenn alles stimmt, was Sie sagen, dann ist keine Zeit zu verlieren«, stellte er sachlich fest und läutete einmal kurz. Keine fünf Herzschläge später trat Lürssen ein und salutierte steif, begleitet von einem Klacken seiner Stiefelabsätze.

»Schon gut, Lürssen.« Die Stimme des Polizeivorstehers klang ungewohnt väterlich. »Nehmen Sie diesen jungen Mann unter Ihre Fittiche und kehren Sie zurück zu unserem Westersteder Quartierstand. Überantworten Sie so schnell als möglich die dort unter Arrest stehende«, er warf einen Blick auf die Papiere, »Claire Marie Duplay unserem Hauptquartier. Wenn Sie unterwegs auf Korporal Fabian treffen, dann soll er in seiner übereifrigen Güte und unter Zuhilfenahme seiner Dragoner den vorgeblich Hennegauer Kaufmann Monsieur Guérin nach Oldenburg bitten.«

Lürssen grinste. »Er soll ihn verhaften«, übersetzte er.

»Sie wissen, dass er das nicht darf. Aber ich will die Johanne zurückhaben. Wo kommen wir da hin, wenn sich jeder nach eigenem Gutdünken an unseren Dragonerpferden schadlos hält!«

Lürssen pflichtete seinem Vorgesetzten bei.

»Und brechen Sie sofort auf«, fügte von Tappenbeck hinzu. »Unser junger Freund hat es eilig.«

Mit einem erneuten Zusammenknallen seiner Absätze grüßte Lürssen, setzte seinen Dreispitz auf und trat weg.

»Ich nehme an«, sagte Marburg vorsichtig, »Euer Ehren werden die Dokumente behalten?« Er wies auf das Ledernetui auf von Tappenbecks Schreibtisch.

Der Geheimrat nickte. »Der Regierungsadministrator wird sich ebenfalls sehr dafür interessieren.« Und geschäftsmäßig fuhr er fort: »Mein Secretarius wird Ihnen ein Schreiben für Fabian mitgeben.«

Marburg nickte langsam, mehr als zufrieden über den Verlauf des Gesprächs. Dann verbeugte er sich zum Gruß und wandte sich zum Gehen. Bevor er das Büro des Polizeivorstehers verließ, sah er sich noch einmal um. »Vielen Dank, Herr Geheimrat.«

Von Tappenbeck sah ihm mit schmalem Lächeln nach.

Lürssen und Marburg ritten auf zwei Pferden der herzoglichen Dragoner denselben Weg zurück, den sie am Morgen gekommen waren. Mittlerweile war es später Nachmittag geworden, und die Sonne brannte mit sommerlicher Kraft. Marburg hatte ein paar Knöpfe seines Rockes geöffnet, Lürssen aber trug seine Uniform der Vorschrift gemäß bis unter sein Kinn zugeknöpft. Eine Lockerung kam für den Dragoner nicht infrage.

Marburg dachte an das Gespräch mit dem Geheimrat. Ob er ihn ohne die Dokumente des Sous-Lieutenant Pierre Moreau, den Klara in ihrer Erniedrigung erschossen hatte, überzeugt hätte? Vermutlich nicht. So aber – und mit der Darstellung der Ereignisse aus seiner eigenen Sicht – schien er von Tappenbeck auf seine Seite gezogen zu haben. Wenn alles gut lief, würde er sogar sein Geld zurückbekommen! Ein Gefühl der Zufriedenheit und der Ungeduld durchflutete Marburg. Unwillkürlich presste er seinem Pferd, einem dunkelbraunen Hengst, die Stiefel in die Flanken, sodass Lürssen ihn mehrmals bremsen musste.

Sie passierten das Dorf Gristede und kurz darauf Gut Blexhaus bei Elmendorf, das als Poststation an der Landstraße nach Holland diente. Die Straße, nach Tagen guten Wetters fest, aber staubig, wurde hier wieder belebter, Kutschen, Reiter und zahlloses Fußvolk, mit oder ohne Handkarren, Bauersfrauen oder Tagelöhner zumeist, bevölkerten die Chaussee. Auch Reisende in bequemen und gleichwohl teuren Kleidern, die sich keine Kutsche leisten wollten, kamen ihnen entgegen. Eines Tages, dachte Marburg, würde man auch Landstraßen wie diese pflastern müssen. Welch ein Zugewinn an Komfort wäre das! Nur, wer sollte das finanzieren?

Die Schneise, die ausgetretenen Straßenränder, die angstvollen Blicke, die der Durchzug des russischen Hilfskorps hinterlassen hatte, waren immer wieder zu erkennen. In den vergangenen Jahren der Kriege, die die Koalition verschiedener Staaten gegen Frankreich geführt hatte, waren auch durchs Oldenburgische immer wieder Heere gezogen. Hannoveraner, Russen, Preußen. Es hatte Einquartierungen, Plünderungen oder Requirierungen und Abgaben in Form von Steuern, Getreide, Vieh oder Eisen gegeben. Die Erinnerung daran war noch frisch genug, um die Russen nicht zu bejubeln. Doch das Korps des Zaren, das vor wenigen Tagen durch das Herzogtum gezogen war, hatte sich weitgehend gesittet verhalten.

Sie erreichten Westerstede, Sankt Petri schlug die achtzehnte Stunde, und als die Straße ihnen den Blick auf das schmale Haus der Dragonerstation freigab, erkannten sie Korporal Fabian mit den sechs Reitern, die Marburg und Klara am Morgen zuvor inhaftiert hatten. Als Fabian Lürssen und den nunmehr freigelassenen Marburg erkannte, verharrte er voller Überraschung und starrte ihn mit großen Augen an. In der nächsten Sekunde trieb er mit nervösem Schenkeldruck sein Pferd auf sie zu. »Was ist hier los?«, rief ebenso laut wie ungehalten. Augenblicklich hatte er seinen Pallasch gezogen.

»Wir sollen Mademoiselle Duplay und Colonel Guérin nach Oldenburg eskortieren«, brummte Lürssen, ohne wirklich auf die Frage des Korporals einzugehen, was seine Sonderstellung innerhalb der Dragoner unterstrich. »Wo ist Guérin?«

Fabian zügelte sein Pferd. »Guérin?«, fragte er. Dann sah er seinen Kameraden skeptisch an: »Sagtet Ihr: *Colonel* Guérin?«

»Guérin ist Stabschef in Fouchés Geheimpolizei«, erwiderte Marburg. »Ich gehe davon aus, dass Ihr Joseph Fouché kennt?«

»Er redet nur, wenn Er angesprochen wird, Kerl!«, fuhr Fabian Marburg an.

»Guérin ist Stabschef in Fouchés Geheimpolizei«, wiederholte Lürssen mit süffisantem, aber ungeduldigem Grinsen. »Wo also hält er sich auf?«

»Er …« Fabian konnte seine Verwirrung nicht ganz überspielen. »Er ist abgereist«, sagte er so kühl es ihm möglich war. »Mit der Französin.«

»Was?«, rief Marburg aus. »Wie konntet Ihr das zulassen! Wann?«

Der Korporal warf ihm einen überraschten Blick zu. Unschlüssig, wie er im Beisein Lürssens mit einer derartigen Impertinenz seitens eines Gefangenen umgehen sollte, erwiderte er: »Der herzogliche Richter des Amtsgerichts zu Neuenburg hat seinem Antrag stattgegeben. Ich habe das Schreiben gesehen.«

Lürssen und Marburg sahen sich kurz an. »Seit wann sind sie fort?«, wollte der Dragoner wissen.

Fabian zog eine silberne Taschenuhr hervor. »Der Bote mit dem richterlichen Beschluss kam um drei Uhr heute Nachmittag, vielleicht halb vier. Unmittelbar danach sind sie aufgebrochen.«

»Wie?«, fragte Lürssen knapp.

»Der Franzose hat eine Droschke gemietet. Das schien ihm

wohl sicherer.« Der Korporal wirkte zusehends ungehaltener, da er nicht recht wusste, was vor sich ging. Immer wieder warf er einen unwilligen Blick auf Marburg.

»Geheimrat von Tappenbeck hat ihn begnadigt«, versuchte Lürssen eine kurze Erklärung, um seinen Kollegen zu beruhigen. Dann fiel ihm von Tappenbecks Order ein. Er zog sie aus seiner Rocktasche und überreichte sie dem Unteroffizier.

»Mit allergrößtem Respekt, aber …« Fabian zögerte kurz, während er die Anweisung, Guérin in Gewahrsam zu nehmen, las. »Obliegt dem von Tappenbeck das denn?«

»Wenn sich die Anschuldigungen des Franzosen als unbegründet erweisen, ja«. Lürssen machte eine Handbewegung, um den Korporal zur Freigabe der Straße zu bewegen. »Im Übrigen steht es uns nicht an, darüber zu urteilen. Also los, Fabian, kommt schon! Wir müssen Guérin aufhalten«, rief er seinem Kollegen zu.

Der setzte nun wieder eine selbstzufriedene Miene auf. »Verzeiht, lieber Lürssen. Aber ich habe nun andere Order.« Er faltete von Tappenbecks Schreiben wieder zusammen und steckte es in seinen Ärmelaufschlag. Wortlos wendete der Korporal sein Pferd und ritt zu den sechs Dragonern zurück, die er befehligte. Dort zögerte er einen Augenblick, während er noch einen Blick zurück auf Marburg warf. Dann aber beschloss er, in Lürssens Gegenwart nichts gegen seinen ehemaligen Gefangenen zu unternehmen, und gab Zeichen zum Aufbruch.

Als die sieben Reiter passiert waren, fluchte Lürssen. Doch was half es? Jenseits der Landesgrenzen besaßen sie ohnehin keine hoheitlichen Befugnisse, also konnten sie dem Franzosen auch zu zweit nachjagen. »Wenn Fabian glaubt, mit einer derartigen Insubordination durchzukommen«, murmelte er mit einem Blick zurück auf die Dragoner, »dann täuscht er sich!« Er spie aus, zog eine Straßenkarte aus dem Lederköcher an seinem Sattel und entrollte sie mit gekrauster Stirn. Er schien wenig zufrieden mit dem, was er sah. Marburg lenkte sein Pferd neben den Dragoner und erkannte ihr Dilemma: Es gab zwei mögliche Ziele und damit zwei verschiedene Routen, die der Franzose genommen haben konnte: nach Emden oder nach Leer. Doch Lürssen schüttelte den Kopf. »Er wird nicht noch einmal versuchen, sich in Emden einzuschiffen«, sagte er nachdenklich. »Er wird einen niederländischen Hafen wählen, um so schnell wie möglich aus unserem Einflussbereich zu gelangen.«

Die Bezeichnung stimmte zwar nicht ganz. Aber verglichen mit den französischen Niederlanden konnte man das zu Preußen gehörende Ostfriesland durchaus noch als »Einflussbereich« bezeichnen. Kein Ostfriese mochte die Franzmänner. Noch weniger als die Preußen.

Nach kurzem Abwägen musste Marburg ihm recht geben. Das Risiko, in Emden auf ein Schiff und anschließend auf ablaufend Wasser zum Auslaufen warten zu müssen, war gewiss groß. Viel wahrscheinlicher war es, dass Guérin Richtung Leer fuhr, und somit direkt auf Holland zu, das seit einigen Jahren als Batavische Republik unter französischem Einfluss stand.

Von Tappenbeck hatte beiden vorteilhafte Reisepapiere ausgestellt, um die Grenzübertritte möglichst reibungslos zu gestalten. Nach kurzem Halt im Quartierstand und flüchtigem Palaver mit dem Dragoner Meiners, einem konzilianteren Kameraden als dem steifen Fabian, ritten sie in zügigem Tempo weiter. Auch Meiners hatte nichts über Ziel oder Route des Franzosen zu sagen vermocht.

Lürssen hatte sich seiner Uniformjacke entledigt und ritt nun in zivilem Rock und schlichtem Dreispitz. In der Grafschaft Ostfriesland, so war seine Vermutung, würde ihm die Uniform eher schaden als helfen.

Dank ihrer Papiere passierten sie den friesischen Schlagbaum ohne besonderen Aufenthalt. Nach Marburgs Rechnung müssten sie Guérins Droschke kurz vor Leer eingeholt haben, da sie zu Pferd eine mehr als doppelt so hohe Reisegeschwindigkeit erreichen konnten. Lürssens unsicherer Blick verriet ihm, dass diese Kalkulation auf wackeligen Füßen stand. Immer wieder fragten sie auf dem Weg nach einer Droschke mit einem Mann und einer Frau, doch niemand wollte sich an eine derart gewöhnliche Reisegesellschaft erinnern.

Mit fortschreitender Zeit leerte sich die Chaussee, und nachdem sie Nortmoor durchquert hatten, eine kleine Ansammlung armseliger Gehöfte etwa eine Landmeile vor Leer, kamen ihnen nicht einmal mehr Feldarbeiter entgegen. Ebenso wenig war eine Kutsche auf der Straße zu sehen. Lürssen wurde unruhig. Zwar konnten sie davon ausgehen, dass Guérin *en route* bliebe, da er sich nicht auskannte, doch musste das nicht für den Kutscher der Droschke gelten.

Als in der Ferne die Türme der Stadt an der Leda sichtbar wurden und die Sonne nur noch ein grauvioletter Streifen am Horizont war, hatten sie Guérin und Klara noch immer nicht eingeholt. »Wir sind der falschen Spur gefolgt«, stellte Lürssen missmutig fest. »Aber wo zum Teufel ist er abgeblieben? Eine Kutsche kann schließlich nicht einfach vom Erdboden verschwinden.«

Marburg gab ihm recht. »Und ein Zweispänner kann nicht so schnell sein, dass wir ihn nicht schon hätten einholen müssen.«

Lürssen knurrte einen Fluch und ließ sein Pferd in Galopp verfallen. Ihre Suche schien aussichtslos angesichts der hereinbrechenden Dämmerung. Wenn dem aber so war, dann musste er von Marburg mangels Zeugen, die seine Aussage belegten, zum Fürstbischof zurückbringen.

Ein Ruf Marburgs hielt ihn davon ab, die weiteren Konsequenzen zu bedenken. Ein Mann kam ihnen auf einem Pferd entgegen. In der einsetzenden Dämmerung war er nicht gleich zu erkennen, dann aber stellte er sich als Friesischer Landdragoner heraus, in weißem Uniformrock mit hellblauen Schoß- und Ärmelaufschlägen – Mehlsäcke genannt, weil sie ganz genauso aussahen, wenn sie nicht gerade gewaschen und gestärkt waren. Sie zogen ihre Dreispitze zum Gruß, und der Ostfriese tat es ihnen gleich. Er schien es eilig zu haben, zügelte aber sein Pferd, als Lürssen ihn ansprach.

»Doch, een Kuuts heb ik woll sehn«, sagte er nach kurzem Nachdenken in breitestem Friesisch. Dann, im Bewusstsein, dass ihn vielleicht niemand verstand, bemühte er sich um höheres Deutsch: »Sie war besetzt mit zwei Männern und einer Frau. Aber die schlief.«

»Einer der Männer war der Kutscher«, meinte Lürssen, zufrieden, dass sie ihre Fährte wiedergefunden hatten.

»Nee, der saß doch vorne auf dem Bock. In der Kutsche selbst saßen zwei Männer und eine Madame.« Er nickte bestätigend und tupfte sich mit einem Tuch über die Stirn. »Da bin ich mir nun ganz sicher. Sie sind da runtergefahren …« Mit dem Dreispitz in der Rechten wies der Dragoner den Abzweig hinunter, der nach Süden führte. »Een halve Stünne mag dat woll her ween.«

»Vor einer halben Stunde?«, fragte Marburg hoffnungsvoll. Das ließ sich aufholen. »Wohin geht es dort?«

»Erst mal nach Papenburg«, erklärte der Ostfriese. »Aber so weit kommt Ihr heute bestimmt nicht mehr.« Er schwenkte ein weiteres Mal seinen Hut zum Gruß und trieb sein Pferd weiter.

»Wir haben sie!«, rief Marburg euphorisch. »Schnell, Lürssen! Hinterher!«

Doch der Dragoner schüttelte den Kopf. »Nein, dass es sich dabei um Guérin handelt, scheint mir viel zu unwahrscheinlich.« Er sah nachdenklich in Richtung der Stadt. Selbst die Masten der Schiffe im Hafen konnte man von hier aus sehen. »Wir werden weiterreiten, nach Leer hinein. Drei Männer und eine Frau!« Er lachte auf. Abgesehen vom Kutscher – wer sollte denn der dritte sein?

Marburg wollte Einwände erheben, aber konnte er einem erfahrenen Polizeidragoner Vorschriften machen? »Hört zu, Lürssen«, sagte er, während Ungeduld ihn drängte. »Ich bin überzeugt, der Landdragoner hat Guérins Kutsche gesehen. Wer sonst sollte es gewesen sein? Vielleicht ist einer seiner Männer wieder zu ihm gestoßen, vielleicht der, den ich verletzt habe. Ich werde nach Papenburg reiten und ihn zur Rede stellen!« *Notfalls auch allein*, dachte er. Damit zog er am Zügel seines Pferdes und ließ es im Galopp auf den Abzweig zulaufen, der vielleicht nur knapp hundert Ruthen weiter vom Weg abging.

»Bleibt hier!«, rief ihm Lürssen nach. »Von Marburg!« Doch Marburg hörte nicht auf ihn, er trieb sein Pferd die Chaussee hinunter und folgte dann dem beschriebenen Weg. Der Dragoner sah ihm entgeistert nach. Es hatte einfach keinen Zweck, dem Hirngespinst eines ostfriesischen Landdragoners nachzujagen, der es eilig hatte und bei rechtem Bedenken die Kutsche gar nicht gesehen haben konnte. »Narr!«, fluchte Lürssen. Dann trieb auch er sein Pferd an. In langsamem Trab folgte er der Chaussee, nicht den Abzweig entlang, sondern Richtung Stadt. Guérin konnte nur in Leer sein, das sagte ihm sein Menschenverstand. Und seine Erfahrung.

Marburg musste sich alsbald eingestehen, dass er das schnelle Reiten nicht gewohnt war. Noch bevor er die Leda, einen Nebenfluss der Ems, der Leer mit der Nordsee verband, erreichte, ließ er sein Pferd wieder in Trab verfallen. Der Rücken begann zu schmerzen und die Oberschenkel brannten. Weitaus schlimmer aber war, dass er in eine Falle gelaufen zu sein schien. Der Weg, der nach Süden in Richtung Papenburg führen sollte, machte am Fluss entlang eine Biegung und führte wieder dorthin zurück, von wo sie gekommen waren. Hatte der Mann – immerhin ein Landdragoner der Grafschaft Ostfriesland – sie absichtlich in die Irre geführt? So unglaublich das schien, so wahrscheinlich war es wohl.

Wäre das Land hier im Norden nicht so flach, er hätte vermutlich nicht das niedrige Haus gesehen, in dem bereits eine Kerze brannte, als eine Art Leuchtfeuer für Reisende. Es war ein Fährmann, der dort wohnte und nicht lang säumte, ihn anzusprechen, noch bevor die Straße Marburg zur Anlegestelle geführt hatte. Er hoffte auf einen letzten Fahrgast. »Habt Ihr eine Kutsche gesehen?«, fragte Marburg zurück. Bevor er sich endgültig auf eine falsche Spur begab, wollte er sich lieber erkundigen. Denn er war auf sich allein gestellt. Auch nach mehrmaligem Umschauen war Lürssen nirgendwo zu sehen. Er war ihm offensichtlich nicht gefolgt.

»Jo«, war die beredte Antwort.

»Wo ist sie langgefahren?«

»Ik heb haar oversett.« Er wies wie beiläufig über den Fluss.

»Was für eine Kutsche war es denn?«, wollte Marburg wissen. »Wer saß drin?«

»Das weiß ich doch nicht«, brummte der Fährmann. »Wollt Ihr nun rüber oder nicht? Ich hab' meine Zeit nicht gestohlen.«

»Wer saß drin?«, wiederholte Marburg seine Frage.

»Drie Kerls un een Froo.«

Das ist meine Kutsche, dachte Marburg. Er nickte zufrieden, stieg ab und führte sein Pferd zur Fähre, eine Art Floß mit notdürftigem Geländer.

»Wann war das?«, fragte er, als der Fährmann mit einem langen Staken seine Fähre über das still dahinfließende Wasser bewegte.

Der Mann zuckte mit den Schultern. »Nich' lang her«, war alles, was Marburg aus ihm herausbekam. Aber das reichte auch, um die Hoffnung nicht aufzugeben.

»Wo sind sie langgefahren?«

»Ich hab noch nie nich' einen gehabt, der so neugierig war«, brummte der Mann, wies aber in die westliche der beiden Richtungen, in die die Straße verlief. Marburg zahlte, lüpfte grinsend seinen Dreispitz und führte sein Pferd zur Straße. Dann saß er auf und folgte ihr in die angewiesene Richtung. Widerwillig musste er bald zugeben, dass Lürssen ihm fehlte. Die Straße war kaum noch zu sehen, und er hatte Guérin noch immer nicht eingeholt. Aber was hätte er tun sollen? Diese Spur zu verfolgen, war das einzig Richtige. Hätte er es nicht getan, wären die Franzosen am nächsten Tag über alle Berge gewesen. Er spie aus. Über alle Deiche, musste man hier wohl sagen.

Kaum eine Viertelstunde mochte vergangen sein, als er einen kleinen Weiler erreichte, eine Ansammlung schöner neuer Häuser, die sich um eine Kirche und in die Biegung einer doppelten Kurve schmiegten. Einen Augenblick staunte er über die schmucke Neubausiedlung, dann erkannte er drei alte Männer, gegenüber der Kirche vor einem Haus sitzend, eine Öllampe flackerte zu ihren Füßen. Wieder fragte er nach der Kutsche, und wieder erhielt er als Antwort nur einen Fingerzeig die Straße entlang. Man war nicht sehr gesprächig im Friesischen. Marburg folgte der Straße und stieß im nächsten Moment auf einen weiteren Fluss, nicht so breit wie der erste, wie es schien, doch zu breit und zu tief, um mit dem Pferd hindurchzuwaten. Dann plötzlich erkannte er, ein Stück flussabwärts, eine Holzklappbrücke – man nannte sie wohl Holländerbrücke –, deren geweißter Hubmechanismus auch bei diesem Licht noch ins Auge fiel. Davor stand die Kutsche, was er erst auf den zweiten Blick sah, denn sie war dunkel und die beiden Laternen am Kutschbock erloschen. Zumindest hoffte er, dass es *die* Kutsche war, denn obgleich sie kaum zwanzig Schritte von ihm entfernt stand, war es doch mittlerweile so dunkel geworden, dass alles im fehlenden Licht zu verschwimmen begann.

Marburg stieg ab und lief vorsichtig und geduckt auf die Kutsche zu, wobei er seinen Degen zog und die Pistole – freilich ungeladen – aus der Jacke holte.

Das Anpirschen war nutzlos, die Kutsche war leer. Sie stand angespannt vor der Brücke. Die beiden Pferde schnaubten, als er den Schlag öffnete. Ein Mantel auf der hinteren Sitzbank war alles, was von den Passagieren zu sehen war. Er zog ihn an sich und erkannte, dass es Klaras war. Marburg seufzte erleichtert. Die Spur war also richtig! Doch außer dem Kleidungsstück, in aller Eile zurückgelassen, wies nichts auf das Fräulein oder Guérin hin. Er stieg wieder vom Trittbrett herunter und sah sich um. Ein Haus, das letzte des kleinen Ortes, stand an der gegenüberliegenden Straßenseite, groß, mit vorgesetztem Eingang und weißen Fensterrahmen. Hinter zwei Dachgaubenfenstern brannte Licht. Obwohl es nicht den Anschein einer Herberge machte, entschloss sich Marburg nach kurzem Zögern, im Haus nach Guérin zu fragen. Wo sonst sollten die Männer und Klara sein?

Während er die Straße überquerte, gewahrte er einen Reiter, der langsam und als dunkler Schatten die Straße herunter in seine Richtung ritt. Marburg ließ die Pistole, die ihm ohnehin nichts nutzte, in seine Jacke gleiten und blieb abwartend am Straßenrand im matten Schimmer, den das Licht der oberen Fenster abgab, stehen. Konnte dies Lürssen sein? War er doch noch gekommen? Eine Welle der Hoffnung und Erleichterung überkam ihn. Zusammen würden sie Klara im Nu befreien!

Als der Reiter vor ihm stand und Marburg erkannte, dass es sich *nicht* um den Dragoner handelte, war es bereits zu spät. »Bonsoir monsieur«, sagte der Mann in konziliantem Ton. Er glitt aus dem Sattel und stand unmittelbar vor Marburg, der keine Zeit mehr hatte, Deckung zu suchen und sich unmittelbar den Läufen zweier Pistolen gegenübersah. »Steckt Euren Degen weg, s'il vous plaît.«

Marburg war noch immer überrascht. Anstatt den Degen aber in seine Scheide zu stecken, richtete er ihn auf die Brust des Mannes. Kampflos würde er sich nicht ergeben, beschloss er, verbittert darüber, in die nächste Falle getappt zu sein.

»Bitte«, sagte eine Stimme hinter ihm, »tut uns allen den Gefallen.« Marburg kannte die Stimme. Er seufzte ergeben, ließ seine Waffe sinken und schließlich, nach kurzem Zögern, in die Scheide an seinem Gürtel zurückgleiten. Er wandte sich um in der Hoffnung, Klara zu entdecken. Doch es war nur Guérin, der dort, ein paar Schritte hinter ihm, stand. Auch er hielt eine Pistole in der Hand. »Wisst Ihr«, sagte er in höflichem Plauderton, während er zu Marburg trat, »wir sind nicht so dumm, wie Ihr denkt. Natürlich habe ich für Mademoiselle Claire eine Droschke gemietet. Sie ist das so gewohnt, und auch ich war des Reitens müde. Aber ebenso selbstverständlich operieren wir nie ohne Nachhut.«

Der zweite Mann, der noch immer seine beiden Steinschlosspistolen auf Marburg richtete, lachte leise auf.

»Wir haben gesehen, dass Ihr uns folgt.« Guérin blickte Marburg mit einem Lächeln an, während er ihm den Degen aus der Scheide und die Pistole aus der Jacke zog. »Ihr erlaubt, Monsieur le Baron?«

Marburg schnaubte nur.

»Unser wackerer Lieutenant Marceau hat Euch beobachtet, seit Ihr Euch von Eurem Dragoner getrennt habt.« Guérin lachte auf. »Unermüdlich im Dienst der Liebe.« Seine Stimme bekam etwas Spöttisches. »Oder ist es doch der Reichtum, auf den Ihr es abgesehen habt? Das Gold der Comtesse du Barry, dem Flittchen des Königs? Nun, in diesem Fall – nein, ich belüge Euch: in beiden Fällen – muss ich Euch enttäuschen. Die Revolution benötigt jeden Sou, um das Unrecht, das der Adel dem Volk angetan hat, das jahrhundertelange Ausbluten und die Unterdrückung ein wenig wieder auszugleichen.«

»Das heißt, Ihr wollt es Euch in die eigene Tasche stecken.«

Guérin schnalzte mit der Zunge und schüttelte den Kopf. »Welch böses Mundwerk. Der verzweifelte Zynismus des Adels, wie ich vermute.« Er stieß Marburg mit dem Lauf seiner Pistole in Richtung des Hauseingangs. »Mir war klar«, fuhr er im Gehen fort, »dass es keinen Zweck hatte, vor Euch davonzufahren. Eine Kutsche ist keine Husaren-Eskadron. Wir mussten uns Euch also stellen, was wir nunmehr getan haben.« Guérin öffnete die Haustür, nahm eine Laterne vom Boden auf und wies Marburg den Weg zu einer Tür am anderen Ende der Eingangshalle. Sie führte in einen modrig riechenden Keller. Mit höflicher Geste forderte der Colonel Marburg auf, in die Dunkelheit hinabzusteigen. »Dass Ihr Euch von Eurem Provinzdragoner getrennt habt, macht die Angelegenheit nur einfacher«, fuhr er im Plauderton fort. »Und nun müssen wir Euch mitnehmen nach Frankreich, wo Ihr die Vorzüge einer modernen und effizienten Gerichtsbarkeit kennenlernen werdet.« Er zog die Tür zu, nur um sie im nächsten Moment wieder zu öffnen. »Vielleicht«, fügte er hinzu, »machen wir uns die Mühe jedoch nicht. Vielleicht – das hängt von Mademoiselle Duplays Gesprächigkeit ab –, vielleicht töten wir Euch auch gleich hier. Aus Notwehr gewissermaßen, um nicht wie der arme Pierre Moreau zu enden.«

Marburg glaubte ein höhnisches Grinsen gesehen zu haben, als Guérin die Tür endgültig zuzog. Er fluchte laut, trat gegen die Tür und suchte sich, da sie nicht nachgab, vorsichtig seinen Weg die Treppe hinunter.

»Johannes?«

»Klara!« Es war *ihre* Stimme, die ihm leise, doch von nicht allzu weit, entgegendrang.

»Achten Sie auf die vorletzte …«

Die Warnung kam zu spät, Marburg trat ins Leere und stürzte vornüber auf den sandigen Kellerboden.

»Johannes! Haben Sie sich etwas getan?«

»Nein«, stöhnte er. »Ich … es ist alles gut.« Vorsichtig tastete er nach der Brille, die er bei seinem Sturz verloren hatte. Es dauerte einen Augenblick, dann erspürten seine Hände das Nickelgestell. »Wo sind Sie?«, fragte er und setzte sich die Brille wieder auf die Nase. Es war so dunkel hier unten, dass er nicht einmal Umrisse erkennen konnte.

»Hier«, sagte sie in einer Mischung aus Verzweiflung und Erleichterung darüber, nicht mehr allein zu sein. »Ich bin hier. Der Boden ist eben, und wir scheinen allein zu sein.«

Bis auf die Ratten, die zweifellos in diesem Loch hausen, dachte Marburg und verzog den Mund. »Seit wann sind Sie hier?«, fragte er leise und trat vorsichtig durch die Schwärze auf Klara zu.

»Ich weiß es nicht«, gestand sie. »Ich habe kein Zeitgefühl mehr. Aber es muss wohl über eine Stunde vergangen sein, dass sie mich hier eingeschlossen haben.«

»Ich bin froh, Sie gefunden zu haben«, sagte er, ließ sich nieder und nahm ihre Hand. Sie entzog sie ihm nicht. »Nur leider«, fügte er bitter hinzu, »haben Sie nichts davon.« Als ihm bewusst wurde, dass Klara nur im Kleid auf dem Boden hockte, ein paar Sackleinen unter sich, zog er seinen Rock aus und hängte ihn über ihre Schultern.

Klara bedankte sich leise und lachte schließlich traurig auf. »Ich bin auch froh, dass Sie hier sind«, erwiderte sie. »Um meinetwillen. Nicht um Ihretwillen. Es erschiene mir besser für Ihr Wohlbefinden, Sie wären weit fort von hier …«

Marburg atmete tief ein. »Wie Sie wissen, bin ich noch immer auf der Suche nach der Wahrheit hinter den Ereignissen in unserem Hause.« Das war nicht die Erklärung seiner Liebe, die er abgeben wollte, aber machte das jetzt noch einen Unterschied? Was hätte er sagen können, angesichts ihres wahrscheinlich baldigen Todes? »Ich muss wissen«, fügte er leise hinzu, »wer meine Eltern getötet hat und warum. Und wenn es das Letzte ist, das ich in Erfahrung bringe, es würde mir den eigenen Tod …« Er schluckte, ohne zu wissen, wie er fortfahren sollte.

»Erträglicher machen?«, beendete Klara den Satz. »Ist es das?«

Marburg fuhr zusammen. Mit dieser Art des Tröstens würde er keine Furore machen. »Nein, nein!«, sagte er hastig. »Wir kommen hier heraus!«, versuchte er, sie zu beruhigen. »Wir kommen hier heraus …« Marburg wandte sich um, doch es war kaum möglich, sich zu orientieren. Durch den Sturz wusste er nicht einmal mehr, in welcher Richtung die Treppe lag.

Eine Zeit lang schwiegen sie. Klara würde zu den Ereignissen der Mordnacht ohnehin nichts sagen können, da sie zu jener Stunde bereits mit Tellmann auf dem Weg nach Harlingen war.

Oder?

Er zog sie etwas fester an sich, wie um zu überspielen, dass sein Optimismus völlig aus der Luft gegriffen war und dass er nicht weiter auf sie einwirken würde. Nicht jetzt. »Wo sind die Bewohner des Hauses?«, fragte er stattdessen.

»Ich glaube, es gibt nur einen alten Mann, einen Kapitän. Wenn Guérin ihn nicht umgebracht hat, wird er ebenfalls irgendwo eingesperrt sein.«

Dann gab es niemanden mehr, der ihnen helfen konnte. Marburg versuchte, ihre Fluchtmöglichkeiten zu erwägen.

Doch das Gewölbe schien keine Fenster zu haben. Die Tür war massiv und lag direkt an der Treppe. Wie er es drehte und wendete – es gab keinen Ausweg.

»Sie sollten schlafen«, sagte er schließlich, ohne zu glauben, dass er selbst es konnte. Was blieb ihnen anderes übrig? Anstelle einer Antwort schmiegte sich Klara noch dichter an ihn. In ihrem Rücken raschelte es. Mäuse, dachte er. Oder Ratten. Wenn sie hier jemals herauskamen, schwor er sich, hätte die französische Geheimpolizei einen Colonel weniger.

Mit dem Gedanken, dass es kaum möglich war, einen im Kampf ausgebildeten Colonel zu überlisten, so alt er auch sein mochte, nickte Marburg ein. Es war kein wirklicher Schlaf, nicht hier, in Gefangenschaft in diesem feuchten Verlies. Und doch musste er gedöst haben, ob eine Stunde oder nur wenige Augenblicke, vermochte er nicht zu sagen. Obwohl kein Geräusch zu hören war, schreckte er unvermittelt hoch. Ein paar Herzschläge waren notwendig, um zu sich zu kommen, dann löste er sich vorsichtig von Klara und tastete ihr Gefängnis ab. Eine Truhe, ein paar Kisten mit Weinflaschen, Holzfässer und faserige Decken, sonst erspürte Marburg nichts. Daneben war die raue, gemauerte Kellerwand, dann folgte die Treppe – der Keller hatte keinen weiteren Ausgang.

Er setzte sich wieder zu Klara, die vorsichtig seine Hand nahm. »Sie hätten nicht kommen sollen, Johannes«, beteuerte sie ein weiteres Mal. »Mein Schicksal ist unumkehrbar. Ich werde der Comtesse folgen.«

Einen Moment lang glaubte er, sie könne weinen. Doch das war nicht ihre Natur. Oder es waren die letzten Jahre in Le Havre, die sie abgehärtet und ihr die Neigung zur Schwäche genommen hatten. Sie lachte auf. »Ich hätte mir all das sparen können, das jahrelange Versteckspiel, die Flucht, den niederträchtigen Guérin …«

Wenn ein Mann wie Guérin sich auf den Weg machte, eine Kammerzofe zu suchen, überlegte Marburg, dann nicht ohne gewichtigen Grund, nicht für ein wenig Gold oder ein paar Schmuckstücke. »Haben Sie das Versteck verraten, Klara?«

Sie schüttelte den Kopf, und als ihr bewusst wurde, dass er das nicht sehen konnte, fügte sie ein knappes »Nein« hinzu. »Noch nicht.«

»Sie haben vor, es ihm zu sagen?«

»Wurden *Sie* schon einmal gefoltert?«, war ihre Gegenfrage. »Ich habe gehört«, sagte sie, als Marburg nicht antwortete, »dass der Colonel einige unschöne Praktiken besitzt, um Menschen zum Sprechen zu bringen.«

Marburg verzog angewidert den Mund. »Nein«, sagte er, etwas lauter als beabsichtigt. »Das wird er nicht wagen! Sie sind eine Dame!« Als ihm klar wurde, dass der Colonel ganz gewiss keine Rücksicht nehmen würde, und das auch schon unter Beweis gestellt hatte, beeilte er sich zu sagen: »So weit wird es nicht kommen!«

Klara schnaubte nur geringschätzig.

»Um wie viel handelt es sich?«, fragte er einen Augenblick später.

»Ich kenne den Wert nicht, jedenfalls nicht den des Schmuckes.« Sie hatte ihn durchaus verstanden und schien ihm die Frage nicht zu verübeln. »Umgerechnet in Ihre Währung ...«, überlegte sie laut.

»In Courant-Mark?«

»Sei es drum«, sagte Klara langsam. »Umgerechnet in Courant-Mark ...« Sie seufzte. »Ich weiß es nicht. Das Gold und das Geld der Comtesse würden ausreichen, um Ihnen Ihr Schiff zurückzukaufen, Freiherr von Marburg.« Er spürte auch in der Dunkelheit ihr spöttisches Lächeln. »Es würde Ihnen und der Frau an Ihrer Seite für den Rest Ihres Daseins ein wohlhabendes Leben ermöglichen, ob in Louisdors, Gulden oder Courant-Mark.«

Das klingt nach mehr als einem kleinen Säckchen Geschmeide, war Marburgs erster Gedanke. Wo also hatte sie all das versteckt? Dann bemerkte er die Spitze. »So hatte ich es nicht gemeint«, fuhr er auf. »Wenn Sie glauben, ich bin hinter Ihrem Geld her, Mademoiselle Duplay …«

»Hinter dem Geld der Comtesse«, korrigierte Klara ihn sanft und legte einen Finger auf seinen Mund. »Ich würde es Ihnen sogar geben«, sagte sie beschwichtigend, während sie sich wieder an seine Schulter lehnte. »Ihnen und der Frau an Ihrer Seite.«

»Unfug«, murmelte Marburg. Noch immer von Dunkelheit umgeben, vermochte er nicht zu sagen, wie sie ihre Worte gemeint hatte. Ironisch oder ehrlich. Es gab keine Frau an seiner Seite. Wohl aber im Geheimen zwei Anwärterinnen, von denen eine auf dem Weg zur Guillotine war. Der anderen hatte er zu verstehen gegeben, dass eine Verbindung in seiner Lage nicht mehr infrage kam, ohne in die Katastrophe zu führen.

Guillotine – Teufel auch, daran durften sie nicht einmal denken. Noch war es nicht so weit, noch nicht! Tatsächlich musste er sich eingestehen, dass er Klara längst nicht mehr missen mochte. Mehr als das. Unter anderen – passableren – Umständen würde er ihr vermutlich jetzt einen Antrag machen. Er lachte stumm auf. Wie konnte er an so etwas denken? Und wie lange kannte er Klara? Zwei Tage? Für den Verstand war das zu wenig. Für sein Herz mochten ihre Hände rau von der Arbeit und ihre Höflichkeit die einer Wäscherin sein, doch in ihren Gesichtszügen, ihrer Klugheit und ihrem Auftreten erkannte er mehr Adel als bei den meisten der standesgemäßen Partien, die ihm auf den gelegentlichen Gesellschaften seiner Eltern vorgestellt worden waren.

Keine Frage, jenseits seines Verstandes liebte er die zierliche junge Frau. Aber was bedeutete das in ihrer Situation schon?

Immerhin war Klara leidlich sicher, solange sie das Versteck des Schmuckes nicht preisgab. Und das verschaffte ihnen ein wenig Zeit.

Sein nächster Gedanke war Lürssen. Ob er sie suchen würde, nachdem er in Leer weder auf Guérin noch auf Klara gestoßen sein konnte? Aber selbst wenn, so würde er sie kaum hier finden. Marburg überlegte, wie weit es noch bis zur Batavischen Grenze sein mochte. Hatte Guérin erst einmal die alten Niederlande erreicht, waren sie ihm und der französischen Justiz, die dort allzu großen Einfluss hatte, hoffnungslos ausgeliefert.

Plötzlich wurde die Kellertür aufgerissen, flackerndes Licht erhellte die oberen Stufen und Klaras Name wurde gerufen. Marburg spürte, wie sie zusammenfuhr und sich an ihn klammerte. Noch einmal wurde ihr Name gerufen, die Stimme klang ein wenig betrunken. »Geh nicht!«, flüsterte er, doch im nächsten Augenblick polterten bereits Schritte die Treppe herunter. Zwei Männer kamen auf sie zu, der erste, den Marburg im Schein der Laterne als Aubert erkannte, richtete den Säbel auf ihn, während der andere – es war Marceau – Klara packte und sie zu sich heraufzog. Die junge Frau schrie und versuchte, sich zu wehren. Sie gab erst auf, als der Lieutenant seine Waffe auf ihre Stirn richtete.

»So ist es besser«, sagte er und trieb sie grob die Treppe hinauf. »Ich gebe Euch einen guten Rat, Monsieur le Baron«, sagte Aubert lang gezogen. »Bleibt, wo Ihr seid. Sonst sehe ich mich gezwungen zu schießen.« Damit wandte er sich um und stieg ebenfalls die Treppe hinauf.

Marburg sprang auf und lief ihm nach. »Was wollt Ihr von ihr?«, rief er.

Anstelle einer Antwort richtete Aubert seine Pistole auf

ihn. Marburg blieb abrupt stehen, unsicher, ob der Sergeant ernst machen würde. Eine endlos scheinende Zeit lang zielte Aubert auf ihn, dann wandte er sich um und ließ die Kellertür wieder ins Schloss fallen. Marburg blieb allein in der Dunkelheit zurück.

Wütend und machtlos trat er gegen das Treppengeländer. Er wünschte sich nichts mehr als das Ende und den Untergang dieses Jakobinischen Pöbels. Ihr verdammter Geheimdienst war nicht mehr als eine Bande Verbrecher! *Aber genau das ist es vermutlich*, dachte Marburg und versuchte, seinen Hass in andere Kanäle zu leiten. Das, was hier geschah, hatte nichts mit der Revolution in Frankreich als solches zu tun. Es waren Guérin und seine Spießgesellen, die hinter dem Geld der du Barry her waren und die Gunst der Stunde nutzten. Der Untergang des Zweiten Standes, also des Adels, und im Grunde der gesamten Ordnung in Frankreich, gab ihnen die beste die Gelegenheit, ihre eigenen Taschen zu füllen!

Marburg ließ sich am Treppenende wieder zu Boden sinken und lauschte in die Dunkelheit. Vergebens, kein Ton war zu hören, nicht von Klara und nicht von Aubert oder den anderen Franzosen.

Eine Stunde mochte vergangen sein, vielleicht auch mehr, als die Tür sich wieder öffnete. Marburg fuhr auf. War er selbst nun an der Reihe? Oder hatte Klara das Versteck des Goldes preisgegeben und ihrer beider Leben war verwirkt? Tritte erklangen von den Holzstufen, langsam, aber leicht. »Klara!« Marburg lief ein paar Stufen hinauf, gerade noch rechtzeitig, um die junge Frau aufzufangen, die plötzlich zusammensackte und ihm entgegenfiel. Oben schlug die Tür unter Gelächter wieder zu.

Vorsichtig trug Marburg die leblose Gestalt wieder hinunter, legte sie auf dem Kellerboden ab und bedeckte sie erneut mit seinem Rock.

»Klara!«, versuchte er es noch einmal. »Claire!« Doch die junge Frau antwortete nicht. Unruhig fühlte er ihren Puls. Er raste, der Atem hingegen war flach. »Was haben sie mit dir gemacht?«, murmelte er, setzte sich neben sie und zog ihren Kopf auf seinen Schoß.

Als es endlich zu dämmern begann, erkannte Marburg das kleine Kellerfenster oben in der Wand. Es war vergittert und ohnehin zu klein, um hindurchzukriechen. Vielleicht aber konnte er hinausrufen und auf sich aufmerksam machen?

Dann nahm auch alles andere Kontur an, und er sah, wie schlimm Klara zugerichtet war. Ihr Gesicht, schmutzig und blutig, begann, sich an der linken Wange violett zu verfärben, das Kleid war zerrissen, schlimmer als zuvor, schmutziger und blutiger. Einmal mehr versuchte er, sie anzusprechen, doch Klara regte sich nicht, nur ihre Brust hob und senkte sich ein wenig bei jedem schwachen Atemzug. Über ihren Kopf zu streichen, wagte er nicht, es würde zweifellos Schmerzen verursachen. Ein Arzt war vonnöten, wie aber sollte er einen herbeirufen? Wenn sie nur überhaupt hier herauskämen …

Seine Gedanken wurden unterbrochen durch Geräusche an der Kellertür am oberen Ende der Treppe. Mit leisem Quietschen öffnete sie sich, und ein Lichtschimmer drang herein.

»Madame et Monsieur, darf ich Euch bitten heraufzukommen?« Es schien der Sergeant zu sein, der Gehilfe Guérins, der sie auf Französisch rief.

»Wir brauchen einen Arzt!«, rief Marburg zur Antwort.

»Vielleicht heute Abend«, erwiderte Aubert. »Wenn ich jetzt bitten darf?«

Unschlüssig stand Marburg auf. Wie sollte er Klara hier herausbringen, ohne ihr wehzutun? Wenn sie ihr etwas gebrochen hatten, würde er ohnehin alles nur noch schlimmer machen.

»Was ist?«, erklang die Stimme Lieutenant Marceaus. »Wir müssen aufbrechen! Mach den beiden Beine!«

»Ihr habt's gehört«, rief Aubert höhnisch. »Raus aus dem Loch!«

Vielleicht half es, ein wenig Zeit zu schinden, dachte Marburg. Wenn die Straßen sich belebten, würde es schwierig werden, sie von hier fortzubringen. Das zumindest war ja wohl die Befürchtung des Lieutenants. »Wir bleiben hier«, rief er hinauf.

»Dann prügeln wir Euch da unten raus«, erwiderte der Franzose emotionslos. »Das wird Euch scheuchen. Ist nicht schwer. Ich rekommandiere mithin, sich zu beeilen.«

Marburg betrachtete die geschundene Frau in seinen Armen, seufzte ergeben und rappelte sich auf.

Hilf Gott, hilf! Geh nicht ins Gericht
Mit deinem armen Kinde!
Sie weiß nicht, was die Zunge spricht.
Behalt ihr nicht die Sünde!
Ach, Kind, vergis dein irdisch Leid,
Und denk an Gott und Seligkeit!
So wird doch deiner Seelen
Der Bräutigam nicht fehlen.

Gottfried August Bürger, Lenore, 1773

10. Kapitel

Donnerstag, 27. Juni 1799, Département Ems-Occidental

Die Kutsche stand unweit des Hauseingangs, die Pferde angespannt und unruhig schnaubend. Neben dem offenen Schlag, auf eine der Speichen des Hinterrades gestützt, stand ein Mann, dessen Gesicht Marburg erst erkannte, als er in die Kutsche steigen wollte. Erschrocken fuhr er zurück und wäre beinahe mit Klara im Arm gestolpert, wofür er ein hämisches Lachen erntete. Bei dem Mann, welcher ihm in dunklem Rock und großem Dreispitz zunächst so wenig beachtenswert erschienen war, handelte es sich um den Franzosen aus dem »Postillion«. Jene Kanaille, die ihn am Sonntag in seiner Kammer überfallen hatte. Verblutet war er wohl nicht, so viel stand nun fest, doch Marburgs Stich mit dem Degen verursachte ihm augenscheinlich noch immer Schmerzen.

»Tu seras toujours désolé, j'avais dit«, zischte er mit bitterem Grinsen, entriss Klara Marburgs Arm und schob sie unsanft in die Droschke. »Isch 'abe gesagt, mon P'tit, dass es dir noch wird leidtun«, sagte er mit weingeschwängertem Atem, »und das wird es bald, glaube mir! Dein Streisch bleibt nischt ungesühnt, Bursche! Und diesmal 'abe *isch* deinen Degen.« Er klopfte auf seinen Rock, unter dem die Umrisse einer Waffe zu erkennen waren. Doch Marburg schoss etwas ganz anderes durch den Kopf – dieser Mann, Jean-Luc Aubert, wenn er sich richtig an die Geleitbriefe erinnerte, Sergeant der Pariser Polizeipräfektur, dieser Mann, der mit Guérin und dem toten Moreau Klara seit ihrem Aufbruch aus Le

Havre verfolgte, war ohne Zweifel einer der Mörder seiner Eltern! Zusammen mit Guérin hatte er die Giftmorde in Oldenburg begangen, nur um an den Schatz der du Barry zu gelangen. Marburgs Verstand begann auszusetzen, verdrängt von Hass und dem unbändigen Willen, seine Eltern zu rächen. Er machte einen Sprung nach vorne, schloss seine Hände um Auberts Hals und warf ihn zu Boden. »Mörder!«, hörte er sich schreien, »hinterhältiger Abschaum!« und verschiedene Schimpfworte. Dann spürte er einen brennenden Schmerz im Kopf und verlor das Bewusstsein. Im nächsten Augenblick sah er seine Eltern, seine Mutter, die ihn mit mildem Vorwurf anlächelte, Jettes Hand hielt und sich schließlich zu ihm niederkniete. Dann wurde er geschüttelt, sein Vater hatte ihn bei der Schulter gepackt und rief etwas Unverständliches. Er schien besorgt zu sein und schüttelte ihn immer wieder, als könne er damit irgendetwas ändern. Aber was wollte er ändern? Was hatte er getan, um seinen Vater derart zu erschrecken?

Das Schütteln ließ nicht nach, verstärkte sich bisweilen und fuhr durch seinen ganzen Körper. Als Marburg endlich die Augen aufschlug, blickte er in das Gesicht Guérins, der ihn seinerseits mit süffisantem Grinsen betrachtete. Sein Oberkörper wiegte sich im Takt der Schlaglöcher, durch die die Räder der Kutsche rumpelten, ebenso wie Aubert, der neben seinem Chef saß, und Klara, die zusammengesunken in der vierten Ecke der Kutsche zu schlafen schien. Oder hatten sie sie betäubt? Oder niedergeschlagen? Marburg wollte sich ihrer annehmen, bemerkte aber, dass er an Händen und Füßen mit einem groben Strick gefesselt war. Wenigstens hatten sie ihm die Hände nicht auf den Rücken gebunden. »Was habt Ihr mit ihr gemacht, Guérin?«, war das Erste, was er herausbekam.

»Keine Sorge, Freiherr«, erwiderte der Colonel höflich. »Es war unabdinglich, Eure Dame ruhigzustellen. Gemessen aber an dem, was ihr bevorsteht, sind wir sehr behutsam zu Werke gegangen.«

Marburg wäre Guérin ebenfalls am liebsten an den Hals gesprungen und zerrte wütend an seinen Fesseln. Aubert lachte auf. »Beruhigt Euch, mein Lieber. Es hat keinen Zweck. ›Mitgefangen, mitgehangen‹, sagt man wohl bei Euch, oder täusche ich mich?«

Marburg verzog den Mund. Erst jetzt erkannte er die Pistole in der Hand des Colonels. »Was wollt Ihr von uns, Guérin?«, fragte er nach einer Weile.

»Oh, ich nahm an, Ihr könntet es Euch denken, lieber Freiherr.« Guérin sah gelangweilt aus dem Fenster auf seiner Seite der Kutsche. Er schien zu überlegen. Endlich wandte er sich wieder Marburg zu: »Es ist dreierlei«, begann er mit konziliantem Lächeln. »Erstens natürlich das Gold der guten Madame du Barry. Oder soll ich Comtesse sagen? Nein, ich sage Bürgerin, das Gold der Bürgerin du Barry.« Er schmunzelte selbstgefällig. »Zweitens werden wir Mademoiselle Duplay der ordentlichen französischen Gerichtsbarkeit zuführen, wo sie sich verschiedenster Anklagen gegenübersehen wird.«

Wider besseres Wissen zerrte Marburg erneut an seinen Stricken. Er wandte den Blick von Guérin ab und sah ebenfalls aus dem Kutschenfenster. In der Ferne lag eine Ortschaft, blassrote und reetbraune Dächer, aus denen schmale Rauchsäulen aufstiegen.

»Selbstverständlich fahren wir nicht direkt durch …«

»Papenbourg«, half ihm Sergeant Aubert mit französischem Akzent aus.

Guérin nickte. »Selbstverständlich fahren wir nicht direkt durch Papenburg«, erläuterte er ihre Route. »Zu gefährlich mit Euch im Fond.«

Marburg fluchte innerlich. Am Morgen hatte er noch gehofft, an belebter Strecke fliehen zu können.

»Drittens«, fuhr der Colonel sachlich in der Aufzählung seiner Forderungen fort, »möchte ich die Papiere zurück, die Ihr dem armen Sous-Lieutenant Moreau gestohlen habt. Als Gegenleistung könnte ich mich sodann vielleicht für Eure Freilassung verwenden. ›Eine Hand wäscht die andere‹, um ein weiteres Eurer Sprichwörter zu bemühen.«

»Das ist von Seneca, Monsieur«, erwiderte Marburg tonlos. »Er war Römer.«

»Tant pis«, sagte Guérin, »einerlei!«

»Es tut mir außerordentlich leid, aber ich habe die Papiere nicht mehr.« Tatsächlich hatte von Tappenbeck sie in Verwahrung, oder mittlerweile vielleicht auch der Herzog. Der »Regierungsadministrator«. Konnte er seinen Adelstitel nicht endlich annehmen?

Guérin zeigte keinerlei Reaktion. »Wie bedauerlich«, sagte er schließlich und sah wieder aus dem Kutschenfenster. »Bedauerlich für Euch natürlich, da es unter diesen Umständen außer Frage steht, dass Ihr dasselbe Schicksal erleidet wie Mademoiselle Duplay. Ein ganz normaler Vorgang bei Geheimoperationen.«

»Ein Gerichtsverfahren?« Marburg schnaubte. »Was sollte mir vorgeworfen werden? Dass ich Eure Machenschaften aufdeckte?«

Guérin wandte sich seinem Gefangenen zu und hob eine Augenbraue. »Es gibt Anklagepunkte, die vermögen, ein Gerichtsverfahren erheblich abzukürzen. Ein *politisches* Gerichtsverfahren, versteht sich. Nicht dass Ihr noch denkt, die französische Justiz wäre käuflich oder inkonsequent.«

Sowohl er als auch Aubert lachten, wobei im Blick des Sergeants Zufriedenheit über das Schicksal des Mannes abzulesen war, der mit der Klinge sein Bein und seinen Stolz verletzt hatte.

»›Staatsfeindliche Umtriebe‹ wäre ein solcher.« Der Colonel setzte wieder sein süffisantes Lächeln auf. »Aber vielleicht erinnert Ihr Euch ja noch im Verlauf unserer Reise, wo Ihr die Papiere wirklich hinterlassen habt.«

»Ich habe sie dem Fürstbischof und Regierungsadministrator von Oldenburg übergeben«, erwiderte Marburg, woraufhin Guérins Lächeln erstarb. »Aufgrund dessen, was darinstand, habe ich meine Freiheit und Reputation zurückerhalten. Leider nicht mein Geld. Das habt Ihr nach wie vor.«

»Die lumpigen Thaler hätten der Preis für Euer Leben sein können«, sagte Guérin missmutig. »Für das Eure und – zusammen mit den Papieren und dem Gold, welches dem neuen Französischen Staat gehört – auch für das der Mademoiselle. So aber …«, er zögerte genüsslich. »So aber werdet Ihr bis zu Eurem kläglichen Tode die Mauern der Bastille genießen dürfen. Sie sind dick und feucht und selbst in dieser Jahreszeit nicht besonders warm.« Damit wandte er sich wieder der Landschaft zu, durch die die Kutsche mit geringer, aber stetiger Geschwindigkeit rumpelte. »Was meintet Ihr eigentlich, als Ihr meinen guten Sergeant als Mörder bezeichnet habt? Gibt es in Eurem kleinen Herzogtum keine Soldaten?«

Marburg zuckte mit den Schultern. Außer den Dragonern, die in erster Linie Polizeidienste wahrnahmen, gab es nur wenige Männer unter Waffen. Einige Oldenburger kämpften in Hannoverschen Diensten, aber das zu erörtern, danach stand ihm nun nicht der Sinn. »Ich meinte damit nicht das Kriegshandwerk«, sagte er schließlich gerade so laut, dass Guérin ihn verstehen konnte. »Ihr habt meine Eltern getötet. Sie und drei Angestellte meines Vaters. Das ist es, was ich ›Mord‹ nenne.«

Guérin sah ihn überrascht an. Dann wechselte sein Blick in Belustigung. »Das glaubt Ihr tatsächlich?«

Marburg versuchte, sich seine Verwirrung nicht anmerken zu lassen. Warum leugnete Guérin die Tat? Er war schließlich nicht mehr in der Lage, die Franzosen anzuklagen, nun, da am Ende ihres Weges die Bastille läge.

»Mein lieber Freund – oder vielleicht sollte ich Euch so nicht nennen?« Der Colonel lachte selbstgefällig. »Mein Auftrag ist, das Gold, das Frankreich gehört, wieder nach Frankreich zu bringen. Kollateralschäden sind tolerierbar. Eure Eltern, das darf ich Euch versichern, gehören jedoch keineswegs dazu.«

»Wer glaubt schon einem Jakobiner?«, brummte Marburg. Doch Zweifel waren gesät. War er am Ende auf der falschen Spur? Hatte Klara gelogen und ihn absichtlich auf ihre tödliche Spur gezogen?

»Ich glaube, Ihr habt eine völlig falsche Vorstellung von dem, was das neue Frankreich ausmacht, lieber Freiherr.«

»Mich interessiert Euer Frankreich nur insoweit, wie es mir die Eltern genommen und sie zuvor ihrer Existenz beraubt hat«, beharrte Marburg. »Nachdem Ihr Mademoiselle Duplay und meiner Wenigkeit die Freiheit und unser Geld genommen habt, sollte die Erwartung in meine Achtung vor Eurem Land nicht mehr allzu hoch sein.«

Guérin zeigte sich ungerührt. »Das ist belanglos«, sagte er. »Von Bedeutung ist nur, dass Männer und Frauen Eures Standes das Volk ausgepresst haben bis aufs Blut. Frankreich ist unter der Last eines rigiden, korrupten und völlig überkommenen Regierungssystems nahezu erstickt. Ebenso wie Euer Land, wenn ich mir die Bemerkung erlauben darf. Der Adel und der Klerus haben das Volk arm und dumm gehalten und sich jeder Reform widersetzt. Eure Privilegien sind mit dem Blut der Ärmsten erkauft.«

Marburg lachte auf. »Ich weiß nicht, wie es bei Euch in Frankreich zugeht. Meine Situation überschätzt Ihr in jedem Fall maßlos.«

»Selbst wenn ich Euch das glauben würde, wäre es unerheblich«, erwiderte Guérin. »Euer persönlicher Misserfolg ändert nichts an der Hierarchie der Stände. Andererseits sollte er Euch offen für moderne Ansichten sein lassen. Denkt nur an die Fortschritte in den Wissenschaften, die Aufklärung, die sich erfolgreich über das jahrhundertealte Dogma der Kirche erhebt, Bildung, die auch dem sogenannten einfachen Volk zugänglich gemacht wird und ihm damit die Möglichkeit gibt, aufzusteigen, sich zu entfalten und seine Fähigkeiten für die Nation gewinnbringend einzusetzen. Fähigkeiten, die ihm von Männern wie Euch abgesprochen werden. Eine Philosophie, die das Vorhandensein des Erbadels als Anachronismus entlarvt und ad absurdum führt.« Er beugte sich vor und sah Marburg in die Augen. »Jeder sollte in der Lage sein, das zu tun, wozu er von Gott – wenn Ihr so wollt – befähigt wurde.«

»Eine Freiheit der Guillotine«, brummte Marburg.

»Non, ganz so ist es doch nicht, mon cher Baron. Freiheit, Gleichheit und Brüderlichkeit sind Ziele, die durchaus erkämpft werden wollen. Wenn der Einzelne Opfer bringt für das Große und Ganze, für eine Welt, in der es keine Untertanen, sondern nur noch Bürger gibt, gleich von Geburt und frei, das aus sich zu machen, wozu sie befähigt sind, dann ist das ein geringer Preis.«

»Gleichwohl so hoch, dass Ihr auf das Geld anderer zurückgreifen müsst.«

»Die jahrhundertelange Misswirtschaft der französischen Könige ist nicht mit guten Worten und hehren Zielen zu beseitigen«, erklärte der Colonel geduldig. »Wenn Ihr also den Teil des Reichtums der Comtesse du Barry meint, den Eure Mademoiselle Duplay versteckt und mit dem sie den Krieg gegen das französische Volk zu finanzieren beabsichtigt, dann gebe ich Euch recht. Ein Reichtum, der im Übrigen von jedem Bürger unseres Landes erarbeitet wurde.«

»Meinen Reichtum, so spärlich er auch war, habt Ihr gestohlen«, entgegnete Marburg abfällig. Argumente gegen das, was Guérin gesagt hatte, verblassten zunehmend. Wäre es nicht derart revoltierend und würde es nicht alles infrage stellen, was sein bisheriges Weltbild ausmachte, dann hätte er Guérin aufgefordert, mehr über die jakobinischen Ideale zu erzählen.

»Gestohlen?« Guérin schüttelte bedauernd den Kopf. »Das habt Ihr Euch selber zuzuschreiben, lieber von Marburg. Vielleicht lasse ich das Geld meinem Sergeant zukommen, sagen wir als eine Art Entschädigung für Euren Angriff.« Aubert begann, bei diesen Worten zu grinsen. Guérin, der eine weitere Unterhaltung über die Ideale des neuen Frankreichs offenbar für nicht lohnenswert hielt, ließ seinen Blick wieder aus dem Fenster und über die triste, flache Landschaft gleiten.

Marburg hatte keine Vorstellung von ihrer Reiseroute, er kannte diese Gegend nicht. Einzig, dass ihr Weg sie beständig Richtung Frankreich führte und sie dabei die Ems über- und die Niederlande durchqueren mussten, war ihm bekannt. Sein Blick fiel auf Klara, die, soweit er das sehen konnte, ruhig atmete, während ihr lebloser Körper sich im Takt der nur schwach abgefederten Stöße der Kutsche bewegte. Einmal mehr fragte er sich, was Guérin mit ihr gemacht hatte. Warum wachte sie nicht wieder auf? Ihr Kleid war schmutzig, ihre Haare zerzaust, und doch bereute Marburg in diesem Augenblick, sie nicht gefragt zu haben, ob sie seine Frau werden wolle. Er presste die Lippen aufeinander und schalt sich einen Narren.

Als er in der Ferne den schmalen dunklen Streifen erkannte, der unzweifelhaft die Ems war, der Fluss, hinter dem alsbald die Grenze kommen musste, setzte ein feiner, leichter Nieselregen ein. Sie fuhren ohne Rast. Unter Berücksichtigung von Zeit und Geschwindigkeit – beides freilich nur geschätzt – mussten sie seit ihrem Aufbruch annähernd fünf Landmeilen zurückgelegt haben. Er versuchte zu überschlagen, wie lange sie bis Paris brauchen würden, gab es aber bald auf, da sich die Entfernung dorthin seiner Kenntnis entzog. Angesichts dessen, was sie in der Hauptstadt erwartete, würde es immer noch schnell genug gehen …

Wenig später bemerkte Marburg bei Aubert eine wachsende Nervosität. Auch Guérin, der mit der Waffe in der Hand gedöst hatte, sah nun immer wieder aus dem Fenster. Sie näherten sich zweifellos dem Fluss, und damit der Frage, ob sie eine Fähre oder eine Brücke zu seiner Überquerung vorfinden würden. In jedem Fall brächte es sie dem Friesischen Grenzposten näher, und damit der letzten Chance auf Rettung für Marburg und Klara. Die Straße wurde belebter. Marburg überlegte fieberhaft, wie aussichtsvoll es sein mochte, einfach um Hilfe zu rufen. Würde der Colonel es wagen, inmitten der zahllosen Menschen dort draußen auf der Chaussee zu schießen?

Als hätte er Marburgs Gedanken erraten, zog Guérin seinen Säbel und richtete ihn unterhalb der Seitenfenster auf Klara, deren Lider zu flattern begannen und deren Atem unruhiger wurde. Zum Unglück der Franzosen schien sie allmählich wieder zu sich zu kommen. »Ein lautes Wort von Euch, Freiherr, und Eure bezaubernde Reisebegleitung ist tot.« Guérin warf ihm einen entschlossenen Blick zu.

Marburg nickte ergeben. Ob Guérin tatsächlich die Frau töten würde, die als Einzige wusste, wo sich das Gold der Comtesse befand, oder ob er es selbst seit dieser Nacht wusste, vermochte er nicht zu sagen. Das Risiko, es herauszufinden, wollte er jedoch auf keinen Fall eingehen. Und damit war ihr Los besiegelt. Einmal auf französischem Einflussgebiet, würde nichts und niemand mehr den Colonel aufhalten. Warum, zum Teufel, hatte er in von Tappenbecks Bureau auch Moreaus Lederetui nicht wieder an sich genommen? Das und die Preisgabe des Verstecks, in dem das Gold der du Barry lag, hätte ihnen vielleicht das Leben gerettet. Ein Blick in Guérins Gesicht machte ihm klar, dass diese Hoffnung Unsinn war.

Die Kutsche wurde langsamer, der Weg unebener. Sie wurden heftig hin und her geschüttelt, als der Kutscher offenbar hinunter zum Fluss fuhr. Guérin fluchte, öffnete das Fenster und sah hinaus. Gleichzeitig hob Aubert seine Pistole und richtete sie mit großem Wohlgefühl auf Marburg.

Fischer mit Netzen, Reusen oder Körben kamen ihnen vom Fluss entgegen, ebenso Reiter, ein Zug Treidelpferde, die flussabwärts geführt wurden, und immer wieder Reisende zu Fuß. Guérin ließ sich wieder auf seinen Platz sinken. »Lass das!«, fuhr er den Sergeant an, als er die Waffe sah. »Hier wird nicht geschossen!« Er wandte sich wieder zum Fenster, doch niemand schien Notiz von dem zu nehmen, was in der Kutsche geschah. »Nimm das Rapière«, fügte er sachlich hinzu.

Aubert nickte und zog Marburgs Degen unter seinem Mantel hervor.

»Dort hinten ist endlich die Fähre«, erklärte Guérin zufrieden. »Dahinter dürfte bis zur Grenze Niemandsland sein.« Einen Augenblick lang sah er nachdenklich vor sich hin. Vielleicht überlegte er, ob Marburg die Wahrheit über Moreaus Etui gesagt hatte, ob die Papiere wirklich unwiederbringlich weit fort in Oldenburg lagen. Ein kurzes, kaltes Lächeln flog über sein Gesicht, was wohl so viel wie Ja bedeutete. Vermutlich war er tatsächlich mit seinem Fund direkt zu seinem Fürsten gelaufen. Aber was machte das schon? Die Identität des toten Sous-Lieutenant war nun nicht mehr wichtig. Die kleine Mademoiselle war in ihrer Gewalt, kein Oldenburger Landdragoner würde ihr mehr helfen können. Mit dem gleichgültigsten Blick sah Guérin wieder hinaus auf die langsam vorbeiziehenden Ems-Auen. Der Regen war stärker geworden, prasselte auf das Dach der Kutsche und hüllte das gegenüberliegende Ufer in grauen Schleier. Kurz darauf hielt die Kutsche.

»Die Fähre, Monsieur le Colonel«, rief der Mann vom Kutschbock herunter.

Guérin verdrehte die Augen. »Schon gut«, brummte er ungeduldig. »Fahrt weiter! Sie wird uns hier wohl nicht abholen.«

Marburg verstand nicht, was der Mann auf dem Kutschbock antwortete, jedenfalls setzte sich die Kutsche mit einem Ruck wieder in Bewegung, näherte sich dem Wasser und spritzte dabei immer wieder den Schlamm des Weges auf. Die Tristesse des Wetters passte hervorragend zum Gefühl der Einsamkeit, das Marburg zusammen mit einer Welle der Hoffnungslosigkeit überkam. Die heldenhafte Rettung der Reisebekanntschaft seiner Eltern war in einem Desaster geendet und führte ihn geradewegs in die Bastille.

Ein dumpfer Schlag ertönte aus der Richtung des Kutschbockes und ließ Guérin aufhorchen. Irgendetwas war dort oben mit Marceau geschehen. Aubert zog alarmiert seine Pistole, öffnete den Schlag und sprang nach kurzem Blickwechsel mit seinem Chef hinaus. Marburg konnte sehen, wie der Sergeant neben der Kutsche, die allmählich zum Stehen kam, herlief, plötzlich überrascht stehen blieb und die Pistole auf das Kutschendach richtete. Irgendetwas Bedrohliches musste dort oben sein. Im nächsten Augenblick zerriss ein Knall das monotone Rauschen des Regens. Guérin wandte sich um, doch Marburg sah als Erster, wie der Sergeant von einer Kugel getroffen zusammenbrach. *Ein Überfall*, dachte er, doch was hatte er schon zu verlieren? Die Verwirrung des Augenblicks nutzend stürzte er sich auf den Colonel, der seinen Säbel noch immer auf Klara gerichtet hatte, umfasste dessen Hals und zog ihn mit dem Strick an seinen Handgelenken fort von Klara, hinab auf den Boden der Kutsche. Trotz seiner fünfzig oder mehr Jahre war Guérin allerdings gelenkig und kräftig, er ließ sich nicht so ohne Weiteres überrumpeln. Mit dem Griff seines Säbels schlug er gegen Marburgs Kopf, der unter dem Eindruck eines Sternengewitters den Griff um Guérins Hals lockerte. Einen zweiten Schlag des Franzosen konnte er mit dem Arm abwehren, dann aber hatte sich Guérin seiner Umklammerung entzogen und drückte die Säbelspitze auf Marburgs Brust. Dass jemand den Schlag der Kutsche hinter ihm öffnete, bemerkte der Franzose nicht, oder vielleicht zögerte er auch nur zu lange, weil es ihm widerstrebte, von Marburg abzulassen. Als sich der Colonel endlich umsah, zielte der Lauf von Lürssens zweiter Steinschlosspistole auf seine Stirn. »Marceau!«, rief Guérin instinktiv, doch ein Blick in Lürssens Gesicht sagte ihm, dass sein Lieutenant ihm nicht mehr zu Hilfe kommen würde. Resigniert ließ er seinen Säbel fallen, setzte sich wieder auf und hob die Hände.

Auch Marburg, immer noch ein wenig benommen, rappelte sich auf, griff nach Guérins Säbel zu seinen Füßen und warf einen prüfenden Blick auf Klara, die ihn teilnahmslos aus schmalen Augen ansah. Immerhin, dachte er, kann man das als Lebenszeichen werten.

Lürssen bedeutete Guérin, in seiner Ecke des Fonds sitzen zu bleiben. Mit der Linken durchschnitt er, ohne den Colonel aus den Augen zu lassen, Marburgs Fesseln. Zufrieden grinsend setzte er sich ebenfalls. »Ihr Mitarbeiter ist in guten Händen«, erklärte der Dragoner den Verbleib Marceaus, und Marburg, der sich die Handgelenke rieb und immer noch ein wenig benommen war von Guérins Hieb, erkannte nun auch die weißen, vom Regen grau gefärbten Mäntel der ostfriesischen Grenzpatrouille vor der Kutsche. Auf einen Wink Lürssens hin tastete er den Colonel nach weiteren Waffen ab und nahm dessen Kavalleriepistole an sich.

»Ihr macht einen großen Fehler, Monsieur.« Guérin nahm

ohne Aufforderung die Hände herunter, lehnte sich zurück und begann, mit der Rechten den Schmutz von seinem Rock zu streichen. Wie beiläufig wies er auf Marburg. »Dieser Mann hier hat in Emden meinen Compagnon erschossen. Er gehört in die Obhut der französischen Justiz. Ihr solltet Euch dem nicht in den Weg stellen.« Wider besseres Wissen machte er einen schwachen Versuch, Lürssen, den er nicht kannte und der ohne seine Uniform und abgesehen von Säbel und Pistole keine Autorität darstellte, auf seine Seite zu ziehen. »Ich bin französischer Staatsbürger, und Ihr dürftet mit diesem Überfall kaum Fortune haben.«

»Fortune ist es, was ich Euch wünsche, Monsieur«, erwiderte Lürssen. Er wies mit dem Kopf auf den Schlag zu Guérins Rechten. Die Tür öffnete sich, und der Führer der Grenzpatrouille, ein junger friesischer Unteroffizier mit langem blondem Haar und misstrauischem Blick sah herein. »Ist er das?«

Lürssen nickte.

»Sergeant Huisinga«, stellte sich der Unteroffizier vor, grüßte und machte eine einladende Geste. »Wenn ich Herrn Oberst dann bitten darf, die Kutsche zu verlassen?«

»Ich bin französischer Staatsbürger«, wiederholte Guérin aufgebracht. »Und ich verlange …«

»Darüber bin ich durchaus unterrichtet«, unterbrach ihn der Friese. »Auch darüber, dass Ihr Euch bisher als Hennegauer ausgegeben habt. Gleichwohl, ich nehme die hoheitliche Aufgabe wahr, im Namen des preußischen Königs einen Mord zu untersuchen. Wenn ich Monsieur Colonel daher – im Namen des Königs – bitten darf auszusteigen?«

»Sergeant, die Delinquenten sitzen mir hier gegenüber, sie gehören in Arrest! Ihr habt nicht das Recht, mich …« Er brach ab, als der Unteroffizier drohend seinen Pallasch erhob. Zwei seiner Gemeinen kamen hinzu, hoben ihre Musketen, und auch Lürssen richtete seine Pistole auf den Colonel. »Es liegen Anschuldigungen gegen Euch vor, die zu untersuchen ich bedauerlicherweise die Pflicht habe«, hörte Marburg den Unteroffizier sagen, nachdem Guérin widerwillig ausgestiegen war. Als auch Lürssen mit einem selbstzufriedenen Lächeln die Kutsche verlassen wollte, hielt Marburg ihn am Arm zurück. »Wir brauchen einen Arzt, Lürssen. Mademoiselle Duplay …«

Der Dragoner hatte die junge Frau bisher kaum näher betrachten können. Jetzt erst bemerkte er ihren Zustand, der auf böse Misshandlung schließen ließ. Seine Gesichtszüge verhärteten sich. »War *er* das?«

»Guérin oder einer der anderen beiden.«

Lürssen nickte. Als er den blonden Unteroffizier etwas abseits der Kutsche beiseite nahm, trat Marburg zu Guérin, zögerte einen Augenblick und hieb ihm dann die Faust ins Gesicht. Der Franzose ging, völlig überrascht von dem Angriff, zu Boden, wobei Perücke und Zweispitz in den Dreck fielen. »Das war nur eine bescheidene Replik für das, was Ihr Mademoiselle Duplay angetan habt«, sagte Marburg, während er dem reglos am Boden liegenden Aubert seinen Degen abnahm. Als er wieder aufsah, waren zwei Musketen auf ihn gerichtet.

»Lasst gut sein«, rief Huisinga. Er kam mit knapp unterdrücktem Grinsen auf Marburg zu. Die beiden Grenzsoldaten ließen ihre Waffen sinken und traten zurück. »Ich habe gerade nichts gesehen, Herr von Marburg«, sagte er ernst und hielt die offene Rechte vor. »Dessen ungeachtet sehe ich mich gezwungen, auch den Vorwürfen dieses Herrn nachzugehen.« Er nickte zu Guérin. »Gebt mir also bitte Euren Degen und nehmt wieder in der Kutsche Platz.«

Marburg öffnete den Mund, er wollte protestieren und sah hilfesuchend zu Lürssen hinüber. Der aber nickte nur schweigend, und so händigte er dem Friesen widerwillig seinen Degen aus. »Also gut«, sagte er schwach und wies in Klaras Richtung. »Aber wir müssen uns beeilen.«

»Was wir müssen und was nicht, Herr Baron, beliebt gefälligst mir zu überlassen«, erwiderte der Unteroffizier schroff. In seinen Augen aber war ein schalkhaftes Lächeln zu erkennen. »Wir fahren umgehend nach Papenburg«, erklärte er versöhnlich. »Dort finden wir Arrestzellen und einen Arzt. Wenn ich also bitten darf ...«

Arrestzellen! Marburg schnaubte, fügte sich aber. Bevor er in die Kutsche stieg, hielt ihn Guérin, der sich wieder aufgerappelt hatte, zurück. »Ich hoffe, es ist Euch klar, von Marburg«, sagte er leise und warf einen prüfenden Blick auf Klara, »dass ich Satisfaktion verlange. Und glaubt mir – ich bekomme sie.« Dann wurde er zu einem der Pferde geführt, die Marceau bei ihrem Aufbruch am Heck der Kutsche angebunden hatte. Marburg war dankbar, die Rückfahrt nicht mit dem Colonel verbringen zu müssen. Aubert jedoch blieb ihm nicht ganz erspart. Lürssen hatte ihn tödlich getroffen, und nun wurde er, in seinen eigenen Mantel eingerollt, auf das Kutschendach bugsiert.

Sie legten die knapp anderthalb Landmeilen bis zur Stadt in zwei Stunden zurück. Zwei Stunden, in denen Marburg so manches stumme Dankgebet sprach, dafür, dass Lürssen ihnen gefolgt und im buchstäblich letzten Augenblick eingegriffen hatte. Und da die himmlische Vorsehung so profund gewirkt hatte, fügte er noch ein paar weitere Gebete hinzu, die bewirken mochten, dass der versprochene Doktor Klara, die noch immer nicht ganz bei Bewusstsein war, helfen konnte. Und dass die neuerliche Anklage, so begründet sie war, niedergeschlagen wurde wie zuvor.

Der Großteil der friesischen Dragoner war mit Guérin und Marceau in ihrer Mitte vorausgeritten, und als Marburg, Lürssen und Huisinga vor dem Papenburger Quartierstand der Ostfriesischen Landdragoner eintrafen, wurden sie bereits erwartet. Marburg trug Klara an der Wachstube vorbei in einen der hinteren Räume, die als Zelle dienten, bewacht und geleitet von zwei Männern aus Huisingas Truppe und gefolgt von einem Mann mit schwarzem Rock und einem zylindrisch aussehenden Hut, ob seiner großen Tasche zweifellos der versprochene Mediziner.

Nachdem er die junge Frau in die Obhut des Doktors gegeben hatte, wurde Marburg in eine der übrigen Zellen geführt. Die Tür fiel hinter ihm zu, das Schlüsselbund des wachhabenden Dragoners klimperte beim Abschließen, dann trat Ruhe ein. Marburg ließ sich erschöpft auf die schmale Pritsche fallen, neben Tisch und Stuhl eines der drei Möbel in dem schmalen Raum. Er begann, sich an diese Art Unterkunft zu gewöhnen.

Wieder verging die Zeit so träge, als wäre sie nicht existent. Marburg verspürte eine lähmende Müdigkeit, jetzt, da er zur Ruhe kam. Und doch war der Drang, in Erfahrung zu bringen, wie es um Klara stand, stärker als das Bedürfnis nach Schlaf. Was um alles in der Welt hatten sie ihr angetan, dass sie noch immer ohne Bewusstsein war? Er stand auf, ging die wenigen Schritte bis zur Tür und wieder zurück zur gegenüberliegenden Wand, hin und her, unruhig, nervös, hin und her … Wenn wenigstens Lürssen käme! Es gab so viel zu fragen. Und natürlich zu berichten …

Marburg zog seine Taschenuhr auf und sah zum zigsten Mal auf die Zeiger. Fast zwei Stunden saß er nun schon in dieser verdammten Zelle fest! Die Erleichterung, die er verspürt hatte, als ihm bewusst wurde, dass er Guérin und der Inhaftierung in Frankreich entkommen war, hatte längst zu verblassen begonnen. Würden die Friesen dem Colonel ein weiteres Mal glauben? Guérin, der mit allen Wassern gewaschen war, der sicherlich überall Verbindungen hatte. Und von dem Marburg noch immer glaubte, dass er für den Tod seiner Eltern verantwortlich war.

Wieder erklang das Geräusch von Schlüsseln, die Tür wurde aufgestoßen, und Marburg wandte sich erwartungsvoll um. Doch es war nicht Lürssen, der die Zelle betrat. Guérin stand vor ihm, schmaler als zuvor, ohne seine graue Perücke, mit fleckigem, dunklem Rock und Zweispitz, der zudem seiner rot-weiß-blauen Kokarde verlustig gegangen war. Er lächelte. »Die Stunde der Revanche ist gekommen, Bürger«, sagte er feierlich.

»Bürger?« Marburg schnaubte. »Verschont mich mit Euren gottlosen Revolutionsparolen! Ich …« Weiter kam er nicht, denn der Franzose hatte ihm seinen Handschuh ins Gesicht geschlagen.

»Wenn wir uns das nächste Mal sehen, *Bürger*«, sagte Guérin, wobei er die seit Beginn der Revolution in Frankreich übliche Anrede besonders betonte, »dann werdet Ihr Euch in einem Duell zu verantworten haben. Nicht mit der Faust, wie es augenscheinlich in Eurem Land üblich ist, sondern, ganz wie es beliebt, mit Degen oder Pistole.« Er lachte selbstgefällig.

Marburg hingegen schwieg, was der Colonel mit einem zufriedenen Nicken kommentierte. »Dennoch«, fuhr er fort, »will ich Euch zwei Dinge mit auf den Weg geben. Erstens – nehmt Euch vor Mademoiselle Duplay in Acht. Sie ist nicht das schützenswerte Wesen, das zu sein sie vorgibt. Und zweitens – wenn Ihr immer noch glaubt, dass ich Eure Eltern getötet oder den Auftrag dazu gegeben habe, dann täuscht Ihr Euch. Wir haben uns nie für die beiden interessiert. Unser Ziel war einzig die Dame Duplay, und zwar wegen des Goldes, das sie der Republik vorenthält. Oder sollte ich sagen: vorenthielt?« Er lachte erneut, hob seinen Hut zum Gruß und verließ die Zelle durch die Tür. Marburg sah ihm konsterniert und verunsichert nach. Hatte Klara ihr Geheimnis in der vergangenen Nacht also preisgegeben, oder täuschte Guérin ihn nur? Aber warum sollte er das tun? Marburg stürzte dem Franzosen hinterher, der offenbar freigelassen worden war. Bedeutete das, dass er selbst nun wieder unter Mordanklage stand? Er kam nur bis zur Tür, wo Huisinga ihn aufhielt.

»Ihr lasst ihn laufen?«, rief Marburg und wollte den Sergeant auf die Seite drängen. Huisinga aber war kräftig gebaut und ließ sich nicht drängen. Er hielt Marburg fest, bis dieser aufgab.

»Auf ein Wort, Baron«, sagte er in ruhigem Ton und machte eine einladende Geste in Richtung der kleinen Zelle.

»Lassen wir ihn gehen«, fuhr er fort, nachdem er die Tür geschlossen hatte. »Wir können für den Moment nichts tun. Es ist gewissermaßen politisch geboten …«

»Politisch geboten?«, fuhr Marburg auf. »Was hat das zu bedeuten? Colonel Guérin wollte uns …«

»… einladen, sein Land zu besuchen?« Der Unteroffizier hob eine Augenbraue. »Ich habe mich mit dem Kameraden Lürssen unterhalten, Herr von Marburg. Ich bin also durchaus über die Ereignisse der letzten Tage unterrichtet. Sowohl was Fräulein Duplays Aussage angeht, als auch betreffend den toten Franzosen im ›Postillion‹ bei Emden.«

Marburg sah den Landdragoner überrascht an. Wenn Huisinga von seinen Emder Kollegen über den Mord an dem Sous-Lieutenant unterrichtet worden war, dann stand gegen sie mehr als nur Guérins Wort.

»Keine Angst, Herr von Marburg. Colonel Guérin hat seine Anschuldigungen gegen Euch revidiert.«

»Revidiert?«, fragte Marburg skeptisch. Was war das nun wieder für ein Schachzug?

»In der Tat«, bestätigte Huisinga. »Sozusagen als Gegenleistung für eine rasche Einschätzung seines Falles.«

»Ich verstehe nicht …«

»Nun, seine Schuld scheint mir eindeutig.« Der Unteroffizier nahm seinen Dreispitz ab und fächerte sich Luft zu. Es war warm und stickig in der kleinen Zelle. »Allein«, fügte er hinzu, »ich kann es nicht beweisen.«

»Dass Guérin seinen Sous-Lieutenant erschossen hat?«

»Oh, ich glaube nicht, dass er das getan hat.« Huisinga schüttelte lachend den Kopf, wobei er Marburg mit einem durchdringenden oder vielmehr wissenden Blick bedachte. »Nein, es geht um den Kutscher, den er samt seiner Droschke bei Euch in Westerstede engagiert hat.«

Marburg sah den anderen überrascht an. »Der Kutscher ist tot?« Tatsächlich hatte er sich schon am Vorabend über den Verbleib des Mannes Gedanken gemacht. »Dann hat Premier-Lieutenant Marceau die Kutsche gefahren«, begriff er.

»Sieht so aus. Wir haben den Kutscher heute Morgen im Hause Kapitän Mertens gefunden, nachdem es uns nicht gelungen war, Euch zu befreien.«

»Uns?«, fragte Marburg.

»Mademoiselle Duplay und Euch selbst, ja. Dragoner Lürssen hat uns auf Eure Spur geführt.«

Marburg lächelte dankbar. Lürssen hatte ihm damit vermutlich das Leben gerettet. »Es waren also noch zwei Menschen dort?«

»Ja. Der alte Kapitän hat sich widerstandslos in einer seiner Kammern einschließen lassen. Der Kutscher wohl nicht. Nun liegt er erschossen im Garten.«

»Warum lasst Ihr Guérin dann gehen?«, wollte Marburg wissen. Ein inhaftierter Guérin war weitaus ungefährlicher als einer, mit dem sie jederzeit wieder rechnen mussten.

»Weil er bezeugt und geschworen hat, dass der Sergeant den Kutscher ohne sein Wissen getötet hat. Leider kann er das Geständnis nicht mehr selbst ablegen …«

»… da er ebenfalls tot ist«, beendete Marburg die Erklärung.

»Prezisemang«, bestätigte der Unteroffizier in friesischem Französisch und mit mildem Lächeln. »Und somit kann er auch nicht mehr zur Rechenschaft gezogen werden.«

»Heißt das, Ihr glaubt Guérin?« Allmählich begriff Marburg, was das für sie bedeutete.

Huisinga nickte. »Ich werde das Wort eines notablen Mannes wie Guérin selbstverständlich nicht anzweifeln«, sagte er. »Was Euch und Mademoiselle Duplay anbetrifft« – er zögerte kaum merklich – »so sehe ich angesichts dieser Entwicklung keinen hinreichenden Grund für eine weitere Inhaftierung. Ihr seid nunmehr frei.«

»Frei …« Marburg wandte sich konsterniert um und lief ohne ein weiteres Wort aus der Tür. »Wo ist Fräulein Duplay?«, rief er über die Schulter zurück.

»Dort, wo Ihr sie hingebracht habt.« Huisinga schüttelte lächelnd den Kopf und folgte Marburg, der bereits in Klaras Zelle angekommen war. Der Arzt war gerade im Begriff zu gehen, und Marburg hätte ihn beinahe umgerannt.

»Na, na, junger Herr«, sagte der Doktor und trat zur Seite. »Sind die Preußen hinter Euch her?«

»Was ist mit Fräulein Duplay?«, fragte Marburg anstelle einer Antwort. Dann wurde ihm die Unziemlichkeit bewusst. »Verzeiht, Doktor! Ich … ich war in Sorge.« Er verbeugte sich knapp. »Marburg«, stellte er sich vor. »Johannes Freiherr von Marburg.«

Der Arzt rang sich ein kurzes Lächeln ab. »Ihr seid also der junge Mann, der das Fräulein hier aus den Händen dieser Barbaren befreit hat?«

»Mit begrenztem Erfolg, wie ich zugeben muss. Die wahre Ehre kommt letztlich dem Dragoner Lürssen zu«, erwiderte Marburg und versuchte, einen Blick auf Klara zu werfen. Doch

Lürssen, der hinter dem Doktor in der Tür stand, versperrte ihm mit verschränkten Armen die Sicht. »Was ist mit ihr?«

»Laudanum«, sagte der Arzt lapidar. »Eine Überdosis, wie ich befürchte, zumindest eine, an der sie noch ein wenig zu beißen hat.«

»Laudanum?«, fragte Marburg. »Laudanum lässt sie so lange wegtreten?«

»Natürlich, Herr Kollege«, spottete der Doktor ob Marburgs Zweifel. »Es hängt alles von der Dosierung ab. Ihre Mademoiselle hat ohne Frage eine große Menge dieser Opiumtinktur zu sich genommen. Aber grämt Euch nicht. Die Wirkung vergeht sehr bald schon, und wenn auch der Magen und die Seele etwas leiden werden, so sind dies vergängliche Symptome. Und es hat ihr über die ersten Schmerzen, die ihr zweifelsohne beigebracht wurden, hinweggeholfen.« Damit lüpfte er ein wenig seinen unförmigen, runden Hut und verließ den kleinen Raum.

»Laudanum«, wunderte sich Marburg, der dieses Rauschmittel durchaus kannte, wenngleich er es nur selten und in kleinen Dosen bei sich selbst angewandt hatte.

»Das erklärt, weshalb sie nicht ansprechbar war«, meinte Lürssen, der nun den Weg zu Klara, die unter Decken auf der Pritsche lag, freigab.

Marburg setzte sich an das Lager der Französin, die ihn aus stumpfen Augen ansah. »Mein Gott«, sagte er erleichtert und wusste nicht, ob er lachen oder wütend sein sollte. In der Tat würde der Rauschzustand vergehen. Er sah auf zu Lürssen. »Der Colonel ist fort?«

»Ja. Er und Lieutenant Marceau sind zu Pferd auf dem Weg nach Batavien.«

»Zu Pferd«, wiederholte Marburg nachdenklich, wobei ihm die graue Stute einfiel, die der Fürstbischof ihm anvertraut hatte.

Lürssen grinste. »Keine Sorge, Herr Baron. Die Johanne habe ich ihm nicht mitgegeben.«

»Ich habe mir erlaubt, für Eure Reisebegleitung einen bescheidenen Einspänner zu mieten.« Lürssen wies auf einen Kutscher, der mit seinem Zweisitzer-Coupé vor dem Quartierstand wartete. Zwei Stunden waren vergangen. Ein Zeitraum, den der Arzt festgelegt hatte, um Klaras Reisefähigkeit sicherzustellen.

»Ich stehe in Eurer Schuld, Lürssen«, sagte Marburg ergeben, und etwas bitter fügte er hinzu: »Ich hätte ihn mir auch nicht leisten können.«

»Genau genommen habt Ihr das«, erwiderte Lürssen mit zufriedenem Grinsen und reichte Marburg ein Säckchen mit Münzen, das diesem durchaus bekannt vorkam.

»Das Geld, das mir Guérin abnahm?«, fragte er ungläubig.

»Eben das«, erwiderte der Dragoner fröhlich. »Bis auf die Anzahlung für den Kutscher, die ich nicht aus eigener Tasche zahlen wollte. Und ein paar Spesen des Colonels, die ich nicht zurückgefordert habe. Offensichtlich sind die französischen Behörden ähnlich inkulant, was die Auslagen angeht, wie unsere. Nun ja, den Großteil habe ich ihm abgenommen. Sehr gegen seinen Willen übrigens. Aber Recht muss Recht bleiben.« Er lachte, und selbst Marburg fiel dankbar mit ein. »Ich frage mich nur«, meinte Lürssen schließlich, »wo Guérin den Wechsel des Wernerschen Bankhauses hätte einlösen wollen.«

»Das wäre leider kein Problem gewesen«, sagte Marburg, der gar nicht mehr daran gedacht hatte, dass ein Teil seiner Barschaft aus einem Wertpapier bestand, dass ihm Alfred Fortmann ausgestellt hatte. »Den hätte jede Pariser Bank angenommen. Zu einem unvorteilhaften Kurs, wie ich allerdings vermute.« Doch was scherte ihn das? Er hatte seine

Barschaft zurückerhalten. Und mit ihr einen Großteil seines Selbstvertrauens.

Klara war mittlerweile zu sich gekommen, wenngleich sie noch immer derart unter den Nachwirkungen des Laudanums litt, dass ihr, wie sie selbst sagte, einerseits speiübel war, es ihr andererseits aber nach mehr dieser Tinktur verlangte. Ein Bedürfnis, das sie auf Anraten des Arztes zu unterdrücken versuchte.

Sie ließ sich von Marburg zur Kutsche geleiten, und die drei machten sich auf den Weg – Lürssen und Marburg zu Pferd.

Markowski, der Kutscher, war ein vierschrötiger, gedrungener Mann, der seine Narben und eine gehörige Portion Eigensinn aus dem russisch-polnischen Krieg von zweiundneunzig davongetragen hatte. Er schimpfte auf die Zarin – die freilich längst tot war – und die Polnische Teilung, bei der er seine Heimat verloren hatte. Und er ließ sich durch nichts dazu bewegen, die zehn Landmeilen von Papenburg nach Oldenburg in einem Stück zurückzulegen.

Marburg war müde genug, um recht schnell nachzugeben. Hinter dem Holler Moor, einem der zahlreichen Moorgebiete Ostfrieslands, fanden sie einen Landgasthof, in dem sie zwei Zimmer mieteten und ein einfaches Mahl zu sich nahmen. Rübensuppe, Haferbrot und Hammelfleisch. Sowohl Klara, die noch kaum etwas essen konnte, als auch Marburg verabschiedeten sich früh in ihre Kammern. Ihr Abschied zur Nacht fiel förmlich und den Umständen entsprechend kurz aus. Beide waren müde und gleichermaßen verunsichert, denn mit der anstehenden Rückkehr nach Oldenburg würden sich ihre Wege trennen. Ein Schicksal, aus dem es nur einen Ausweg gab. Doch Herz und Verstand sträubten sich gegen einen Heiratsantrag. Nun, zumindest Marburgs Verstand.

Mit zaghafter Umarmung geleitete er Klara zu ihrem Zimmer, das nicht viel größer als eine Besenkammer war, jedoch immerhin ein Fenster besaß. Dann suchte er das Zimmer daneben auf, das er sich mit Lürssen teilte. Da sein Auftraggeber ihm kein Zimmer bezahlen wollte, hatte sich Markowski widerwillig damit einverstanden erklärt, in der Kutsche zu schlafen.

Marburg erwachte aus einem wirren Traum, irgendetwas schüttelte ihn, und irgendjemand sagte leise seinen Namen. Es dauerte endlose Augenblicke, bis er erkannte, dass es Lürssen war, der ihn weckte und dessen Silhouette er schwach im Mondlicht erkannte, das durch das Fenster hereindrang. »Was ist?«, fragte er verschlafen.

»Die Mademoiselle«, sagte Lürssen mit ebenfalls verschlafener Stimme. »Sie macht …«, er überlegte, wie er es umschreiben sollte, »… sie macht *Geräusche.*«

»Geräusche?«

»Es scheint ihr nicht gut zu gehen.«

»Und ich soll nach ihr sehen?« Eine Frage, die Marburg in wachem Zustand vermutlich nicht gestellt hätte, wie ihm im selben Moment bewusst wurde. Er seufzte, stand auf und zog sich an. Eine Kerze besaßen sie nicht, der Wirt, ganz Geschäftsmann, verkaufte sie für einen Groschen das Stück. Das war Wucher, und der Mann wusste es. Doch immer wieder ließen sich Gäste auf diesen Handel ein. Marburg und Lürssen nicht. So war Marburg auf das Mondlicht angewiesen, tastete sich zum Nachbarzimmer und klopfte vorsichtig an Klaras Tür. Ein herzerweichendes Klagen war zu hören. Er klopfte noch einmal, diesmal etwas fester. Die Klagelaute wurden leiser.

Unschlüssig, was er tun sollte, klopfte Marburg erneut. Rufen konnte er auf keinen Fall, es war mehr als unschicklich, vor der Kammer einer Dame zu stehen und um Einlass zu bitten.

Marburg fluchte leise. Was, wenn Guérin ihnen gefolgt war und Klara etwas antat? Er zögerte einen weiteren Augenblick, dann gab er der Tür einen Tritt. Sie war gearbeitet wie alle Türen hier und leistete keinen Widerstand. Klaras Klagen endete in einem Aufschrei. Marburg erkannte den Schimmer ihres hellen Kleids, schloss hastig die Tür hinter sich und trat auf die junge Frau zu. Während draußen auf dem Flur vereinzelt Stimmen laut wurden, kniete sich Marburg vor Klara, die neben dem Bett unter dem Fenster kauerte. Vorsichtig hob er sie an und legte sie aufs Bett. Klara zitterte, sie weinte, doch als er über ihr Gesicht fuhr, waren da keine Tränen.

»Was ist geschehen?«, fragte er leise. Unbeholfen versuchte er, die Decken über den zitternden Körper zu ziehen, doch vergeblich. Klara klammerte sich an ihn, und so setzte er sich zu ihr aufs Bett und zog die Decken über sich und Klara zusammen. »Was ist geschehen?«, fragte er noch einmal.

»Guérin«, entgegnete sie mit ängstlicher Stimme. »Er ist hier.«

Marburg sah zum Fenster hinüber. Es war verschlossen. *Da auch die Tür verschlossen ist*, dachte er, *kann der Colonel kaum hier sein.* Er umfasste das zitternde Wesen in seinem Arm fester, wobei ihre Wärme und der Duft ihrer Haut ihm einen Schauer über den Rücken jagten. »Alles ist gut«, flüsterte er. »Nur du und ich sind hier, sonst niemand.«

Klara begann, leise zu schluchzen, ob aus Angst oder Erleichterung, und diesmal rollten ihr die Tränen über die Wangen. Gierig erwiderte sie seine Umarmung, bis das Schluchzen schließlich nachließ und sie begann, ruhiger zu atmen. Den ganzen Tag waren Guérins Worte in Marburgs Kopf umhergeirrt: »Nehmt Euch vor Mademoiselle Duplay in Acht. Sie ist nicht das schützenswerte Wesen, das zu sein sie vorgibt.« In diesem Augenblick konnte er dem Franzosen nicht glauben. Entweder hatten ihn Hass und Geldgier zu derartigen Anschuldigungen verleitet – oder Mademoiselle Duplay war eine hervorragende Schauspielerin. Marburg hasste sich für seine Zweifel, doch Guérins Saat schien aufzugehen.

Plötzlich fragte er sich, was er hier tat. Jettes Scherenschnittantlitz, das er noch immer in seiner Rocktasche trug, begann, in seinem Herzen zu brennen. War dieser eine Brief, den er ihr geschrieben hatte, wirklich ein angemessener Abschied für die Monate, die sie zusammen verbracht hatten? Mit Jette hatte er Pläne gemacht, hatte auf den Wiesen an der Elbe neben ihr im Gras gelegen, hatte auf ausgedehnten Spaziergängen zaghaft ihre Hand ergriffen und hatte sie in diesem Frühjahr schließlich sogar geküsst. Die Erinnerung daran war seltsam fahl angesichts Klaras sanfter Atembewegungen in seinem Arm.

Marburgs Gedanken trieben noch weiter fort. Morgen wären sie wieder in Oldenburg. Ihre kurze Bekanntschaft würde damit ein Ende nehmen, und gleichzeitig würde er mit seinen Bemühungen, Licht in die Umstände des Todes seiner Eltern und der drei Angestellten zu bringen, wieder ganz am Anfang stehen. Jede seiner Spuren war ins Nichts verlaufen. Guérin schwor, nichts mit dem Mord in Oldenburg zu tun zu haben, und Klara schwor, am Tag des Mordes bereits in Neuharlingersyhl gewesen zu sein. Es sprach zweifellos nicht für die Zuneigung, die er für Klara zu empfinden glaubte, dass er ihre Aussage von Isidor Tellmann, dem Amtsdoktor, bestätigen lassen würde. Tellmann war mit Klara aus Oldenburg geflohen. Vor Guérin oder vor der herzoglichen Jurisdiktion, diese eine Frage blieb im Augenblick offen.

Rasch tritt der Tod den Menschen an,
Es ist ihm keine Frist gegeben,
Es stürzt ihn mitten in die Bahn,
Es reißt ihn fort vom vollen Leben.
Bereitet oder nicht, zu gehn,
Er muß vor seinen Richter stehn.

Friedrich Schiller, Wilhelm Tell, 1804

11. Kapitel

Freitag, 28. Juni 1799, auf Oldenburg

MARBURG ERWACHTE BEIM ersten Grau des Morgens, das durch das Fenster der kleinen Kammer drang. Er lag auf dem Bett, Klara, die sich an ihn schmiegte, in seinem Arm, in ihren Kleidern, unter Wolldecken, die wärmten und gleichzeitig alles so fremd erscheinen ließen. Er fuhr durch das Haar der jungen Frau, deren würziger, erdiger Duft wenig weiblich und doch so anziehend war. Lürssen fiel ihm ein, doch war es ihm seltsam gleichgültig, was der Dragoner denken mochte. Er war bei Klara, und das allein fühlte sich gut an.

Sie schlug die Augen auf und sah ihn verschlafen an. »Danke«, sagte sie schließlich, fuhr ihm durch sein wirres Haar und lächelte ihn traurig an.

Marburg richtete sich auf. »Ich kompromittiere Euch, Mademoiselle«, sagte er in gespieltem Ernst.

»Das wäre dann das zweite Mal«, erwiderte sie. »Ich gewöhne mich allmählich daran.«

Er lächelte, und sein Blick wurde durchdringender. Dann, als Klara seinem Blick nicht auswich, beugte er sich zu ihr hinunter und küsste sie auf den Mund. Wider Erwarten entzog sie sich ihm nicht, im Gegenteil, Klara erwiderte seinen Kuss, schloss ihre Arme in seinem Rücken und zog ihn wieder zu sich herab auf die Matratze des Bettes. Nach einer Ewigkeit, die ihm mehr als alles andere gefiel, löste sich Marburg von ihr und stand endgültig auf. Lürssen musste ihn hier nicht sehen! Erst jetzt nahm er wahr, dass sie sich am

Abend zurechtgemacht hatte, gewaschen und gekämmt. Beides stünde ihm auch gut an, dachte er und fühlte sich plötzlich mehr als schmutzig. Klaras Kleid hing zum Trocknen über dem einfachen Stuhl in ihrer Kammer, sie selbst trug nur ein Unterkleid. Ein Anblick, von dem er sich losreißen musste. Denn, ging es ihr auch bis zu den Waden, so entblößte es doch den größten Teil ihrer kleinen, festen Brüste. »Bleib hier«, sagte er. »Ich bin gleich zurück.« Vielleicht war ihre nächtliche Angst vor den beiden verbliebenen Franzosen ja nicht unberechtigt gewesen, und sie trieben sich wirklich noch hier herum.

Bemüht, leise zu sein, verließ Marburg die Kammer und stieg die Treppe in den Hof hinunter, wo er den Abort aufsuchte und sich schließlich in einem der Holzbottiche wusch. Sein Blick fiel auf die Kutsche, aus der Markowskis Schnarchen ertönte.

Mit einem Grinsen zog Marburg ein Handtuch von der Leine und trocknete sich Kopf und Haare ab. Als er es sinken ließ, sah er sich Marceau gegenüber. »Nicht gerade die passende Montur, von Marburg«, sagte der Franzose mit höhnischem Grinsen. Im nächsten Moment warf er ihm einen der beiden Säbel zu, die er in der Hand trug. »Aber primitives Benehmen sind wir ja gewohnt von Euch.« Er präsentierte die Waffe und fuhr mit der Klinge mehrmals geräuschvoll durch die Luft. »Ihr seid bereit?«

Marburg fing sich unmittelbar. »Was wollt Ihr von mir?«, fragte er mit gekrauster Stirn. Hätte der Lieutenant ihm eine Waffe gegeben, wenn er ihn nur umbringen wollte? Gleichwohl war es ein ungleicher Kampf – ein Student gegen einen, vermutlich kampferfahrenen, Offizier.

»Der Colonel hat seine Ehrenforderung an mich abgetreten«, erklärte Marceau herablassend. »Er sieht sich aufgrund einer Verletzung außerstande, sich mit Euch zu duellieren. Es ist also an mir, Colonel Guérins Forderung nach Satisfaktion zu übernehmen.«

Man könnte es unter diesen Umständen auch als Mord bezeichnen, war Marburgs erster Gedanke. Ob Ehrenforderungen abgetreten werden konnten, wusste er nicht. Marceau würde sich gewiss auch nicht auf einen Disput darüber einlassen. Marburg betrachtete kurz die Waffe in seiner Hand. Es handelte sich nicht um einen Säbel, sondern um einen Pallasch mit gerader Klinge. Säbel waren Schlagwaffen, einen Pallasch konnte man ähnlich wie einen Degen handhaben. Zumindest hoffte er das, denn ein Degen war weitaus leichter. Marceau machte einen Ausfallschritt und griff an. Marburg wehrte den Stich mit einer Drehung ab. In Hamburg hatte er ein wenig Fechten gelernt, allerdings war eine Mensur nicht mit einem Kampf auf Leben und Tod vergleichbar, zumal Marceau ohne Sekundanten keine Regeln gelten lassen würde. Er griff unmittelbar erneut an und drängte Marburg direkt in die Defensive. Immerhin konnte dieser die ersten Hiebe und Stiche einigermaßen sicher parieren. Der Lieutenant aber lachte nur. »Ich habe nicht viel Zeit, von Marburg. Bis jetzt habe ich mich nur aufgewärmt.« Er griff erneut an, in perfekter Haltung, den rechten Fuß vorgesetzt. »Jetzt aber möchte ich die Angelegenheit hinter mich bringen. Ich habe noch eine Verabredung.«

»Ich habe noch eine Verabredung«, äffte Marburg ihn nach. Er wich erneut aus und stieß aus der Drehung heraus auf den Lieutenant ein, erwischte aber nur dessen Rocktasche. »Wie heißt denn Euer Liebster?«, keuchte er, machte einen Rückzieher und hieb mit der Klinge ein weiteres Mal auf seinen Gegner ein.

Falls Marceau überrascht war, ließ er es sich nicht anmerken. »Ich stopfe Euch Euer loses Mundwerk«, presste er gereizt hervor, wehrte Marburgs nächsten Schlag mit bemühter Gelassenheit ab, drehte die Klinge und schlug dessen Pallasch zur

Seite. Marburg behielt mit knapper Mühe seine Waffe in der Hand, machte einen Sprung zurück und entkam dadurch nur knapp einem Stoß mit der Spitze des gegnerischen Degens. Die vage Hoffnung, die er für einen Augenblick gespürt hatte, schwand unmittelbar. Er würde diesen Kampf trotz einiger Paukversuche an der Akademie keine zwei Minuten mehr überstehen. Die Augen auf den Franzosen geheftet, konnte er auch den nächsten Stoß parieren, sein Gegenangriff aber wurde im Keim erstickt, Marceau schien das Geplänkel sattzuhaben und schlug zu. Marburg riss in letzter Sekunde seine Waffe empor, sonst hätte ihm die Klinge seinen Schädel gespaltet. *Verdammt, Marceau, hört auf!*, wollte er rufen, doch das ließen weder seine Kondition noch sein Stolz zu. Trotzdem wurde seine Abwehr fahriger, und der Lieutenant drängte ihn immer wieder zurück. Einen unachtsamen Augenblick später hatte ihm der Franzose sein Rapier aus der Hand gehebelt.

»Es ist bedauerlich für Euch, Monsieur le Baron, dass der ›ehrenvolle Zweikampf‹ zu Euren Ungunsten entschieden ist«, sagte Marceau selbstzufrieden. »Seht es als Parabel auf den Untergang Eures Standes, und grämt Euch nicht. Euer Tod ist die Satisfaktion des Colonels für den Angriff auf seine Ehre.« Mit einem zufriedenen Grinsen hob er seine Waffe zum letzten Schlag gegen Marburg, der, nicht in der Lage sich zu bewegen, ihn nur ungläubig ansah. Dann hielt Marceau inne.

Erst jetzt weitete sich Marburgs adrenalinverengtes Blickfeld, und er erkannte, dass sie längst nicht mehr alleine waren auf dem Hof der Schänke. Der Wirt und einige Gäste, zum Teil im Schlafrock, standen um sie herum. Es war jedoch Lürssen, der den Lieutenant hatte innehalten lassen. Seine Pistole war auf die Schläfe des Mannes gerichtet. »Das war es für heute, monsieur le lieutenant«, zischte er. Auch er hatte sich nur eilig seine Kleider übergeworfen. »Verschwindet, oder ich sehe mich gezwungen, Euch zu arretieren.«

»Mich zu arretieren?«, fuhr ihn der Franzose an, ohne sich jedoch zu bewegen. »Was bildet Ihr Euch ein? Dies ist ein Duell unter Ehrenmännern!« Er warf einen abfälligen Blick auf den nur halb bekleideten Marburg. »Nun, zumindest ist einer der Beteiligten ein Ehrenmann. Dessen ungeachtet habt Ihr nicht das Recht, in eine Herausforderung einzugreifen.«

»Eine Herausforderung?«, fragte Lürssen mit gespielter Überraschung. Er wandte sich an Marburg: »Hattet Ihr die Gelegenheit, Waffen, Zeitpunkt und Beistand zu wählen?«

Marburg schüttelte stumm den Kopf. Erst jetzt wurde ihm bewusst, wie knapp er dem sicheren Tod entronnen war. Marceau hätte nicht gezögert, ihn mit dem Säbel niederzuschlagen. Der Kampf hatte nur Minuten gedauert, wenn überhaupt. Und wieder war es Lürssen, der ihn aus der Bredouille gezogen hatte.

»Damit obliegt es mir«, wandte sich der Dragoner an den Franzosen, »diesen Zwischenfall als Aggression Eurerseits zu werten. Steckt die Waffe weg, oder ich nehme sie Euch ab.«

»Ihr vergesst Euch, Mann!«, sagte Marceau kalt, steckte aber, da die Pistole noch immer auf seine Schläfe gerichtet war, seine Waffe vorsichtig zurück in die Scheide. Er zögerte, überlegte offenbar, ob es sich mit seiner Ehre vereinbaren ließ, den Rückzug anzutreten. Einige Augenblicke, in denen er den Dragoner mit schmalen Augen fixierte, vergingen. Dann spie er aus, machte kehrt und ging gemessenen Schrittes zu seinem Pferd, das vor dem Stalleingang wartete. »Wir sehen uns wieder«, zischte er Marburg zu, als er an ihm vorüberging. »Schon bald.« Wie beiläufig griff er nach Marburgs Duellwaffe, nahm sie an sich und saß auf.

Die Gäste zerstreuten sich, und Klara kam, in eilig übergeworfenem Kleid, auf Marburg zugelaufen. Sie griff nach seinen Händen und sah ihn kopfschüttelnd, aber mit einem erleichterten Lächeln an. »Man kann dich nicht alleine lassen«, sagte sie mit gespieltem Vorwurf. »Immer musst du dich mit den falschen Leuten anlegen.«

Marburg zuckte unbeholfen mit den Schultern und lächelte schwach. Sein Herz schlug noch immer wie wild. Er ließ Klaras Hände los und wandte sich zu Lürssen. »Was sollte das wohl?«, fragte er mit einem Blick auf den Lieutenant. »Ich meine, das Duell, das war doch nur ein Vorwand.«

Der Dragoner nickte nachdenklich. »Hattet Ihr einen Ehrenhändel mit dem Lieutenant?«

»Mit dem Lieutenant? Nein. Es war der Colonel, der glaubte, mich fordern zu müssen.«

»Weil Ihr ihn niedergeschlagen habt?«, erinnerte sich der Dragoner.

»Nun ja …«

Lürssen lachte auf und ging zur Straße, wo er dem Franzosen nachsah. Dass eine Duellforderung abgetreten werden konnte, war ihm neu. Ein Faustschlag allerdings war für einen Offizier oder Adligen, der sich dem Ehrenkodex verpflichtet fühlte, mehr als genug, um Satisfaktion zu verlangen. Hätte der Lieutenant auf die Form geachtet, wäre Lürssen nicht in der Lage gewesen dazwischenzugehen.

Als Marburg dem Dragoner folgen wollte, hielt Klara ihn am Arm fest. »Du hast Guérin niedergeschlagen?«, fragte sie leise. »Warum?«

Marburg, dem durchaus aufgefallen war, dass sie das vertrauliche Du benutzte, lächelte. »Du hättest dich sehen sollen«, sagte er. »Ich wusste nicht, was er dir angetan hat … Ich hätte ihn erschießen sollen.« Es war das erste Mal, dass er Klara schamhaft erröten sah. Ein Wesenszug, der nicht recht zu ihr passte. Er wandte sich rasch ab, um sie von ihrer Verlegenheit zu erlösen, zog Hemd und Rock über und folgte Lürssen zur Straße.

»Ich hoffe, Ihr hattet eine gute Nacht?«

Marburg warf dem Dragoner einen finsteren Blick zu.

»Mademoiselle Duplay entzieht sich ein wenig meiner Menschenkenntnis«, gestand Lürssen nach einer Weile, ohne den Blick von Marceau zu nehmen, der sein Pferd in schnellem Trab der Landstraße folgen ließ. »Ich kann ihre Rolle in diesem Spiel beim besten Willen nicht einschätzen. Nun muss ich Euch den Rat geben, vorsichtig zu sein.« Er bedachte Marburg mit einem prüfenden Blick und fügte hinzu: »Auch wenn es zu spät zu sein scheint.«

»Unsinn«, wehrte Marburg ab. Er sah sich nach Klara um, die bei der Kutsche gestanden hatte, konnte sie jedoch nirgendwo ausmachen. »Es ist ja nichts passiert«, fügte er leise hinzu. Eine Aussage, die eigentlich unter seiner Würde war. Aber gleichgültig, nach allem, was geschehen war, betrachtete er Lürssen mittlerweile als eine Art Freund.

»Das glaube ich Euch unbenommen«, erwiderte Lürssen. »Dieses ›Nichts‹ hätte Euch dennoch heute Morgen das Leben kosten können.«

Damit mochte er sogar recht haben, dachte Marburg und nickte betroffen. »Ich bin Euch mehr als verbunden für Euer Eingreifen«, sagte er unvermittelt, knapp, aber dennoch dankbar. Mit einem Ruck wandte er sich um und kehrte zur Herberge zurück. Es war schwer genug, sich nach Jahren des studentischen Übermuts einzugestehen, dass das Leben gefährlicher war, als er es sich bei den Magisterprüfungen hätte träumen lassen. Eine Betriebsergebnisrechnung half ihm bei der Auseinandersetzung mit einem bewaffneten Lieutenant der französischen Garde nicht weiter. Sich wiederholt von Lürssen aus der Bredouille helfen zu lassen, stärkte sein Selbstvertrauen zudem auch nicht gerade.

»Ist Euch etwas aufgefallen, Baron?« Der Dragoner war ihm gefolgt.

Marburg sah sich um.

»In welche Richtung ist Marceau geritten?«

Die Frage war rhetorisch, doch Marburg musste sich eingestehen, dass er ihr keine Beachtung geschenkt hatte. »Nach Osten«, überlegte er. Dann begriff er, was der Dragoner meinte. »Nach Oldenburg vielleicht. Keinesfalls nach Frankreich …«

»Der Gedanke kam mir ebenfalls«, meinte Lürssen ernst. »Und würde er nach Oldenburg reiten, wenn sein Vorgesetzter sich auf dem Weg nach Frankreich befände?«

Marburg schüttelte den Kopf. »Ihr meint«, formulierte er einen vagen Gedanken, »das Ganze war ein Versuch, uns aufzuhalten?«

»Das hängt davon ab, welchen Nutzen es für die Franzosen hätte, vor uns in Oldenburg zu sein.« Lürssen betrachtete Marburg und Klara, die zu ihnen getreten war, mit prüfendem Blick.

»Das wiederum hängt davon ab«, erwiderte Marburg langsam, ohne Klara anzusehen, »was Fräulein Duplay den beiden mitgeteilt hat.«

Klaras Gesicht verhärtete sich, und einen Augenblick später spürte Marburg ihre Ohrfeige auf der linken Wange. Sie ließ die beiden stehen und verschwand in der Herberge. Marburg rieb sich die schmerzende Seite und seufzte. Es hatte, nach allem, was geschehen war, keinen Sinn, dem Dragoner die Wahrheit über Klaras Rolle in der »affaire du Barry« vorzuenthalten. Zumal sie auch weiterhin seine Hilfe benötigten. »Es ist schwer, die Frauen zu verstehen«, sagte er.

Lürssen grinste nur.

»Also gut«, sagte Marburg. »Als Erstes aber möchte ich etwas essen.«

Der Wirt wartete mit einem dunklen, dünnen Gebräu auf, das er Kaffee nannte. In Zeiten preußischer Kaffeesteuern war vermutlich nicht mehr zu erwarten. Dazu gab es Kakao, einen Getreidebrei, grobes Brot, gelbe Butter, Käse und einige Reste kalten Fleisches.

Es dauerte ein wenig, bis Marburg die richtigen Worte fand. Auch wollte er warten, bis Klara herunterkam, doch die blieb fort. Schließlich begann er, dem Dragoner alles zu erzählen, was er wusste, von Klaras Flucht mit seinen Eltern, über ihr Verhältnis zur Comtesse du Barry, die als Mätresse des Königs hingerichtet worden war, bis hin zu Guérins Interesse an dem Gold, das eigentlich für die französischen Royalisten und ihren Kampf gegen das Revolutionsregime gedacht war.

»Hat sie *Euch* das Versteck verraten?«, wollte Lürssen wissen, nachdem er das Gesagte verdaut hatte.

Marburg schüttelte den Kopf.

»Glaubt Ihr, Guérin kennt es?«

»Ich weiß es nicht. Freiwillig wird Mademoiselle Duplay es nicht preisgegeben haben. Doch was in der vorletzten Nacht geschehen ist …« Er unterbrach sich. »Könnte es sein, dass Laudanum derart willenlos macht?«

»Da bin ich leider nicht sachverständig«, sagte Lürssen konziliant und mit einem Lächeln. Doch das Lächeln war nicht für Marburg gedacht.

Es war Klara, die unbemerkt den Schankraum betreten hatte. Sie schenkte Marburg nur einen kurzen Blick. »Verzeih«, sagte sie tonlos.

Lürssen stand auf und rückte galant einen der Stühle am Tisch für sie zurecht. Klara nickte dankbar und setzte sich. »Ich erinnere mich nicht mehr«, erklärte sie. Offenbar hatte sie den Rest der Unterhaltung durchaus mitbekommen. »Jedenfalls an nichts Zusammenhängendes. Da war eine ungeheure Leichtigkeit, schöne Bilder, die ich nicht beschreiben kann, eine seltsame Entrückung nahm mich gefangen, bis ich Guérins Stimme nicht mehr wahrgenommen habe …«

»Guérins Stimme?«

»Natürlich, du Narr«, sagte sie leise, ohne Marburg anzusehen. »Er hat immer wieder nach dem Gold gefragt. Ich fürchte, irgendwann habe ich ihm gesagt, wo es ist …« Tränen traten in Klaras Gesicht, und nur mit Mühe konnte sie ein Schluchzen unterdrücken.

»Das glaube ich nicht.« Marburg sah Klara mitleidig an. »Warum hätte er dann weiter mit uns nach Frankreich fahren sollen, anstatt das Versteck aufzusuchen?«

»Er wollte uns aus dem Weg haben«, war Klaras pragmatische Antwort. »Im Friesischen oder gar in Oldenburg hätte er sich unserer nur schwer entledigen können. In Frankreich aber wären wir im erstbesten Kellerloch gelandet und am Ende sogar als Anhänger des Ancien Régime hingerichtet worden, während Guérin sich in aller Ruhe das Gold geholt hätte.«

Marburg war nicht wohl bei dem Gedanken, doch er musste zugeben, dass diese Variante plausibler war als die Inhaftierung in der Pariser Bastille. Wenn auch weniger spektakulär.

»Das kann er jetzt immer noch tun«, meinte Lürssen und sah vom einen zum anderen. »Er hat einen gehörigen Vorsprung, auch wenn es Lieutenant Marceau nicht gelungen ist, Euch für immer aufzuhalten.« Er stand auf und sah Marburg auffordernd an. »Wir haben keine Zeit zu verlieren.«

Marburg nickte, und während der Dragoner schon hinauf zu den Zimmern lief, fragte er Klara: »Wo ist das Gold?«

Sie zögerte. Die Antwort schien ihr nicht leicht über die Lippen zu kommen.

»Du willst es mir nicht sagen, oder?« Marburg schenkte ihr ein verständnisvolles Lächeln.

»Das ist es nicht.«

»Wenn ich dir helfen soll, dann wäre es jetzt an der Zeit …«

»Es … es ist in eurer Familiengruft.«

Marburg glaubte, sich verhört zu haben. »Es ist wo?«

»Dein Vater war es, der den Vorschlag gemacht hat«, versuchte sich Klara zu rechtfertigen.

»Aber dann ist das Gold nicht mehr da!« Marburg beugte sich vor und fasste Klara an den Armen. »Die beiden … ich meine … sie sind doch genau dort bestattet worden.« Die Gruft auf dem Oldenburger Gertrudenfriedhof, so klein sie auch sein mochte, war eine Reminiszenz an die Familientradition. Kein von Marburg würde sich in einem einfachen Grab beisetzen lassen! Der Himmel bewahre!

»Es ist eine Art Geheimfach«, versuchte Klara, ihn zu beruhigen. Ein Lächeln huschte über ihr Gesicht. Für einen Augenblick war sie ob seiner Sorge belustigt. »Ein Geheimfach auf der Rückseite der kleinen Kapelle. Oder Gruft, gleichwohl. Bei uns nennt man es ›crypte‹ …«

Marburg sah die junge Frau entgeistert an. »Du scheinst dich gut auszukennen in unserem Familiengrab.« Dann sprang er unvermittelt auf. »Wir müssen uns beeilen!«

»Ja«, sagte sie langsam. »Das müssen wir wohl.« Es war durchaus möglich, dachte Klara mit plötzlich aufwallender Panik, dass Guérin dieses Geheimfach fand! Und dann wäre alles, was sie in den letzten Jahren durchlitten hatte, vergeblich und ihr Versprechen, das sie der Comtesse gegeben hatte, uneinlösbar.

Keine halbe Stunde später rumpelte die Droschke wieder über die ausgefahrene Landstraße. Es schien, als suchte Piotr Markowski jedes Schlagloch, jeden Stein und jede Bodenunebenheit, doch die Straßen waren überall auf dem Lande schlecht, und in den moorigen Gegenden hier im Norden traf das besonders zu. Der Kutscher und Klara hatten vom Frühstück eingesteckt, was sie konnten, um es auf dem Weg zu verzehren. Vergeblich, wie es schien, denn in einer fahrenden Kutsche zu essen und zu trinken, war beileibe kein einfaches Unterfangen, und eine weitere Pause konnten sie sich nicht erlauben. Marburg wäre am liebsten mit dem Dragoner vorausgeritten, doch Klara ein weiteres Mal allein zurückzulassen, erschien ihm viel zu gefährlich.

Am frühen Nachmittag erreichten sie Oldenburg, wo sie von Lürssen, der eine halbe Stunde zuvor eingetroffen war, und einem weiteren Dragoner in Empfang genommen wurden. Markowski folgte mit seiner Kutsche den beiden Reitern entlang der gewundenen Haaren, die auf dieser Seite den Stadtgraben speiste. Vor der mächtigen Haarenschanze bogen sie ab zur Heiligen-Kreuz-Siedlung, die nördlich vor der Stadt und in unmittelbarer Nähe zum Gertrudenfriedhof lag. Ihr Weg führte über verwinkelte, aber gut befahrbare Straßen, an vereinzelten Siedlungshäusern und abgesteckten Garten- und Weideparzellen vorbei.

Als sie den Friedhof erreichten, entlohnten sie ihren polnischen Kutscher, der sich interessiert umsah und die Stadt, oder vielmehr ihre Ausläufer, als sehr beschaulich lobte. Dann aber, nach einem Blick auf den Stand der Sonne, wendete er eilig seine Droschke und suchte sich den Weg zurück, ein letztes Mal den Hut als Abschiedsgruß durch die Luft schwenkend.

Der Friedhof lag wie ein V, die Spitze nach Oldenburg zugewandt, zwischen den beiden Heerstraßen, die nach Wiefelstede und nach Rastede führten, dort wo der Fürstbischof seit einigen Jahren die Sommerresidenz der Oldenburger Herzöge im Stil des gerade modernen Klassizismus erneuern ließ. Sie betraten die Ruhestätte durch eines der beiden Tore – jenes, neben dem die Worte »O, ewich ist so lanck« geschmiedet waren –, passierten die Gertrudenkapelle und folgten Klara, die sich augenscheinlich besser zurechtfand als Marburg selbst, der die Familiengruft auch erst einmal gesehen hatte. Im Hintergrund ragte der Neubau des herzoglichen Mausoleums auf. Es war tatsächlich das modernste Gebäude Oldenburgs, schlicht wie ein griechischer Tempel ohne Säulen. Peter Friedrich Ludwig, dessen Großzügigkeit und Einfluss Marburg es zu verdanken hatte, dass er sein Dasein nicht in irgendeiner Arrestzelle oder in russischer Uniform im Feld fristen musste, hatte es für seine junge Frau bauen lassen. Soweit er sich erinnerte, war sie, die als Friederike Elisabeth Amalie Auguste von Württemberg nach Oldenburg gekommen war, vor kaum zehn Jahren hier beigesetzt worden. In Oldenburg wurde damals wochenlang Trauer gezeigt. Man litt mit seinem Regierungsadministrator. Das Mausoleum allerdings hatte sein Vater nie gemocht. Viel zu schlicht! Ihm war der Barock lieber gewesen, mit Schnörkeln und Verzierungen, und ebenso war auch die Familiengruft angelegt, vor der sie nun angekommen waren. Wie ein kleiner gotischer Tempel, mit Ornamenten und Verzierungen und einer in Stein gehauenen Szene aus dem Alten Testament im vorderen Giebel. Vermutlich aus dem zweiten Buch Samuel, »Absalom und der Handel«. Das hätte seinem Vater ähnlich gesehen …

Sie hielten kurz inne und senkten die Blicke angesichts der erst zwei Tage zurückliegenden Bestattung von Marburgs Eltern. Für einen Augenblick erschien es ihm wie eine Vorsehung, dass die Gruft vor dem viel zu frühen – und vor allem unerwarteten – Tod seiner Eltern fertiggestellt worden war. Eine kaum abzuschüttelnde Beklemmung überkam Marburg, der lange Augenblicke wie gelähmt nur dastand und auf den Eingang zur kleinen Grabkapelle starrte, von Erinnerungen überwältigt. Erst die Hand auf seiner Schulter ließ ihn wieder in die Gegenwart zurückkehren, es war Lürssen, der ihn sanft zur Rückseite der Gruft drängte, wo Klara bereits stand und zu Boden starrte. Als sie zu ihr traten und dem Blick der jungen Frau folgten, erkannten sie den Grund für ihre Bestürzung: Sie waren zu spät gekommen. Tatsächlich gab es im Sockel der Kapelle eine Reihe großer Quadersteine, unscheinbar und mit Mörtel verfugt. Einer der Steine jedoch war herausgezogen und offenbarte eine dunkle, mit Marmor ausgekleidete Vertiefung. Es war das Geheimfach, von dem Klara berichtet hatte und von dem Marburg nicht einmal gewusst hatte. Es war so groß, dass Klara sich darin hätte verstecken können, doch es war leer. Guérin war ihnen zuvorgekommen.

Ohne ein Wort zu sagen, kehrten sie in die Stadt zurück, wo sich ihre Wege schließlich trennten. In ihrem wenig reinlichen Zustand – ihre Kleider waren nicht nur aufs Äußerste verschmutzt, sondern hatten auch stark gelitten in den letzten Tagen – zogen Marburg, besonders aber Klara, die Blicke zahlreicher Passanten auf sich.

Es war ihnen gleichgültig. Die Last, versagt zu haben, wog schwerer auf ihren Schultern als die Erleichterung, wieder zurück und mit dem Leben davongekommen zu sein. Selbst für Marburg, der nicht aufgebrochen war, um die Reichtümer des französischen Adels ausfindig zu machen, sondern sich auf die Suche nach Erklärungen begeben hatte. Und nach den Mördern seiner Eltern.

Nun gut, auch die hatte er nicht gefunden. Aber, bei Gott, das würde er noch, das würde er …

Sie passierten die Alte Schanze und betraten die Stadt durch das nördliche Heiligengeisttor. Marburg bedankte sich bei Lürssen, noch immer wortkarg, doch mit einer überaus unstandesgemäßen Umarmung. Als der Dragoner mit den beiden Pferden zum herzoglichen Marstall ritt, sah Marburg ihm nach. Ein Gefühl der Zuneigung überkam ihn, vielleicht war es auch schon Freundschaft. Nicht nur, weil Lürssen ihm ein paarmal das Leben gerettet hatte. Allein das wäre natürlich mehr als ein Grund. Nein, es hatte häufig Augenblicke gegeben, in denen zwischen ihnen stummes Einverständnis geherrscht hatte, eine Art Übereinkunft der Seelen, mochte man sagen. Selbst als sie getrennte Wege gegangen waren, hatte der Instinkt Lürssen letztlich wieder zu Marburg geführt.

Jetzt aber, da war Marburg sich sicher, konnte auch Lürssen ihnen nicht mehr helfen. Er musste sich etwas Pragmatischeres ausdenken, damit sie – wenn Klara denn bleiben wollte – über die Runden kamen. »Nun gut«, sagte er, nachdem er die Haustür aufgeschlossen hatte. »Es war nicht unser Geld und Gold. Soll Guérin und das ganze vermaledeite ›Secret Bureau‹ damit glücklich werden!«

Klara nickte langsam. Sie fror und schlang ihre Arme um sich. Müde und enttäuscht setzte sie sich auf einen der Stühle im Flur. Sie hätte das Geld nicht für sich haben wollen, Guérin aber, dem Mann, der ihr Gewalt und Leid angetan hatte, der sie verfolgt und entführt, entehrt und hintergangen hatte, Guérin gönnte sie diesen Erfolg auf keinen Fall!

»Junger Herr! Ihr seid zurück!« Mamsell Roberg kam hereingestürmt und konnte den Drang, Marburg mütterlich zu umarmen, nur mit Mühe unterdrücken.

Klara sprang von ihrem Stuhl auf und machte zwei Schritte zurück auf Marburg zu, hinter dem sie sich zu verstecken suchte. Der verkommene Aufzug, den sie zur Schau trug, war ihr durchaus bewusst. Sie sehnte sich nach einem Bad und sauberen Kleidern. Und Ruhe. Sie erkannte die Mamsell erst, als diese vor ihr stand. Ein wenig unsicher beäugten sich die beiden Frauen. Was sollte Klara sagen? Sie wusste von dem Verlust der Tochter, und jetzt, da ihr die Tage, die sie hier im Haus verbracht hatte, wieder vor Augen standen, tat ihr die Mamsell mehr leid als der Verlust des Goldes.

Auch Madame Roberg zögerte. Die Mademoiselle war schließlich eine französische Dame, die gleichwohl auf der Flucht gewesen und von den Marburgs aufgenommen worden war. Doch im nächsten Augenblick schon warf sie alle Standesvorbehalte über Bord, stemmte die Hände in die Hüften und musterte die junge Frau von oben bis unten. »Was ist Euch nur widerfahren, armes Kind?«, fragte sie voll aufrichtiger Besorgnis, und zu Marburg gewandt sagte sie: »Ein Mann in Eurer Position sollte auf eine junge Dame besser achtgeben! Ich möchte lieber nicht wissen, was in den letzten Tagen geschehen ist.« Was so viel hieß wie: Ich möchte es ganz genau wissen.

»Sollten Sie nicht Du zu mir sagen, Tante Auguste?«, versuchte er, das Gespräch in andere Bahnen zu lenken. Das Mindeste, was sie mutmaßen würde, war, dass er die Nächte mit Klara verbracht hatte. Nun, tatsächlich war es sogar so gewesen, wenn auch weit weniger romantisch, als man annehmen mochte.

»Ach, i wo!« grummelte die Mamsell. »Nicht in Gegenwart einer Dame. Und unrasiert und schmutzig, wie Ihr seid, seht Ihr so furchtbar erwachsen aus, dass ich nie und nimmer mehr Du zu Euch sagen könnte, junger Herr. Nein, nein, es ist schon recht, wie der Herrgott es gefügt hat.« Sie lachte. »Ich freue mich nur, dass endlich wieder Leben im Haus ist. Nach der Beerdigung Eurer Eltern und ...« Ihr Lachen verschwand so plötzlich, wie es gekommen war, »... und der drei Angestellten Eurer Eltern, war es hier wie im Totenreich.«

Klara griff nach Madame Robergs Händen. »Es tut mir so leid, was geschehen ist«, sagte sie, und tonlos fügte sie hinzu: »Ich wünschte, ich wäre hier gewesen.«

»Ach, Kind«, Madame Roberg seufzte. »Ihr habt es richtig gemacht, Doktor Tellmann zu folgen. Aber ich ...« Sie war nun alleine, ohne Familie, und alleine musste sie mit dem Verlust ihrer Tochter fertigwerden. Da war es schön, sich endlich wieder um Menschen kümmern zu können. Plötzlich kamen ihr späte Zweifel, vielleicht war es auch nur Koketterie, denn sie ließ Klaras Hände los und deutete einen höfischen Knicks an. »Mademoiselle, verzeiht ...«

»Nein, bitte.« Klara ergriff erneut die Hände der Haushälterin. »Diese Zeiten sind vorbei, wie ich befürchte. Ich habe kein Heim und kein Geld«, erklärte sie mit traurigem Lächeln, wobei sie es vermied, Marburg anzusehen. »Ich habe nicht einmal mehr etwas zum Anziehen außer diesem heruntergekommenen Stück.« Sie fuhr sich unsicher über ihr Kleid. »Ich habe meine Heimat, meine Familie und meine Patronin verloren.« Mit einem unverständlichen französischen Schnauben – vielleicht war's auch ein Fluchen – ließ sie sich wieder auf den Stuhl fallen.

»Wir sollten das Gästezimmer für Mademoiselle Klara zurechtmachen«, meldete sich Marburg zu Wort. Wenn es an die Offenbarung von Seelennöten ging, fühlte er sich ganz schnell unwohl.

Mamsell Roberg warf ihm einen prüfenden Blick zu. Dann schüttelte sie vehement den Kopf. »Das kommt überhaupt nicht infrage!«, sagte sie entschlossen. »Das würde Euch beide kompromittieren. Die Mademoiselle wird bei mir übernachten!« Als ihr bewusst wurde, dass sie eigentlich weder das Recht noch den Platz hatte, ein Fräulein von Stand bei sich zu beherbergen, fügte sie rasch hinzu: »Wenn es denn beliebt, gnädiges Fräulein.«

Klara sah zu Marburg hinüber, der überrascht mit den Schultern zuckte. Wenn es galt, vor den Nachbarn – und damit innerhalb weniger Stunden vor der gesamten Stadt – nicht als äußerst sittenlose Person dazustehen, dann war dies gewiss keine schlechte Lösung. Klara verzog den Mund, nahm das Angebot jedoch an. Was blieb ihr anderes übrig? Auch ihr Ruf war nicht unerschütterlich. Und der Dragoner hatte schon mehr vermutet als notwendig.

Unmittelbar nach dem Abendessen, das alle drei in der Küche einnahmen, verabschiedeten sich die beiden Frauen und ließen Marburg einsam und erschöpft zurück.

Lange Zeit saß er regungslos da, in der Küche, auf das ersterbende Feuer der Kochstelle starrend und unfähig, einen klaren Gedanken zu fassen, geschweige denn eine Entscheidung zu treffen, wie er dieses Leben nach dem Studium, nach dem Tod seiner Eltern und nach den Wirren der vergangenen Tage nun weiterführen sollte.

Das Geräusch eines nachfallenden Holzscheits riss Marburg aus seiner Lethargie. Er stand auf und ging langsam durch die Zimmer des verlassenen Hauses, das dank der Mamsell sauber und frisch gelüftet war.

Als er den kleinen Raum betrat, in dem er sich eingerichtet hatte – oder vielmehr war es Madame Roberg gewesen, die seine Hamburger Kleidertruhe hier ausgeräumt und ihm ein Bett bezogen hatte –, sah er einen Brief, einfach gefaltet und eilig mit einem Klecks Kerzenwachs versiegelt. Die Schrift, in der sein Name und die Adresse vermerkt waren, kannte er, und sie gab ihm einen Stich. Der Brief war von Jette. Unvermittelt fühlte er in der Innentasche seines Rockes, der über dem Stuhl am Bett hing, nach dem Scherenschnitt, zog ihn hervor und betrachtete ihn. So lange hatte er dieses kleine Bild nicht mehr angesehen, hatte auch an Jette kaum mehr mit der einstigen Innigkeit gedacht, wo doch Klara so allgegenwärtig war. Und nun? Nun hatte er sogar Angst, Jettes Brief zu öffnen. Was konnte es nach seinen letzten Zeilen noch zu sagen geben?

Marburg trat ans Fenster, um im schwindenden Tageslicht noch etwas sehen zu können. Mit dem Daumen brach er das Siegel und entfaltete den Brief. Er war datiert auf den 23. Juni 1799, und somit unmittelbar auf seine Nachricht gefolgt.

Johannes Friedrich von Marburg, ein Lebenszeichen, wenngleich von der Gestalt, dass ich unter Tränen nur die Antwort an Sie verfassen kann. Wie freute ich mich, von Ihnen zu hören nach Ihrem eiligen Aufbruch, doch die Nachrichten waren so unfassbar und derart traurig, dass mein erster Gedanke war, Ihnen mein Mitgefühl für den

Tod Ihrer Eltern auszudrücken. Wie schwer es Sie angehen mag, die Menschen verloren zu haben, die Ihnen so nahestanden und über die nie ein schlechtes Wort aus Ihrem Munde kam! Und zudem auch noch das Schiff dem Franzosen überlassen zu sehen, muss Sie an den Rand des Verzagens gebracht haben. Ebenso erging es mir mit der Aussicht, Sie nicht wiedersehen zu dürfen. Wie können Sie denken, mich würde Ihr Geld verlocken? Die Schwierigkeiten von Arbeit und Armut bin ich nur zu gut gewohnt, ich denke, Sie wissen das sehr wohl. Ich bin mir der Ungehörigkeit bewusst, und wäre nicht ohnehin alles beinahe schon zu spät, ich würde die folgenden Worte nicht übers Herz bringen. So aber weiß ich, dass ich nichts zu verlieren habe, wenn ich Ihnen auch auf diesem Papier meine Liebe gestehe. Ich wünsche mir, dass Sie dies wissen und in Ihren Gedanken beherzigen. Verzagen Sie nicht in dem, was Sie tun. Ich möchte, ich werde!, immer zu Ihnen stehen. Leben Sie wohl, lieben Sie mich, oder vergessen Sie mich doch zumindest nicht! Ich bleibe in Gedanken bei Ihnen und sehne mich von ganzem Herzen danach, Sie wiederzusehen.
Ihre Jette

Marburg legte den Brief beiseite. Erst jetzt wurde ihm bewusst, was in den letzten Tagen geschehen war, dass er aus dem, worauf er sich eingelassen hatte, nicht mehr ohne Schmerzen herauskommen würde, und er für diese Schmerzen nicht einmal Guérin verantwortlich machen konnte. Wer brauchte ihn mehr? Klara oder Jette? Wen brauchte *er* mehr?

Die Frage machte seine Gefühlslage nicht einfacher. Ohne Stiefel und Rock legte er sich aufs Bett, starrte aus dem Fenster, an die Decke und immer öfter auf den kleinen Scherenschnitt mit Jettes Profil.

Die Zeit verging, und schließlich begann er einzudösen. Im nächsten Moment fuhr er auf. Es hämmerte an die Tür, der Türklopfer machte ein hartes Geräusch, das die gesamte Nachbarschaft aufzuwecken schien, wenn nicht gar die ganze Stadt. Marburg brauchte einen Augenblick, um sich zu besinnen. Er öffnete ein Fenster und rief mit gepresster Stimme hinunter: »Macht doch nicht so einen Lärm! Was ist denn los?«

»Kommt herunter und öffnet die Tür!«, rief eine Stimme zurück, und erst jetzt erkannte er Lürssen, der ein paar Schritte zurücktrat und heraufsah. Er trug wieder seinen Uniformrock und wirkte äußerst aufgeregt. Marburg nickte verschlafen, schloss das Fenster und stieg die Treppe hinab.

»Zieht Euch an«, war das Erste, was der Dragoner sagte. »Wir brechen noch zur Stunde auf.«

»Wohin?«, fragte Marburg gequält. Allerdings auch besorgt. Der Vorfall in Emden konnte durchaus noch ein Nachspiel haben. Gleichgültig, was vorausgegangen war – Klara hatte den Franzosen erschossen, und zwar mit einer Kaltblütigkeit, die ihm tagelang nicht aus dem Kopf gegangen war.

Doch nicht deshalb war der Polizeidragoner gekommen. »Wir haben Guérin und seinen Lieutenant gefangengesetzt«, sagte er mit zufriedenem Grinsen.

»Guérin?« Marburg starrte Lürssen einen Augenblick überrascht an. »Wo?«

»Das erkläre ich Euch unterwegs. Wir müssen uns sputen! Ich habe alles bereitstellen lassen: frische Pferde, ein entsprechendes Schreiben der Staatskanzlei« – er räusperte sich – »und Reiselaternen, damit wir vorankommen.«

Keine zehn Minuten später hallten ihre Schritte vom tauglänzenden Kopfsteinpflaster der Achternstraße wider, die direkt zum Schlossplatz mit dem herzoglichen Marstall führte. Lürssen in »zweiter Geige«, also wieder in seiner einfachen

Reiseuniform, und Marburg in dunklem Rock, bequemen Hosen, Dreispitz und hohen Stiefeln. Von einem schlaftrunkenen Pferdeknecht nahmen sie ihre beiden Reittiere in Empfang und machten sich auf den Weg zur Landstraße. Sie durchquerten das südlich gelegene Dammtor, passierten das Torf-Magazin und die ehemaligen Schanzen der Stadt. Dann bogen sie ab auf die Chaussee nach Cloppenburg – denn dorthin hatte Lürssen noch am Nachmittag einen Boten geschickt. Immerhin ging es um die Ehre der Stadt, wenn die Grabstätte einer ihrer angesehensten Familien geschändet wurde. *Herr im Himmel*, dachte er, *hoffentlich finden wir das Gold!* Lürssen wollte das Verschwinden der beiden französischen Geheimdienstler auf keinen Fall einfach so hinnehmen. Wenn sich aber sein Verdacht als unbegründet erwies oder die kleine Mademoiselle sie angelogen hatte und es das Gold der Comtesse du Barry am Ende gar nicht gab, dann gnade ihnen Gott, dann hatte er zum ersten Mal in seiner Dienstzeit mehr als unbesonnen gehandelt, und die Reputation als Polizeidragoner war noch das Geringste, das er verlieren würde. Doch daran mochte er jetzt nicht denken. Seine Vermutung, dass Guérins Weg *directement* zur Grenze des Herzogtums führen würde, schien sich jedenfalls als richtig zu erweisen: Die beiden Franzosen waren gesehen worden, und wenn sein Plan aufging, waren sie von den Grenzwachen festgesetzt worden, noch bevor die erste Zollstation des Fürstbistums Münster jede Verfolgung durch Oldenburgische Polizeidragoner beendet hätte. Natürlich hätten die Franzosen auch nach Batavien reiten können, doch daran hatte Lürssen nicht geglaubt.

Der Anweisung durch ein Schreiben des Herzoglichen Polizeichefs fehlten die Unterschrift und das Siegel des Fürsten, doch für ein paar Stunden Internierung in der Grenzstation würde dieses Provisorium – oder sollte er sagen: dieser Betrug – schon ausreichen …

Willst du nach den Früchten greifen,
Eilig nimm dein Teil davon!
Diese fangen an zu reifen,
Und die andern keimen schon;
Gleich mit jedem Regengusse
Ändert sich dein holdes Tal,
Ach, und in demselben Flusse
Schwimmst du nicht zum zweitenmal.

Johann Wolfgang von Goethe,
Dauer im Wechsel, 1806

12. Kapitel

Sonnabend, 29. Juni 1799, Quakenbrück

Die Nacht war frisch und feucht und hatte die beiden Reiter ihre Mäntel bis unters Kinn zuknöpfen lassen. Dank der Laternen und der gut passierbaren Chaussee kamen sie langsam, aber stetig voran. Im Quartierstand der Cloppenburger Dragoner tauschten sie einmal die Pferde, und als sie die Stadt verließen, stand bereits die Sonne knapp über dem Horizont. Lürssen wandte sich zu Marburg um, der schräg hinter ihm ritt und stärkere Anzeichen der Müdigkeit aufwies als der Dragoner. »Ich muss sagen, Ihr haltet Euch gut. Es scheint in den wenigen Tagen ein passabler Reiter aus Euch geworden zu sein.«

Ein durchschaubarer Versuch, den jungen Mann aufzumuntern. So grunzte Marburg auch nur zur Antwort. Ihm taten der Rücken, der verlängerte Rücken und die Oberschenkel weh. »Ist es noch weit?«, fragte er gequält.

Lürssen lachte. »Wenn wir dieses Tempo halten, keine Stunde mehr«, erwiderte er und maß Marburg erneut mit wohlwollendem Blick. »Glaubt mir, als ich Euch aus Hamburg holte, hätte ich einen solchen Ritt nicht gewagt.«

»Erinnert mich nicht an diese Reise!« Marburg hatten sich die beiden Tage im Sold der Russen als äußerst verdrießliches Intermezzo ins Gedächtnis eingeprägt. Wenn ihn Lürssen dort nicht herausgeholt hätte, dann wäre er jetzt – ja, wo eigentlich? »Wir sind dem Hilfskorps des Generallieutenants von Fersen gar nicht mehr begegnet«, stellte er fest, während sie aus einer Senke ritten und sich in der Ferne das Stadttor Quakenbrücks im morgendlichen Dunst zeigte. Eigentlich hätten sie auf ihrem Rückweg aus Papenburg etwas von den Russen hören oder sehen müssen.

»Ach, das Hilfskorps ist längst fort«, erklärte der Dragoner, nicht ohne einen Hauch Erleichterung. »Genau genommen haben wir es bei Westerstede im Moor nur knapp verfehlt. Es gehen Gerüchte, dass von Fersen sein Korps in den Niederlanden mit dem Duke of York vereinigen will. Er scheint es eilig zu haben.«

»Die Briten sind in den Niederlanden gelandet?«

Lürssen lachte. »Noch nicht. Aber wenn Ihr mich fragt, bleibt ihnen gar nichts anderes übrig. Wenn sie auf ihrer Insel hocken bleiben, können sie die Franzmänner kaum besiegen, oder? Und welchen Grund könnte es haben, dass von Fersen sein Korps nach Ostfriesland führt, wenn nicht den, zusammen mit den Briten auf Alkmaar zu marschieren? Alleine ist der Generallieutenant zu schwach für General Brunes Batavische Division.« Er schüttelte den Kopf mit der Miene eines erfahrenen Strategen. »Die Franzosen kriegen es derzeit von allen Seiten. Da werden sich die Engländer nicht raushalten.«

Woher der Dragoner sein Wissen bezog, wusste Marburg nicht. Er ahnte aber, dass der Krieg schon sehr bald auch das beschauliche Oldenburg heimsuchen würde. Zumindest, wenn es nicht gelang, die Franzosen und den Virus der Revolution niederzuschlagen, einen Virus, der selbst seine Kommilitonen Heinrich Jacobi und Franz von Auburg befallen hatte. Ach, er würde einiges dafür geben, um zu erfahren, ob sie ihr Duell tatsächlich ausgefochten hatten. Ob er sie noch einmal wiedersähe?

In jedem Fall aber wurde ihm klar, dass Guérin von dem russischen Hilfskorps gewusst haben musste und deswegen seine Reiseroute geändert hatte. Warum seine Wahl dabei ausgerechnet auf den Weg durch das kleine Eintausendachthundert-Seelen-Städtchen gefallen war, wusste Marburg nicht, denn auch Quakenbrück, oder Quokenbrügge, wie man hier sagte, war dieser Tage ein gefährliches Pflaster für ihn – es war seit 1795 von englischen Truppen besetzt. Er an Guérins Stelle hätte einen großen Bogen darum gemacht.

Mit Quakenbrück hatten sie die Grenze des Herzogtums erreicht. Der Ort war nicht durch eine Stadtmauer, sondern durch Wälle mit undurchdringlichen Schlehenhecken geschützt, was hier im Moor viel effektiver war. Je näher sie der Grenze kamen, desto unruhiger wurde Lürssen, und als sie schließlich die Grenzstation selbst erreichten, die aus einem rot-blauen Wachhäuschen, einer kleinen Baracke und einem Schlagbaum bestand, rutschte er aus dem Sattel und lief die letzten Meter auf den Posten zu. »Habt Ihr die Franzosen aufgehalten?«, fragte er ohne Gruß.

»Nein«, erwiderte der Posten und salutierte überrascht.

»Nein?«

»Nein, Euer Mann kam zu spät.« Dierks und ein zweiter Dragoner, von Lürssen auf dieser Route ausgesandt, hatten in einem Gasthaus erfahren, dass Guérin und sein Begleiter kaum eine Stunde zuvor dort gewesen waren. Er hatte seinen Kameraden nach Oldenburg zurückgeschickt, um Lürssen zu alarmieren. Doch offensichtlich hatte Dierks die Franzosen nicht mehr vor der Grenze eingeholt – ein Unglück, denn an diesem Posten endete jede Möglichkeit, Guérins habhaft zu werden.

»Ihr habt sie passieren lassen?«, fragte Lürssen dennoch.

»Natürlich. Wir wussten ja nicht …«

»Zum Teufel mit Euch! Wann war das?«

»Vor kaum einer Stunde«, schätzte der nunmehr verunsicherte Posten. »Euer Bote … Kamerad Dierks … er ist ihnen nachgeritten.« Mit der Linken machte er eine fahrige Bewegung in Richtung Münsterland.

Lürssen fluchte und saß wieder auf. Er gab Marburg ein Handzeichen, und sie ritten im Galopp auf die Münsteraner Grenzwacht zu. Der Posten dort nahm alarmiert die Muskete von der Schulter, dann schien der Mann den Oldenburger Dragoner zu erkennen. »Lürssen?«, rief er, ohne die Waffe mit dem aufgesteckten Bajonett zu senken. »Alter Freund und Kupferstecher. Was treibt dich zurück in die Zivilisation?« Jetzt erst schulterte er seine Muskete wieder.

Lürssen grüßte knapp. Ihm stand der Sinn nicht nach Scherzen. »Ich suche zwei Männer. Franzosen. Weißt du, wohin sie sind?«

»Du bist nicht der Erste, der denen auf den Fersen ist«, grinste der Posten. Als Lürssen nichts erwiderte, wies er die Straße hinunter. »Wenn du Glück hast, findest du sie im Quartierstand, unten bei Sankt Sylvester. Dort müssen sie sich melden. Befehl der Engländer. Euer Kamerad ist auch schon dort.« Er betrachtete misstrauisch Marburg, den er nicht kannte. »Hat *er* Papiere?«

Marburg zog nach einem Seitenblick auf Lürssen die beiden Schreiben – das des Fürstbischofs und seinen Reisepass – aus der Rocktasche hervor und überreichte sie dem Posten. Der überflog beides rasch, betrachtete Marburg abschätzend und gab die Papiere schließlich mit einem kurzen Nicken zurück. »Gibt es Schwierigkeiten mit den Franzmännern?«, fragte er zu Lürssen gewandt.

Doch der trieb sein Pferd bereits wieder an. »Ich fürchte ja«, rief er zurück.

Sie ritten durch die Hohe Pforte, eines der fünf Stadttore, die unmittelbar an den Wällen lagen. Dieses war ein »Gefängnis für zänkische Weyber«, wie Lürssen auf dem Weg erwähnt hatte.

Der Quartierstand der Stadtwache war nur ein paar Hundert Klafter entfernt. Er war in einem kleinen, einstöckigen

Fachwerkhaus in einer Seitenstraße untergebracht, die zur Kirche Sankt Sylvester führte. Als sie den Posten erreichten, fluchte Lürssen, und auch Marburg spürte unvermittelt, dass etwas nicht stimmte. Die Tür des Hauses stand offen, doch keine Menschenseele war zu sehen. Vielleicht, dachte Marburg, gab es ja dringende Geschäfte, vielleicht war ein zänkisches »Weyb« an einen zänkischen Kerl geraten. Wo aber war dann der von Lürssen vorausgeschickte Dragoner? Oder war auch er schon weitergeritten?

Marburg durchsuchte die wenigen Zimmer des gespenstisch verlassen wirkenden Quartiers ohne Erfolg. Dann trat er hinaus in den rückwärtigen Hof.

Lürssen hingegen warf einen Blick in das Wachbuch. Guérin war nicht verzeichnet, genau genommen gab es für den heutigen Tag außer der Wachablösung überhaupt keinen Eintrag. Waren die Franzosen am Ende gar nicht hier gewesen, oder waren sie schnurstracks zum anderen Ende des Städtchens wieder hinaus? Letzteres hielt er für durchaus wahrscheinlich angesichts der englischen Garnison im Ort.

Der Ruf Marburgs, der hinaus in den Pferdehof gegangen war, unterbrach seine Überlegungen. Lürssen folgte ihm und wusste im selben Augenblick, dass Guérin nicht nur hier gewesen, sondern offenbar auch aufgehalten worden war. Eine andere Erklärung gab es nicht, denn dort auf dem Boden lag ein Polizeidragoner. Rinnsale von Blut schlängelten sich zwischen den groben Pflastersteinen hindurch. »Was zum Teufel …«

»Er ist tot«, sagte Marburg gepresst und sah zu Lürssen auf. Er hatte den Mann in seinem Blut liegend vorgefunden, hatte ihn auf den Rücken gedreht und kniete nun neben dem Toten, hielt dessen Kopf in seinen Händen und starrte ungläubig auf den aufgerissenen Unterleib, aus dem, übelriechend und blutig, das Gedärm gequollen war. Langsam legte er den Kopf des Dragoners auf dem Pflaster ab. Die Augen des Mannes zu schließen, erübrigte sich, denn auch sie waren blutverkrustet. Ein Schnitt quer über Hals und Gesicht hatten ihm vermutlich weiteres Leiden erspart. Marburg sah sich um und wies auf eine Muskete mit aufgepflanztem Seitengewehr, die in einigen Fuß Entfernung lag und offensichtlich dem Dragoner gehört hatte.

Lürssen fluchte. Er kniete sich ebenfalls neben dem Mann nieder, der kein Oldenburger war, vielmehr der Uniform nach zur Stadtwache gehören musste. Lürssens Bewegungen waren rein mechanisch, auch er konnte nur noch den Tod des Wachsoldaten feststellen. Die Wunden waren ihm vermutlich von einem Säbel oder Pallasch beigebracht worden. Trotz des zweiten Streichs vom Hals bis zum linken Ohr musste der Mann unter schrecklichen Schmerzen verblutet sein. »Wo ist Dierks?«, fragte Lürssen wie gelähmt. Er stand auf und sah sich um. »Er muss doch ebenfalls hier gewesen sein …«

Marburg antwortete nicht, stattdessen lief er vom Hof hinaus auf die Straße, die hier kaum zwei Meter breit war und mit allerlei Unrat, Kisten, Fässern und Schirrzeug vollgestellt war. In einer Ecke erkannte er eine rot-blaue Uniform der Oldenburger Dragoner. Er rief Lürssen und eilte zu dem an der Hauswand kauernden Mann. Zusammengesunken und regungslos, mit nach vorn geneigtem Kopf, saß er dort am Boden. Er war bewusstlos, doch er schien zu leben.

Zusammen trugen sie ihn in die Wachstation. Außer einer blutigen Platzwunde am Hinterkopf schien der zweite Dragoner unverletzt. Lürssen verband den Kopf des Kameraden und flößte ihm einen Schluck Branntwein ein, den er in einer Ecke der Wachstube gefunden hatte.

Der Alkohol tat seine Wirkung, der Mann schlug langsam die Augen auf und blickte suchend umher. Im nächsten Augenblick fuhr er zusammen, griff an seinen Gürtel, dort, wo gewöhnlich der Pallasch oder ein Seitengewehr hing, und versuchte aufzustehen, doch Lürssen drückte ihn wieder auf die Pritsche, auf die er ihn gelegt hatte. »Dierks«, sagte er ruhig, »was ist geschehen?« Lürssen schien auch diesen Mann zu kennen. Angesichts von weniger als fünfzig Polizeidragonern, die im Herzogtum Dienst taten, vielleicht nicht verwunderlich. Es gab immer wieder Gelegenheiten, an denen das gesamte Korps zusammenkam.

Dierks öffnete den Mund, um etwas zu sagen, dann aber sackte er wieder bewusstlos zusammen. »Holt einen Doktor«, rief Lürssen mit rauer Stimme. »Wir brauchen einen Doktor.«

Marburg nickte und verließ die Wachstube. Auf der Straße wandte er sich an eine Gruppe Herren, die auf den Quartierstand zugingen und ihm durchaus reputierlich erschienen. Er fragte nach einem Mediziner. »Es gibt einen Verletzten.«

»Einen Verletzten?«, fragte einer der Männer in saloppem braunem Aufzug und abgetragenen Schuhen hellhörig. Er trug keinen Hut, sondern eine Mütze nach französischer Art – natürlich ohne Kokarde – und wollte so gar nicht zu seinen beiden Kollegen passen.

»Ihr habt Glück, junger Mann«, sagte ein zweiter. »Ich bin Arzt.« Er lüpfte seinen grauen Dreispitz ein wenig zum Gruß, lächelte aber nicht. »Doktor Eisenstein, zu Euren Diensten. Wo ist denn der Verletzte?«

Marburg neigte den Kopf zum Gruß und führte ihn zum Ouartierstand der Wache, wobei er es nicht verhindern konnte, dass ihnen auch die beiden anderen Männer folgten.

Lürssen hatte, nachdem Marburg zur Tür hinaus war, begonnen, in aller Eile nach der herzoglichen Anweisung zu suchen, die er dem Boten mitgegeben hatte, die Anweisung zur Inhaftierung der beiden Franzosen. Wenn herauskam, dass er eine solche Anweisung erstellt hatte, gleichgültig ob mit oder ohne von Tappenbecks Unterschrift und Siegel, dann war es um seine Zukunft geschehen, erst recht bei dem derzeitigen Ausgang der Angelegenheit. Es war die einzige Möglichkeit, sagte er sich immer wieder, die Flucht der Franzosen zu retardieren, ja sie vielleicht sogar zu verhindern. Auf seine eigene Anweisung hin hätten die Grenzposten Guérin und seinen Lieutenant niemals aufgehalten.

Nun, sie hatten es auch so nicht getan. Dierks war zu spät gekommen. Er fluchte und durchsuchte die Schubladen der beiden Tische in der Wachstube. Ohne diese verdammte Anweisung, musste er sich allerdings auch eingestehen, würde Dierks nicht dort drüben auf der Pritsche liegen …

Die Anweisung war nirgends zu finden. Er schob mit einem lauten Knall die oberste durchsuchte Schublade wieder zu und kehrte zum verletzten Dragoner zurück, gerade als Marburg mit Doktor Eisenstein und den beiden fremden Herren im Schlepptau die Wache betrat.

»Dieser Mann wurde niedergeschlagen«, sagte Marburg und wies auf den Dragoner.

»Von Euch?«

»Nein«, entrüstete sich Marburg über die unvermittelte Unterstellung. »Hätte ich dann Euch geholt?«

»Wer weiß?« Der Doktor warf ihm einen vielsagenden Blick zu.

Lürssen legte beruhigend seine Hand auf Marburgs Arm. »Wir haben den Kameraden Dierks auf der Straße gefunden. Im Hof liegt ein zweiter Kamerad. Der ist jedoch tot.«

Eisenstein wechselte einen Blick mit seinen Kollegen. »Und Ihr habt gewiss auch eine Erklärung dafür?«, fragte er den Dragoner mit provokantem Unterton.

»Nein«, beeilte sich Lürssen zu sagen, bevor Marburg zu einer andersartigen Antwort ansetzen konnte. Hier war Zurückhaltung gefragt.

»Nun gut.« Eisenstein warf seinen Bekannten erneut einen skeptischen Blick zu. »Kümmern wir uns zunächst einmal um diesen armen Kerl.« Er wandte sich zu Lürssen. »Zieht ihm den Rock aus. Er braucht Luft. Und Ihr«, er nickte Marburg zu, »Ihr holt mir eine Schüssel mit Wasser.«

Beide taten, wie ihnen geheißen, und während Marburg im Hof Wasser besorgte, legte Lürssen Dierks Uniformrock auf einen der Tische. Dabei fiel ihm etwas Weißes in der rechten Seitentasche des Uniformrocks auf, ein Papier, ein Dokument, *sein* Schreiben im Namen des Polizeichefs. Endlos erleichtert und mit einem Stoßgebet nahm er es heraus und steckte es in seine eigene Rocktasche. Gerade noch rechtzeitig, um zu sehen, wie die beiden Männer, die mit dem Doktor gekommen waren, hinaus in den Hof traten.

»Halt!«, rief er.

Die beiden sahen sich zu ihm um. »Sagt wer?«, wollte der Mann mit dem braunen Rock wissen.

»Lürssen. Polizeidragoner und Sonderbeauftragter des Herzogs zu Oldenburg.«

Die Herren warfen sich einen wenig beeindruckten Blick zu und taten einen Schritt auf Lürssen zu. »Primo, Herr *Sonderbeauftragter*«, sagte einer der beiden, ein Stutzer in teuren, zweifellos ausländischen Kleidern, sorgfältig gepuderter Perücke und brokatverziertem Dreispitz, »befindet Ihr Euch hier nicht mehr auf Oldenburgischem Gebiet, wie Euch als Polizeidragoner bekannt sein sollte. Secundo hat Oldenburg, wenn ich recht informiert bin, derzeit gar keinen Herzog.« Seine Stimme war provokant und wies einen starken englischen Akzent auf. »Und tertio, Sir – darf ich Euch darauf hinweisen, dass dies britisches Einflussgebiet ist? Ihr werdet uns also gewähren lassen, zumal Ihr verdächtig seid, eine Straftat begangen zu haben.«

Einen Augenblick lang war Lürssen sprachlos, und das reichte den beiden Herren, um wieder kehrtzumachen und hinaus in den Hof zu verschwinden. Lürssen sah ihnen nach.

Waren ihre Kleider die eines Gentlemans, ihr Benehmen war es gewiss nicht. »Eine Straftat?«

»Seid vorsichtig, Herr Dragoner«, sagte der Doktor, ohne von seinem Patienten aufzusehen. »Das war Squire Robert Andrew FitzGibbons, der Polizeichef der Britischen Garnison.« Er hatte die notdürftig verbundene Wunde am Kopf gesäubert und neu bandagiert. Dann fiel sein Blick auf den Branntwein. »Gehört dies Teufelszeug Euch?«, fragte er mit dem Anflug eines bösen Lächelns. Er stellte die Flasche zurück. »Gebt ihm etwas ohne Alkohol, und zwar reichlich. Das wird ihn wiederherstellen.«

Dierks Augenlider begannen zu flattern, und als Marburg ihm ein paar Schlucke Wasser einflößte, kam er endgültig zu sich.

Der Engländer und der zweite Mann, Hans-Joachim Götz, Zeitungsschreiber und Verleger, wie sich herausstellte, kamen zurück. Sie unterhielten sich leise, dann wies FitzGibbons den Dragoner an zu erzählen, was vorgefallen war.

Dierks sammelte sich, dann gab er an, die Franzosen verfolgt zu haben. Auf Anweisung von Tappenbecks, des Oldenburger Polizeichefs. »Ich wollte sie aufhalten lassen, bis Verstärkung aus Oldenburg heran war …«

»Verstärkung aus Oldenburg?«, fuhr ihn der Squire an. »Die hat hier nichts zu suchen, Mann!«

»Nein, Euer Gnaden. Natürlich nicht.« Dierks warf Lürssen einen hilfesuchenden Blick zu. »Es ging nur darum, sie zu befragen …«

»Auch das obliegt Euch nicht. Mit dem Franzosenpack werden wir schon selbst fertig! Aber sei's drum. Woher wusstet Ihr, dass die beiden hier sind?«

»Am Grenztor in der Langestraße«, Dierks wies zur Tür hinaus in Richtung der Hohen Pforte, »sagte man mir, dass sie hier im Quartierstand sein sollten, um sich zu melden. Als ich ankam, war allerdings niemand mehr hier.«

FitzGibbons hob eine Augenbraue. »Wirklich niemand?«

»Nein, Euer Gnaden, niemand.« Er rieb sich die Augen und schüttelte den Kopf. »Ich bin dann raus in den Hof, und da lag der Münsteraner, neben zwei gesattelten Pferden. Hab' gleich gesehen, dass er tot war. Und dann kamen die Franzosen, beide mit gezogenen Klingen. Ich konnte flüchten, meine Waffe war ja nicht geladen ...« Er machte eine entschuldigende Geste. »Draußen auf der Straße haben sie mich dann eingeholt und mir eins über den Kopf gegeben. Ich dachte noch: ›Jetzt ist es um mich geschehen‹, aber dann weiß ich nichts mehr.«

»Und nun sind die beiden Spitzbuben über alle Berge«, stellte Götz fest. Eine gefundene Sensation für die nächste Ausgabe seiner Zeitung.

»Wenn die Geschichte denn stimmt«, sagte der Engländer und belegte den Dragoner mit einem durchdringenden Blick. »Wenn es so war, wie Ihr sagtet – warum habt Ihr Euch den beiden nicht mit dem Säbel gestellt?«

Dierks sah den Squire gequält an. »Sie waren zu zweit, Euer Gnaden«, warf Lürssen helfend ein.

Der Engländer kommentierte das Verhalten des Dragoners mit einem abfälligen Lächeln. »Und *weshalb* wolltet Ihr sie festhalten?«, fragte er.

»Sie waren verdächtig, einen Mann überfallen zu haben«, sagte Lürssen hastig. Die Geschichte vom Gold der du Barry musste man dem Squire ja nicht unbedingt auf die Nase binden.

»Soso«, meinte der Squire mit nachdenklichem Nicken. Er wandte sich an den verletzten Dragoner. »Dürfte ich Euch um Euren Säbel bitten?«

Wieder warf Dierks seinem Kameraden einen fragenden Blick zu. Als Lürssen beruhigend nickte, zog er seinen Säbel und übergab ihn dem Engländer. Er hätte etwas mehr glänzen können, dachte Marburg. Blut fand sich jedoch nicht an der Klinge.

»Ach, kommt schon, FitzGibbons!« Der Doktor lachte auf. »Ihr seht doch, dass der Mann die Wahrheit sagt. Und er wird sich kaum selbst eins über den Schädel gehauen haben.«

Der Squire lächelte schmal und gab Dierks den Säbel zurück. »*Wen* haben die Franzosen überfallen?«, fragte er unvermittelt an Lürssen gewandt.

»Mit allergrößtem Respekt, Euer Gnaden, aber …«

»*Wen*?«

»Einen Droschkenkutscher und einen Kapitän im Ruhestand«, mischte sich Marburg ein. Es konnte kaum verfänglich sein, die beiden tatsächlichen Opfer der Franzosen zu erwähnen. Außerdem dauerte ihm das ganze schon viel zu lange. Sie mussten weiter, den Franzosen nach.

»Wer seid Ihr denn, dass Ihr ungefragt sprecht?«

»Johannes Friedrich Freiherr von Marburg, Herr.«

Eisenstein trat auf den Squire zu und legte eine Hand auf dessen Arm. »Lasst es gut sein, FitzGibbons. Wir müssen uns um die arme Seele im Hof kümmern. Und ich finde, Ihr solltet versuchen, die Franzosen zu fassen, bevor noch mehr geschieht. Immerhin haben sie einen unserer Posten getötet.« Und leise fügte er hinzu: »Weitere dieser Franzosenmorde wären Eurem guten Ruf abträglich. Denkt an die Vorfälle mit den Marodeuren zu Ostern.«

Der Squire wandte ungehalten den Kopf zum Doktor. Er schien noch nicht restlos davon überzeugt, dass sich die Geschichte so abgespielt hatte, wie die Oldenburger sie schilderten. Nichtsdestoweniger hatte Eisenstein einen wunden Punkt getroffen. Es war nicht leicht gewesen, das Vertrauen der Quakenbrücker nach den Überfällen der Franzosen im Frühjahr wiederherzustellen. Nicht, dass es ihm wichtig war. Aber es lebte sich ruhiger. »Ihr habt recht, Eisenstein.« Er nickte. Und zu Lürssen gewandt sagte er: »Damit dürfte Eure Mission beendet sein. Ich kann Euch nicht erlauben, die beiden Franzosen weiterhin zu verfolgen. Das werden wir angelegentlich übernehmen.« Er schnippte mit den Fingern, und im nächsten Augenblick trat ein junger britischer Lieutenant in die Wachstube. Hatte Lürssen auch protestieren wollen, so nickte er angesichts des Offiziers und der nach ihm hereintretenden »Rotröcke« nur stumm.

»Mitchel«, FitzGibbons wandte sich dem Lieutenant zu, »nehmt Eure Männer und verfolgt die beiden Reisenden. Es handelt sich vermutlich um französische Spione. Nehmt sie fest und bringt sie mir.« Und mit süffisantem Grinsen fügte er hinzu: »Nach Möglichkeit lebend. Ich möchte ihnen selbst die Haut vom Leibe ziehen.«

Der Offizier salutierte und verließ mit seinen Männern wieder die Wachstube.

»Und Ihr, mein Lieber«, wandte sich FitzGibbons nun wieder an Lürssen. »Ihr habt eine Stunde, um die Stadt zu verlassen.« Er tat einen Augenblick, als überlege er, dann fügte er hinzu: »Ich denke, eine halbe sollte auch genügen.«

Lürssen rührte sich nicht. Der Ton des Engländers ging an seine Ehre. So würde er sich als Oldenburger Polizeidragoner nicht abschieben lassen! Er öffnete den Mund zu einer Replik, wurde aber von Marburg mit sanftem Druck in Richtung des Ausgangs gedrängt.

»Wir sind doch nicht die ganze Strecke geritten, um uns von diesem Laffen wieder zurückschicken zu lassen«, zischte er, als sie vor dem Haus standen.

Marburg beachtete ihn nicht, er dachte nach. »Hatten die beiden großes Gepäck bei sich?«, fragte er an Dierks gewandt.

»Gepäck?« Der Dragoner krauste die Stirn, was ihm sogleich wieder Schmerzen bereitete. »Ich weiß nicht, was Ihr meint«, antwortete er gequält. »Die beiden Pferde trugen Packtaschen, viel war da aber nicht drin.«

»Also nicht genügend Platz für eine Truhe?«

»Eine Truhe?« Dierks schüttelte vehement den Kopf. »Nein, ganz bestimmt nicht.«

»Dann haben wir hier nichts mehr zu suchen«, meinte Marburg. »Kommt, Lürssen, wir wollen zurückreiten.«

Der Dragoner nickte langsam. Er begann zu verstehen. Ganz offensichtlich waren sie einer falschen Spur gefolgt. Die Franzosen hatten das Gold nicht ... Er warf einen Blick zurück auf die Wache. Nur Götz betrachtete sie durch das Fenster, der Doktor und der Squire waren fort. Dann nickte er noch einmal, entschlossen diesmal. Ohne ein weiteres Wort kehrten sie zurück zu ihren Pferden.

Aber auch Marburg fragte sich, welche Schlussfolgerungen er aus dem Verlauf der Ereignisse ziehen sollte. Wenn die Franzosen das Gold der Comtesse nicht bei sich hatten, dann lag das nicht daran, dass sie es sich plötzlich anders überlegt hatten. Ohne die Truhe aus der Marburg'schen Familiengruft, derenthalben sie den weiten Weg aus Paris gekommen waren, hätten sie Oldenburg nie verlassen. Sie hatten Klara den Ort, an dem das Gold lag, entlockt. Und das Versteck war leer ... Marburg schüttelte den Kopf. Er hatte keine Erklärung für das, was geschehen war. Entweder jemand anderes war schneller gewesen als Guérin. Und bei diesem Jemand konnte es sich durchaus um den Mörder seiner Eltern handeln, obgleich er nach wie vor und trotz aller gegenteiliger Beteuerungen Guérin für den Mörder hielt. Oder – und diesen Gedanken mochte er überhaupt nicht – Klara hatte sie hintergangen, hatte sie entweder auf eine falsche Fährte gelockt, um den Schatz für sich zu beanspruchen, nachdem sie ihn mithilfe der Marburgs aus Frankreich herausgeschafft hatte. Oder es gab gar keinen Schatz. In beiden Fällen durfte er nicht erwarten, Klara bei seiner Rückkehr noch anzutreffen. Er fluchte und trieb instinktiv sein Pferd an.

Lürssen hielt ihn mit einem Fingerzeig auf den verletzten Dierks zurück, sodass sie schließlich schweigend und in recht langsamem Trab Richtung Oldenburg ritten. Dierks hatte sich mehrmals übergeben und stöhnte immer wieder vor Kopfschmerzen auf. Doch was nützte es? Sie konnten ihn kaum zurücklassen. Und so geleiteten die beiden den Dragoner, der sich kaum im Sattel halten konnte, Meile um Meile nach Oldenburg.

Sie erreichten die Residenz ohne Zwischenfälle, und obgleich der Himmel im Osten schon unter dunkelgrauen, regenverheißenden Wolken lag, leuchteten die Türme der Stadt – im Grunde nur der des Schlosses und der frei stehende von St. Lamberti – unter den letzten Strahlen der versinkenden Sonne. Als sie sich schließlich vor der Schlosswache trennten, war bereits die Nacht hereingefallen, und Marburg war, trotz Lürssens aufmunternder Worte zu Beginn des Tages, heilfroh, das Pferd abgeben zu können. Dierks schien dasselbe zu empfinden, wenngleich es ihm wesentlich schlechter ging. Er war blass und trottete in Richtung der Unterkünfte.

»Auf ein Wort, von Marburg.« Lürssen hielt ihre drei Pferde am Zügel, große Kavalleriepferde, die sie erneut im Quartierstand zu Cloppenburg eingetauscht hatten. »Nachdem unsere Kampagne so wenig erfolgreich verlaufen ist …« Er zögerte. Doch Marburg war müde, er sah den Dragoner im Schein einer Gaslaterne vor dem Haupttor auffordernd an.

»Ja?«

»Nun, ich würde es Euch hoch anrechnen, wenn Ihr zu niemandem ein Wort über meinen Versuch verlauten lassen würdet, die Franzosen aufzuhalten.«

»Ihr meint die Papiere, die zur Inhaftierung anhalten sollten?« Er hatte durchaus begriffen, dass diese in der Nacht kaum vom Fürstbischof unterschrieben worden sein konnten. Ihr Verbleib aber war ihm nicht bekannt. Hatte Lürssen sie wieder an sich gebracht?

»Ich hatte keine andere Wahl.« Lürssen verzog den Mund. »Ich hatte die beiden auf keinen Fall davonkommen lassen wollen. Es war sozusagen ›Gefahr im Verzug‹, wie wir bei der Polizei sagen.« Und mit einem Seufzer fügte er hinzu: »Letztlich war doch alles vergebens.«

Marburg legte dem Dragoner die Hand auf den Unterarm. »Ich stehe so tief in Eurer Schuld, Lürssen, ich werde gewiss nichts davon erwähnen. Ihr habt mich mehr als einmal aus der Bredouille geholt, habt mir das Leben gerettet und Eures aufs Spiel gesetzt. Und die Jagd auf die Franzosen«, er lächelte müde, was im schwachen Licht der Laterne kaum zu erkennen war, »die Jagd auf die Franzosen war doch mehr im Sinne Mademoiselle Duplays als zur höheren Ehre des Herzogtums, oder? Nein, Lürssen, Ihr habt in mir einen Freund, so wie ich einen in Euch gefunden zu haben glaube.«

Auch Lürssen lächelte nun, ob erleichtert oder selbstzufrieden, vermochte Marburg nicht zu erkennen. »Ja, das habt Ihr«, sagte er väterlich. »Nach all der Mühe, die ich immer wieder darauf verwenden musste, Euch heil nach Hause zu bringen!« Er lachte, zögerte einen Augenblick im Versuch, noch etwas zu sagen, dann aber salutierte er mit übertriebenem Zusammenknallen der Hacken, wandte sich ab und führte die Pferde zum Marstall. Marburg sah ihm nach und spürte in all der Unzufriedenheit und Trauer, die er seit Tagen nicht loswurde, ein gerüttelt Maß an Dankbarkeit.

Es schienen so golden die Sterne,
Am Fenster ich einsam stand
Und hörte aus weiter Ferne
Ein Posthorn im stillen Land.
Das Herz mir im Leib entbrennte,
Da hab ich mir heimlich gedacht:
Ach, wer da mitreisen könnte
In der prächtigen Sommernacht!

Joseph von Eichendorff, Sehnsucht, 1834

13. Kapitel

Sonntag, 30. Juni 1799, Oldenburg

Das Haus war leer. Aber hatte er etwas anderes erwartet? Klara war bei der Mamsell gut aufgehoben, und die, die ihn hätten erwarten können, waren tot. Ein Gedanke, der die Stimmung in den abenddunklen Räumen nicht gerade aufhellte. Marburg hatte noch im Eingangsbereich eine Kerze angezündet und war über die knarzende Holztreppe hinauf in seine kleine Kammer gestiegen. Im fahlen Licht einer der wenigen Straßenlaternen sah er, dass Mamsell Roberg sein Bett gemacht hatte. Er lächelte über die Fürsorge, zog seine Stiefel und den Rock aus und ließ sich auf das Bett fallen. Ein himmlisches Gefühl nach den zahllosen Meilen im Sattel.

Sein erster, wenn auch ambivalenter, Gedanke galt Klara. Er vermisste sie, ihre Nähe, ihre Zerbrechlichkeit, ihren Witz … Aber hatte sie ihm wirklich die Wahrheit gesagt? Oder gab es das Gold der Comtesse vielleicht gar nicht? Hatte die Verfolgung durch Colonel Guérin einen ganz anderen Hintergrund? Möglicherweise spielte sie ihr eigenes, völlig anderes Spiel. Eines, bei dem sie ihn benutzte, um Guérin loszuwerden und das Gold für sich zu beanspruchen? Die Möglichkeiten waren vielfältig, und er war zu müde, um diesen Gedanken weiterzuverfolgen. Er war auch zu müde, um über Jette und ihren Brief nachzudenken. Zumindest redete er sich das ein.

Wenig später war er eingeschlafen.

Aus dem Schlaf gerissen wurde er von kräftigen Lichtblitzen und konvulsivem, dröhnendem Donnern, weit bevor der

Tag graute. Marburg fuhr hoch und rieb sich die Augen. Für einen Moment wähnte er sich wieder bei den Fersen'schen Jägern. Als der Blitz ein weiteres Mal über den Nachthimmel zuckte, gefolgt vom Grollen des Donners, duckte sich Marburg instinktiv. Dann erst war er wach genug, um zu bemerken, dass es nicht französische, englische oder preußische Kanonen waren, die ihn geweckt hatten, sondern ein Gewitter. Er ließ sich wieder auf sein Bett sinken, und jetzt plötzlich, da er gänzlich wach war, hörte er noch ein weiteres Geräusch, ähnlich dem des Donners, nur leiser und stakkatoartiger. Wieder dauerte es ein paar Herzschläge, bis er erkannte, dass es der Türklopfer war, der sich unter das Tosen des Unwetters mischte. Halb angezogen, wie er war, öffnete er das zur Straße liegende Fenster und sah hinunter in die Dunkelheit. Erst als der nächste Blitz die Straße erhellte, erkannte er den Mann auf dem Kopfsteinpflaster vor dem Haus. »Was wollt Ihr denn um diese Zeit?«

Der Mann sah zu ihm herauf und stieß einen Fluch aus. Es war Sartorius, der durchnässt dort unten stand. Auch Marburg fluchte, denn eine Böe drückte Regen durch das offene Fenster in seine Kammer. Hastig schloss er die Läden, entzündete die Kerze auf dem Nachttisch und stieg hinunter zur Eingangstür, um dem regennassen Doktoranden aufzumachen. »Zum Teufel, Sartorius, weißt du, wie spät es ist?«

Sartorius drängte in den Flur, schüttelte sich und streifte seinen Mantel und die Pelerine ab, die er gegen den Regen umgelegt hatte.

»Was in Gottes Namen machst du hier um diese Zeit?«, fragte Marburg noch einmal, diesmal mit einem Anflug von Heiterkeit. Unter seinem Besucher bildete sich eine Lache von Regenwasser.

»Seit wann bist du wieder da?«, wollte Sartorius anstelle einer Antwort wissen.

»Seit gestern Abend«, erwiderte Marburg müde. »Ich werde keineswegs mit dir in die Schänke gehen«, erklärte er prophylaktisch.

»Ach, zum Teufel mit der Schänke«, brummte der Doktorand. »Ich habe Erkenntnisse, keinen Durst!« Er überlegte einen Augenblick. »Nein«, verbesserte er sich, »ich habe beides.«

Marburg lachte und begab sich in die Küche. In der Speisekammer, einem kühlen, fensterlosen Raum etwas unterhalb der Küche, standen noch einige Flaschen Moselwein aus dem elterlichen Fundus. Er stellte eine von ihnen auf den Küchentisch, entzündete eine weitere Kerze und öffnete die Flasche. »Setz dich«, sagte er und wies zum Tisch, an dem Mamsell Roberg gewöhnlich die Speisen zubereitete. Doch zu dieser Stunde war keine Gala möglich. In einem der Schränke fanden sich Gläser. Marburg stellte zwei auf den Tisch und schenkte ihnen den Mosel ein. »Hunger?«

Sartorius schüttelte den Kopf. Er nahm sein Glas, trank einen großen Schluck und setzte sich. Marburg reichte ihm ein Handtuch und nahm ebenfalls Platz. Als Sartorius Gesicht und Haare trocken gerubbelt hatte, zog er eine Zeitung aus seinem Rock hervor. »Sie schreiben von einem Schatz«, erklärte er grimmig und schob das Blatt über den Tisch. »Sie erzählen ihren Lesern, dass sie wüssten, was sich zugetragen hat. Alles Humbug, sage ich dir.« Der Doktorand schüttelte den Kopf. »Man spricht allgemein von den ›Franzosenmorden‹.«

»Erwähnen sie Guérin?«, wollte Marburg wissen. Er faltete die Zeitung auseinander und fand auf Anhieb den mit Tinte markierten Artikel, neben einem Bericht über Ifflands Furore in Potsdam und Goethes Abschiedsbesuch bei Humboldt, da Letzterer vorhatte, zu einer amerikanischen Forschungsreise aufzubrechen.

»Nein, von Guérin steht dort nichts. Die Rede war ganz allgemein von ›französischen Soldaten‹.«

Marburg schnaubte. »Dann sind wir kein Stück weiter«, sagte er entmutigt. »Guérin ist uns auch durch die Lappen gegangen. Lürssen hatte seine Spur gefunden, aber der Colonel war schneller. Jetzt werde ich nie erfahren, was geschehen ist.«

»Oh, sag das nicht«, murmelte Sartorius. Er begann, in der abgestoßenen Ledertasche zu wühlen, die er an einem Riemen über der Schulter trug. Ein paar Augenblicke später hatte er gefunden, wonach er suchte – einen Zettel, auf dem verschiedene, wie es schien unzusammenhängende, Buchstaben standen: $KCN\,(aq) + HCl\,(aq) \rightarrow HCN\,(aq) + KCl\,(aq)$.

»Was ist das?«, fragte Marburg mit gekrauster Stirn, als Sartorius ihm die Notiz unter die Nase hielt.

»Stark vereinfacht gesagt: Blausäure.«

»Säure?«, fragte Marburg überrascht. »Ist das nicht im Allgemeinen eine Substanz, die ätzt?«

»Gut aufgepasst.« Der Doktorand grinste Marburg an. »Das hängt jedoch unbedingt von der Verabreichung ab. In diesem Fall handelt es sich um ein recht unbekanntes Gift, das erst vor wenigen Jahren von dem schwedischen Chemiker Scheele entdeckt und hergestellt wurde. Er nutzte dafür eine Mischung aus Eisenhexacyanidoferrat, auch ›Berliner Blau‹ genannt, und Schwefelsäure.« Marburg sah Sartorius fragend an. Der lächelte wissend, aber keineswegs arrogant. Eher müde. »Du hattest dich gefragt«, begann er und nahm noch einen Schluck Wein, »ob eure Mamsell am Abend, bevor du zurückkamst, gebacken hatte.«

»Ja. Es roch nach ...«

»Mandeln?« Sartorius grinste. »Nun ja, ich würde den Geruch von Bittermandeln nicht unbedingt mit leckerem Gebäck in Verbindung bringen. Aber deine Worte gingen mir nicht aus dem Kopf. Ich habe unter den Büchern des Amtsdoktors eine recht interessante Schrift gefunden, in der auch die

Herstellung von Cyanid beschrieben ist. Dort steht, dass der Geruch von Blausäure von den Menschen sehr unterschiedlich wahrgenommen wird. Viele bemerken ihn nicht einmal.«

Marburg starrte abwartend auf sein Glas, der Wein darin schimmerte golden im Licht der Kerze. »Worauf willst du hinaus?«, drängte er. Wollte Sartorius etwa andeuten, dass diese Säure der lang erwartete Hinweis war, durch den sie dem Verbrechen hier im Hause ein Stück näherkommen würden?

Sartorius genoss die Ungeduld seines Freundes. »Ich war nicht untätig«, sagte er selbstzufrieden. »Das musst du zugeben.«

»Ich habe ja nichts anderes behauptet. Was ist also mit deiner Blausäure?«

»Oh, Gott bewahre, es ist nicht meine! Mein Oheim allerdings muss gewusst haben, wie man sie herstellt.« Er zögerte einen Augenblick, unsicher ob er damit nicht zu viel – oder das falsche – gesagt hatte. Dann kam er zu dem, was er eigentlich berichten wollte: »Ich weiß noch nicht, ob es bei der Aufklärung der Todesfälle weiterhilft, denn ich kann nur deduzieren. Also, meine Schlussfolgerungen logisch herleiten.«

»Ich weiß, was ›deduzieren‹ bedeutet.«

Sartorius lächelte flüchtig. »Bei einem Tod durch Blausäure tritt eine hellrote Färbung der Haut auf«, erklärte er. »Ebenso kommt es zu leuchtend roten Leichenflecken. Beides habe ich an allen fünf Personen festgestellt. Blausäure kann über die Nahrung, über die Haut und über die Atemwege aufgenommen werden, in jedem Fall tritt nach wenigen Sekunden Atemstillstand, Bewusstlosigkeit und innerhalb von ein paar Minuten der Herzstillstand ein.«

»Dann hat diese *Blausäure* meine Eltern getötet?«

»Oder Cyanwasserstoff, wie man in Apothekerkreisen sagt. Aber ja, ich hege keinen Zweifel mehr, dass es genau dieses Gift war. Es gibt keinerlei Spuren eines Kampfes oder einer versuchten Flucht der Opfer, der Tod muss demnach sehr rasch eingetreten sein, und auch die äußeren Symptome stimmen überein. Kommt noch deine Wahrnehmung des Bittermandelgeruchs hinzu. Alles untrügliche Zeichen für die Anwendung von Cyanwasserstoff.« Etwas nachdenklich fügte er hinzu: »Gewöhnlich ist der Geruch jedoch recht flüchtig.«

»Im Haus wurde nicht gelüftet«, überlegte Marburg und erhob sich. »Im Übrigen hat das Esszimmer kein Fenster. Wäre es möglich, dass sich der Geruch dadurch gehalten hat?«

»Doch, das wäre es, durchaus.« Auch Sartorius stand nun auf, obgleich er nicht vorhatte zu gehen. Er leerte sein Weinglas und sah besorgt zum Fenster hinüber, vor dem in unregelmäßigen Abständen und begleitet von lautem Donner das grelle Licht der Blitze über den schwarzen Himmel zuckte. Kein Wetter, um wieder vor die Tür zu treten. Aber etwas anderes machte ihm viel größere Sorgen: Der Verdacht, der bei seinen neuen Erkenntnissen auf den Amtsdoktor Tellmann – seinen Oheim – fiel, wog schwer, denn dieser hatte nicht nur Kenntnis über die Herstellung des Giftes, sondern es war ebenso möglich, dass er die Ingredienzien dazu besaß. Zumindest konnte er sie sich beschaffen. Sollte er darüber wirklich mit dem Polizeichef sprechen?

»Wenn der Geruch aber noch im Zimmer lag«, unterbrach Marburg die Gedanken des Famulus, »wenn er also noch wahrnehmbar war, müsste dann nicht auch das Gift noch gewirkt haben?« Er erinnerte sich an Sartorius' frühere Vermutung, dass die Bediensteten nicht am Tisch im Esszimmer gestorben, sondern posthum darum platziert worden waren. Wie sollte das unter diesen Umständen vor sich gegangen sein? Plötzlich durchfuhr es ihn. »Wenn auch ich die Blausäure gerochen habe«, fragte er ein wenig beunruhigt, »hätte ich nicht ebenfalls sterben müssen? Hätten wir nicht alle Schaden nehmen müssen, die wir das Haus betreten haben?«

Sartorius schüttelte langsam den Kopf. Natürlich, Marburgs Fragen waren absolut berechtigt. Auch er hatte sich mit diesen Überlegungen schon herumgeplagt, wenn auch erfolglos. »Ich bin weder Apotheker noch Chemiker«, räumte er zögernd ein. »Das heißt, ich habe keine schlüssige Antwort darauf. Das Gift könnte sich, unabhängig vom Geruch, innerhalb eines Tages soweit verflüchtigt haben, dass keine Gefahr mehr von ihm ausging. Der Geruch bleibt in den Stoffen und Möbeln haften. In meinen Büchern steht darüber nichts. Ich denke, so weit war Apotheker Scheele bei seinen Versuchen mit dem Cyanid auch nicht gegangen. Oder ihm fehlte auch nur das kriminelle Potenzial dazu.« Er lachte flüchtig. »Du jedenfalls lebst ja noch, obwohl du es gerochen hast.« Dann fiel ihm etwas anderes ein, das er zuvor nicht bedacht hatte: Wenn die Leichen am Freitagmorgen entdeckt worden waren und der Mörder zuvor noch einmal zurückgekehrt war, so musste der Todeszeitpunkt entgegen von Tappenbecks Annahme ja viel weiter zurückliegen. Denn die Totenstarre trat erst nach zehn bis zwölf Stunden ein. Und dies wiederum würde bedeuten, dass sowohl sein Oheim als auch die Mademoiselle zu dieser Zeit noch in Oldenburg waren.

Sartorius goss sich nachdenklich ein wenig von dem Moselwein nach, der vor ihm auf dem Tisch stand. Eine vorzügliche Spätlese, befand er, während er langsam zum Fenster hinüberging. Und gewiss teuer. Doch die Ablenkung wirkte nicht, denn wie man es auch drehte oder wendete, es blieb das, was man gemeinhin ein Dilemma nannte: Sollte er von Marburg von seinen Überlegungen erzählen, und damit seinem Oheim das Vertrauen entziehen? Oder war es nicht so, dass er seinem Mentor in jedem Fall loyal gegenüberzustehen hatte?

»Ich als Mörder«, hörte er plötzlich Marburg sagen, »hätte übrigens gelüftet. Ich meine, um den Hinweis auf das Gift zu verwischen.«

Sartorius nickte. »Ja«, stimmte er ihm zu. »Ja, das hätte ich wohl ebenfalls getan. Aber wie ich bereits sagte: Scheele schreibt, dass nicht jeder diesen Geruch wahrnimmt.«

Richtig. Marburg sah den Doktoranden überrascht an. Aber konnte so etwas wirklich möglich sein? War Geruch nicht Geruch? »Wie auch immer«, erklärte er schließlich aufgeräumt, »wir sollten diese neuen Erkenntnisse Geheimrat von Tappenbeck mitteilen. Ich denke, sie sollten ihn in seinen Untersuchungen ein gutes Stück voranbringen.«

Dies war der Punkt vor dem Sartorius sich gefürchtet hatte. Er wandte sich Marburg zu und berührte ihn am Arm. »Bevor wir das tun, hätte ich zwei Einwände vorzubringen«, sagte er leise.

»Die da wären?«

»Primo – von Tappenbeck war bei unserem letzten Gespräch nicht sehr interessiert an meinen Erkenntnissen.«

Marburg winkte ab. »Diesmal kann er sie nicht ignorieren! Und wenn, dann spreche ich beim Regierungsadministrator vor.«

Sartorius nickte notgedrungen. Dann erzählte er Marburg seine Überlegungen betreffend den Todeszeitpunkt und die damit verbundenen Konsequenzen, einschließlich seiner Bedenken was die Loyalität zu seinem Oheim anging.

Es dauerte einige Zeit, bis Marburg, der sich nachdenklich und mit gesenktem Blick wieder an den Tisch gesetzt hatte, reagierte. »In diesem Fall werden wir nichts unternehmen, was deinen Oheim belasten könnte«, sagte er. Insgeheim galt diese Rücksicht natürlich auch für Klara, obgleich sich alles in ihm dagegen sträubte zu glauben, dass sie etwas mit dem Mord an seinen Eltern zu tun haben könnte.

»Ich danke dir.« Sartorius warf Marburg einen flüchtigen Blick zu. Sein Oheim war mit einiger Verspätung am Donnerstagabend zurückgekehrt. Für Sartorius bedeutete das wieder, Tinkturen zu mischen, das Arzneibuch zu führen, Botengänge und hin und wieder einen Hausbesuch zu erledigen. Bei einfachen Fällen. Handlangerarbeiten eben. Aber war das ein Grund, seinen Oheim voreilig zu verdächtigen? »Das bedeutet dann wohl«, schlussfolgerte er, »dass ich selbst die Ehre habe, ihn zu befragen.«

Marburg antwortete nicht. Er war wieder aufgestanden und begann, unruhig in der Küche auf und ab zu laufen. »Du weißt also, wie Blausäure hergestellt wird?«, fragte er stattdessen.

Sartorius nickte.

»Das kann ein jeder?«

Sartorius dachte nach. »Im Grunde schon«, gab er schließlich zu. »Die Anleitung wird in meinem Buch recht ausführlich beschrieben.«

»Im Buch deines Oheims.«

»Im Buch meines Oheims«, seufzte er. »Die Zutaten sind jedoch recht speziell, und bei der Zubereitung gilt es, Vorsicht walten zu lassen. Wenn du die Dämpfe einatmest, bist du tot, bevor du jemand anderen damit umbringen kannst.«

»Welche Zutaten benötigt man denn wohl?«

»Berliner Blau, gelbes Blutlaugensalz und Schwefelsäure«, erinnerte sich Sartorius.

»Und wo würdest du diese Zutaten kaufen?«

»In der Apotheke.«

Marburg sah den Doktoranden mit erhobenen Augenbrauen an.

»Richtig«, sagte der schließlich, »natürlich, du hast recht …« Nun begriff er, worauf Marburg hinauswollte. »Es gibt zwei Apotheker in Oldenburg«, überlegte er laut. »Die werden wir inspizieren müssen. Ihre verkauften Arzneien, Tinkturen und Zutaten müssen sie vermerken, und anhand dieser Liste werden wir zurückverfolgen können, wer in der Lage war, Blausäure herzustellen.«

»Und damit der Mörder meiner Eltern ist«, ergänzte Marburg.

Sartorius nickte. Er fürchtete, die Antwort bereits zu kennen. Doch Konsequenzen, so viel stand fest, würde er erst ziehen, wenn er Gewissheit hatte.

»Es ist Zeit, aufzustehen«, sagte eine sanfte weibliche Stimme. Das Gewitter war verzogen, Sonne drang durch das Fenster in Marburgs Zimmer, und als er die Augen öffnete, um die Herkunft der Stimme zu lokalisieren, die ihn geweckt hatte, fiel sein Blick auf Klara. Sie stand, in sauberes braunes Leinen gekleidet, an seinem Bett und sah mit schmalem Lächeln auf ihn herab. Ihr Haar war unter einer weißen Kappe zusammengesteckt, die zweifellos zuvor das Dienstmädchen Emma getragen hatte, Madame Robergs tote Tochter. Klara gab so ein ganz anderes Bild ab, als Marburg es gewohnt war, dass er unwillkürlich lächeln musste. Sieht so eine Giftmörderin aus?, fragte er sich im selben Moment. Eine Antwort darauf konnte er sich jedoch nicht geben.

Er seufzte, richtete sich auf und rieb sich die Augen. Es war drei Uhr in der Nacht gewesen, als der Regen nachgelassen hatte und Sartorius heimgegangen war. »Wie spät ist es?«, fragte er mit rauer Stimme.

»Die Uhr in der guten Stube schlug halb acht«, erwiderte Klara und setzte sich zu ihm aufs Bett. »Schön, dass du wieder da bist – Guérin ist euch entkommen?«

»Das ist er«, musste Marburg zugeben, während er Klara unsicher ansah. Ihre Nähe, direkt auf seinem Bett, ihr Duft und ihr vertraulicher Ton, den sie sich in den Tagen ihrer Flucht angewöhnt hatten, verwirrten ihn mehr, als ihm lieb war. Nichtsdestotrotz hatten sich die Überlegungen der letzten Nacht lähmend auf seine Zuneigung zu der jungen Frau gelegt. Misstrauen begann, seine Unbekümmertheit zu überschatten. »Wann bist du mit Tellmann nach Neuharlingersyhl abgereist?«, fragte er unvermittelt.

Klara stutzte. »Am Donnerstagnachmittag«, gab sie vorsichtig zurück. »Warum fragst du?«

»Weil meine Eltern zu dem Zeitpunkt ganz offensichtlich bereits tot waren.«

Klara stand ruckartig auf. »Du glaubst doch nicht immer noch, dass ich etwas mit dieser schändlichen Tat zu tun habe?«, fuhr sie ihn an.

»Du hast ganz sicher etwas damit zu tun«, sagte er, beeilte sich aber hinzuzufügen: »Schließlich verdächtige ich Guérin. Und Guérin war nur deinetwegen hier.« Er versuchte, unschuldig zu lächeln.

Ob sie eine gute Schauspielerin war, vermochte Marburg nicht zu sagen, die Tränen, die plötzlich über ihre Wangen liefen, waren jedenfalls echt. Er stand auf und nahm Klara in den Arm, doch sie stieß ihn von sich. »Ich werde noch heute abreisen!«, presste sie hervor.

»Wohin?«, fragte er zurück. Es klang ein wenig provokant, war jedoch einzig besorgt gemeint.

»Was kümmert es dich?«

»*Mit* dem Gold der Comtesse?«

Eine Frage, die Klara mit einer Ohrfeige beantwortete. »Sie wissen genau, dass es mir gestohlen wurde, Herr von Marburg!«, erwiderte sie kalt. »Von Colonel Guérin.«

Marburg schüttelte den Kopf. »Nein«, sagte er. »Der hat es nicht.« Natürlich bestand die Möglichkeit, dass die Franzosen das Gold versteckt hatten, um es später zu bergen. Vielleicht hatten sie auch einen Boten getroffen, der es ihnen abgenommen und auf einem anderen Weg nach Frankreich gebracht hatte, da Guérin befürchten musste, verfolgt zu werden. Doch beides war äußerst unwahrscheinlich.

»Wer es hat, ist mir gleichgültig. Es wurde mir gestohlen!«

Klara wandte sich zur Tür. »Und«, sie konnte ein Schluchzen nicht unterdrücken, »ich hätte nicht den geringsten Grund, solch eine scheußlich Tat zu begehen. Ich habe Ihren Eltern so viel zu verdanken.« Sie atmete tief ein und wischte sich die Tränen ab. »Sie haben mir das Leben gerettet. Ihre Unterstellungen sind … sie sind infam!« Klara verließ das Zimmer und schlug die Tür hinter sich zu.

Ein eindrucksvoller Auftritt, dachte Marburg und starrte einen Augenblick lang auf die Stelle, wo die junge Französin eben noch gestanden hatte. *Das heißt*, überlegte er, *so jung ist sie gar nicht. Vermutlich sogar ein paar Jahre älter als ich, wenn man ihren Lebenslauf rekapituliert.* Doch dieser Gedanke entsprang nur seinem schlechten Gewissen. Seine Vermutungen, mochten sie auch durchaus berechtigt sein, hätte er verdammt noch mal für sich behalten müssen! Ein Fauxpas, den er auf seine Gefühle schob, über die er sich noch immer nicht im Klaren war. Gingen sie so weit, dass er Klara bedingungslos vertraute? Oder musste er sich nicht vielmehr davor hüten, ihr zu vertrauen, eben weil sein Herz bei jedem Gedanken an sie schneller schlug? In jedem Fall, so fürchtete er, würde Madame Roberg ihm sehr bald die heftigsten Vorwürfe machen, wenn er die Angelegenheit nicht ins Reine brachte. Darauf konnte er gut verzichten.

Marburg goss Wasser aus einem Krug in die Waschschale, und während er sich wusch, abtrocknete und anzog, dachte er an Sartorius. Würde Heinrich herausfinden, wer die Zutaten für die Herstellung des Giftes gekauft hatte? Mit einem bitteren Lächeln wünschte er dem Doktoranden mehr Feingefühl bei der Befragung der Apotheker, als er selbst es bei Klara gezeigt hatte. Nun, Frauen waren einfach anders …

Ein weiterer Gedanke ging ihm durch den Kopf: Ob es tatsächlich der Amtsdoktor gewesen war, der hinter allem stand? Selbstverständlich hatte er die Möglichkeiten und das Wissen dafür. Aber warum hätte er all die Menschen töten sollen? Wegen des Goldes? Wohl kaum. Wenn er davon gewusst hätte, so hätte er es von Klara direkt gefordert. Schließlich war er mit ihr nach Neuharlingersyhl gereist und hatte damit mehr als einmal die Gelegenheit gehabt, ihr das Gold oder zumindest den Hinweis auf das Versteck zu entreißen. Nein, er konnte es nicht gewesen sein. Im Gegenteil, wenn der Amtsdoktor herausfand, dass sie ihn verdächtigten, würde seine Reaktion der Klaras gewiss in nichts nachstehen.

Als er die Treppe herunterkam, erwartete ihn die Mamsell bereits. Die Hände in den Hüften und den Kopf geneigt erinnerte sie ihn an die Zeiten, in denen er als Fünfjähriger heimlich den Marmeladentopf leer gelöffelt hatte. »Das habt Ihr ja fein hinbekommen«, sagte sie bemüht vorwurfsvoll. Weiter allerdings kam sie nicht. Marburg legte den Arm auf ihre Schulter und drängte sie zurück in die Küche.

»Tante Auguste«, begann er, so unterwürfig es ging. »Ich habe mit Ihnen zu reden.« Er sah sich in der Küche um, doch sie waren allein.

»Sie packt«, erklärte die Mamsell. Dann schüttelte sie den Kopf und beteuerte Klaras Unschuld: »Ich habe gesehen, wie sie abgereist ist. Mit Doktor Tellmann, Donnerstagfrüh. Noch bevor ich selbst aufgebrochen bin. Ich weiß wirklich nicht, welcher Teufel Euch geritten hat, diese unschuldige junge Frau zu verdächtigen!«

Wenn du wüsstest, dachte Marburg und rief sich den Abend ins Gedächtnis an dem sie den Sous-Lieutenant der »Gendarmerie impériale« erschossen hatte. Er unterdrückte jedoch einen diesbezüglichen Hinweis. »Warum sind die fünf zusammengekommen?«, fragte er stattdessen. »Warum waren Dählheim und Sie nicht dabei?«

»Das weiß ich nicht«, sagte Madame Roberg. »Ich weiß es wirklich nicht. Ich hatte Eure Mutter für das Wochenende um einen halben freien Tag gebeten. Ich wollte zu meiner Schwester nach Neenkroog fahren. Sie ist krank.«

»Fahren?«, fragte Marburg verwundert. »Nach Neuenkruge?« Das waren knapp zwei Landmeilen, eine Entfernung, die die Mamsell gewöhnlich in einigen Stunden Fußmarsch bewältigte.

Madame Roberg krauste die Stirn. »Je nun«, sagte sie und zuckte mit den Schultern. »Natürlich wollte ich laufen. Aber es war Dählheim, der mir von Eurer Mutter ausrichten ließ, ich solle die Kutsche nehmen. Er war es auch, der mir das Fahrgeld gab. In ihrem Auftrag. Das war sehr großzügig von Eurer Mutter, der Herr hab sie selig. Und statt am Freitagabend sollte ich bereits Donnerstagmorgen aufbrechen, ganz unvermittelt. Ihr könnt mir glauben, ich habe angesichts der Umstände versucht, deutlich zu machen, dass diese Freundlichkeit nicht notwendig ist. Doch Dählheim sagte, sie bestünde darauf.«

»Meine Mutter?«

»So hatte es Dählheim gesagt.«

»Dählheim! Schon wieder Dählheim«, überlegte Marburg laut. »Aber warum wohl? Und wo war der Kontorangestellte?«

»Das habe ich mich bis zu meiner Rückkehr auch immer wieder gefragt. Ich hatte keine Ahnung, wen die Herrschaft erwartete.« Tränen traten ihr in die Augen. »Es war für sechs gedeckt. Dass auch meine Emma dabei sein würde …« Sie vollendete den Satz nicht.

Marburg seufzte stumm und nahm die kleine Mamsell tröstend in die Arme.

»Verzeiht«, sagte sie nach einem Augenblick, löste sich von ihm und strich ihr Oberkleid glatt. »Ich … ich glaube, es gibt jemanden, der ebenfalls Euren Trost benötigt.«

Marburg lächelte und nickte. Sie hatte recht, er musste sich um Klara kümmern, sie zum Bleiben bewegen und sich –

wenn es sein musste – auch bei ihr entschuldigen. Dann stutzte er: »Sie sagten, es war für *sechs* gedeckt?«

»Sechs, ja … Aber als ich sie am Sonnabend fand, da sah ich, dass nur fünf Gedecke benutzt waren«, erklärte Madame Roberg mit einem kurzen Schniefen.

»Nur fünf?«

»Ja, ich bin mir ganz sicher. Einer ist wohl nicht gekommen.«

»Oder der Sechste war der Mörder«, sagte Marburg leise.

Die Mamsell schien ihn gar nicht zu hören. Sie schniefte ein weiteres Mal, als sie sagte: »In dem Augenblick, da ich sie fand, dachte ich … Ich hatte gedacht – der Herr möge mir verzeihen –, ich …«, sie bekreuzigte sich hastig, »… ich dachte, bitte, lieber Gott, lasse es den Herrn Bureauangestellten sein und nicht meine Emma.«

»Dählheim.«

Madame Roberg nickte. »Er war nicht dort. Aber mein kleines Mädchen, es hatte am Tisch gesessen, und es war tot.«

Ja, so war es wohl, seine Eltern und die beiden Mädchen waren tot. Und Karl Etlinger, der Schauermann. Warum? Das konnte Marburg sich einfach nicht erklären. Es gab einen engeren Kreis von sechs Angestellten. Ohne Madame Roberg. Somit hätte der Bureauangestellte ebenfalls dort sein müssen.

»Wissen Sie«, fragte er leise, »wo Dählheim jetzt sein könnte? Im Kontor?«

»Nein«, erwiderte die Mamsell, der wieder die Tränen über die Wangen rannen. »Dort ist er seit jenem Tag nicht mehr gewesen.« Plötzlich rieb sie sich mit der Schürze über ihr Gesicht. »Geht endlich zu Mademoiselle Klara«, sagte sie drängend. »Dies Haus hat genug Leid gesehen.«

Marburg wagte nicht, zu widersprechen oder weitere Fragen zu stellen. Er wandte sich nach einem weiteren auffordernden Blick der Mamsell um, holte seinen Rock von der

Garderobe und überprüfte nachdenklich den Sitz der Halsbinde. Sollte er Klara wirklich nachlaufen? Oder würde sie ihm das als Schwäche auslegen? Das wollte er auf keinen Fall. Mit dem Dreispitz in der Hand kehrte er in die Küche zurück.

»Oh, kommt nur«, sagte Madame Roberg, die ahnte, weshalb er zauderte. Sie warf das Geschirrtuch, das sie in der Hand hatte, auf den Tisch und wandte sich dem Ausgang zu. »Ich begleite Euch! Weit kann die Mademoiselle nicht sein.«

Zusammen verließen sie das Haus und machten sich mit eiligen Schritten auf den Weg zur Wohnung der Mamsell. Doch die Haushälterin hatte sich ganz offensichtlich getäuscht. Zwar fanden sie Klaras Kleider, von ihr selbst allerdings nicht die geringste Spur.

Die Stadttore waren über Tag offen, und auf Anweisung Peter Friedrich Ludwigs seit Kurzem unbewacht. Eine Anordnung, die für viel Aufregung gesorgt hatte. Wenn Klara jedoch tatsächlich fortgegangen war, so wäre es niemandem aufgefallen.

Aber wohin sollte sie sich aufgemacht haben? Auf den Weg zurück nach Frankreich? Ohne Geld, ohne Gepäck? Ohne Pferd oder Wagen? Nein, dachte Marburg, die Wahrscheinlichkeit war gering.

Ein wenig unschlüssig kehrten sie zurück zum Haus, wo Marburg unvermittelt stehen blieb. War seine erste Reaktion nur Bedauern gewesen, so wurde ihm auf einmal klar, dass irgendetwas nicht stimmen konnte. Klara wäre nicht einfach so fortgelaufen, sie hätte Oldenburg nicht ohne ihr Gepäck verlassen – nein, er spürte, dass ihr etwas zugestoßen sein musste! Mit einer knappen Entschuldigung ließ er die Mamsell stehen und lief weiter zur Dragonerwache am Schloss, wo er sich zu Lürssen durchfragte. Überrascht stellte er fest, dass der Dragoner über ein zwar kleines, doch eigenes Kontor verfügte, und einmal mehr fragte sich Marburg, welche Dienststellung er wohl innehaben mochte.

In wenigen Worten erklärte ihm Marburg, was vorgefallen war.

»Und wenn sie sich versteckt hat?«

Marburg schüttelte den Kopf. »Das hätte sie im Hause der Roberg getan«, überlegte er laut und kam wieder zu diesem einen Punkt: »Ihre wenige Habe ist noch da. Nein, so spurlos wäre sie keinesfalls verschwunden. Dass sie fort ist, kann nur eines bedeuten: Jemand hat sie … entführt?«

Lürssen warf seinem Besucher einen skeptischen Blick zu, schließlich aber nickte er. Die Möglichkeit war nach allem, was passiert war, zumindest nicht auszuschließen. »Ihr verdächtigt die Franzosen?«

»Das wäre das Nächstliegende«, meinte Marburg. »Allein, ich glaube es nicht. Guérin ist zurück nach Frankreich gereist, davon bin ich überzeugt.«

»Wer also dann?«

Marburg zögerte. Eine Anschuldigung, die keinen Beweis als Grundlage hatte, konnte durchaus als Denunziation gewertet werden, und derer wollte er sich keinesfalls schuldig machen. »Gestattet Ihr mir ein offenes Wort, Lürssen?«, fragte er dennoch.

Lürssen grinste. Das konnte er dem Freiherrn kaum verwehren. »Gewiss, nur zu.«

Marburg erzählte ihm von dem Verdacht, den er gegen Tellmann hegte, nicht ohne darauf hinzuweisen, wie absurd dieser Gedanke natürlich war. Absurd, aber nicht auszuschließen.

»Der Amtsdoktor?«, wiederholte der Dragoner mit einiger Skepsis. Er verzog gequält das Gesicht und fluchte. »Wir können sein Haus nicht durchsuchen«, sagte er schließlich. »Dazu bedarf es schon gewichtigerer Argumente als eines vagen Verdachts, so passend er Euch auch erscheinen mag.« Lürssen dachte einen Augenblick nach. »Nein«, sagte er schließlich. »Ich werde Wachen ausschicken, die die Ausfallstraßen kontrollieren. Mehr kann ich nicht veranlassen. Wenn Mademoiselle Duplay sich bis morgen Abend nicht wieder eingefunden hat, werde ich Geheimrat von Tappenbeck nach weiteren möglichen Maßnahmen fragen.«

Bis dahin kann Klara tot sein, dachte Marburg, nickte aber notgedrungen. Mit einem kurzen Dank verabschiedete er sich von dem Dragoner und verließ die Wache. Vorbei an der vermutlich nie endenden Baustelle der Sankt Lambertikirche kehrte er durch die geschäftigen Straßen Oldenburgs zurück nach Hause. Handwerker und Händler mit ihren Karren, schwer bepackte Tagelöhner aus dem Umland und Fuhrleute mit mehrspännigen Pferdewagen, beladen mit Fässern, Tuchballen oder Kisten aller Größen, waren in den engen, kopfsteingepflasterten Straßen unterwegs. Dazwischen Hausmädchen und anderes Dienstpersonal, spielende Kinder und die allgegenwärtigen distinguierten Herren Beamte, die die Verlegung des Regierungssitzes durch Peter Friedrich Ludwig vor einigen Jahren mit sich gebracht hatte. Sie alle schienen mit einer Gewichtigkeit durch die Straßen zu eilen, die nur eines zu sagen schien: Der Tod seiner Eltern war nicht mehr als ein kleiner, flüchtiger Teil der Geschichte …

Zum Glück, dachte Marburg schließlich, hatte es keine Einquartierung gegeben. Soldaten, ganz gleich ob Freund oder Feind, beeinträchtigten das Dasein der Stadtbevölkerung in unsäglichem Ausmaß, ganz zu schweigen von den finanziellen Belastungen, denn nicht immer gab es Kompensation.

Marburg betrat das Haus, und als er Rock und Hut abgelegt hatte, trat der Doktorand aus der Küche.

»Du?«, fragte Marburg überrascht. Sein Gesicht hellte sich auf. »Gibt es etwas Neues?«

»Das will ich meinen.« Der Blick seines Gastes hatte etwas Geheimnisvolles, Frohes und gleichzeitig Ungeduldiges, als Marburg ihm die Hand reichte.

»Ist Tellmann zurück?«, fragte Marburg, einer plötzlichen Intuition folgend und bevor Sartorius etwas sagen konnte.

»Ja«, war die einsilbige Antwort. »Warum?«

»Klara ist verschwunden.«

»Verschwunden?«, erwiderte Sartorius überrascht. »Seit wann?«

»Seit heute Morgen.«

»Und da hast du Tellmann in Verdacht? Meinen Oheim?«

Marburg hob die Schultern. »Ich weiß es nicht«, sagte er ausweichend. Ihm war das Dilemma seines Freundes, die Loyalität, die er seinem Oheim und Dienstherrn gegenüber empfinden musste, durchaus bewusst.

Doch anstelle eines Vorwurfs schüttelte Sartorius nur nachdenklich den Kopf. »Ich glaube, er hat die Praxis den ganzen Morgen nicht verlassen. Es waren tatsächlich Patienten im Haus. Aber zur Sicherheit werde ich Julius noch einmal danach fragen.«

Sie betraten die gute Stube, die zur rückwärtigen Seite des Hauses hinausging und über eine Tür zum Hinterhof verfügte. Sartorius ließ sich in einen der Sessel fallen und atmete hörbar aus. »Ich habe mich erkundigt«, sagte er tonlos.

»Erkundigt?«

»Ja. Die Blausäure, du erinnerst dich?«

Ja, natürlich, sie hatten in der Nacht darüber gesprochen. Marburg nickte und setzte sich ebenfalls.

»Es gibt zwei Apotheker in der Stadt«, erklärte der Doktorand. »›Drogerie und Pharmazie, Meister Schütte‹, ganz in der Nähe vom Lappan, und die Apotheke von Jacobus Kleen direkt am Markt.« Etwas leiser fuhr er fort: »Ich habe heute Morgen Arzneien besorgt, das übliche Auffüllen der Bestände, nichts Auffälliges also, und dabei habe ich mich erkundigt, ob in den letzten Wochen jemand nach Blutlaugensalz, Ammoniak oder Pottasche gefragt hat.«

»Blutlaugensalz …« Das klang widerlich.

Sartorius seufzte. »Ist doch klar«, sagte er betont geduldig. »Nach Scheele wird Blausäure durch Einwirken von Kohlenstoffmonoxid und Ammoniak auf Pottasche bei hohen Temperaturen hergestellt.«

Marburg rümpfte die Nase. »Was ist denn Kohlenstoffmonoxid?«

»Das«, gestand Sartorius, »vermag ich dir auch nicht zu sagen. Aber ich habe gelesen, dass es beim Erhitzen von gelbem Blutlaugensalz und konzentrierter Schwefelsäure freigesetzt wird. Alles in allem, möchte man meinen, eine Prozedur, die nicht ohne Kenntnisse zu bewerkstelligen ist. Wer aber dazu in der Lage ist und das Buch Scheeles gelesen hat, der kann Kaliumcyanid herstellen, also Blausäure. Eben jenes Gift, das, nun ja, bei deinen Eltern verwendet wurde.« Carl Wilhelm Scheeles Entdeckung der Blausäure war erst vor wenigen Jahren in Deutschland bekannt geworden.

Marburg bemühte sich, dem Doktoranden seinen sachlichen Ton nicht anzukreiden. Warum auch? Es war seine Profession, und zu ändern war ohnehin nichts mehr. »Und dieser Jemand kann sicher sein, dass er unerkannt bleibt«, spann er den Gedanken weiter. »Denn für sich betrachtet sind diese Ingredienzien nahezu unverdächtig.«

»So könnte man es sagen.« Sartorius rieb sich nachdenklich das Kinn und starrte auf den Boden vor seinen Füßen. »Zumindest für einen Arzt …«

»Für einen Arzt?«, fragte Marburg, dem das Gespräch nicht schnell genug voranschritt. »Was genau hast du herausgefunden?«

Sartorius sah auf und Marburg direkt an. »Vor beinahe drei Wochen«, erklärte er schließlich, »hat der fürstbischöfliche Amtsdoktor und Titularrat Isidor Tellmann genau diese Zutaten gekauft. Schwefelsäure und Pottasche bei Meister Schütte,

Blutlaugensalz und Ammoniak bei Jacobus Kleen, vortrefflich aufgeteilt, um auch den letzten Verdacht zu zerstreuen. Mich dünkt, mein Oheim ist ein Giftmischer.«

Nun setzte sich auch Marburg. Es dauerte einen Augenblick, dann wurde ihm bewusst, dass sie über diese Kausalkette den Mörder gefunden hatten. Doch die Kausalkette hatte einen Makel: Sie konnten Blausäure als tatsächliche Todesursache nicht mehr nachweisen. Zwar mochte es für Tellmann durchaus schwer erklärbar sein, wofür er die Blausäure erstanden hatte, doch wenn Marburg genau darüber nachdachte, konnten sie dem Amtsdoktor nicht einmal nachweisen, dass er aus den Zutaten tatsächlich Blausäure hergestellt hatte, geschweige denn, dass er sie verwendet hatte. Zudem ging der Leiter des Kriminalamts noch immer von Tod durch Arsenvergiftung aus. Und Arsen hatte Tellmann augenscheinlich nicht erworben.

»Wir haben zwei Möglichkeiten«, unterbrach der Doktorand Marburgs Gedanken. »Wir können unsere Erkenntnisse von Tappenbeck mitteilen und uns der Gefahr aussetzen, hinausgeworfen oder bestenfalls ausgelacht zu werden.«

Marburg murmelte etwas Zustimmendes. Beides war eine gleichermaßen wahrscheinliche Reaktion. Er wandte sich Sartorius zu: »Oder?«

»Oder wir gehen zu meinem Oheim und fragen ihn direkt und unverblümt, wofür er das Gift, das er angefertigt hat und an dem deine Eltern gestorben sind, verwendet hat.«

»Klingt beides nicht sehr erfolgversprechend«, entgegnete Marburg zunehmend ungeduldig. Er dachte an Klara, und plötzlich kam ihm ein beunruhigender Gedanke: »Wenn dein Oheim etwas verstecken wollte – wo würde er es tun?«

»In seinem Haus, dort, wo die Praxis ist. Eine andere Möglichkeit gibt es nicht.«

»Dann«, überlegte Marburg, »müsste Klara ebenfalls dort sein. Und«, verfolgte er den Gedanken weiter, denn aus reinem Vergnügen würde der Doktor kaum getötet haben, »und auch das Gold der Comtesse.«

Sartorius öffnete den Mund und wollte etwas sagen, doch dann schüttelte er nur den Kopf und stand langsam auf. »Also gut«, sagte er und ging entschlossen zurück zum Eingang. Marburg hatte recht. Zu irgendeinem Zweck musste das Gift ja beschafft worden sein. Er seufzte. »Das lässt sich wohl herausfinden.«

Marburg griff sich Hut, Rock und seinen Degen, die allesamt noch auf dem Vertiko im Hausflur lagen, und folgte seinem hinauseilenden Freund raschen Schrittes. Vor den Praxisräumen des Amtsdoktors hielten sie inne, doch nur, um sich einen entschlossenen Blick zuzuwerfen, dann betraten sie das Haus. Sartorius wies auf eine schmale Tür schräg gegenüber dem Eingang. Sie führte hinab in den Keller. Mit einem Kienspan entzündete er den Docht einer Kerze und wies auf den geschwungenen Griff des Halters. Marburg nickte, nahm den Kerzenhalter, und während der Doktorand zur Treppe lief, die nach oben zum Dachboden führte, einer weiteren Möglichkeit, etwas oder jemanden zu verstecken, stieg er selbst hinunter in den Keller, ein schmales Gewölbe, das in einen niedrigen runden Raum auslief. Eine Reihe von Schränken stand hier, allesamt grau angelaufen und aufgequollen von der beständigen Feuchtigkeit hier unten. In den Schränken befanden sich Glasfläschchen aller Art mit teils unverständlichen lateinischen Aufschriften, kleine Kistchen und Blechschalen mit seltsamen chirurgischen Instrumenten darin. Eine Kassette mit Gold oder gar eine Geheimtür entdeckte er nicht. Ernüchtert stieg Marburg wieder hinauf in den Eingangsbereich, wo er sich unvermittelt Julius gegenübersah. Verzweifelt suchte er nach einer Ausrede, doch welchen Grund sollte er dafür angeben, in einem fremden Keller herumzustöbern? Er sah dem Faktotum in die Augen, und als dieser keine

Anstalten machte, etwas zu sagen, drückte er ihm die Kerze in die Hand und folgte Sartorius hinauf zum Dachboden.

Der Doktorand stand regungslos in der Mitte einer kleinen Dachkammer. Als Marburg hereintrat, wandte er sich um und schüttelte den Kopf. »Nichts«, sagte er leise. »Hier ist gar nichts.«

Gar nichts stimmte nicht ganz, auch hier standen ein Tisch, einige zerbrochene Stühle und zwei Truhen mit alten Kleidern, die sein Freund offensichtlich bereits durchwühlt hatte. Flaschen, Tiegel, Bücher und etwas, das aussah wie ein Stapel alter Zeitungen, alles mit einer dicken Staubschicht überzogen und offenbar seit Jahren nicht mehr angerührt, standen oder lagen auf dem Dachboden herum. Marburg musste Sartorius recht geben, sie waren ganz offensichtlich auf der falschen Spur. »Und dort?«, fragte er und wies auf eine schmale Tür.

»Dort wirst du ein Bett, einen Schrank und einen Stuhl finden.«

Marburg sah Sartorius fragend an.

»Das ist meine Kammer«, sagte der tonlos und machte eine auffordernde Geste. Marburg warf einen überraschten Blick auf die Tür. Natürlich, dachte er, der Neffe des Doktors würde nicht in der Beletage logieren. Aber hier oben? Er winkte resigniert ab und machte sich daran, wieder hinunterzusteigen.

»Nun komm schon, von Marburg«, zischte Sartorius und öffnete die Tür zu seinem Reich. »Wir haben Pläne zu schmieden.«

Die kleine Bodenkammer war spartanisch eingerichtet. Ein Bett, ein Stuhl, ein hoher und ein niedriger Schrank, mehr passte nicht hinein. Immerhin ließ ein Dachfenster die Sonne herein, was in diesen Tagen vermutlich dazu führte, dass es hier in den Nachmittagsstunden vor Hitze kaum auszuhalten war.

»Alle Achtung, Herr Doktor designatus«, rutschte es Marburg heraus. »Da hat sich Euer Oheim nicht lumpen lassen, wie?«

»In Paris habe ich schlimmer gehaust«, erwiderte Sartorius trocken.

»Du warst in Paris?«, fragte Marburg zerstreut.

»Ich denke, ich erwähnte es bereits.« Sartorius machte eine höfische Verbeugung. »Zwei Semester Medizin an der Sorbonne«, sagte er betont hochnäsig.

Jetzt erinnerte sich Marburg. Das war vor Heinrichs Jenaer Zeit gewesen, um die er ihn so beneidete. »Dann ist dein Oheim doch gar nicht so übel. Jetzt verstehe ich, dass es dir schwerfällt …«

»Unsinn! Isidor Tellmann ist ein Geizhals par excellence«, unterbrach Sartorius ihn und schloss hastig die Tür. »Die Ausbildung in Paris habe ich einem Stipendium des Fürstbischofs zu verdanken. Und wenn du damit sagen willst, dass ich …«

»Peter Friedrich Ludwig?«

Der Doktorand schnaubte. »Einen anderen kenne ich nicht!«

»Verzeih.« Marburg seufzte. War ihm schon wieder ein Fauxpas unterlaufen? »Selbstverständlich denke ich nicht, dass du etwas vertuschen würdest«, beeilte er sich zu sagen. »Nur – Blut ist eben …«

»… dicker als Wein?« Sartorius schüttelte enttäuscht den Kopf. »Das gilt nicht für meinen Oheim und mich.« Er grinste bitter. »Natürlich, er hat die Sache mit dem Stipendium arrangiert, die Ehre kann ich ihm nicht absprechen. Dass er selbst einen Groschen dafür gegeben hätte, wage ich gleichwohl zu bezweifeln. Und mich würde er lieber heute als morgen wieder loswerden. Nein, so dick ist das Blut nicht.«

Das verstand auch Marburg. Er nickte entschuldigend. Aber solange sie weder einen Hinweis auf das Gold noch auf den Verbleib von Klara fanden, musste der Amtsdoktor als unschuldig gelten. Nicht einmal das Gift oder seine Ingredienzien hatten sie bisher gefunden.

»Und Jena?«, fragte er, da er sich erinnerte, dass Sartorius dort auf den großen Schiller getroffen war. »Warum bist du nach Jena gegangen?«

»In Jena habe ich meine Studien beendet.« Der Doktorand lachte auf. »Auch des Fürsten Geldbeutel ist nicht unerschöpflich.« Er trat an das Dachfenster und öffnete es. Kühle Luft strömte unmittelbar herein und legte sich erfrischend auf ihre Gesichter. »Wo also ist Mademoiselle Claire?«, fragte er in geschäftsmäßigem Ton. »Könnte sie nicht doch abgereist sein?«

»Mademoiselle ...« Die unvermittelte Erwähnung ihres eigentlichen Namens gab Marburg einen Stich, den er sich kaum erklären konnte. »Nein«, sagte er schließlich. »Das Wenige, was sie besaß, ist noch immer bei Madame Roberg. Sie hätte es mitgenommen, wäre sie abgereist. Nein, da geht irgendetwas nicht mit rechten Dingen zu. Allein, wenn die Dragoner sie nicht finden ...«

»Die Dragoner sind eine Sache«, unterbrach ihn der Doktorand. »Wenn wir aber herausfinden wollen, wer den Tod deiner Eltern auf sein Gewissen geladen hat, dann können wir uns auf die Büttel nicht verlassen. Wir müssen das selber in die Hand nehmen, und vor allem – wir müssen methodisch vorgehen.«

»Methodisch?«

»Ja. Eine der Fähigkeiten, die unser Polizeivorsteher nicht zu besitzen scheint. Methodik, Logik, Deduktion, diese drei. Und wir werden uns beeilen müssen, wenn du dein Fräulein Duplay wiedersehen willst.«

Marburg sah den Doktoranden mit großen Augen an. »Das sage ich doch ...«

»Nun, mit Verlaub, deine Ermittlungen scheinen aber nicht erfolgreicher zu sein als die von Tappenbecks«, erwiderte Sartorius grinsend.

»Ermittlungen würde ich es nun nicht gerade nennen«, murmelte Marburg.

»Pass auf, ich war neben der Arbeit, die mir der alte Leuteschinder aufgehalst hat, auch nicht untätig. Fürs Erste sind mir vier Fragen eingefallen. Primo: Wer zöge einen Nutzen daraus, Klara Duplay verschwinden zu lassen? Secundo: Welches wäre dieser Nutzen? Tertio: Was haben deine Eltern damit zu tun? Und schließlich quarto: Wo ist das Gift abgeblieben? Dies sollte unsere vorrangige Frage sein.«

Marburg sah den Doktoranden beeindruckt an. Er musste zugeben, dass dies in der Tat die Fragen waren, deren Beantwortung sie zum Mörder seiner Eltern – und ihrer drei Bediensteten – führen konnten. Nur waren sie leider unbeantwortet. »Gut«, sagte er, »gehen wir also der Reihe nach vor. Guérin wäre der erste Name, der mir einfiele. Wer außer ihm könnte es auf Klara abgesehen haben? Schließlich hat der Colonel alles darangesetzt, sie in seine Gewalt zu bringen.«

»Möglich«, meinte Sartorius. »In diesem Fall müssten die Dragoner sie finden. Aber irgendwie mag ich nicht glauben, dass Guérin zurückgekehrt ist oder dass mein Oheim gemeinsame Sache mit den Franzosen macht. Guérin war hinter dem Gold der Comtesse her. Das Gold aber ist verschwunden. Es gibt keinen Grund für ihn, Klara zu töten.«

»Keinen Grund?« Marburg lachte auf. »Für ihn ist sie eine Royalistin. Der Bastard wollte uns in die Bastille verschleppen! Und er wird nicht ruhen, bis er uns hat.«

Sartorius schüttelte nachdenklich den Kopf. »Nein, das sähe ihm nicht ähnlich. Auch wäre er dann nicht fortgeritten.« Er atmete tief ein und geräuschvoll wieder aus. »Nun gut«, fuhr er fort. »Mit dieser Frage kommen wir nicht weiter. Secundo?«

»Der Nutzen?«, überlegte Marburg. »Hier gibt es nur zwei Möglichkeiten. Entweder unser Unbekannter will das Gold« – und hier dachte er wieder an Guérin – »von dem er annimmt, dass Klara etwas über seinen Verbleib weiß. Oder …«

»Oder?«

»Oder er hat es bereits und will vermeiden, dass Klara oder wir danach suchen.« Mit unglücklicher Miene fügte Marburg noch eine weitere Möglichkeit hinzu: »Vielleicht hat er sich auch verraten und will Klara zum Schweigen bringen.«

»Nur die Ruhe«, sagte Sartorius und legte beruhigend die Hand auf Marburgs Arm. »In diesem Fall würden wir ihn kennen, und er würde nicht wagen, ihr ein Leid anzutun. Du kennst die Strafen selbst am besten.« Er grinste kurz, dann fuhr er fort: »Was den dritten Punkt anbelangt, so bin ich mir nicht sicher. Stellen wir ihn also zurück und widmen uns wieder der ursprünglichen Frage: »Was ist aus dem Gift geworden?«

»Wir haben es nicht gefunden.«

»Wir haben nicht richtig gesucht«, berichtigte ihn Sartorius. »Wir haben nur nicht richtig gesucht.«

»Was meinst du?«

»Nichts.« Sartorius winkte ab. »Aber ich habe einen Plan. Pass auf …«

Marburg eilte mit Tellmann die Schüttingstraße entlang. Hier lag die Praxis des Amtsdoktors, und hier, obwohl mitten in der Stadt gelegen, war es an Sonntagen – noch dazu außerhalb der Kirchzeit – ungewöhnlich ruhig. Das änderte sich, als sie in die Achternstraße einbogen, eine der Hauptstraßen Oldenburgs. Unmittelbar waren sie umgeben von Menschen, Bürgern der kleinen Stadt, Offizieren, Besuchern aus dem nahen Umkreis. Immer wieder lüpfte der Doktor seinen Hut, ein Nicken nach links, ein Gruß zur Rechten. Im feinsten Sonntagsstaat wurde zu den Wallgräben flaniert – die Herren in »Justaucorps« oder modernen Mänteln mit hohem Kragen, Kniehose und bestickter »Gilet«, die Damen in pastellfarbenen, hochtaillierten Kleidern, einem Hut, der nicht der neuesten Mode entsprechen musste, und natürlich einem zierlichen Sonnenschirm. Kurz darauf betraten sie das alte Kaufmannshaus, und Marburg bat den Amtsdoktor, einen Augenblick zu warten. Er hatte ihm von den Symptomen erzählt, wie Sartorius es ihm aufgetragen hatte: Madame Roberg klage über Atemnot, Kopfschmerzen, Schwindel, Erbrechen und Krämpfe. Nur die Ohnmacht hatte er weggelassen, es schien ihm zu dick aufgetragen. Tatsächlich schien all dies auf eine Vergiftung mit Kaliumcyanid hinzudeuten, denn Tellmann war bleich geworden und beinahe schneller gelaufen als Marburg selbst. Ein eindeutiges Zeichen von schlechtem Gewissen, ja geradezu ein Schuldeingeständnis, wie Marburg fand. Nun aber war es an ihm, betroffen zu sein, denn selbstverständlich konnte die Mamsell keines der erdachten Symptome zeigen. Doch das Ziel, Tellmann von zu Hause fortzulocken, hatte diese Finte jedenfalls erfüllt.

Zum Glück war die Mamsell nicht auffindbar, was die Lüge etwas weniger offensichtlich machte. Zumindest dachte Marburg das. Der Amtsdoktor war dennoch äußerst verstimmt und schimpfte über die vergeudete Zeit. Er hatte rasch gemerkt, dass etwas nicht stimmte, als die vermeintliche Patientin nirgends zu sehen war. Ruckartig wandte er sich um und verließ grußlos das Marburg'sche Haus.

Sartorius sah Marburg und seinem Oheim nach, als sie das Haus verließen. Dann machte er sich auf die Suche nach den Ingredienzien. Da er das Behandlungszimmer bereits durchsucht hatte, konzentrierte er sich auf die Privaträume seines Oheims in der Beletage. So vorsichtig wie möglich öffnete und schloss er Schubladen, Schränke und Truhen. Er wollte nicht, dass seine Suche bemerkt würde, sollte er nichts finden. Und in der Tat konnte er auch hier nichts entdecken. Sartorius begab sich in die Schlafkammer und das Ankleidezimmer, sah zwischendurch immer wieder zur Straße hinaus, da er spürte, dass die Zeit knapp wurde. Sollten die beiden Apotheker ihn angelogen haben? Oder hatte sein Oheim das überschüssige Blutlaugensalz, Ammoniak oder die Pottasche bereits wieder vernichtet?

Einen Augenblick lang verharrte er in der Nähe des Treppenaufgangs. Verdammt, die Mittel mussten hier irgendwo sein!

Mussten sie? War er nicht insgeheim froh, dass seine Vermutung falsch gewesen war, dass nichts hier im Hause auf ein Verbrechen hinwies?

Julius fiel ihm ein. Seine Kammer lag ebenfalls in der oberen Etage, eine kleine fensterlose Schlafstatt, mehr war es wohl nicht. Betreten hatte er sie noch nie. Sartorius lief die Treppe hinauf und blieb vor der Tür stehen. Eine Ausrede für seinen Besuch hatte er sich nicht einmal zurechtgelegt, und ihm fiel beim besten Willen keine ein. Kaum zwei Sätze hatte er bisher mit dem Faktotum seines Oheims gewechselt. Er hatte Anweisungen gegeben, Fragen nach der einen oder anderen Arznei gestellt, mehr nicht. Alles, was er von dem älteren Mann wusste – Julius war mindestens um die fünfzig –, hatte er von seinem Oheim gehört. Dennoch, ihm blieb keine Wahl. Dieses Zimmer war das letzte »unerforschte« im Haus.

Er klopfte einmal, zweimal. Nichts rührt sich. Dann öffnete er die Tür. Der abgestandene Geruch nach kaltem Essen, altem Bettzeug und allen möglichen menschlichen Ausdünstungen drang ihm entgegen. Julius aber war nicht zu sehen.

Sartorius nahm eine Kerze vom Tisch im Flur, entzündete sie und betrat die Kammer, die größer war, als er erwartet hatte. Ein Bett, ein Tisch, ein Stuhl und zwei große Schränke hatten darin Platz. Unvermittelt begann er, die Schränke zu durchsuchen – die Gelegenheit, Julius hier nicht anzutreffen, musste er ausnutzen, und viel Zeit blieb ihm nicht. Es war in gewisser Weise schockierend, was der Mann alles aufbewahrte. Sartorius fand Tinkturen undefinierbaren Alters, Knochen, kleine Amulette und Bilder, emaillierte Andenken von zahllosen »Objekten« pathologischer Untersuchungen, die diese Erinnerungen nun wohl nicht mehr benötigten. Dann fiel der Schein der Kerze auf ein Knäuel fleckiger Kittel in einem der Schränke. Sartorius zog sie hervor und erstarrte in stummem Triumph bei dem, was er hinter den Kitteln sah. Schon auf den ersten Blick erkannte er das Schild mit der Aufschrift »Scheidewasser, 95 %« an einer braunen Tonflasche. Salpetersäure. Daneben ein Tiegel mit einer gelben, kristallinen Substanz. Zweifellos Kaliumhexacyanidoferrat, oder eben auch gelbes Blutlaugensalz. Die Pottasche fand sich in einem ähnlichen Tiegel in demselben Fach. Sartorius' anfänglicher Triumph schlug in Enttäuschung um, Enttäuschung über seinen Oheim. Denn dieser Fund entlarvte ihn zwangsläufig als Mörder.

Für einen kurzen Augenblick überlegte er, die Zutaten der Blausäureherstellung einfach verschwinden zu lassen. Ihr Fund machte niemanden wieder lebendig. Und – vielleicht würde er seinen Oheim noch brauchen, wenn es um seine weitere Karriere ging. Dem Vernehmen nach war Isidor Tellmann sogar am Preußischen Hofe bekannt.

Ein Geräusch auf dem Flur unterbrach seine Überlegungen. Sartorius fuhr herum und sah Julius in der Tür stehen, ein wenig gebeugt, wie es seine Art war, aber völlig ungewohnt mit zwei kurzläufigen Pistolen in der Hand. »Was macht Ihr hier, junger Herr?«, fragte der Assistent mit krächzender Stimme.

Sartorius versuchte abzuschätzen, ob von den Waffen eine Gefahr ausging, doch alles, was er erkannte, war, dass der Federmechanismus jeder Pistole gespannt war. Ob sich Pulver in der Pfanne befand, konnte er natürlich nicht sehen, aber sein Gegenüber hielt die Waffen so, als wüsste er damit umzugehen. Sartorius beschloss, es mit einem forschen Gegenangriff zu versuchen. »Julius«, sagte er und hoffte, dass seine Stimme nicht allzu beunruhigt klang. »Ich weiß, dass dich keine Schuld trifft. Aber diese Ingredienzien hier haben fünf Menschen getötet.« Er wies hinter sich auf das Fach und überlegte kurz, wie er weiter vorgehen sollte. »Und wir sollten sie von hier fortbringen, damit kein Verdacht ...«

»Wir werden sie nicht fortbringen«, unterbrach ihn Julius. »Wir werden diese Zutaten noch einmal benötigen.«

»Nein, Julius«, keuchte Sartorius. »Das wäre nicht ...«

»Oh, nicht für Euch, junger Herr. Ihr werdet einen schnelleren Tod finden. Das ist die Gnade Eurer Neugier. Ich kann nicht zulassen, dass Ihr noch mehr Fragen stellt. Fragen sind nicht gut, nein, nein, Ihr wisst ohnehin zu viel.« Er machte ein enttäuschtes, vielleicht sogar mitleidiges Gesicht.

»Aber du hast dieses Gift ja gar nicht gemischt«, umgarnte Sartorius das Faktotum seines Oheims. Was aber, wenn doch?, kam ihm ein plötzlicher Gedanke. Er mochte durchaus in der Lage sein, Arzneien und Gifte anzurühren. War sein Oheim am Ende unschuldig und der Assistent, den er immer für ein wenig beschränkt gehalten hatte, der Mörder? Warum?

»Ich?« Julius hob die Augenbrauen, dann wechselte seine Miene ins Verärgerte. »Ihr traut es mir nicht zu?«

»Nein«, entgegnete Sartorius vorsichtig.

Das Faktotum begann zu lachen. »Niemand traut mir etwas zu. Fast niemand. Und das macht es so einfach für mich ...«

Das klang verteufelt nach einem Geständnis, dachte Sartorius mit einem mulmigen Gefühl in der Magengrube. »Aber warum?«, fragte er, mit den Augen seinen Fluchtweg taxierend. »Warum hast du das Gift angerührt?«

»Er hat dafür bezahlt. Das ist Grund genug.« Julius hob die Pistole und richtete sie auf sein Gegenüber. »Und heute habe ich noch ein wenig für das französische Fräulein gemischt. Sie wird vielleicht schon davon gekostet haben.« Wieder lachte er auf.

»Nein!«, rief Sartorius entsetzt aus, und in einem weiteren verzweifelten Versuch, den anderen zu umgarnen, presste er hervor: »Das kannst du nicht. Und das tust du auch nicht.«

Doch Julius ließ sich von dieser Unschuldsvermutung nicht beeindrucken. »Nicht ich«, sagte er. »Der Meister. Ich helfe ihm nur, so wie ich ihm nun helfen muss, unentdeckt zu bleiben ...« Er ließ die Pistole in seiner Linken in die Tasche seines Kittels sinken und umfasste den Griff der zweiten mit beiden Händen. In diesem Augenblick wusste Sartorius, dass es dem Assistenten ernst war. Und dass sein Oheim, der »Meister«, wie Julius ihn genannt hatte, der wahre Mörder war. Was aber sollte er tun? Zurückweichen? Nein, das hätte keinen Zweck. Versuchen, Julius die Waffe zu entreißen? Angesichts der zwei Schritte, die zwischen ihnen lagen, ein unmögliches Unterfangen. Sartorius fluchte stumm, als er erkannte, dass seine Lage hoffnungslos war. Auch Julius erkannte das und lachte erneut.

Marburg zögerte. Den Doktor unter einem derart leicht zu durchschauenden Vorwand fortzulocken, war ihm unangenehm genug. So bald musste er Tellmann nicht wieder unter die Augen treten. Dann aber wurde ihm klar, dass er keine andere Wahl hatte, als dem Doktor zu folgen. Er verschloss die Haustür und wandte sich in Richtung der Schüttingstraße. Tellmann war bereits außer Sichtweite, und so beeilte er sich notgedrungen, dem Doktor hinterherzulaufen. Erst kurz vor dessen Praxis konnte er ihn einholen.

Erzürnt wandte sich Tellmann um, als er die Schritte hörte. »Von Marburg«, rief er, ohne Rücksicht auf die wenigen Passanten zu nehmen, die sich in der Nähe befanden. »Ich will Euch hier nicht mehr sehen! Eure seltsame Posse mag einen unerfindlichen Grund haben, indes, nach allem, was ich weiß, besteht kein Zweifel, dass mein Neffe, dieser Nichtsnutz, dahintersteckt. Ich kann ihm nur wünschen, dass er eine passende Erklärung dafür vorweisen kann!«

Marburg setzte zu einer Entschuldigung an, denn eine Erklärung konnte er zu diesem Zeitpunkt kaum geben. Ebenso wenig würde er nun in Erfahrung bringen, was Sartorius gefunden hatte. Im nächsten Moment zerriss ein Schuss die Stille im Haus. »Was zum Teufel«, begann Tellmann und fuhr erschrocken herum. Dann eilte er zur Tür, schloss sie hastig auf und verschwand dahinter.

Marburg folgte ihm. »Heinrich!«, rief er, als er sich im Eingangsflur hilflos umsah. Woher der Schuss gekommen war, vermochten weder Tellmann noch er zu sagen, doch im nächsten Augenblick waren auf der Treppe zum Obergeschoss Schritte zu hören, und sie eilten zusammen hinauf.

»Julius!« Die Stimme des Amtsdoktors überschlug sich, und als Marburg das Ende der Treppe erreicht hatte, erkannte er das Faktotum und den Doktor reglos vor einer Tür verharrend. Langsam hob der Doktor die Hände, wie gebannt auf die Pistole in der Hand seines Assistenten starrend. Marburg trat näher und ging auf Julius zu. Der richtete nun seine Waffe ruckartig auf ihn, unsicher von einem zum anderen blickend. Marburg hielt inne. »Du kannst uns nicht beide erschießen«, sagte er ruhig und mit verständnisvollem Kopfschütteln. Ein Argument, über das Julius nachzudenken hatte.

»*Er* hat das Gift angerührt«, war Sartorius aus der Dunkelheit des Zimmers zu hören.

Der Assistent zuckte zusammen und sah sich überrascht zu

der gequälten Stimme seines totgeglaubten Opfers um. Im selben Moment tat Marburg einen Sprung nach vorne, um Tellmanns Faktotum die Pistole zu entwenden. Die Vehemenz, mit der dieser sich wehrte, hätte er ihm nicht im Mindesten zugetraut. Mit aller Kraft versuchte Marburg, die Waffe in seine Gewalt zu bekommen. Julius trat und biss, und mehr als einmal wies der Lauf in die Richtung des Doktors, der wie angewurzelt an der Tür stand. Doch erst als Julius über den im Dunkeln kauernden Sartorius fiel und rücklings zu Boden ging, war der Kampf entschieden, die Waffe glitt ihm aus der Hand, und als sie auf den Dielen aufkam, hallte ein zweiter Schuss durch das Haus.

Marburg stockte der Atem, er glaubte, Sartorius' Aufschrei zu hören, während ihm gleichzeitig, vom Knall betäubt, die Ohren klingelten. Auch Tellmann hörte er wie aus weiter Ferne immer wieder »Oh mein Gott, oh mein Gott« stammeln. Erst nach und nach drang das Fluchen seines Freundes zu ihm durch, untermalt vom erschrockenen Jammern des Faktotums.

Marburg rappelte sich auf. Zusammen mit dem Doktor, der allmählich seine Fassung wiedergewann, überwältigte und fesselte er Julius endlich, was keiner großen Anstrengung mehr bedurfte. Die zweite Kugel hatte keinen Schaden angerichtet – wenn man vom zerschossenen Bein eines französischen Stuhls einmal absah.

»Ein glatter Durchschuss«, stellte der Amtsdoktor fest. Er meinte nicht das Stuhlbein, sondern den Arm seines Neffen, und Marburg glaubte, einen väterlichen Unterton in seiner Stimme zu erkennen. Sartorius saß mit bleichem Gesicht auf einem der Stühle im Behandlungszimmer, während sein Oheim ihm einen Druckverband um den linken Oberarm legte. »Aber das wird wieder«, sagte er, und mit einem schmalen Lächeln fügte er hinzu: »Immerhin, wenn Julius etwas besser gezielt hätte, wäre das ganze Geld für Ihr Studium hinausgeworfen gewesen, lieber Neffe.« Damit zog er den Verband noch einmal fest und verknotete ihn fachgerecht. Sartorius verzerrte schmerzgeplagt das Gesicht, während Julius, an Händen und Füßen von Marburg gefesselt, im Flur des Hauses unverständlich vor sich hin murmelte.

»Sie haben meine Frage nicht beantwortet, Oheim«, presste Sartorius hervor, während sich Tellmann in einer Emaille-Schüssel die Hände wusch. »Wie kommt Julius an derlei Ingredienzien?«

Tellmann trocknete sich die Hände ab und setzte sich hinter seinen Schreibtisch. Er sah müde aus, und sein anfänglicher Ärger über Marburgs vermeintliche Posse war einer reuigen Betroffenheit gewichen. Sein Blick ging von seinem Neffen zu Marburg und wieder zu seinem Neffen. »Ich war es, der sie ihm besorgt hat«, antwortete er schließlich.

»Das wissen wir doch!«, ging Marburg ungeduldig dazwischen. »Und das ist jetzt einerlei! Wo ist Mademoiselle Duplay, und was haben Sie mit ihr vor?«

Der Doktor sah Marburg überrascht an. »Das weiß ich nicht«, sagte er mit unschuldiger Miene.

»Julius hat gesagt, dass Sie sie vergiften wollen, Oheim«, erklärte Sartorius Marburgs Frage.

»Ich?«

»Er hat von seinem Meister gesprochen …«

Der Amtsdoktor öffnete den Mund, blieb aber sprachlos. Dann endlich rief er: »Julius!«

Der Assistent heulte auf, musste jedoch bewegungsunfähig auf seinem Stuhl im Eingangsflur bleiben. Marburg ging hinaus, löste den Strick, der die Beine zusammenhielt, und führte ihn herein.

»Wo ist Fräulein Duplay?«, fragte Sartorius den Gefesselten, so laut er konnte.

»Wie kannst du es wagen, mich zu beschuldigen?«, rief der Amtsdoktor gleichzeitig mit donnernder, vor Entrüstung bebender Stimme.

Julius' Blick bekam etwas Verwirrtes.

»Wer ist dein Meister?«, fragte nun auch Marburg und packte das Faktotum beim Revers seines braunen Kittels. Ihm begann zu dämmern, dass dies nicht notwendigerweise der Amtsdoktor war.

Julius sah ängstlich von Marburg zu Tellmann, der wieder aufgestanden war. Die Anzahl der Fragen überforderte ihn, und so schwieg er.

»Bin ich nicht immer gut zu dir gewesen?«, fragte der Doktor mit fassungsloser Resignation. »Nur um zu hören, dass du ein Giftmörder bist, dass du …« Er hielt inne und ließ sich wieder auf seinen Stuhl fallen. »Das fällt alles auf mich zurück«, sagte er kopfschüttelnd. »Ich bin ruiniert. Gesellschaftlich absolut ruiniert …«

Marburg, der das Faktotum noch immer am Revers gepackt hatte, betrachtete den Doktor mit hochgezogenen Augenbrauen. Es war unmöglich zu sagen, ob Tellmanns Enttäuschung echt war oder die beiden nur ein perfektes Schauspiel darboten. In jedem Fall lief ihnen die Zeit davon. »Wo ist Mademoiselle Duplay?«, fragte er ein weiteres Mal, wieder zu Julius gewandt. Der aber grinste ihn nur mit einem Hauch von Wahnsinn an. Marburg schlug zu, Julius taumelte, fiel jedoch nicht, sondern starrte ihn gehetzt an. Dann wandte er sich um und wollte davonlaufen, doch Marburg war schneller. Er packte ihn an seinem braunen Kittel und hieb ein weiteres Mal auf den Assistenten ein, der diesmal zu Boden ging. Marburg zog seinen Degen und hielt ihn dem zu seinen Füßen liegenden Mann an den Hals. »Ich hoffe«, sagte er leise und ein wenig außer Atem, »du weißt, wie man hier in Oldenburg mit Giftmördern verfährt. Denn du bist doch ein Giftmörder, oder?«

Julius' Gesicht war mittlerweile blutverschmiert, Marburg hatte seine Nase getroffen. Das Blut lief ihm über den Mund, und Julius musste husten. Marburg erkannte trotzdem die Angst in seinen Augen. »Du wirst an das Rad gebunden, und man bricht dir mit dem Eisen alle Knochen.« Er stieß mit dem Fuß gegen das Bein des Assistenten. »Sie fangen mit dem Unterschenkel an und schlagen ohne jede Gnade immer höher auf dich ein, bis du dich nie wieder bewegen kannst und vor Schmerzen wahnsinnig wirst.« Einen Augenblick lang überlegte er, ob das nicht schon der Fall war. Der Mann vor ihm begann, zu zittern, zu zucken und schwer zu atmen, doch er biss noch immer die Zähne aufeinander. »Dann wirst du liegen gelassen«, fuhr Marburg ungeduldig fort, »das Leben wird qualvoll aus deinem Körper weichen, er wird verwesen, und dir wird nicht die Gnade der Auferstehung zuteil, denn du wirst auf keinem Kirchhof und nicht in geweihter Erde hinüber ins Jenseits treten ...« Marburg geriet ins Stocken, denn das war genau die Strafe, die ihm vor einigen Tagen selbst noch bevorgestanden hatte, und es war ihm unmöglich weiterzusprechen.

Julius aber hatte ohnehin genug. Er winselte vor Angst und begann schließlich, hastig zu sprechen. »Ich ... ich habe niemanden getötet, das müsst Ihr mir glauben, ich habe nur mein medizinisches Wissen geteilt, das ja, ich ... ich habe geholfen, ich habe die Ungerechtigkeit besiegen wollen, die französischen Teufel, wir mussten sie doch austreiben ...«

»Wer ist ›wir‹?«, unterbrach ihn Marburg, zu dem sich mittlerweile auch Sartorius und der Amtsdoktor gesellt hatten. »Wem hast du geholfen?«

Julius wimmerte ein weiteres Mal und wand sich widerwillig.

»Der Freiherr von Marburg hat recht«, sagte nun der Amtsdoktor in sanftem Ton. »Dir werden die Sakramente verwehrt, und die Hölle wird dir bevorstehen, wenn du nicht die Wahrheit sagst. Die ganze Wahrheit.«

Der Assistent wandte sein blutverschmiertes Gesicht dem Doktor zu. Er atmete schwer, dann sagte er in flehentlichem Ton: »Er wird mich töten …«

»Das werde ich zu verhindern wissen«, sagte der Doktor in beruhigendem Ton. Er kniete sich nieder und legte die Hand auf Julius' Schulter. Der sah ihn an wie ein Kind seinen Vater.

»Es ist der Bureauangestellte«, sagte er schließlich. »Der Bureauangestellte Anton Dählheim, Herr. Für ihn habe ich die Säure angefertigt.«

»Dählheim!«, entfuhr es Marburg. »Natürlich. Er ist der sechste am Tisch, der, dessen Platz leer geblieben war! Ich habe mich die ganze Zeit gefragt, warum er dem Giftmord entkommen ist.«

»Weil er ihn ausgeführt hat«, begriff nun auch Sartorius. Und zu dem Faktotum gewandt fragte er: »Wo wohnt Dählheim? Wo habt ihr euch getroffen?«

Julius schien ihn nicht zu hören. »Dählheim …«, sinnierte er. »Ja, er wollte das Mademoisellchen bestrafen. Sie hatte ihn abgewiesen. Das war nicht nett. Und dann war sie fort. Böse Mademoiselle …«

»Ja, sie war fort«, sagte Tellmann sanft, während er die Schulter seines Assistenten tätschelte. »Sie war fort, weil ich sie fortgebracht habe. In der Nacht, in der du …«, er verbesserte sich eilig, »… in der Anton Dählheim die von Marburgs und ihre Bediensteten getötet hat.« Zu Marburg gerichtet erklärte er: »Euer Vater wollte, dass ich sie fortbringe, Mademoiselle Duplay, sie war ja im Grunde nur en transit, hatte gesagt, dass sie sehr bald wieder weiterreisen würde, und drängte nun darauf, sich mit Loyalisten in London zu treffen. Sie hatte eine Adresse, die sie aufsuchen wollte. Euer Vater, und ich ebenfalls, haben versucht, es ihr auszureden. Eine junge Frau allein auf solch einer Reise! Und wer weiß, was sie dort erwartet hätte.« Bei diesen Worten schien ihm die

Dringlichkeit einer anderen Sache wieder bewusst zu werden: »Der Mann, den du Meister nanntest«, sagte er drängend an Julius gewandt, »er darf sie nicht töten.«

»Aber …« Julius sah fragend zu ihm auf.

»Wo sind die beiden?«

Einen Augenblick überlegte sein Assistent. Unruhig sah er vom einen zum anderen, als wisse er nicht recht, was vor sich ging. Dann schien ihm die Strafe wieder einzufallen, die ihm bevorstand, wenn er schuldig gesprochen würde, der Tod, und viel schlimmer noch, der Verlust von Gottes Liebe. »Ich bin nicht böse«, sagte er unglücklich. »Ich wollte nur helfen. Das wisst Ihr doch, Herr Doktor, nicht wahr, das wisst Ihr doch?«

Marburg musste sich zusammenreißen, um nicht auf den am Boden kauernden Mann einzuschlagen. In der Zeit, die sie hier vertaten, starb Klara vielleicht schon. Vergiftet von Dählheim, der es kaum auf die Reisebekanntschaft der Marburgs, sondern zweifellos allein auf das Gold abgesehen hatte.

Der Doktor nickte. »Ja, Julius, das weiß ich. Und nun sag uns, wo der Bureauangestellte wohnt.« Marburg, der Tellmann eigentlich nur aus Sartorius' Erzählungen und von ihrer heutigen Begegnung her kannte, betrachtete den Doktor trotz aller Ungeduld mit einiger Überraschung. Die Sanftheit und das augenscheinliche Einfühlungsvermögen wollten so gar nicht zu dessen verkniffenem Äußeren passen. In Gedanken entschuldigte er sich für seine Voreingenommenheit.

»Er wohnt draußen vor dem Dammtor, bei der Witwe Peters«, sagte Julius schwach.

Tellmann sah zu Marburg auf. »Ihr wisst, wo das ist?«

Marburg nickte. Die Witwe Peters vermietete in einem größeren neuen Haus am Äußeren Damm Zimmer an Alleinstehende und Reisende. Höchst seriös natürlich. Er warf Sartorius einen prüfenden Blick zu. Der nickte ebenfalls, griff nach seinem Rock und verließ zusammen mit Marburg das Haus. Mit einem resignierten Seufzer machte sich der Amtsdoktor daran, die gebrochene Nase seines Faktotums zu versorgen.

Während sich Sartorius auf den Weg zur Dragonerwache machte, um Lürssen zu benachrichtigen, lief Marburg im Laufschritt Richtung Dammtor. *Warum zum Teufel habe ich die Pistolen nicht eingesteckt?*, fragte er sich immer wieder. Doch was hätten sie ihm genützt? Er hatte weder Pulver noch Kugeln bei sich, und die Zeit drängte.

Erst als er vor der neumodisch im kühlen klassizistischen Stil erbauten, mehrstöckigen Villa stand, kamen ihm Zweifel, ob seine Suche hier wohl erfolgreich sein würde. Madame Peters wäre eine junge Frau als Begleitung des Bureauangestellten gewiss nicht recht gewesen, zumal, wenn sie geahnt hätte, dass Klara nicht freiwillig hier war. Nein, dies war ganz sicher nicht der Ort, an dem Dählheim einen weiteren Mord begehen würde.

Dennoch fragte Marburg nach dem Angestellten seines Vaters. Es wäre unverzeihlich, etwas übersehen zu haben.

»Herr Dählheim ist selbstverständlich bei der Arbeit«, erklärte Frau Peters, nachdem sie Marburg geöffnet hatte. »Er ist heute Morgen zwar spät aus dem Haus gegangen, doch bemerkt, dass er wiederkam, habe ich bisher nicht.«

»Darf ich trotzdem sein Zimmer sehen?«, fragte er ein wenig gehetzt.

»Großer Gott, natürlich nicht!«, fuhr die Zimmerwirtin auf. »Wofür haltet Ihr mich?« Ihre nicht unbeträchtliche Körperfülle versperrte ihm nun endgültig den Eintritt, und Marburg verwarf den Gedanken, sie einfach zur Seite zu schieben.

»Für jemanden, der *meinem* Angestellten eine Kammer vermietet«, erwiderte Marburg ungeduldig, wobei er es sich nicht verkneifen konnte zu betonen, dass Dählheim in Anbetracht der Situation nun *sein* Angestellter war. Ob er ihm seinen Lohn hätte bezahlen können, stand dabei auf einem anderen Blatt.

»*Euer* Angestellter?«, fragte sie ungläubig und betrachtete ihn von oben bis unten. »Junger Herr, Ihr treibt Euren Schabernack mit mir! Und überhaupt, ich empfinde es als beleidigend, wenn Ihr meine Appartements als Kammern bezeichnet! Wer seid Ihr denn überhaupt?«

Die letzten Worte waren im Nichts verklungen, denn Marburg hatte sich bereits abgewandt und lief zurück zur Stadt. Hier jedenfalls würde er nicht weiterkommen, so viel stand fest. Kurz vor dem Dammtor, dessen schmiedeeiserne Flügel weit offen standen und unbewacht waren, kam ihm Lürssen in gemessenem Schritt entgegen, gefolgt von zwei weiteren Dragonern.

»Ihr verdächtigt den armen Julius?«, fragte er skeptisch, nachdem sie sich knapp begrüßt hatten. Er nahm den Dreispitz ab, lüpfte seine Perücke und tupfte sich die Stirn. Auch er war schnell gelaufen. Offenbar hatte er sich nicht viel Zeit für Sartorius' Bericht genommen, was Marburg dem Polizisten wiederum zugutehielt. Marburg seufzte und erklärte die Situation, wie sie war: Nicht Julius, sondern der Bureauangestellte Dählheim schien ihr Mann zu sein, und er fürchtete, dass Klara in seiner Gewalt war. Oder er hoffte vielmehr, dass es noch so war, denn wenn sie zu spät kämen, würde er sie bereits umgebracht haben, ebenso wie er es mit seinen Eltern und den Dienstboten getan hatte. Julius war dabei nur sein Handlanger. Das machte auch Lürssen nervös, denn nun musste er berichten, dass die Dragoner weder Klara noch die Franzosen gefunden hatten. Zumindest nicht auf den großen Chausseen, wie er einschränken musste. »Und Ihr habt den Buchhalter nicht zu Hause angetroffen?«, fragte er mit einem Blick über die Schulter in Richtung der Peters'schen Villa. »Buchhalter« war so ein neumodischer Ausdruck für Zahlenverdreher oder Fakturenersteller, wie er es nannte. Dann schüttelte er den Kopf. »Nein, es ist unwahrscheinlich, dass er Mademoiselle Duplay dorthin gebracht hat.« Auch er kannte Madame Peters.

Marburg verzog das Gesicht. Verzweifelt blickte er den Wehrgraben, der hier »Mühlenhunte« hieß, und die Stadtwälle entlang. Er spürte, dass sie zu spät kommen würden, dass Klara in ihrer Verzweiflung nach ihm rief und dass er ihr nicht helfen konnte, obgleich sie doch ganz in der Nähe sein musste.

Plötzlich schoss ihm ein Gedanke durch den Kopf, der so offensichtlich war, dass er laut fluchte. »Das Lagerhaus am Stau«, rief er und wies in die Richtung, in der der Oldenburger Binnenhafen lag.

Lürssen sah ihn abschätzend an, musste aber zugeben, dass die Idee durchaus etwas für sich hatte. Marburg wollte loslaufen, über die Esplanade am Schloss und die Stadtwälle, doch der Dragoner hielt ihn zurück. »Die Pferde stehen im Schlosshof bereit«, sagte er, und ein feines Lächeln umspielte seine Lippen. »Ich bin ein besserer Reiter als Läufer …«

Sie erregten Aufsehen, als sie die Oldenburger Hauptstraße entlangritten, drei bewaffnete herzogliche Polizeidragoner und Marburg auf Pferden, deren Decken und Sattelblätter das gelbrote und gekrönte Wappen trugen. Sie ritten, so schnell es das Kopfsteinpflaster zuließ, über den Markt und zum Stautor hinaus, dann am Hafenbecken entlang, bis sie die Seitenstraße erreichten, an der das Warendepot lag. Marburg merkte erst, als er vor der verschlossenen Tür stand, dass er nicht einmal wusste, wo sich die Schlüssel für das Lager und das Büro befanden.

Lürssen erkannte das Problem, stieg ab, zog seinen Pallasch und trat zu Marburg. »Es ist Euer Eigentum«, sagte er mit süffisantem Grinsen. »Entscheidet Ihr, was wir tun sollen.«

»Wenn Ihr so zuvorkommend sein wollt …«

Der Dragoner nickte und sein Gesicht bekam einen entschlossenen Ausdruck. »Euer Diener, Herr von Marburg.«

Er setzte die Waffe an und versuchte, die Tür aufzuhebeln. Doch der Tischler hatte sie vor Jahren gemacht, um genau das zu verhindern. Marburg fluchte nervös, als Lürssen aufgeben musste. Er wandte sich ab und lief um das Lagerhaus herum. Auf der Rückseite war eine kleinere Tür, und gegen die warf er sich, ohne lange zu zögern. Die Tür hielt stand, einzig die Schulter schmerzte vom Aufprall. Im nächsten Augenblick waren schon Lürssens beide Dragoner bei ihm. Zusammen traten sie noch einmal gegen die Tür, und schließlich barst das Holz um das Türschloss herum. Marburg zog seinen Degen, und gemeinsam betraten sie den dahinterliegenden Raum. Er war vollgestellt mit Kisten, Fässern, würzig riechenden Säcken, Stoffballen und allerlei Werkzeug, wie er es an Bord der »Friederike« schon einmal gesehen hatte. Keiner der vier Männer sagte etwas, alle lauschten in die Stille. Doch nichts rührte sich, das Lagerhaus schien verlassen. Marburg versuchte, sich zu erinnern, wo sein Vater stets gesessen hatte, wenn er die Bücher kontrollierte. Sein Blick ging zu einer Holztreppe am anderen Ende des Lagers. Zusammen mit Lürssen lief er hinüber, dann nahmen sie die Holzstiege hinauf zu einer schmalen Galerie, die zu zwei Räumen führte. In dem einen fand sich ein Stehpult, Regale aus dunklem Holz und ein ebensolcher Schrank, das andere beherbergte einen Schreibtisch, ein Sofa, zwei Stühle und ein wuchtiges Möbel mit vielen kleinen und großen Fächern, Türen und Laden. Das Büro seines Vaters, mit Blick auf das Lager und – wenn das Tor offen stand – auf die Straße. Eines aber hatten das Lager und die beiden Büros gemein: Sie waren verlassen.

Einer der Dragoner kam heraufgelaufen und hielt ihnen eine dunkelgraue Leinenstola entgegen.

»Wo hat Er das gefunden?«, fragte Lürssen den Mann.

»Melde gehorsam, in einer Ecke des Lagers.«

Lürssen sah Marburg fragend an. Der nickte. Er kannte das Umhängetuch nur zu gut. »Ja«, sagte er leise, »es gehört Fräulein Duplay.«

»Dann sind wir also auf der richtigen Spur«, stellte Lürssen zufrieden fest.

»Ja«, murmelte Marburg. »Nur leider zu spät.« Er sah sich um und suchte nach Hinweisen auf Dählheim, während Lürssen wieder hinabstieg und sich von seinem Kameraden zeigen ließ, wo er das Tuch gefunden hatte.

Der Bureauangestellte hatte in keinem der beiden Kontore einen weiteren Hinweis auf seine Anwesenheit hinterlassen, und so stieg auch Marburg wieder hinunter. Er war noch nicht ganz unten, als Lürssen mit triumphierendem Blick herübergelaufen kam. »Seht her«, sagte er selbstzufrieden und hielt Marburg ein abgerissenes Stück Papier hin.

»Eine Primanota«, stellte Marburg nüchtern fest. Im nächsten Moment erkannte er Klaras Handschrift auf der Kontobuchseite. Er griff nach dem Blatt und betrachtete es genauer. »Bremen«, stand dort in offensichtlich gehetzter Schrift quer über die Kontolinien zu lesen. »Bremen« und »Niobe«. Die Worte trübten Lürssens Triumph ein wenig. »Niobe?«, fragte er. »Was hat das zu bedeuten?«

»Die Niobe«, wusste Marburg, »ist ein Zweimaster, ein Frachtsegler mit so geringem Tiefgang, dass er die Weser bis Bremen hinaufkommt. Kapitän Marquardt ist früher auf ihr gefahren. Er hat häufig Fracht von meinem Vater übernommen ...«

Ein Frachtsegler also. Lürssen nickte nachdenklich. »Ist das Schiff seetauglich?«

Marburg rief sich den Segler noch einmal ins Gedächtnis. »Für die Nordsee wird es reichen, fürchte ich.«

Lürssen hieb sich mit der Faust in die Hand. Der Hinweis konnte also nur eines bedeuten: Dählheim würde sich in Bremen einschiffen. »*Er* hat also das Gold gestohlen«, überlegte der Dragoner laut. »Und er glaubt, uns über das Meer zu entkommen.« Ein zufriedenes Grinsen machte sich auf seinem Gesicht breit. »Er wird Mademoiselle Duplay als Unterpfand für seine Sicherheit mitnehmen. Demzufolge wird ihr nichts geschehen, bis er an Bord ist!« Lürssen klopfte Marburg zuversichtlich auf die Schulter und lief hinaus.

Eine Garantie ist das nicht, dachte Marburg. Und selbst wenn Dählheim Klara an Bord brächte – was würde dann mit ihr geschehen? Ein Schlag mit dem Marlspieker, sobald die Küste außer Sicht war, ihr Körper gleitet durch das Speigatt ins Wasser und treibt mit der Ebbe hinaus ins Meer ... Nun, in jedem Fall war Eile geboten, da war er mit Lürssen einer Meinung!

Als Marburg die Straße erreichte, waren die Dragoner bereits aufgesessen. Lürssen zügelte sein Pferd noch einmal. »Ihr versteht gewiss, dass Ihr mich nicht begleiten könnt«, sagte er entschlossen, wenn auch mit spürbarem Unbehagen. »Aber jeder Augenblick zählt, und, mit Verlaub, dies ist nun Polizeiarbeit. Wenn Ihr Mademoiselle Duplay helfen wollt, so werdet unmittelbar bei Geheimrat von Tappenbeck vorstellig. Wenn es ihm beliebt, so möge er uns freundlichst alle verfügbaren Polizeidragoner nachschicken. Ich wäre Euch zudem sehr verbunden, wenn Ihr dem Geheimrat über die bisherigen Vorfälle einen ersten Bericht erstatten könntet!«

Ohne eine Antwort abzuwarten, ließ er sein Pferd losgaloppieren und folgte den anderen beiden Dragonern.

»Mit Verlaub«, wiederholte Marburg konsterniert, *»dies ist Polizeiarbeit ...«* Verdammt, ohne ihn würden die drei die »Niobe« nicht einmal finden!

Nun, er hoffte, dass er in diesem Punkt falschlag, und machte sich auf den Weg zum Kriminalamt.

Von Tappenbeck begrüßte ihn reserviert, zögerte jedoch nur kurz, Lürssen eine Rotte Dragoner nachzusenden, nachdem Marburg ihm in kurzen Worten von den Ereignissen im Lagerhaus berichtet hatte.

»Lürssen hätte Sie mitnehmen sollen, von Marburg«, sagte der Polizeichef, nachdem er eine Weile mit hinter dem Rücken verschränkten Händen aus dem Fenster seines Bureaus geschaut hatte. »Bremen ...« Er wandte sich kopfschüttelnd um. »Das gibt immer wieder diplomatische Schwierigkeiten. Die Kompetenz, verstehen Sie?«

»Ja, Herr Geheimrat.« Er hätte sich ja gar nicht abwimmeln lassen, wenn er nicht befürchtet hätte, die Dragoner nur aufzuhalten. »Wenn ich ein Pferd bekäme ...«

»Oh, verstehen Sie mich da nur nicht falsch«, wehrte der Geheimrat ab. »Ich traue Lürssen das absolut zu. Er hat ohnehin einen Sonderstatus und wird sich mit den Bremern schon einig werden. Nein, nein, Sie bleiben hier. Oder noch besser: Gehen Sie nach Hause. Dort gibt es für Sie allemal mehr zu tun als hier.«

Marburg zögerte. Dann nickte er gehorsam, machte einen Diener und wandte sich zum Gehen. Plötzlich blieb er stehen. »Ach ... Herr Geheimrat?«

»Noch etwas?«

»Nun ja. Ihr spracht von Sonderstatus. Mit allergrößtem Respekt, welchen Rang bekleidet Herr Lürssen?«

»Oh, hat er das noch nicht erwähnt?« Von Tappenbeck hob die Augenbrauen. »Nein«, sagte er mehr zu sich als zu Marburg. »Nein, natürlich hat er das nicht ... Aber nun, das ist ganz einfach. Der Regierungsadministrator hat mich mit der Gründung einer Polizeieinheit betraut.«

»Aber es gibt doch bereits die Polizeidragoner«, unterbrach ihn Marburg. Er erinnerte sich, dass Peter Friedrich Ludwig das Korps vor zwölf oder dreizehn Jahren hatte aufstellen lassen. Sein Vater hatte diese Neuerung immer als Garant des Friedens und der Ordnung gelobt, ebenso wie die übrigen Verwaltungs-, Justiz- und Sozialreformen des Regenten.

»Die gibt es«, bestätigte von Tappenbeck nicht ohne Stolz. »Die gibt es natürlich. Doch die Aufgaben des Polizeidragonerkorps bestehen in erster Linie in der Sicherung unserer Überlandstraßen und der Verhinderung von Diebstählen und Raubüberfällen. Natürlich gehört auch die Grenzsicherung dazu, insbesondere die Verhinderung des Einreisens von Vagabunden, Marodeuren und Bettlern. Die allgemeine Rechtspflege nicht zu vergessen!« Er sah Marburg mit prüfendem Blick an. »Sie interessieren sich dafür?«

Marburg verfluchte sich für seine Frage. Ohnehin konnte er seine Gedanken kaum von Klara lösen. Wo mochte sie jetzt sein? Hatte diese Kreatur sie schon an Bord der »Niobe« gebracht? Er setzte zu einer ausweichenden Antwort an, doch der Geheimrat unterbrach ihn sogleich. »Das ist gut«, sagte er. »Das ist sehr gut! Ich brauche vorwitzige und neugierige Kerls. Gerade so wie Sie!«

»Und Lürssen?«, beharrte Marburg noch einmal, ohne die Anspielung zu bemerken.

»Richtig, Lürssen.« Von Tappenbeck räusperte sich. »Wie Sie am eigenen Leibe erfahren haben, gibt es weitaus mehr Abschaum auf unseren Straßen, als uns lieb ist. Und das sind bei Weitem nicht nur einfache Vagabunden und Meuchelmörder. Oftmals steckt ein langer Plan hinter einem Verbrechen, abgefeimte Machenschaften und durchtriebene Gier. Es ist *meistens* Gier, die zum Morde führt.« Er überlegte einen Augenblick. In gewissem Sinne galt das sogar für Beziehungstaten. Aber das würde jetzt zu weit führen. Er sah Marburg durchdringend an. »Und Lürssen ist nun jemand, der sich mit diesem Klientel auskennt. Er soll sich darum kümmern und es so bald als möglich dem Zuchthaus oder einer höheren Gerechtigkeit zuführen. Kurz gesagt, ich betraue ihn mit den Kriminalfällen des Herzogtums. Und ich habe des Öfteren bereits festgestellt, dass Lürssen alleine der Vielzahl der Kriminalität kaum mehr gewachsen ist.«

Eine weitere Anspielung, die Marburg überhörte. Oder war dies am Ende ein ernst gemeintes Angebot? »Seine Durchlaucht, der Herr Regent, wird in seiner Güte zweifellos das Korps den Erfordernissen anpassen«, sagte Marburg abwesend, ohne sich des Affronts bewusst zu sein, der damit verbunden war.

Von Tappenbeck warf ihm denn auch einen scharfen Blick zu. »Gewiss wird er das«, erwiderte er frostig. »Und zwar unter der Regie *meiner* Person.« Er entließ Marburg abrupt mit einer knappen Handbewegung.

»Verzeiht, Euer Ehren. Ich wollte nicht …«

»Schon gut, von Marburg. Ich habe zu arbeiten. Sie können nun gehen.«

Das war der ersehnte Rauswurf. Obgleich er dem Geheimrat nicht zu nahe treten hatte wollen, kam er ihm nicht ungelegen. Marburg verbeugte sich erneut und verließ das Bureau des Geheimrates. Einen kurzen Augenblick schwirrten dessen Worte noch in seinem Kopf herum. Lürssen kümmerte sich also ganz offiziell und in besonderem, herzoglichem Auftrag um Kriminalfälle. Dann musste er im Range eines Offiziers stehen. Eine Sondereinheit der Polizei, wie es sie andernorts, insbesondere in großen Städten, bereits gab. Hamburg, das wusste er, bildete da keine Ausnahme.

Wenige Augenblicke später erreichte Marburg das Elternhaus. Der Gedanke an Dählheim ließ ihn innehalten. Er hatte diesen Abschaum von einem Buchhalter kaum mehr vor Augen und wusste nicht, warum er einen derartigen Hass auf die von Marburgs hatte. Den musste er zweifelsfrei gehabt haben, sonst hätte er seine Eltern nicht getötet. Sein Vater war ein gerechter Mann gewesen, und er hatte seine Arbeiter gut bezahlt, an Land wie zur See. Aber was bedeutete das schon im Vergleich zu einem Goldschatz? Plötzlich kam ihm der Gedanke, dass Lürssen ihn nur nicht mitgenommen hatte, weil er wohl ahnte, dass Marburg ohne Zweifel eine Dummheit begangen hätte, hätte er Dählheim *vor* den Dragonern in die Hände bekommen ... Nun, da mochte er recht haben.

Marburg zog ungeduldig seine Taschenuhr aus der Westentasche – es war beinahe sechzehn Uhr –, steckte den Schlüssel ins Schloss und wollte die Tür öffnen, doch sie gab ohne Widerstand nach. Einen Augenblick lang zögerte er. Hatte Madame Roberg nicht verriegelt? Er zuckte mit den Schultern. Angesichts der Anspannung der letzten Tage war es ihm gleich. Die Tür fiel hinter ihm ins Schloss.

»Mamsell?«, rief Marburg, während er seinen Degen vom Gürtel löste und ihn zusammen mit Hut und Rock auf das Vertiko legte. Als niemand antwortete, begab er sich in die gute Stube neben der Küche. Vielleicht war noch etwas von dem Wein von neulich da ...

Es brauchte einen Augenblick, bis er begriff, dass es Dählheim war, der dort unvermittelt vor ihm stand. Er hatte sich, mit einem Messer in der Linken, etwas heruntergebeugt zu Klara, die, an Händen und Füßen gefesselt, im Lieblingssessel seiner Mutter saß und ihn mit ungläubigem Kopfschütteln anstarrte.

»Dählheim«, entfuhr es Marburg. »Ihr seid hier?«

Der Bureauangestellte nickte selbstzufrieden, hob eine langläufige Steinschlosspistole und richtete sie direkt auf Marburg, der unwillkürlich die Hände hob. Es war die französische Pistole seines Vaters, eine Pierre Le Page, die er immer in seinem Schreibtisch aufbewahrt hatte. Dählheim musste alles gründlich durchsucht haben.

»Ja, ich bin hier«, bestätigte er mit unangenehm sanfter Stimme. »Eine vortreffliche Finte, nicht wahr, Johannes – ich darf doch Johannes sagen, oder? Schließlich kenne ich dich noch als kleinen Jungen, der sich in die Hosen macht.« Er lachte gekünstelt und forderte Marburg mit einer Bewegung der Pistole auf, sich zu setzen. »Aber nein, ich weiß natürlich die Form zu wahren. Ihr seid ja nun der junge Herr, wenngleich nicht mehr lange.« Er seufzte mitleidig. »Ich wusste, dass Ihr früher oder später mein Versteck im Lagerhaus finden würdet. Und ich wusste, dass Ihr Euch ohne die Dragoner dort nicht hinwagen würdet. Also habe ich sie fortgelockt.« Wieder lachte er. »So haben wir ein wenig mehr Zeit, um Abschied zu nehmen, nicht wahr?«

Marburg schwieg und verfluchte sich, keine Waffe zur Hand und selbst seinen Degen abgelegt zu haben. Dann fiel sein Blick auf Madame Roberg, die ebenfalls an Händen und Füßen gefesselt am Boden neben der Tür zur Küche kauerte. Für einen Wimpernschlag sah sie zu ihm auf, dann schlossen sich ihre Lider wieder. Ihre Wange war blutunterlaufen, das rechte Auge war angeschwollen. Dählheim schien nicht zimperlich gewesen zu sein.

Der Buchhalter bemerkte seinen Blick. »Ja, mein junger Freund. Gut beobachtet, auch Eure Amme ist hier. Nun sind wir alle gemütlich beisammen«, sagte er jovial. »Kommen wir also zum zweiten Akt der Familientragödie.« Wieder lachte er, und unmittelbar kam die Erinnerung an dieses Lachen in Marburg wieder hoch. Es war Dählheim gewesen, den er schon als Kind verabscheut hatte. Ein Gefühl, dass verklungen war, als er sein Elternhaus verlassen hatte, um in Hamburg zu studieren, doch nun war es wieder da und mit ihm die Abscheu vor diesem Mann. »Setzt Euch endlich!«, fuhr ihn der Buchhalter an und drückte mit der Linken das Messer etwas fester an Klaras Hals. Sie versteifte sich, gab jedoch keinen Ton von sich. Nur einen kurzen Blick erheischte Marburg von ihr, flehend und voll unausgesprochener Angst. Er kannte diesen gejagten Ausdruck, er hatte ihn in Emden gesehen, nachdem Guérin, Aubert und Moreau mit ihr fertig gewesen waren. Damals hatte sie Moreau erschossen. Diesmal war sie gefesselt, und die Hoffnung auf Rache war vergeblich. Eine Welle von Hass durchflutete ihn angesichts dessen, was Dählheim ihr angetan hatte, ihr, seinen Eltern und Madame Roberg. Der Mann war gefährlich, er war krank, zweifellos, doch er war durchtrieben und hatte offensichtlich alles sehr geschickt eingefädelt. Niemand würde ihnen jetzt mehr helfen können.

Auf ein gequältes Aufstöhnen Klaras hin tat Marburg eiligst, wie ihm geheißen, und setzte sich auf einen der Stühle in Madame Robergs Nähe. »Warum hast du das getan?«, fragte er unvermittelt.

Der Buchhalter sah ihn überrascht an. Dann verstand er. »Oh, es ist immer das Gold, versteht Ihr? Euer Vater war dumm genug, es *nicht* darauf abgesehen zu haben. Vielleicht hat er auch einfach nur nicht verstanden, welches Vöglein er unter seinem Dach beherbergte.« Mit einem Kopfnicken wies Dählheim auf Klara. »Die arme Geflüchtete, nicht wahr?« Er lachte auf. »Ich habe schnell begriffen, dass ihr Gepäck nicht nur aus feinen Kleidern bestand, sondern aus französischem Gold. Und, meiner Treu, ich habe nicht gezögert, es an mich zu bringen. Zu meinem Bedauern hat Tellmann, der Spiegelfechter, die gleiche Idee gehabt. Er hat mir das Mademoisellchen vor der Nase weggeschnappt, hat sie fortgebracht von hier, in der Stunde vor meinem großen Finale.« Dählheim hob die Schultern. »Gleichgültig. Nun ist sie ja hier. Doch auch er hat das Gold nicht bekommen, denn das neunmalkluge Frauenzimmer musste es ja verstecken.« Wieder drückte er die Klinge seines Messers fester in Klaras Hals. Sie heulte leise auf und versteifte sich noch mehr.

»Ich versuchte mein Glück dennoch«, fuhr der Bureauangestellte fort. »Der Mamsell trug ich auf, sie solle ein Essen richten. Im Namen der Gnädigsten, natürlich. Dann durfte sie gehen.« Dählheim zuckte zusammen und fasste sich mit der Rechten an die Stirn. Er schien Schmerzen zu haben und schloss gequält die Augen. Marburg erkannte seine Chance und machte Anstalten aufzuspringen. Im selben Augenblick aber öffnete Dählheim die Augen wieder. Blitzschnell richtete er die Pistole erneut auf Marburg. »Nein, lasst das. Ich bin noch nicht fertig.« Er sammelte sich einen Herzschlag lang, dann fuhr er, nicht ohne Genuss, fort: »Ich musste sichergehen. Euer Vater war ein so ehrlicher Narr, dass er mir in jedem Fall die Dragoner auf den Hals gehetzt hätte, um dem Mademoisellchen sein Gold wiederzubeschaffen. Also habe ich die sichere Karte gespielt und ließ mir von Tellmanns Faktotum ein Gift mischen, das noch niemand so recht kennt. Leider ist alles anders gekommen, das Fräulein mit dem Doktor entwischt und Euer simpler Vater hat nichts von dem Gold gewollt.« Dählheim verdrehte die Augen. »So dumm muss man erst einmal sein.«

Marburgs Hände verkrampften sich, doch der Bureauangestellte fuhr bereits fort: »Ich hatte ihn und Eure Mutter in das Esszimmer gelockt. Drei französische Kaufleute hätten Neuigkeiten von der ›Friederike‹, habe ich gesagt. Dafür sollte eingedeckt werden. Eine Eigenmächtigkeit, die Eurer Mutter gar nicht gefiel, aber was machte das noch? Statt der Franzosen kam das Gift. Das Gesinde schickte ich ebenfalls hinein, sie hatten zu viel gesehen. Ich verschloss die Esszimmertür und musste nur noch warten. Ein famoser Raum für derartige Zwecke!« Er grinste und schien zu überlegen. Aber es war kein Überlegen; Marburg, der sich vor Wut kaum noch auf seinem Stuhl halten konnte, begriff, dass der Buchhalter Schmerzen hatte. Irgendetwas schien seinen Körper zu durchziehen. Wenn die Schmerzen nur schlimmer würden, dachte er. Doch im nächsten Moment funkelte Dählheim ihn wieder mahnend an. »Bleibt sitzen, Freiherr. Ich benötige Euch noch für das finale furioso.«

Der Mann war verrückt, befand Marburg, dem Wahn verfallen, wie auch immer! Aber was half es? Solange die Pistole zwischen ihnen war, konnte jede unüberlegte Bewegung mit einer Kugel im Leib enden. Oder mit einem Schnitt durch Klaras Kehle.

»Ganz richtig«, sagte Dählheim gequält. »Ich werde nicht zögern, Euch zu erschießen. Und danach, mit Eurer gütigsten Erlaubnis, werde ich das Mademoisellchen traktieren.« Der Versuch eines weiteren Lachens ging in unterdrücktem Stöhnen unter. Es dauerte endlose Sekunden, in denen er sein Gegenüber jedoch nicht aus den Augen ließ, bis er fortfuhr: »Aber auch, wenn ich das Gold nun habe …«

»Wie hast du es bekommen?«, unterbrach ihn Marburg. Er wusste, es hatte keinen Zweck, und doch wollte er Zeit gewinnen.

»Du?« Der Bureauangestellte schüttelte in gespielter Traurigkeit den Kopf. »Ihr solltet höflicher sein zu mir und den Standesdünkel Eures Vaters ablegen.« Dann, als ob es ihn drängte, sich alles Übel von der Seele zu reden, fuhr er fort: »Ich habe gewartet auf Euch, ein paar Tage, ich wusste, dass Ihr das Fräulein zurückbringen würdet. Und ich wusste, wenn sie erst einmal hier wäre, dann würde sie mich zum Gold führen. Und so war es ja auch. Es dauerte nicht lange, und sie lief zur Familiengruft. Ich hätte auch gleich darauf kommen können. Aber mit einer derartigen Pietätlosigkeit hatte ich einfach nicht gerechnet.« Er beobachtete Marburg und ließ seine Hand in Klaras Ausschnitt gleiten. Wie im Spiel durchtrennte er mit dem Messer die Bänder an Klaras Mieder. Als er sah, wie Marburgs Hände sich um die Stuhllehne verkrampften, zog er das Messer mit höhnischem Grinsen wieder heraus. »Diesmal war ich schneller. Ich habe das Gold noch in jener Nacht an mich gebracht. Ich kam sogar den beiden französischen Herren zuvor, die sich den kleinen Schatz noch in derselben Nacht holen wollten, aber leider die Gruft leer vorfanden.« Ein breites Grinsen der Genugtuung legte sich auf sein Gesicht. »Fast leer jedenfalls. Eure Eltern lagen ja dort. Und ich habe ein wenig Blausäure zurückgelassen. Nicht genug, um die Franzmänner zu töten, fürchte ich. Aber ausreichend, damit sie in ihr gottverlassenes Land zurückkehrten.« Er lachte erneut leise auf. »Bekommen ist es ihnen gewiss nicht.«

Atemnot, Schwindel und Krämpfe, dachte Marburg. Das mochte erklären, warum Guérin und sein Lieutenant aufgegeben hatten. Er schüttelte den Kopf ob der Niedertracht des Buchhalters. Der aber zuckte nur gleichgültig mit den Schultern, woraufhin ihn eine weitere Schmerzattacke zu überkommen schien. Wieder wollte Marburg aufspringen, doch Dählheim grinste nur gequält. »Kommt ruhig, von Marburg, kommt ruhig. Ich werde Euch ohnehin erschießen. Obgleich ich es bedaure, Euch nicht das Gift kosten zu lassen, die herrlichen Bittermandeln, die Euch schon zuvor aufgefallen sind. Jaja, ich weiß davon! Aber ich habe einen anderen Plan. Ich werde Euch erschießen und es so einrichten, dass es den Anschein erweckt, Ihr hättet Euch selbst gerichtet, nachdem Ihr auch diese beiden Damen dem Gifttod überlassen habt. Man wird in Eurem Gepäck alles finden, was nötig ist, um Blausäure anzumischen. Und damit seid Ihr der gesuchte Mörder, Vatermörder, Muttermörder, Massenmörder, ganz wie es beliebt.« Er machte eine ausschweifende Bewegung über Klara und Madame Roberg hinweg und lächelte schwach. Mich wird der Dummkopf von einem Geheimrat danach nicht mehr verdächtigen. Nun, ich werde dennoch das liebliche Oldenburg verlassen.« Unvermittelt ließ er von seiner Gefangenen ab und hob die Pistole. Klara schien nur darauf gewartet zu haben, sie richtete sich auf und wollte sich auf Dählheim stürzen, um ihn abzulenken, um Marburg die Gelegenheit zu geben, den Buchhalter zu überwältigen, doch mit den gebundenen Händen gelang es ihr nicht. Dählheim verpasste ihr mit der Linken einen Faustschlag, der sie zu Boden gehen ließ. Diesmal war es für Marburg endgültig zu viel, er sprang auf und stürzte auf den Buchhalter zu. Im selben Augenblick spannte Dählheim den Hahn, Marburg schloss unwillkürlich die Augen, ein ohrenbetäubender Knall ertönte, dann das Schreien der beiden Frauen, und Marburg strauchelte.

Er kniete auf allen vieren am Boden, unfähig, sich zu bewegen. Ein Körper fiel zu Boden, dann übertönte Klaras Wimmern alles. Marburgs Verstand schien auszusetzen, er weigerte sich zu arbeiten, sein Schädel brannte und die Ohren dröhnten. Erst als eine Hand ihn an der Schulter berührte, begann alles, wieder normal zu werden. Er konnte sich bewegen, konnte wieder denken. Die Schmerzen allerdings blieben. Mühsam richtete er sich wieder auf und blickte in Sartorius' Gesicht. Marburg blieb der Mund offen stehen vor Erleichterung, den Freund hier zu sehen. Im nächsten Moment umarmte er den Doktoranden, und erst ein Aufstöhnen erinnerte ihn an dessen Armverletzung. »Verzeih'«, sagte er und nahm Abstand. Sein nächster Blick galt Dählheim, der zusammengekrümmt in einer größer werdenden Blutlache am Boden lag und verzweifelt auf die Pistole zuzukriechen versuchte, die ihm aus der Hand gefallen war. Marburg gab ihm einen Tritt in den Magen und griff nach der Waffe. Auch das Messer nahm er ihm ab. Ohne den Buchhalter eines weiteren Blickes zu würdigen, kniete er sich neben Klara und nahm sie in den Arm. Erst nach einer endlosen Weile löste er sich von der jungen Frau und schnitt ihr die Fesseln an Händen und Füßen auf.

Sartorius räusperte sich. Als Marburg zu ihm aufsah, wies er auf die Mamsell. »Dort wartet noch jemand auf Befreiung.«

Marburg beeilte sich, auch Madame Robergs Fesseln zu lösen und ihr auf die Beine zu helfen. Stöhnend und mit einem äußerst unweiblichen Fluch in Dählheims Richtung rieb sie sich die Hand- und Fußgelenke.

»Ich denke, die Damen benötigen deine Heilkünste«, sagte Marburg mit einem sorgenvollen Blick auf die beiden Frauen.

Sartorius wies entschuldigend mit der gesunden Hand auf seinen bandagierten Arm. »Monsieur, ich bin im Augenblick nicht ganz auf der Höhe, wie Ihr seht.«

»Wenn es zum Schießen reicht«, erwiderte Marburg, »dann wirst du wohl auch Salben oder Tinkturen auftragen können.«

»Nun ja, mag sein«, meinte Sartorius und legte seine Pistole beiseite. »Nach allem, was ich soeben gehört habe, sollten die Damen jedenfalls nicht meinen Oheim konsultieren.«

»Was hast du denn gehört?«, fragte Marburg und nahm zögernd wieder Klara in den Arm, die stumm weinte und am ganzen Leibe zitterte.

»Genug, um zu wissen, dass mein werter Oheim nicht so ahnungslos und uneigennützig ist, wie er vorgibt.«

Marburg lachte. »Das sagt Dählheim. Du glaubst ihm doch nicht etwa? Immerhin hat dein Oheim Klara in Sicherheit gebracht.«

Ein stimmiges Argument, wie Sartorius zugeben musste. »Vielleicht hast du recht, vielleicht auch nicht«, entgegnete er schließlich. Und freimütig setzte er hinzu: »Aber was soll's. Ich brauche ihn. Ich bin sein Protegé …«

Marburg schmunzelte. Ihm war es gleich, Tellmann interessierte ihn nicht. Es war dessen Faktotum Julius, der das Gift angerührt hatte, und Anton Dählheim, Buchhalter und

Vertrauter seines Vaters, hatte es angewandt. Sein Blick fiel auf den sich am Boden krümmenden Mann. »Solltest du ihm helfen?«, fragte er Sartorius.

»Warum?«, erwiderte der wenig hippokratisch. »Damit er hingerichtet wird?« Hatten er und sein Helfershelfer nicht genug Leid verursacht?

»Junger Herr!«, meldete sich die Mamsell zu Wort. Mehr musste sie nicht sagen, um ihn an seine Christenpflicht zu gemahnen. Der Doktorand seufzte und wandte sich Dählheim zu. Er hatte ihn in den Unterleib getroffen. Die Wunde blutete, und die Lache auf den Holzdielen unter ihm vergrößerte sich zusehends. Etwas ungeschickt zog er seinen linken Arm aus der Schlinge und versuchte, den Latz von Dählheims Pantalons zu öffnen. »Jemand sollte mir zur Hand gehen«, sagte Sartorius. »Die Wunde muss gesäubert werden, und ich brauche Verbandszeug.«

Klara löste sich von Marburg und kniete sich zu dem Verwundeten, während Madame Roberg sich auf die Suche nach einem Stück Leinen machte.

»Seine vor Gott gerechte Strafe ist nicht das Einzige, was mich interessiert«, sagte Marburg ruhig, hob die langläufige Pistole auf, mit der Dählheim vor wenigen Augenblicken noch auf ihn gezielt hatte, und richtete sie auf Dählheim. »Der Satan soll uns noch sagen, wo er das Gold gelassen hat.«

Sartorius sah von seiner Arbeit auf. »Gib dir keine Mühe«, sagte er leise. »Er kann dich nicht hören.«

Marburg starrte entgeistert in das Gesicht des Verletzten. »Heißt das, er ist …?«

»Oh nein, er ist nur bewusstlos. Mit etwas Glück erlebt er seine Hinrichtung noch. Viel Hoffnung habe ich allerdings nicht.«

Geheimrat von Tappenbeck war nicht zu sprechen. Selbst der Hinweis auf die Auflösung der kaum drei Wochen zurückliegenden Mordfälle veranlasste den wachhabenden Dragoner nur zu einem kategorischen Kopfschütteln. Er war nicht befugt, den Leiter des Polizeikorps außerhalb seiner Dienststunden zu stören, und würde einen Teufel tun, gegen diese Anweisung zu verstoßen. Daran änderte auch das aufsehenerregendste Verbrechen, das die kleine Stadt seit den Hexenmorden von 1712 gesehen hatte, nichts.

Als Marburg zurückkehrte, waren die Straßen bereits wie ausgestorben. Das Leben in Oldenburg war beschaulich, und an einem Sonntagabend wie diesem spielte es sich in der Geborgenheit von Heim und Familie ab. Der Nachtwächter hatte begonnen, die wenigen Gaslaternen zu entzünden, die in den Hauptstraßen standen, und nickte Marburg zu, als dieser an ihm vorbeiging. Die Stadt schien die Ereignisse der letzten Stunden überhaupt nicht wahrgenommen zu haben.

Es war nicht der Umstand, dass er ein offensichtlich aufgelöstes Verbrechen nicht hatte melden können, der ihn bedrückte. Das Lob dafür gebührte ohnehin Heinrich Sartorius, seinen Beobachtungen, seinem Wissen und seinem beherzten Eingreifen. Was Marburg mit Unbehagen erfüllte, war, dass er Dählheim nun für die Nacht beherbergen musste. Einen Augenblick lang hatte er daran gedacht, den Buchhalter in das »Institut zur Krankenpflege« zu bringen, eine Art Krankenhaus, das in ehemaligen dänischen Militärbaracken am Waffenplatz untergebracht war. Der Platz und die Baracken lagen in der Nähe der Stadtwälle und waren nicht im Entferntesten mit dem, was er in Hamburg als Krankenhaus kennengelernt hatte, zu vergleichen. Doch das war ihm ebenso gleichgültig wie die beklagenswerten hygienischen Zustände dort. Nur wäre Dählheim im Institut ohnehin nicht angenommen worden, da es der Einrichtung an

Ärzten mangelte. Und unter Bewachung wäre er dort auch nicht gestanden.

Marburg ergab sich in sein Schicksal, den Mörder seiner Eltern für die kommende Nacht im Haus behalten zu müssen. Immerhin, überlegte er, ergäbe sich damit die Möglichkeit, seinen Tod zu beschleunigen.

Erschrocken blieb er stehen. War das soeben wirklich sein Gedanke gewesen? Hatte seine Erziehung ihn zu einer derartigen Denkweise angehalten? Nein, das warf ein allzu falsches Licht auf seine Eltern, die er jetzt, nachdem alles vorüber zu sein schien, erst recht zu vermissen begann. War das Leben nicht vielmehr ein Schauspiel, das zwischen Gut und Böse nur selten klare Linien zog? Friedrich Maximilian Klinger kam ihm in den Sinn. *»In Sturm und Drang«*, so schrieb er selber, *»hab ich die tollsten Originale zusammengetrieben. Und das tiefste tragische Gefühl wechselt immer mit Lachen und Wiehern.«* Marburg ging weiter. Nach Lachen war ihm nicht zumute, doch nun, da er wusste, dass sich Dählheim in seiner Gewalt befand, fühlte er sich schon ein wenig wie in Klingers Schauspiel, in dem *»comisch und tragisch mit einer bittren Sauce gemischt«* war.

Klara erwartete ihn im Hausflur. Sie hatte sich so gut es ging hergerichtet. Der Faustschlag Dählheims würde jedoch ihr hübsches Gesicht an der rechten Wange und unter ihrem Auge blau anlaufen lassen. Der Griff seines Messers hatte zudem ihre Lippen aufplatzen lassen. Sartorius und die Mamsell hatten getan, was sie konnten, alles andere musste die Zeit heilen.

Als sich Marburg nun Klara gegenübersah, wusste er, dass die alte Normalität – wenn man bei ihrer Beziehung davon sprechen konnte – wieder zurückgekehrt war, und mit ihr die wohlgeziemende Distanz. Ein kurzes Lächeln flog über sein Gesicht, als er daran dachte, dass sie eine Nacht im Heu miteinander verbracht hatten. Natürlich ohne allzu große Anstößigkeit, aber würde ihnen das jemand glauben? Das Lächeln verschwand in dem Augenblick, als ihm der Abend im Gasthaus bei Leer vor Augen trat, Klara, geschändet und geschlagen von Guérin und seinen Männern. Klara, die den Sous-Lieutenant ohne zu zögern erschossen hatte. Kaltblütig. Oder im Affekt. Klara, die mit ihm geflohen war.

»Hat Dählheim etwas gesagt?«, fragte er, um sich abzulenken, nachdem er Rock und Dreispitz abgelegt hatte.

Die Französin schüttelte müde den Kopf. »Machst du dir etwa Sorgen um mein Gold?« Sie wollte das nicht fragen, nicht so. Es waren die Müdigkeit und die Enttäuschung über den Verlust des Goldes, die ihr auf der Seele lagen. Beides raubte ihr das Feingefühl und die Dankbarkeit, die sie sonst vielleicht aufgebracht hätte.

Die Unterstellung einer derartigen Gier ernüchterte Marburg schlagartig. »Keineswegs«, erwiderte er umgehend mit eingeschnappter Kühle. Natürlich war es *ihr* Gold. »Jedenfalls nicht in dem Sinne, den Sie vermuten. Ich habe mir nur Sorgen um Ihre Zukunft gemacht. Selbstverständlich werde ich einstweilen für die Kosten aufkommen, die Ihr Logis bei Madame Roberg verursacht. Verzeihen Sie, dass ich mich nun zurückziehen und Sie nicht länger aufhalten möchte.« Er passierte die konsternierte junge Frau, dann blieb er abrupt stehen. »Wo ist Dählheim?«, fragte er.

»Sie … Sie wagen es, mich zu dieser Nachtstunde allein auf die Straße zu schicken?«, entfuhr es Klara anstelle einer Antwort. Sie stampfte mit dem rechten Fuß auf und verschränkte die Arme vor der Brust.

»Sie hätten mit Madame Roberg geh'en können«, erwiderte Marburg lapidar und öffnete die Tür zur guten Stube. Klaras Spitze hatte ihn getroffen. Es mochte durchaus nicht sein Geschäft sein, sich um das Gold zu bekümmern. Dennoch hatte die junge Frau ihm mittlerweile so viel zu verdanken, dass der Vorwurf der Gier unangebracht war.

Er fand Dählheim noch immer am Boden liegend, im Schein einer einzelnen Kerze, mittlerweile aber in Decken gehüllt.

»*Ich* könnte Euch meinen Schutz anbieten«, erklang es aus dem Halbdunkel der Stube. Sartorius saß, ebenfalls in eine Decke gehüllt, in einem der Sessel und versuchte, sich mit einer Tabakspfeife wach zu halten. »Dann müsste dieser ungeschliffene Edelstein menschlicher Güte jedoch die Bewachung unseres Gastes übernehmen.« Er wies auf den am Boden liegenden Buchhalter.

»Kommt gar nicht infrage«, murmelte Marburg mit einem spontanen Grinsen. Heinrich hier anzutreffen war ungemein beruhigend, und er wollte keinesfalls auf seine Anwesenheit und Unterstützung verzichten. Zudem benötigte der Doktorand mit seiner Schusswunde gewiss jede erdenkliche Ruhe. »Ist er bei Bewusstsein?«

»Ich weiß es nicht. Bis jetzt jedenfalls hat er kein Wort gesagt.« Sartorius tippte auf die Pistole, die neben ihm auf der Sessellehne lag. »Und ich denke, das ist auch besser so für ihn«, fügte er hinzu.

»Gut … sehr gut.« Marburg nickte unschlüssig. Schließlich seufzte er. »Nun, dann werde ich Mademoiselle Duplay durch das nächtliche Oldenburg geleiten.« Er wandte sich um und forderte Klara mit einer ungeduldigen, aber höfischen Geste zum Gehen auf. Die presste die Lippen zusammen, dann wandte sie sich auf dem Absatz um, raffte ihre Röcke und griff nach einem der Umhänge, die am Kleiderhaken im Eingangsbereich hingen. Marburg beeilte sich, ihr aus der Tür zu folgen, und geleitete sie schließlich zu Madame Robergs Wohnung, wobei er Mühe hatte, mit ihr Schritt zu halten.

Vor dem schmalen Giebelhaus blieb sie jählings stehen. Hinter einem der Fenster brannte noch Licht. Ob es das Zimmer der Mamsell war, konnte er nicht mit Bestimmtheit sagen. Sie würden es aber gewiss herausfinden. Marburg war im Begriff, den Türklopfer zu betätigen, als er ein leises Schniefen wahrnahm. Er sah sich zu Klara um, konnte ihr Gesicht in der Dunkelheit jedoch kaum erkennen.

»Es … es tut mir leid«, stammelte sie. Ein wenig hilflos zog sie ihre Pelerine etwas fester zusammen. »Ich … ich weiß, wie wichtig das Gold ist, für Sie … und für mich … Und ich weiß, dass ich Ihnen mehr zu verdanken habe als den Gegenwert der Truhe.«

Marburg, der sich von diesem plötzlichen Gefühlsumschwung auf dem falschen Fuß erwischt sah – oder einfach nur damit überfordert war –, schwieg unbeholfen.

»Es ist ja nur …« Sie zögerte, während sie nach Worten suchte und deren Schicklichkeit abwog. »In jener Nacht im Heu – verzeihen Sie –, da haben Sie gesagt, ich wäre manchmal eine ganz wunderbare Person.«

»Ich habe was?«, rutschte es Marburg heraus. Nicht, dass er das bei genauer Betrachtung abstreiten würde. Ihn verwunderte allerdings, dass Klara diesen Satz über allem, was in der Zwischenzeit geschehen war, in Erinnerung behalten hatte. Ganz im Gegensatz zu den Polizeidragonern, die sie am Morgen geweckt hatten. Deren Auftreten würde er nie vergessen.

»Das waren Ihre Worte«, bestätigte sie, und es kostete sie einen weiteren Augenblick der Überwindung ihres Stolzes, bevor sie fortfuhr: »Und ich habe mich gefragt, ob Sie mich nicht vielleicht noch einmal so ›wunderbar‹ finden könnten?«

Marburg war dankbar, dass es unter Madame Robergs Fenster so dunkel war, dass Klara sein überraschtes Gesicht nicht sehen konnte. Es dauerte ein paar weitere Herzschläge, bis er begriff, was sie gesagt hatte, und er zielstrebig seine Hände nach der jungen Französin ausstreckte. »Sind Sie sicher«, sagte er mit dem Hauch eines maliziösen Grinsens, »dass ich nicht ›sonderbar‹ gesagt hatte?« Damit zog er sie zu sich heran und küsste sie auf den Mund. Klara zuckte vor Schmerz zusammen. Der Versuch einer Ohrfeige ob seiner Frechheit verlief im Nichts. Und schließlich umschlang sie Marburg sogar mit ihren Armen, sodass er sie gar nicht freigeben konnte. Erst als die Wunden, die ihr Dählheim im Gesicht zugefügt hatte, zu stark brannten, lockerte sie ihre Umarmung und trat mit unterdrücktem Klagen einen Schritt von Marburg zurück. Sie sahen sich eine Weile in der Dunkelheit an, unfähig, etwas zu sagen, dann wandte Klara sich ab und verschwand hinter der Haustür, die zu Madame Robergs Wohnung führte. Das Letzte, was er hörte, war ein leises »Schlafen Sie gut, Johannes.«

Ebenso aufgewühlt wie verwirrt kehrte Marburg zu seinem Haus zurück, wobei er das anhaltende Gefühl, das Klaras Kuss auf seinen Lippen hinterlassen hatte, durchaus genoss.

In der Stube fand er Sartorius über dem verletzten Buchhalter kniend. »Er verliert noch immer Blut«, sagte der Doktorand, als sich ihre Blicke trafen.

»Ist er ansprechbar?«

»Kaum. Wenn er die Nacht übersteht, mag vielleicht noch Hoffnung sein, dass er das Bewusstsein zurückerlangt. Aber ich kann nichts versprechen.« Sartorius prüfte den Verband, mit dem er Dählheim versorgt hatte. Kein Kunstwerk, angesichts des Umstandes, dass er nur mit einer Hand arbeiten konnte. »Habt Ihr Euren Disput über die königlich-französischen Finanzreserven beigelegt?«

Als Marburg verstand, dass Klara gemeint war, lächelte er vielsagend und nickte langsam. »Soll ich dich ablösen?«, wechselte er das Thema und wies auf Dählheim.

»Das wäre mir schon recht«, erwiderte Sartorius müde. »Willst du, dass ich bleibe?«

»Natürlich. Du kannst oben schlafen.«

Marburg machte es sich auf dem Sessel bequem und betrachtete den unruhig dahindämmernden Buchhalter. *Ein Dilemma*, dachte er, denn am liebsten würde er dem Leben dieser erbärmlichen Kreatur noch in dieser Stunde ein Ende setzen. Wer würde es merken, geschweige denn über ihn richten? Es war der Dämon, der ihn jagte und ihn mit Rachegelüsten überzog. So widerwillig er zunächst einsehen musste, dass nicht Guérin für seine persönliche Tragödie verantwortlich war, sondern ein Mann, der aus weitgehend niedrigeren Motiven gehandelt hatte. Eine Schlange an der Brust seines vermutlich viel zu vertrauenswürdigen Vaters. Doch wenn er diesem Dämon nachgab, dann würde er nie erfahren, wo Dählheim das Gold der Comtesse du Barry versteckt hatte. Und – hier glaubte er völlig uneigennützig zu denken – Klara hatte ein Anrecht auf das Gold.

Dählheim hatte nicht viel Zeit gehabt, es zu verstecken. Und sein Plan war gewesen, spätestens morgen aus Oldenburg zu fliehen. Also musste es ganz in der Nähe sein. Aber wo? In seinem Zimmer bei Madame Peters? Im Lagerhaus am Hafen? Beides keine guten Verstecke, durchsuchen können hatten sie sie aber auch nicht. Das Lager würde er sich am nächsten Morgen noch einmal ansehen, Madame Peters jedoch würde ihnen nicht ohne ein Aufgebot an Polizeidragonern Zutritt zu ihren Mietzimmern gewähren. Das machte es kompliziert.

Als kurz darauf laut an die Haustür geklopft wurde, fuhr Marburg unwillkürlich zusammen. Ihm waren die Augen zugefallen, und in den ersten Sekunden des Erwachens sah er französische Soldaten, Polizeidragoner und Anton Dählheim mit einer Pistole vor sich.

Es klopfte erneut. Marburg griff nach Sartorius' Pistole, warf einen Blick auf den regungslosen Buchhalter und trat vorsichtig an die Tür. Er öffnete, erst einen Spalt, und dann, als er den verschmutzten und verschwitzten Polizeidragoner erkannte, riss er die Tür ganz auf. »Lürssen! Kommt herein ...«

Auch Lürssen hielt Pistolen in der linken und rechten Hand. »Wo ist er?«, fragte er außer Atem.

Marburg wies auf die Tür zur guten Stube hinter sich, denn er ahnte, dass er Dählheim meinte.

Als Lürssen den am Boden Liegenden sah, kniete er sich neben ihn, zog die Decken zur Seite und betrachtete die Bandage. Dann ließ er sich erschöpft auf den nächstbesten Stuhl fallen, blies die Backen auf und atmete aus. »Was ist geschehen?«, fragte er, als Marburg ihm wenig später einen Becher mit Oldenburger Klosterbier aus dem Kellerbestand seines Vaters reichte.

Marburg setzte sich ebenfalls. Auch er nahm einen Schluck Bier und begann, von den Ereignissen des Nachmittags zu erzählen, von Dählheims Finte mit dem gefälschten Hinweis, von seinem Geständnis, seiner Habgier und dem Versuch, Klara, Madame Roberg und ihn selbst zu töten. »Es war der Studiosus und Doktorand Sartorius, der buchstäblich in letzter Sekunde eingegriffen hat«, schloss Marburg seinen Bericht. »Nur ihm haben wir es zu verdanken, dass wir alle noch leben.«

»Und *er* lebt auch noch?«, fragte Lürssen müde. Er blickte mitleidslos auf den am Boden liegenden Dählheim, der sich krümmte und zu stöhnen begann.

»Ja. Leider spricht er nicht.«

Der Dragoner sah Marburg fragend an. Dann verstand er: »Das Gold, das Ihr erwähnt habt?«

Marburg nickte. »Verschwunden.«

»Glaubt mir, von Marburg«, meinte Lürssen mit wissendem Lächeln, »es wäre für alle das Beste, wenn es dabei bliebe.«

Marburg war da anderer Ansicht. Er nickte zwar nachdenklich, sagte aber nichts dazu. »Wie ist es Euch ergangen?«, fragte er stattdessen.

Bevor der Dragoner antwortete, trank er seinen Becher leer und stellte ihn gemächlich ab. Es war weit nach Mitternacht, und er war müde wie schon lange nicht mehr. Dennoch erzählte er Marburg von seinem Ritt nach Bremen und der Suche nach der »Niobe«, die vergeblich verlaufen war. Doch erst nachdem er im Büro des Hafenkapitäns vorstellig geworden war und erfahren hatte, dass die »Niobe« seit mehr als zwei Wochen nicht mehr auf der Bremer Weser gesichtet worden war, hatte er erkannt, dass sie in eine Falle getappt waren. Sie waren unverzüglich zurückgekehrt, da sie annehmen mussten, dass Dählheim entweder auf einer anderen Route geflüchtet war – oder gar Schlimmeres vorhatte. »Wir sind vorgeführt worden wie die Anfänger«, sagte Lürssen widerstrebend. »Aber ich bin erleichtert, dass es Euch gut geht. Und nun verzeiht. Ich habe heute in der Frühe dem Geheimrat Rapport zu machen …« Damit stand er auf und verabschiedete sich. Nach einem letzten Blick auf Dählheim sagte er: »Hättet Ihr die Güte, den Mann bei Euch zu belassen, Herr von Marburg? Ich gebe Order, ihn in den Morgenstunden in das Kriminalamt zu überführen. Dort können sich der Amtsdoktor und anschließend der Richter um ihn kümmern.«

Die Zeit lief träge dahin, die Kerze auf dem runden Tisch in der Mitte des Raumes war schon weitgehend niedergebrannt, doch Marburg wollte Sartorius nicht wecken. Sollte er schlafen, wenn er konnte. Mit seiner Schussverletzung war es wohl ohnehin schwer genug für ihn, Ruhe zu finden.

Kaum eine halbe Stunde war vergangen, da klopfte es erneut an die Haustür. Marburg, der eine Rückkehr des

Dragoners vermutete – an einen Besuch Klaras mochte er nicht recht glauben –, öffnete die Tür einen Spalt. Im selben Moment wurde sie ihm aus der Hand gerissen, er wurde unsanft zur Seite gedrängt, und zwei Männer traten mit lautem Stiefelpoltern ein.

»Guérin?«, keuchte Marburg, »Ihr?« Er war sichtlich überrascht, als er sich dem französischen Colonel und dem mit ihm hereingetretenen Lieutenant Marceau gegenübersah.

»In der Tat.« Guérin machte eine knappe höfische Verbeugung. »Meine Empfehlung an das Fräulein Duplay. Ich darf sie in Eurem Bette wähnen?«

Marburg ging nicht darauf ein. Die Pistole lag in der guten Stube, und gegen beide Offiziere kam er ohnehin nicht an. »Guérin, zum Teufel mit Euch, was wollt Ihr?«

Der Colonel lächelte mit gespielter Freundlichkeit. »Nicht viel, lieber von Marburg, nicht viel. Ihr glaubtet, Euch unserer entledigt zu haben?« Er lachte herablassend. »Seid nicht ein solcher Narr! Wir haben unsere Blessuren davongetragen, das muss ich gestehen.« Guérin weitete mit dem Finger seinen Uniformkragen. »Un mauvais devilry, mon ami«, sagte er, »eine mehr als üble Teufelei, das. Und ich gebe zu, ich war versucht, heimzukehren nach Frankreich. Aber wäre das recht gewesen?« Der Colonel hob die rechte Augenbraue und grinste. »Nein«, sagte er, ohne eine Antwort abzuwarten. »Das wäre ein schlechter Dienst am Vaterland.« Mit einer Handbewegung ließ er Marceau weitergehen. Der Lieutenant warf einen Blick in die Küche, dann in die gute Stube, in der er sogleich verschwand. »Oui, mon Colonel, il voici«, ertönte es von dort, woraufhin Guérins Grinsen breiter wurde. Er wies Marburg mit seinem Säbel an, dem Lieutenant zu folgen. In der Stube angekommen, warf Guérin einen kurzen Blick auf den am Boden liegenden Mann. »Das ist Monsieur Dählheim?«, fragte er belustigt.

Marburg nickte.

»Oh mon Dieu, könnt Ihr nichts richtig machen?«

»Was wollt Ihr, Guérin?«, wiederholte Marburg ungehalten seine Frage, obgleich er es sich allmählich denken konnte. Die Absicht des Franzosen konnte nur sein, auch die letzten Zeugen zum Schweigen zu bringen. Wenn Guérin es auf das Gold abgesehen hatte, würde er allerdings enttäuscht. Der Buchhalter war nicht in der Lage, hierzu Auskunft zu geben.

Guérin antwortete nicht. Stattdessen zog er seine Pistole, spannte den Abzug des Steinschlosses und richtete sie auf Marburg. Ein diabolisches, schadenfrohes Grinsen lag auf seinem schmalen, müden und leicht geröteten Gesicht. Dählheim hatte recht gehabt, dies waren eindeutig Anzeichen einer Blausäurevergiftung. Einer leichten jedenfalls, mehr hätten sie nicht überlebt. Aber was machte das schon? Sartorius schlief, und selbst wenn er ein zweites Mal in letzter Minute eingreifen würde – seine Pistole lag hier, außer Reichweite. Er würde also selbst das Opfer der Franzosen werden …

Nach einer Zeit, die Marburg endlos vorkam, wandte sich Guérin ab, zielte auf den Kopf des am Boden liegenden Buchhalters und drückte ab. Ein ohrenbetäubender Knall erfüllte die gute Stube der Marburgs, Dählheim bäumte sich ein letztes Mal auf, und als er wieder in sich zusammengefallen war, drehte sich der Colonel zu Marburg um und legte ihm eine Hand auf die Schulter. »Das war mir ein Bedürfnis«, sagte er ruhig. »Ich hoffe, Ihr verzeiht mir meine Einmischung. Aber eine derartige Bosheit gegenüber einem Angehörigen der französischen Geheimpolizei konnte ich nicht durchgehen lassen. Im Übrigen musste ich verhindern, dass er über Art und Umfang des Schatzes der Comtesse du Barry, dessen wir uns soeben angenommen haben, plaudert.« Er wandte sich zur Tür. »Kommen Sie, Monsieur Marceau. Unsere Aufgabe ist erledigt.«

»Ihr ...« Marburg war noch immer erschüttert von dem, was in den letzten Sekunden geschehen war. »Ihr habt den Schatz gefunden?«

»Das war der Grund, weshalb wir in Euer Land gekommen sind«, erinnerte Guérin ihn. »Oui. Ihr selbst habt uns zu ihm geführt. Bedauerlich für Mademoiselle Peters, wie ich nebenbei bemerken darf. Sie wird sich uns nie wieder in den Weg stellen ...« Damit verließen die beiden Franzosen die Stube, und wenige Sekunden später fiel die schwere hölzerne Haustür zu. Marburg, der noch immer wie versteinert neben dem toten Dählheim stand, starrte ihnen in die Dunkelheit des Hausflures nach.

»Es ist vielleicht besser so«, hörte er Sartorius' Stimme. Der Doktorand stand in der Tür und sah ebenfalls auf die Leiche am Boden hinab.

Marburg brauchte einige Sekunden, um sich zu fangen. Dann aber nickte er und seufzte, ein Seufzen, das eher wie ein Fluch klang. »Ja, vielleicht hast du recht.«

Die Witwe Peters, die sich einmal zu oft vor ihren Hausfrieden gestellt hatte, machte das allerdings auch nicht wieder lebendig.

Der Tell gefangen und der Freiherr tot!
Erheb die freche Stirne, Tyrannei,
Wirf alle Scham hinweg, der Mund der Wahrheit
Ist stumm, das seh'nde Auge ist geblendet,
Der Arm, der retten sollte, ist gefesselt!

Friedrich von Schiller, Wilhelm Tell,
4. Aufzug, 1. Szene, 1804

14. Kapitel

Montag, 1. Juli 1799, Oldenburg

Schäfchenwolken trieben langsam vor intensivem Blau dahin, veränderten ihre Form und verloren sich allmählich wieder aus Marburgs Blickfeld. Er war nach tiefem, traumlosem Schlaf erwacht und sah auf das kleine Stückchen Himmel, das das Fenster seines Zimmers freigab. Es würde ein schöner Tag werden. Trotzdem verspürte er nicht den geringsten Drang aufzustehen. Wozu auch? Was blieb ihm jetzt noch zu tun, als sein eigener Insolvenzverwalter zu sein? Wie lange mochte der Vorschuss reichen, den Fortmann ihm auf die Versicherungssumme der verloren gegebenen Fracht der »Friederike« gezahlt hatte? Und danach? Sartorius wollte sich als Feldscher verdingen, als Militärarzt. Ihm selbst stand mit dem Studium an der Büsch-Akademie diese Möglichkeit nicht offen. Nach dem russischen Intermezzo hatte er allerdings ohnehin keine Ambitionen mehr auf einen Militärberuf. Bei studierten Medizinern mochte es sich anders verhalten, Sartorius würde vielleicht als Fähnrich oder Lieutenant in die Dienste der Preußen treten können. Ihm selbst würde dieser Rang verwehrt bleiben. Ein Offizierspatent konnte er sich beileibe nicht leisten. Da war es mit hundert Thalern nicht getan.

Mit einem Fluch, der durchaus in Soldatenkreise gepasst hätte, stand Marburg schließlich dennoch auf. Als er die Treppe hinuntergestiegen war und sich im Haus umgesehen hatte, musste er feststellen, dass er allein war. Sartorius war gegangen, und wie es aussah, hatte er auch den Leichnam

Dählheims fortbringen lassen. Von den Geschehnissen des vergangenen Abends zeugten nur noch zwei große dunkle Blutflecke auf dem Wohnzimmerboden.

Barfuß und ungekämmt machte er sich auf die Suche nach etwas Essbarem. Er fand Brot und Hartkäse, Wein und ein wenig gepökeltes Fleisch. Ohne sich zu fragen, weshalb die Mamsell gepökeltes Fleisch im Vorratsschrank lagerte, machte sich Marburg im Stehen über sein Frühstück her. Henning Faber fiel ihm ein, der Dichter aus Bremen, Heinrich Jacobi und Franz von Auburg, die sich in Hamburg hatten duellieren wollen. Ob sie es getan hatten? Und Jochen Grigoleit, der Kaufmannssohn aus Königsberg? Würde er einen von ihnen wiedersehen? Für einen Augenblick vermisste er die Schule, die Kommilitonen, die unbeschwerte Zeit und …

Marburg versuchte, den Gedanken an Jette zu verdrängen. Sein Leben war im Augenblick kompliziert genug. Und damit beschloss er, wieder zu Bett zu gehen. Im nächsten Moment aber hämmerte jemand an die Tür. Mit einem schicksalsergebenen Seufzer kehrte er um und öffnete. Guérin würde es ja nicht schon wieder sein. Und tatsächlich war es ein Dragoner, der vor ihm stand, in der blau-roten Uniform des Regenten, die Muskete über der Schulter. Neben ihm wartete ein Korporal mit Pallasch und Pistole an der Seite, den Blick herablassend auf den verschlafenen Marburg gerichtet. Immerhin war es nicht Fabian. Er nahm den Dreispitz zum Gruß in die rechte Hand, stampfte mit dem linken Fuß auf und grüßte. »Freiherr Johannes Friedrich von Marburg?«

»Der bin ich.«

Der Korporal nickte zufrieden. »Ich habe Order, Euch zum Leitenden Ermittlungsbeamten des Herzoglichen Kriminalamts zu bringen.« Er gab seinem Kameraden einen Wink. Der packte Marburg an der Schulter, um ihn zur Dragonerwache zu dirigieren.

»Pfoten weg, Kerl!«, fuhr Marburg ihn an. »Wart Er hier, bis ich bereit bin!« Damit schlug er den beiden Dragonern die Tür vor der Nase zu und stieg die Treppe hinauf zu seiner Kammer. »Soll ich in diesem Aufzug durch die Straßen gehen?«, murmelte er. Was von Tappenbeck von ihm wollte, konnte er sich jedoch beim besten Willen nicht erklären. Natürlich dachte er an die toten Franzosen, an den von Klara erschossenen Sous-Lieutenant und den Sergeanten an der Ems-Fähre. Den aber hatte Lürssen erschossen. Oder nein – es ging natürlich um Dählheim! Sartorius hatte ihn zum Kriminalamt bringen lassen, und nun machten sie ihn, Marburg, für den Tod des Buchhalters verantwortlich! Hastig zog er sich an, warf verstohlen einen Blick aus dem Fenster, nur um festzustellen, dass die Dragoner noch vor dem Haus standen. Natürlich taten sie das! Sie hatten eben ihre Order …

Er nahm seine Perücke, die in den letzten Wochen stark gelitten hatte, setzte sie auf und lief die Stiege hinunter, griff nach Rock und Dreispitz und trat durch die Tür. Ein schiefer Blick des Korporals deutete darauf hin, dass er noch immer einigermaßen derangiert aussah. Doch nun war es ihm gleichgültig, die Neugier und die Angst obsiegten, die Hoffnung, es möge schon nicht so schlimm kommen, wie er gerade noch befürchtet hatte, trieben ihn an. Womöglich eine Illusion, wie er wusste.

Zu dritt schritten sie durch die alltäglich geschäftigen Straßen auf das Schloss und die Wache zu, und jeder, der ihnen entgegenkam, konnte sehen, dass der junge von Marburg, Sohn des bekannten und mit seiner Frau nur allzu unglücklich umgekommenen Schiffseigners, von zwei Männern des Regenten zur Wache geführt wurde. Es würde in der Abendausgabe der Stadtgazette stehen.

Der Korporal nahm den Hut ab, stampfte mit dem Fuß auf und machte Meldung. Von Tappenbeck nickte und entließ ihn. Dann wandte er sich an Marburg, mit einem Blick, der kaum zu deuten war.

»Ist das Sein Dank und Sein Respekt gegenüber dem Regenten?«, polterte der Leiter des Polizeidragonerkorps mit lauter Stimme. Er warf einen Blick auf seine Taschenuhr und schüttelte knapp den Kopf. »Setz' Er sich, verdammt!«

Marburg, überrascht und kleinlaut, tat, wie ihm geheißen.

»Seit Er zurück ist aus Hamburg, gerät er von einer Kalamität in die nächste. Ach was, Kalamität! Er wird beschuldigt, einen Mord begangen und eine Frau entführt zu haben!«

»Bitte was?«

»Und«, fuhr von Tappenbeck in donnerndem Ton fort, ohne auf Marburg einzugehen, »zu allem Überfluss, als hätte Er nicht schon genug Unheil angerichtet, findet sich in Seinem Haus auch noch ein Toter!«

»Herr Geheimrat …«

Von Tappenbeck schlug auf den Tisch. »Seine Durchlaucht, der Herr Regierungsadministrator vertraut Ihm, er begnadigt Ihn, Er stellt ihm ein Pferd und gibt Ihm die Freiheit – und was ist der Dank?«

Marburg war zu perplex, um etwas zu antworten. Er sah den Geheimrat nur mit großen Augen an.

»Zum Dank sucht Er, Seiner Durchlaucht einen Schatz von, dem Vernehmen nach, beträchtlicher Größe vorzuenthalten! Herrgott, von Marburg, was denkt Er sich denn?«

»Ihr wisst, dass ich unschuldig bin.«

»Ach, weiß ich das?«, bellte von Tappenbeck und wollte zu weiteren Vorhaltungen ansetzen, doch er wurde durch ein kurzes Klopfen an der Tür unterbrochen. »Was?«, rief er.

Die Tür öffnete sich, und ein Untergebener blickte vorsichtig herein. »Mit Verlaub, Euer Ehren«, sagte er. »Der Doktorand Sartorius steht wie befohlen zu Eurer Verfügung.«

»Wer?«

»Die Vertretung von Amtsdoktor …«

»Zum Donnerwetter, ich weiß, wer das ist«, brummte von Tappenbeck und warf demonstrativ einen Blick auf seine Taschenuhr. Er hasste Unpünktlichkeit, und der Doktorand war mehr als unpünktlich. Dann aber machte er ungeduldig eine auffordernde Handbewegung. »Jetzt lass' Er ihn schon herein!«

Sartorius trat an dem Mann vorbei ins Zimmer und grüßte den Leiter des Dragonerkorps mit einer Verbeugung. Marburg bedachte er mit einem verschmitzten Lächeln. »Zu Euren Diensten, Herr Geheimrat.«

Von Tappenbeck winkte ab. »Setz' Er sich.« Er verschränkte die Hände hinter dem Rücken, ging langsam zum Fenster und blickte hinaus. Marburg und Sartorius sahen sich fragend an, doch Marburg konnte nur mit den Schultern zucken. Er wusste nicht, weshalb sie hier waren. Mal abgesehen von den Vorwürfen gegen ihn. Er vermochte nicht einmal zu sagen, von wem der Geheimrat – und gewiss auch der Regent – von dem Gold der Comtesse du Barry erfahren hatten, musste aber zugeben, dass die Ereignisse der letzten Wochen ihn in keinem allzu guten Licht dastehen ließen. Wer dem Polizeivorsteher allerdings den Unfug von der angeblichen Entführung zugetragen hatte, das hätte er nun doch gerne gewusst.

Von Tappenbeck wandte sich um. »Es mag Ihrer Jugend geschuldet sein, meine Herren«, sagte der Geheimrat in weitaus versöhnlicherem Ton als zuvor, »Ihrer Jugend und Unreife, dass die Ereignisse für alle Anwesenden eine wenig zufriedenstellende Entwicklung genommen haben.« Einen Augenblick lang labte er sich an Marburgs Zerknirschung. »Und ich vermute, dass die beiden Herren keine sonderlich gute Meinung vom Polizeikorps des Herzogtums haben, denn anderenfalls hätten Sie sich nicht wiederholt über dessen Hierarchie und Zuständigkeiten hinweggesetzt.«

Sowohl Marburg als auch Sartorius wollten der Form halber widersprechen, wurden jedoch mit einer Handbewegung zum Verstummen gebracht. »Schon gut«, sagte von Tappenbeck. »Das wird sich in Bälde wohl ändern. Nicht zuletzt, weil Seine Durchlaucht, der Regierungsadministrator, insistiert hat.« Mit ein wenig Genugtuung und einem Blick in die Gesichter der beiden jungen Männer prüfte er die Wirkung seiner Worte. Dann fuhr er, erneut die höflichere Anrede wählend, fort: »Sie werden sich bereits denken können, dass wir von einflussreicher französischer Seite kontaktiert wurden. Ich nenne keine Namen, außer vielleicht, dass es sich *nicht* um Monsieur Guérin handelt. Wie dem auch sei, diese einflussreiche französische Persönlichkeit hat mir ihre Sichtweise der Ereignisse geschildert, und Sie können sich denken, dass ein Name gefallen ist, der bei dieser Schilderung nicht besonders gut wegkam.« Zum ersten Mal heute sah Marburg in den Augen des Geheimrats so etwas wie Belustigung aufblitzen. »Nun, zum Glück kenne ich einen Teil der Geschichte und konnte die Begebnisse aus eigener Sicht beurteilen. Oder sollte ich sagen: aus der Sicht eines Beteiligten mit bestem Leumund und Urteilsvermögen?«

»Lürssen?«, zischte Marburg Sartorius zu. Der nickte.

»Ja, in der Tat, ich meine Sous-Lieutenant Lürssen«, sagte von Tappenbeck, der Marburgs Vermutung durchaus vernommen hatte. »Und seien Sie froh darüber, sonst säßen Sie nicht hier, sondern unten in einer Zelle und warteten auf Ihre Auslieferung nach Frankreich!« Diesmal sah er Marburg direkt an. »Somit weiß ich, dass Sie ebenso wenig für den Ihnen zur Last gelegten Mord verantwortlich sind wie für die Entführung der jungen Französin, deren Repatriierung ich so gerade noch verhindern konnte.«

Wieder sahen sich Marburg und Sartorius überrascht an. Von Tappenbeck nickte. »In dieser Angelegenheit ist jedoch das letzte Wort noch nicht gesprochen. Die Franzosen drängen auf Auslieferung der Dame. Kommen wir zum letzten Punkt: Der Schatz, wie Lürssen ihn nannte, oder das Gold der Comtesse du Barry, der Herr sei ihrer Seele gnädig. Sie haben verfahren, als handele es sich dabei um Ihr persönliches Vermögen. Das ist es jedoch durchaus nicht. Nach allem, was geschehen ist, stehen Sie« – wieder sah er Marburg direkt an – »in der tiefsten Schuld unseres Fürsten.«

»Aber ich habe das Gold nie für mich beansprucht«, unterbrach Marburg den Geheimrat. »Es ist der Obhut von Mademoiselle Duplay anvertraut worden, die es für die Wiedereinsetzung des ... des französischen Königshauses verwenden sollte.« Ob das Geschlecht der Bourbonen dies nun verdient hatte oder nicht, stand dabei auf einem anderen Blatt. Es lag an Klara, dies zu beurteilen. Doch auch für sie war es zu spät, denn das Gold befand sich auf dem Weg nach Frankreich.

»Das mag ja durchaus sein«, brummte von Tappenbeck mit vorwurfsvoller Miene. »Aber das zu entscheiden obliegt nicht Ihnen! Und an dieser Stelle lasse ich mal dahingestellt sein, was geschehen wäre, wenn sich die verdammten Franzosen ihr Gold nicht zurückgeholt hätten.«

»Die es damit seiner eigentlichen Bestimmung entziehen«, warf Sartorius mit süffisantem Lächeln ein.

»Oh, in der Tat. Sie haben sich damit gebrüstet, das Gold seiner royalistischen Überbringerin entrissen zu haben. Auf unserem Territorium! Ein kaum akzeptabler Vorgang. Seine Durchlaucht war äußerst echauffiert! Aber im Sinne einer größeren Politik können wir die Franzosen leider nur gewähren lassen. Und gnade uns Gott, wenn das Königshaus eines Tages nach Versailles zurückkehrt und erfährt, was in Oldenburg mit seinem Gold geschehen ist ...«

Das würde kaum passieren, dachte Marburg und sah den Geheimrat ausdruckslos an. Der großen Politik wurde somit das rechtmäßige Eigentum und das Glück einer jungen Frau geopfert. Und ebenso das Recht der von Marburgs. Denn sowohl Klara als auch er standen nun mittellos da. Klara, weil sie alles in Frankreich zurücklassen musste, was sie besessen hatte, und er, weil ohne das Gold – das ihm selbstverständlich nicht zugestanden hätte – nicht mehr die geringste Aussicht darauf bestand, die »Friederike« zurückzuerlangen.

»Nun denn, ich hoffe, Ihnen beiden in ausreichendem Maße den Kopf gewaschen zu haben«, sagte der Polizeichef schließlich, und als Sartorius ihn fragend ansah, fügte er hinzu: »Oh ja, das gilt auch für Sie, *Herr Doktorand*. Denn Ihre Geheimnistuerei hat, wenn ich richtig informiert bin, nicht nur Sie beinahe das Leben gekostet, sondern hätte auch die Oldenburgische Staatskasse damit um eine Menge Gold gebracht.«

Sartorius verzog den Mund, konnte aber so recht nichts Entlastendes vorbringen. Zweifellos spielte von Tappenbeck ganz prosaisch auf das Stipendium an.

»Die Nachsicht«, fuhr der Polizeivorsteher fort, »die Ihnen heute zuteilwurde, hat jedoch einen Grund. Eine Ursache gewissermaßen, die – und das gebe ich unumwunden zu – in Ihrer Beteiligung, meine Herren, an der Aufklärung der abscheulichen Ereignisse der letzten zwei Wochen liegt.«

Marburg, der demutsvoll mit dem Schlimmsten gerechnet hatte, glaubte sich verhört zu haben. War das soeben eine Belobigung gewesen? Eine Belobigung aus dem Munde des Polizeichefs?

»Selbstverständlich wäre der Bureauangestellte Dählheim auch ohne Ihre Mithilfe der Täterschaft überführt worden«, nahm von Tappenbeck den beiden jungen Herren den Wind aus den Segeln. »Nur eben ein wenig später, da wesentliche Untersuchungsergebnisse nicht kommuniziert wurden.« Ein Vorwurf, der unmittelbaren Widerspruch bei Sartorius auslöste, doch von Tappenbeck winkte ab. »Leider sind die französischen Verwicklungen nicht das Einzige, was derzeit die Aufmerksamkeit des Regierungsadministrators in Anspruch nimmt«, sagte er. »Es gibt vielmehr weitere besorgniserregende Ereignisse in der großen Politik, die unser Handeln erfordern.«

Wieder sahen sich Marburg und Sartorius an. Im Süden standen die Briten, im Westen die Franzosen, im Osten rasselten die Preußen mit den Säbeln, und vor einer Woche waren Russen durch das Land marschiert – was sonst zum Teufel konnte noch »besorgniserregend« sein?

Der Polizeivorsteher schien nach den richtigen Worten zu suchen. »Ihnen ist gewiss bekannt«, begann er schließlich, »dass die erste und schönste der Inseln vor unserer Küste zum Herzogtum Oldenburg gehört.«

»Wanger Oog?«, fragte Marburg skeptisch. Als Sohn eines Schiffseigners wusste er das natürlich. Aber weshalb, um alles in der Welt, sollte das von Bedeutung sein? Es war eine kleine Insel, ein kleiner Ort und ein Sanatorium. War nicht gerade eben die Rede von großer Politik gewesen?

Der Geheimrat nickte. »Wanger Oog, ganz recht. Und vielleicht wissen Sie auch, dass die Insel sehr um die Anerkennung als Seebad bemüht ist. Nicht zuletzt, weil ein Kurbetrieb mit weitreichendem – um nicht zu sagen: internationalem – Renommee eine äußerst lukrative Angelegenheit zu werden verspricht.«

»Ein Kurbad!«, rutschte es Marburg heraus. Er hatte ganz andere Sorgen, als einen Gedanken an Sommerfrische zu verschwenden. Derlei mochte allenfalls für Sartorius als angehenden Arzt von Belang sein, was aber hatte er damit zu tun? »Mit allergrößtem Respekt, Euer Ehren, aber …«

»Lassen Sie mich ausreden, von Marburg. Es geht ja gar nicht allein um das Renommee einer Insel am äußersten Ende des Herzogtums. Es geht um das Ansehen des Herzogtums selbst.«

»Ich verstehe dennoch nicht …«

»Das müssen Sie auch nicht«, unterbrach ihn der Polizeivorsteher erneut. Er atmete geräuschvoll aus und fuhr sich mit dem rechten Zeigefinger unter seine Halsbinde, um sich etwas Luft zu verschaffen. Wie viel wollte, wie viel *durfte* er sagen, ohne seine Vermutungen offenzulegen und dennoch die beiden jungen Herren für eine Aufgabe zu erwärmen, von der er selbst nicht recht wusste, wie er sie definieren sollte? Er versuchte es mit der Minimallösung: »Eine dem dänischen König nahestehende Persönlichkeit befindet sich in der Stadt, eine politische Persönlichkeit, die Einfluss darauf hat, ob und auf welcher Seite Dänemark in das Kriegsgeschehen eingreifen wird.« Bisher waren die Dänen weder Frankreich noch England oder seinen Verbündeten zugewandt.

»Und diese Persönlichkeit ist in Gefahr?«, folgerte Marburg, obgleich er noch immer nicht begriff, was von Tappenbeck ihnen mitteilen wollte. Die rhetorischen Fähigkeiten des Geheimrates gehörten nicht zu den Pfunden, mit denen er wuchern konnte.

»Jemand in dieser Position und mit einem derart weitreichenden Einfluss ist zwangsläufig in Gefahr, wenn er auf Reisen ist«, entgegnete von Tappenbeck, erleichtert, die Klippe der Preisgabe von zu viel geheimen Details umschifft zu haben. Doch hier irrte er sich.

»Dann befürchten Euer Ehren ein Verbrechen?«, fragte Sartorius. Und mit leicht gelangweiltem Unterton fügte er hinzu: »Somit wird Lürssen den Dänen nach Wanger Oog begleiten?« Denn darum ging es ja wohl. Der Name der Insel war gewiss nicht umsonst gefallen. Was aber scherten ihn die Aufgaben des Polizeidragoners?

»Nein, Sartorius, ganz so einfach ist es nicht«, erwiderte

von Tappenbeck schroff. »Wenn es wirklich Hinweise darauf gäbe, dass der besagte Abgesandte um sein Leben fürchten müsste, würde Seine Durchlaucht ihn gewisslich nicht weiterreisen lassen. Das allerdings würde zu einem Eklat führen. Nein, bisher sind es nur Vermutungen, man befürchtet, dass …«

»Ein Eklat?«, fiel Marburg dem Polizeivorsteher ins Wort. Reichlich unziemlich, wie er sich eingestehen musste. »Dann befürchtet Ihr, dass die Gefahr von weiteren Anwesenden ausgeht?«

Von Tappenbeck sah ein, dass er nicht umhinkommen würde, mehr Einzelheiten als geplant zu offenbaren. Er verbarg diese Einsicht hinter einer Fassade aus geübter Autorität. Natürlich konnte er den beiden jungen Kerls, die vor ihm saßen, jedwede Order geben – sie waren nicht in der Lage, sich ihm zu widersetzen. Doch für das, was er mit ihnen vorhatte, musste er sie interessieren. Mit Befehlen würde er nicht weiterkommen. »Nein, selbstverständlich glaube ich nicht, dass von den Anwesenden im Schloss eine direkte Gefahr ausgeht«, erklärte er schließlich betont sachlich. »Sie sind zu Beratungen in geheimer Runde angereist. Allerdings wurde mir zugetragen, dass unser Mann bei diesen Beratungen eine ganz bestimmte politische Vorstellung vertritt. Eine Vorstellung, die nicht mit denen der übrigen Anwesenden konform geht.«

»Ihr meint England«, überlegte Marburg. Von englischen Gesandten hatte er nichts gehört, was bei geheimen Beratungen gleichwohl auch nicht verwunderlich war.

»England. In der Tat. Aber selbstverständlich nimmt auch Frankreich Einfluss auf das Umfeld des dänischen Regenten. Beide Parteien wollen das Königreich auf ihrer Seite wissen. Eine vage Neutralität Dänemarks, wie sie zurzeit besteht, ist sowohl für Frankreich als auch für die Koalition ein großes Risiko.«

»Und ohne den Einfluss dieser Persönlichkeit …«, begann Marburg.

»… ist das Spiel der Diplomatie wieder offen«, beendete von Tappenbeck den Satz. »Der dänische Regent ist unentschlossen. Und seine Berater sind«, er überlegte einen Augenblick, ob er das Wort »korrupt« benutzen sollte, doch das stand ihm wohl nicht zu. »Seine Berater sind durchaus kontroverser Ansicht«, sagte er stattdessen.

»Aber muss der besagte Herr deshalb um sein Leben fürchten?

»Der Regent hält dies für denkbar.« Von Tappenbecks Ton machte deutlich, dass es zur erwähnten Situation und den möglichen Konsequenzen nichts mehr zu sagen gab.

»Dann werdet Ihr Lürssen beauftragen, Euer Ehren?«

Von Tappenbeck schüttelte langsam den Kopf. »Der Lürssen würde viel zu sehr auffallen. Überdies müsste sich der Sous-Lieutenant in Kreisen bewegen, in denen er, sagen wir, nicht zu Hause wäre.«

Sartorius sah den Polizeivorsteher mit gekrauster Stirn an. »Mit Verlaub, Euer Ehren«, sagte er, »das wäre ich auch nicht. Ich habe gelernt, mich um Kranke zu kümmern, Verletzte, Verwundete. Es erschließt sich mir nicht, wie ich Ihnen dienlich sein könnte.«

»Nun, dank Ihrer medizinischen Ausbildung wären Sie in der Lage, sich unbemerkt in der Nähe des Gesandten aufzuhalten, der mit seiner Familie für einige Zeit die Heilanstalt auf Wanger Oog besuchen wird.«

»Ich bin Arzt«, raunte Sartorius Marburg zu. »Mir steht nicht der Sinn danach, den Aufpasser für irgendeinen dänischen Dandy zu spielen.«

Doch von Tappenbeck hatte gute Ohren. »Nun, ich habe mit Ihrem Oheim gesprochen«, erklärte der geheime Rat geduldig und wandte sich mit einem maliziösen Lächeln dem Doktoranden zu. »Daher weiß ich, dass Sie sich zukünftig nicht mehr um die Kranken und Verletzten kümmern werden. Nicht hier zumindest. Nach dem Ende Ihrer Famulatur gibt es keine Verwendung für einen zweiten Amtsarzt in Oldenburg.«

Sartorius fluchte innerlich. Zudem würde der Fürstbischof ihn nicht freigeben. Und damit war es ihm nicht möglich, das Herzogtum zu verlassen. »Nein«, gab er unglücklich zu. »Das stimmt wohl.« Ebenso dürfte es für einen jungen Doktoranden schwierig sein, sich anderweitig in Oldenburg niederzulassen.

»Natürlich stimmt das«, erwiderte der Polizeichef selbstgefällig und wandte sich Marburg zu. »Und Sie dürften ein ganz ähnliches Problem haben, oder täusche ich mich?«

»Nein, Herr Geheimrat«, gab Marburg zu, der zu verstehen begann, worauf der Polizeivorsteher hinauswollte. Es war nicht seine Absicht, sie für etwas zu gewinnen. Er glaubte, bereits über sie verfügen zu können. »Nein, Sie täuschen sich nicht. Ohne die ›Friederike‹ bin ich mittellos.«

»Na, sehen Sie.« Von Tappenbeck bedachte die beiden mit einem Blick, der sowohl Berechnung als auch Belustigung zeigte. »Das sind doch allerbeste Voraussetzungen für eine gewinnbringende Zusammenarbeit. Wenn ich nun berücksichtige, dass Sie beide in den letzten Tagen ein profundes Maß an Spürsinn, Hartnäckigkeit und Einsatzbereitschaft bewiesen haben, so bin ich geneigt und befugt, Ihnen jeweils die Position eines Kriminalassessors anzubieten.« Er sah in die überraschten Gesichter der beiden jungen Männer und fügte hinzu: »Zunächst natürlich auf Probe. Und vorbehaltlich der endgültigen Bestallung durch den Herzog. Ich meine: durch den Regierungsadministrator.« Und als weder Marburg noch Sartorius sofort vor Begeisterung aufsprangen, fügte er mit hochgezogenen Augenbrauen hinzu: »Oder trauen Sie sich das nicht zu?«

Marburg fasste sich als Erster. Zwar kam er durch dieses

unerwartete Angebot seinem Ziel nicht näher, in die Fußstapfen seines Vaters zu treten und auf dem Heck eines Handelsseglers zu stehen, sein Leben mit dem Import und dem Verkauf exotischer Waren zu bestreiten, geschweige denn, die »Friederike« zurückzubekommen. Doch zu seiner eigenen Verwunderung musste er nicht lange überlegen. Es ging nicht um gemeine Polizeidragonerdienste. Von Tappenbeck hatte von einer neu gegründeten Einheit gesprochen, von einer Geheimen – oder Kriminalabteilung der Polizei. Und der Gedanke gefiel ihm. Natürlich hatte von Tappenbeck sich nicht darüber ausgelassen, was er mit ihnen vorhatte. Wenn es aber darum ging, Männern wie Guérin zuvorzukommen oder Bureauangestellten vom Schlage Dählheims das Handwerk zu legen, dann war sein Interesse allemal geweckt. Ob es sich für einen Freiherrn ziemte, war dabei einerlei. Er hatte kein Geld und war nicht in der Situation, wählerisch zu sein. Und allein das war entscheidend. »Herr Geheimrat können auf mich zählen«, sagte Marburg nach kurzem Zögern. »Ich bin dankbar und gewillt, Euer allergütigstes Angebot anzunehmen.«

Sartorius seufzte. Auch er benötigte Geld, jetzt, da seine Assistenz im Amt des Doktors nicht mehr gefragt war. Zwar konnte er als Assessor im Kriminaldienst kaum eine vergleichbare Entlohnung erwarten wie in preußischen Diensten als Militärarzt. Dennoch war, wie man so treffend sagte, der Spatz in der Hand sicherer als die Taube auf dem Dach. Und wenn sein Oheim in nicht allzu ferner Zukunft aus den Diensten des Herzogtums als Amtsdoktor ausscheiden würde – nun, wer wäre dann wohl geeignet, ihm nachzufolgen? »Mit allergrößtem Respekt, Herr Geheimrat«, sagte er schließlich, wenn auch mit weitaus weniger Enthusiasmus als Marburg, »auch ich würde mich geehrt fühlen, in die Dienste des Polizeidragonerkorps treten zu dürfen.«

Mit einer neu gewonnenen Leichtigkeit liefen Marburg und Sartorius nebeneinander über den Marktplatz, umrundeten Stände, gelagerte Waren und geschäftige Händler. Über allem ragte der eingerüstete Turmneubau der St.-Lamberti-Kirche auf. »Wir sind Kollegen«, stellte Sartorius, noch immer verblüfft vom Verlauf der Ereignisse, fest. »Kollegen im Polizeidragonerdienste.« Und nachdenklich fügte er hinzu: »Nicht gerade das, was ich erwartet hatte. Aber auch nicht ohne jegliches Renommee. Wir werden eine Uniform benötigen.«

»Und Pferde«, sagte Marburg, wobei er unwillkürlich zu rechnen begann. Als Polizeidragoner hatte er sein Pferd, Zaum- und Lederzeug selbst zu stellen. Doch wie sollte er die Trakehner seines Vaters, die Fortmann als Sicherheit einbehalten hatte, auslösen? Wovon sollte er die Mamsell bezahlen? Wie das Haus unterhalten? Gewiss, überlegte Marburg, einem Assessor im Kriminaldienst standen dem allgemeinen Vernehmen nach bis zu zehn Reichsthaler Gold monatlich zu. Das war weit mehr, als er vor wenigen Tagen noch zu erwarten gewagt hatte. Aber gleichwohl weniger, als er benötigte, um ein Leben in den Fußstapfen seines Vaters führen zu können. Dieser letzte Gedanke war nicht so sehr von Großmannssucht geprägt als vielmehr von der Überlegung, was aus Klara Duplay werden sollte. Wenn er ihr nicht ein standesgemäßes Leben ermöglichen konnte, würde sie nach Frankreich zurückkehren müssen. Und das war, bei Gott, ihr sicherer Tod. Bei all ihrem Liebreiz und nach allem, was geschehen war, fühlte er sich doch für sie verantwortlich. Und er war sich nicht sicher, ob er das französische Fräulein gehen lassen wollte. Plötzlich kamen Marburg weitere Bedenken. »Und Lürssen?«, überlegte er laut. »Wird er uns vorgesetzt sein?« Warum hatten sie diese Details – und auch die Besoldung – nicht sofort besprochen?

»Lürssen? Uns vorgesetzt?« Sartorius lachte. »Das wäre ja

noch schöner!« Er mochte den Dragoner, doch man musste nichts übertreiben. »Das Gift hätte *er* nicht entdeckt.«

»Aber er hat *mich* entdeckt«, warf Marburg tonlos ein. »Auf dem Weg nach Frankreich. Ohne ihn wäre ich in der Bastille gelandet, oder in irgendeinem anderen Loch. Und er hat von Tappenbecks Vertrauen.«

»Mag sein. Aber dann gehe ich doch lieber zu den Preußen!«

»Um in ihrem Dienste irgendwo in Frankreich oder Italien zerschossene oder brandige Gliedmaßen abzusägen?«

Sartorius hob gleichgültig die Arme. »Die Schule des Lebens ist bitter«, sagte er so lapidar, wie es ihm möglich war. »Aber da wir gerade bei diesem Thema sind: Was hat der alte Tappenbeck mit uns vor? Sollen wir als Abgesandte nach Wanger Oog reisen?«

Das hätte von Marburg auch gerne gewusst. Doch würden sie sich in den nächsten Tagen in die Soldliste des Dragonerkorps eintragen müssen, bevor sie präzisere Order bekämen. »Ich denke«, erklärte er mit einem Schulterzucken, »wir setzen auch das auf unsere Liste mit offenen Punkten.« Der Doktorand schnaubte verächtlich, wandte sich aber sogleich drängenderen Fragen zu: »Wie auch immer – wie wär's mit einem Glas Wein zur Feier des Tages?«

Marburg nickte. »Ich werde sehen, was der Keller hergibt.«

»Ich dachte eher an ›Schrimper's Union‹. Immer gemütlich dort. Er hat doch gewiss geöffnet?«

Für einen Augenblick dachte Marburg an ihren ersten Besuch in der Schänke vor fast zwei Wochen, an seinen Neid auf den Doktoranden, der die Welt gesehen hatte und Größen wie Schiller, Schlegel, Tieck oder Brentano, und einmal mehr brandete die Sehnsucht danach, mit der »Friederike« auf große Fahrt zu gehen, in ihm auf. Doch er schüttelte den Kopf. »Ich muss zu Klara, ich muss ihr vom Angebot von Tappenbecks berichten und sehen, wie sie es aufnimmt.«

Sartorius lächelte stumm und nickte. »Immer klaar Kimming, unser Ökonom«, sagte er schließlich. »Als ob du für die *Dame* verantwortlich wärst.«

»Dame« bedeutete im Deutschen »Freifrau«, und nicht zuletzt deshalb fühlte sich Marburg der Französin nahe. Aber was hieß schon nahe fühlen? Verdammt, er bekam Herzklopfen bei dem Gedanken an sie. Aber klaar Kimming? Das hatte er zuletzt von seinem Vater gehört, die Kimme war der magische Ort, an dem sich Meer und Himmel berührten, also das Irdische und das Himmlische. Was aber *war* das Himmlische, was war seine Bestimmung? Hieß sie Klara?

Sie umrundeten einen Kohlenwagen, und während Sartorius immer noch grinsend weiterlief, blieb Marburg beim Anblick seines Elternhauses wie versteinert stehen. Erst jetzt bemerkte auch der Doktorand die fremde junge Frau vor dem Eingang der von Marburgs. Er blieb stehen und sah sich nach seinem Freund um, der mit großen Augen beinahe entsetzt auf ebenjene Frau starrte, die mit Hut, einer einfachen Reisepelerine und zwei abgestoßenen Koffern dort zu warten schien.

Er machte einen Schritt zurück zu Marburg. »Was ist?«, fragte er. »Wer ist das?«

»Das«, erwiderte Marburg mit plötzlich aufkommender Nervosität, »ist Jette …«

Nachwort

Am 27. August 1799 landeten britische Invasionstruppen an der holländischen Küste in der Nähe von Callantsoog mit dem Ziel, die batavische Flotte zu zerstören oder in britische Hände zu bringen. Die batavische Verteidigung brach unter dem massiven Bombardement der britischen Flotte recht schnell zusammen und kapitulierte bereits am 30. September. Der französische Oberbefehlshaber Brune führte wenige Tage später zwei Divisionen gegen die Invasionsarmee heran, konnte jedoch nicht verhindern, dass der Großteil der niederländischen Flotte von den Briten übernommen wurde. Der Gegenangriff aber brachte die Truppen des Herzogs von York in starke Bedrängnis. Daran änderte auch das Eintreffen des russischen Hilfskorps unter Generallieutenant Hermann von Fersen nichts, mit dem die Koalition der französischen Armee vierzigtausend Mann entgegenstellen konnte. In der Schlacht bei Bergen op Zoom gelang es den Franzosen, die Briten und Russen unter starken Verlusten zurückzudrängen. Einige Tausend Tote blieben bei der Kampagne in Batavien auf dem Schlachtfeld. Unter ihnen gewiss viele der kurz zuvor gepressten Jungen.

Am 18. Oktober wurde ein Waffenstillstand unterschrieben, und der Herzog von York schiffte sich mit den Überlebenden der Truppen nach Großbritannien ein. In den Geschichtsbüchern wird das russische Hilfskorps ab diesem Zeitpunkt nicht mehr erwähnt …

Erst zehn Jahre später konnten die Briten unter dem Oberbefehl Arthur Wellesleys, des »ersten Duke of Wellington«, den Vormarsch der bis dahin nahezu unbesiegbaren Franzosen aufhalten.

Glossar

Ancien Régime – Bezeichnung für die absolutistische Regierung Frankreichs vor der Revolution.

Anrede – Hier bestanden im ausgehenden 18. Jahrhundert keine strikt einheitlichen Konventionen. Gebräuchlich war die indirekte Anrede für höhergestellte Personen (»haben seine Durchlaucht …«), das »Du« zwischen sich nahestehenden Personen oder niederen Ständen, das »Er« oder »Sie« gegenüber niedriger gestellten Personen. Die alte Höflichkeitsform »Ihr« wandelte sich allmählich zum »Sie«.

Batavische Republik – Französische Tochterrepublik, gebildet aus den sieben vereinigten niederländischen Provinzen. Sie wurde am 19. Januar 1795 ausgerufen und am 5. Juni 1806 in das Königreich Holland umgewandelt.

Berline – Meist viersitziger voll durchgefederter Reisewagen, zwei- oder mehrspännig.

Briganten – Räuber, Gesetzlose.

Brigg – Zweimastiges Segelschiff mit Rahsegeln an beiden Masten. Zusätzlich wird am Großmast ein Gaffelsegel gefahren.

Bürger – Offizielle Anrede während der frühen Phasen der Französischen Revolution.

Gottfried August Bürger (1747–1794) – Deutscher Dichter in der Zeit der Aufklärung, der dem »Sturm und Drang« zugerechnet wird.

Büsch-Akademie – Johann Georg Büsch übernahm 1771 die Leitung der wenige Jahre zuvor gegründeten Handelsakademie. Die Akademie war eine weit über Hamburg hinaus bekannte Privatschule zur Ausbildung des kaufmännischen Nachwuchses. Zu den bekanntesten Schülern zählte unter anderem Alexander von Humboldt.

Chemisenkleid – langes Damenkleid mit sehr hoher Taille, aus dünnem, fast transparentem Stoff, meist Musselin. Auch Hemd- oder Empirekleid genannt.

Commerzklasse – Eine 1792 eingerichtete Klasse an der Oldenburger Lateinschule für Schüler, die weder studieren noch Latein lernen wollten.

Comptantgeschäft – Geschäft, bei dem Lieferung gegen sofortige Barzahlung vereinbart wird.

Marie-Jeanne Bécu, comtesse du Barry (1743–1793) – Mätresse des französischen Königs Ludwigs XV. Sie wurde im September 1793 in Paris verhaftet und vor ein Revolutionstribunal gestellt. Man klagte sie wegen Unterstützung der Konterrevolution, Kontakten zu Emigrierten und Verschwendung öffentlichen Eigentums an. Um ihr eigenes Leben zu retten, verriet die Gräfin die Verstecke, in denen sie zu Beginn der Revolution Wertgegenstände verstecken ließ, und die Namen von weiteren Personen, die später ebenfalls verhaftet und zum Tode verurteilt wurden. Sie wurde dennoch am 8. Dezember 1793 durch die Guillotine hingerichtet.

Conflansertied – Umgangssprachliche Bezeichnung der Zeit der französischen Besetzung Ostfrieslands während des Siebenjährigen Krieg 1761 bis 1762, benannt nach dem französischen Marschall Marquis Louis-Henri-Gabriel de Conflans d'Armentières.

Constitutio Criminalis – Rechtsordnung aus dem 16. Jahrhundert, die bis zur Einführung des Strafgesetzbuches für die Herzoglich-Oldenburgischen Lande von 1814 bei Strafprozessen hinzugezogen wurde.

Courantmark – Vor allem in den norddeutschen Hansestädten gebräuchliche Rechnungseinheit für Silbergeld. Vorläufer der im 19. Jahrhundert eingeführten Mark.

Grote – In Oldenburg und Bremen gültige Zahlungseinheit. 1 Thaler Gold entsprach 72 Groten.

Courtage – Maklergebühr bei Börsen- oder Handelsgeschäften.

Dolman – Mit Zierschnüren auf der Brust besetzte, enganliegende Uniformjacke der Husaren. Darüber wurde die Pelisse getragen, eine mit Pelz besetzte Überjacke, die in der Regel nur über einer Schulter hing.

Eskadron – (Auch Schwadron). Kleinste taktische Einheit der Kavallerie.

Ewer – Kleines Küstensegelschiff mit flachem Boden.

Falliment – Insolvenz, Konkurs, mangelnde Liquidität.

Johann Hermann von Fersen – Russischer Generalleutnant. Nach mehreren erfolgreichen Kampagnen, unter anderem 1790 gegen die Türken und 1794 gegen die Polen, führte er im zweiten Koalitionskrieg gegen Frankreich im September 1799 ein russisches Hilfskorps an. Trotz zahlenmäßiger Überlegenheit nach der Vereinigung mit den Engländern wurden die Koalitionstruppen von den Franzosen und Bataviern geschlagen. Der Generalleutnant geriet bei der Schlacht bei Bergen op Zoom in Gefangenschaft. Er fiel in Ungnade. Das Hilfskorps wurde nahezu vollständig aufgerieben.

Joseph Fouché (1759–1820) – Französischer Politiker und Polizeiminister sowohl im Kaiserreich als auch zur Zeit der Restauration. 1792 wurde er als Abgeordneter in den Konvent gewählt, wo er 1793 für die Hinrichtung Ludwigs XVI. stimmte. Anstatt öffentlich aufzutreten, zog er es vor, in Ausschüssen und Kommissionen Einfluss auf die Politik zu nehmen. Auf diese Weise wirkte er auch am Sturz und der anschließenden Hinrichtung Robespierres mit. 1799 wurde er zum Polizeiminister ernannt, eine Position, die er auch unter Napoleon behielt. Mit großem Erfolg baute er ein ausgedehntes Spionagesystem in Frankreich und den besetzten Ländern auf.

Antoine Quentin Fouquier de Tinville (1746–1795) – Öffentlicher Ankläger des Revolutionstribunals während der Französischen Revolution. Dem von ihm maßgeblich unterstützten Sturz Robespierres folgte schrittweise sein eigener Abstieg. Wie andere Verantwortliche im Revolutionstribunal wurde er zum Tode verurteilt und am 7. Mai 1795 durch die Guillotine hingerichtet.

Französische Revolution. 1789 bis 1799 — Sie gehört mit der Abschaffung des feudal-absolutistischen Ständestaats sowie der Umsetzung der Ideen der Aufklärung zu den folgenreichsten Ereignissen der neuzeitlichen europäischen Geschichte und war ursächlich für weitreichende macht- und gesellschaftspolitische Veränderungen in ganz Europa.

Gendarmerie impériale – (Französisch: Reichs-Gendarmerie). Gendarmerie und Militärpolizei, die von 1799 bis 1814 existierte und zentrales Herrschaftsinstrument Napoleon Bonapartes in Frankreich und im französisch besetzten Europa war.

Preußisches Generallandschulreglement – Unter Friedrich dem Großen verabschiedete Grundlage für das preußische Volksschulwesen.

Geographische Meile – Im deutschen Sprachraum waren die Landmeile und die geographische Meile üblich. Anders als die englische Meile, entsprachen die deutsche Landmeile und die geographische Meile rund 7,5 km.

Gierseilfähre – Durch ein Seil gegen Abdriften gesicherte Flussfähre.

Gilet – Weste. Wurde im 17. und 18. Jahrhundert unter dem Justaucorps getragen.

Die Haaren – Kleiner Nebenfluss der unteren Hunte, einer der beiden Flüsse, die die Oldenburger Stadtgräben speisten.

Holländerbrücken – Klappbrücken über Flüsse und Kanäle mit hoch angebrachtem Gegengewicht.

Husaren – Truppengattung der leichten Kavallerie. Bezeichnend für ihr Erscheinungsbild sind der Dolman und die Pelisse.

Justaucorps – enganliegender Herrenrock, in der Regel vorne offen und mit langen Schößen versehen.

Klafter – Längenmaß, definiert als Spanne zwischen den ausgestreckten Armen eines erwachsenen Mannes, was traditionell 6 Fuß entsprach, also etwa 1,80 m.

Koalitionskriege – Von 1792 bis 1815 dauernde kriegerische Auseinandersetzungen zwischen Frankreich und verschiedenen europäischen Mächten mit dem Ziel der Wiedereinsetzung Louis XVI. oder eines Nachfolgers.

Konnossement – Frachtbrief, unter anderem für Schiffsfrachten.

Laudanum – In Alkohol gelöste Opiumtinktur. Sie war noch im 19. Jahrhundert ein weitverbreitetes Arznei- und Rauschmittel.

Nationalkonvent – Während der Französischen Revolution die konstitutionelle und legislative parlamentarische Versammlung, vergleichbar mit dem heutigen Parlament.

Pauken – Das Erlernen und Einüben des akademischen Fechtens (Mensur) bei schlagenden Studentenverbindungen. Die Mensur ist ein traditioneller, streng reglementierter Fechtkampf zwischen zwei männlichen Mitgliedern unterschiedlicher Studentenverbindungen mit geschärften Klingenwaffen.

Polizeidragonerkorps des Herzogtums Oldenburg – 1786 aufgestellt war es die erste staatliche Polizeieinheit des Herzogtums und des späteren Freistaates Oldenburg. Das Korps unterstand im Gegensatz zu späteren Gendarmerien des Landes nicht dem Militär, sondern direkt der herzoglichen Regierung. Seine Aufstellung fand im Rahmen verschiedener Verwaltungs-, Justiz- und Sozialreformen des späteren Herzogs Peter Friedrich Ludwig statt, der in diesem Jahr seine Amtsgeschäfte von seinem verstorbenen Onkel, Herzog Friedrich August, übernahm. Das Polizeidragonerkorps wurde im Februar 1811 von der französischen Besatzungsmacht aufgelöst.

Französisches Polizeiministerium – Am 2. Januar 1796 gegründet. Den Posten des Ministers der Generalpolizei bekleidete von 1799 bis 1802 und von 1804 bis 1810 Joseph Fouché. Der Polizei gehörte auch eine geheimpolizeiliche Abteilung an, das Secret Bureau.

Press-Gangs – (Oder Press-Patrouillen). Kleine militärische Trupps, die in Kriegs- und Krisenzeiten Jungen oder Männer gewaltsam zwangsrekrutierten und zum Dienst in den jeweiligen Streitkräften pressten. In Marinekreisen auch »Schanghaien« genannt.

Quartierstand – Hauptstandort des jeweiligen Kreises, in dem die Herzoglichen Polizeidragoner stationiert waren. Er bestand in der Regel aus einem oder zwei angemieteten Häusern, in denen sich eine Wachstube und Unterkünfte befanden.

Rekommandieren – Aus dem Französischen: empfehlen.

Schlag – Tür der Kutsche.

Thara – Heute: Tara. Im Allgemeinen das Verpackungsgewicht.